HEYNE BÜCHER

W0385839

Vom gleichen Autor erschienen außerdem als Heyne-Taschenbücher

Die Rollbahn · Band 01/497
Das Herz der 6. Armee · Band 01/564
Sie fielen vom Himmel · Band 01/582
Der Himmel über Kasakstan · Band 01/600
Natascha · Band 01/615
Strafbataillon 999 · Band 01/633
Dr. med. Erika Werner · Band 01/667
Liebe auf heißem Sand · Band 01/717
Liebesnächte in der Taiga · Band 01/729
Der rostende Ruhm · Band 01/740
Entmündigt · Band 01/776
Zum Nachtisch wilde Früchte · Band 01/788
Der letzte Karpatenwolf · Band 01/807
Die Tochter des Teufels · Band 01/827
Der Arzt von Stalingrad · Band 01/847
Das geschenkte Gesicht · Band 01/851
Privatklinik · Band 01/914
Ich beantrage Todesstrafe · Band 01/927
Auf nassen Straßen · Band 01/938
Agenten lieben gefährlich · Band 01/962
Zerstörter Traum vom Ruhm · Band 01/987
Agenten kennen kein Pardon · Band 01/999
Der Mann, der sein Leben vergaß · Band 01/5020
Fronttheater · Band 01/5030
Der Wüstendoktor · Band 01/5048
Ein toter Taucher nimmt kein Gold · Band 01/5053
Die Drohung · Band 01/5069
Eine Urwaldgöttin darf nicht weinen · Band 01/5080
Viele Mütter heißen Anita · Band 01/5086
Wen die schwarze Göttin ruft · Band 01/5105
Ein Komet fällt vom Himmel · Band 01/5119
Straße in die Hölle · Band 01/5145
Ein Mann wie ein Erdbeben · Band 01/5154
Diagnose · Band 01/5155
Ein Sommer mit Danica · Band 01/5168
Aus dem Nichts ein neues Leben · Band 01/5186
Des Sieges bittere Tränen · Band 01/5210
Die Nacht des schwarzen Zaubers · Band 01/5229
Alarm! – Das Weiberschiff · Band 01/5231
Bittersüßes 7. Jahr · Band 01/5240
Engel der Vergessenen · Band 01/5251
Die Verdammten der Taiga · Band 01/5304
Das Teufelsweib · Band 01/5350
Im Tal der bittersüßen Träume · Band 01/5388
Liebe ist stärker als der Tod · Band 01/5436
Haie an Bord · Band 01/5490
Niemand lebt von seinen Träumen · Band 01/5561
Das Doppelspiel · Band 01/5621
Die dunkle Seite des Ruhms · Band 01/5702
Das unanständige Foto · Band 01/5751
Der Gentleman · Band 01/5796
Konsalik – der Autor und sein Werk · Band 01/5848
Der pfeifende Mörder / Der gläserne Sarg · Band 01/5858
Die Erbin · Band 01/5919
Die Fahrt nach Feuerland · Band 01/5992
Der verhängnisvolle Urlaub / Frauen verstehen mehr von Liebe · Band 01/6054
Glück muß man haben · Band 01/6110
Das Gift der alten Heimat · Band 01/6294

HEINZ G. KONSALIK

DER DSCHUNKENDOKTOR

Roman

Originalausgabe

WILHELM HEYNE VERLAG

MÜNCHEN

HEYNE-BUCH Nr. 01/6213
im Wilhelm Heyne Verlag, München

4. Auflage
Taschenbuch-Originalausgabe

Printed in Germany 1984
Umschlagfoto: ZEFA/Gregory, Düsseldorf
Umschlaggestaltung: Atelier Heinrichs & Schütz, München
Gesamtherstellung: Elsner-Druck, Berlin

ISBN 3-453-01772-2

1

Als sie den Vorraum des Juno Revolving Restaurants betrat und sich interessiert umblickte, fiel sie nicht mehr auf als all die anderen Gäste, die mit dem Lift hinauf in das 26. Stockwerk gefahren waren, um in Kowloons berühmtem gläsernem Luxustreffpunkt vorzüglich zu speisen, exzellent zu trinken und dabei einen unvergleichlichen Blick über Kowloon, Hongkong und die New Territories zu werfen – über Millionen Lichterketten, schimmernde Wasserflächen, Tausende von Dschunken und Sampans, Hochhäuser und Elendshütten, über breite Avenuen und enge, verwinkelte Gassen, Parks und Felsabbrüche, über ein buntes Meer von Leuchtreklamen ... und die weite Dunkelheit, die sich hinüberzog zur rotchinesischen Grenze. Ein atemberaubendes Bild hier oben im Hochhausrestaurant in der Nathan Road Nummer 655; man vergaß es nicht für den Rest seines Lebens. Einmal in sechzig Minuten drehte sich der gläserne Palast auf dem Dach um seine Achse, und während man frischen Hummer, flambiert mit Whisky und garniert mit Kaviar, oder raffiniert gefüllte Fasane mit Bordeauxsauce und Weintrauben aß, lag einem die wundervollste Stadt dieser Erde zu Füßen, eine Stadt von heute und übermorgen und dabei Tausende von Jahren alt, immer geheimnisvoll bleibend bei aller modernen Offenheit: Hongkong!

Eine Stadt, die man mit all ihren Facetten nicht mehr zu erfassen, nicht mehr zu begreifen vermag. Eine Stadt, die das Wunder des menschlichen Daseins widerspiegelt: So tausendfach anders, verschieden, unbegreiflich kann man leben!

Die junge Frau wurde von den Empfangshostessen begrüßt, ließ sich den mit Goldfäden durchwirkten Abendmantel abnehmen, sah kurz in den Spiegel und ordnete mit drei Handbewegungen ihre fast schulterlangen, tiefschwarzen Haare. Sie war eine jener wunderschönen chinesischen Mischlinge, bei denen das Asiatische noch das Europäische überwiegt – größer als gemeinhin die Chinesinnen, schlank und doch mit einem Körper von jener sanften und vollendet deutlichen Formung, die Männer zu erregenden Phantasien anregt. Die Mandelaugen in dem schmalen Gesicht waren so schwarz wie ihr Haar, der Mund vollippig und sinnlich geschwungen. Wie sie jetzt im Foyer des Juno Revolving Restaurants stand, in einem engen flaschengrünen Abendkleid mit goldenen und silbernen, stilisierten Drachen- und Fabelwesenapplikationen, eine goldene Paillettentasche am linken Unterarm, war sie genau die Kategorie Gast, die man hier im Juno erwartete und für angemessen hielt.

Einer der Restaurantdirektoren kam auf sie zu, verbeugte sich leicht, blickte sich diskret um und fragte dann: »Madam sind allein? Ein Platz? Hatten Sie reserviert, Madam? Ich fürchte, alle Fensterplätze . . .«

Die Frau lächelte ihn an, etwas verträumt, ja fast abwesend. Es schien, als lächle sie durch ihn hindurch. Dann ging sie an dem verblüfften Restaurantdirektor vorbei, betrat den riesigen gläsernen Raum und schritt langsam, als sei sie sich ihrer Wirkung voll bewußt, den äußeren Rundgang hinunter.

»Madam!« sagte der Direktor höflich hinter ihr. »Ich hätte noch einen Tisch in der zweiten Reihe . . . Wenn Sie mir bitte folgen würden . . .«

Sie reagierte gar nicht darauf, ging weiter und blieb vor einem Tisch stehen, einem sehr begehrten Vierertisch an der Glasfront, an dem vier Gäste saßen. Drei gehörten zusammen; es waren französische Touristen: Monsieur Jean-Claude Rivère, Madame Marie Rivère und der Bruder von Madame, Monsieur Louis Chamfort. Sie waren am Vormittag in Hongkong gelandet, wohnten hier in Kowloon im Feinsten vom Feinen, hatten es aber auf Ratschlag eines früheren Hongkong-Reisenden vorgezogen, im Juno Revolving statt im Gaddi's, dem Gourmettempel im Peninsula Hotel, zu essen – vor allem wegen des in der Welt wohl einmaligen Rundblicks.

Der vierte Gast am Tisch war ein bulliger Mann mit ergrauten Haaren, trank Weißwein zu Hasenfilet – was einem Franzosen Übelkeit verursachen würde – und hatte zwischen dem zweiten und dritten Gang des Dinners ein langes, mexikanisches Zigarillo geraucht, was Madame Rivère mit heruntergezogenen Mundwinkeln und stummem Protest zur Kenntnis nahm.

Der Mann trug einen maßgeschneiderten Smoking, nur paßte dazu nicht die silberschillernde, blütengemusterte Brokatweste, die er darunter hervorblitzen ließ. Sein Englisch war breit und kauend, was sofort die Vermutung aufkommen ließ, daß er Amerikaner war. Vorgestellt hatte man sich am Tisch nicht ... eine Bekanntschaft von vielleicht drei Stunden ist es nicht wert, daß man intimer wird als über einige der üblichen Floskeln hinaus.

Vor diesem Tisch blieb die auffallend schöne Frau nun stehen. Sie blickte den Mann im Smoking an und lächelte ihm zu. Dabei zeigte ihr Gesicht keinerlei Regung ... die Augen blickten durch ihn hindurch, nicht ein Zucken ging über die Haut, nur der volle Mund lächelte, und die Lippen öffneten sich leicht.

Der Mann im Smoking starrte sie verblüfft an, in den Augen Begeisterung, aber auch Erstaunen darüber, wie er zu der Ehre kam, von solch einer traumhaften Schönheit angelächelt zu werden. Er hob den Kopf höher, die vielen Falten in seinem Gesicht gerieten in Bewegung, er lachte zurück, noch etwas gehemmt und verwundert – und auch die Familie Rivère wartete sichtlich gespannt darauf, was nun kommen würde.

Die wunderschöne Frau öffnete mit einer grazilen Handbewegung ihre goldene Paillettentasche, zog eine kleine, verchromte Pistole hervor, eines der verfluchten tödlichen Damenspielzeuge, wie man sie in Hongkong überall in den Seitenstraßen kaufen kann, und lächelte noch immer. Sie hob die Waffe, zielte auf die Stirn des Mannes und drückte zweimal ab.

Wie von zwei Hammerschlägen getroffen, zuckte der Kopf zurück, zwei kleine Einschußlöcher über dem Nasenbein begannen schwach zu bluten ... mit hängenden Armen, noch immer staunenden Augen und einem lächelnden Mund blieb der Mann auf dem Stuhl sitzen, gestützt auch durch die Seitenlehne, aber er begriff nichts mehr. Er war sofort tot.

Mit einer ebenso anmutigen Bewegung wie zuvor steckte die Dame die Pistole in die Abendtasche zurück und drehte sich lächelnd um. Der Restaurantdirektor starrte sie mit offenem Mund an, vom Entsetzen sekundenlang gelähmt. Erst als Madame Rivère hell aufschrie, legte sich der Schock: Mit einem tigerhaften Satz warf er sich auf die elegante Dame. Aber dieses Kraftaufwandes bedurfte es keineswegs, denn die Dame wehrte sich überhaupt nicht. Sie ließ sich ohne weiteres abführen. Sie schwieg und lächelte, als man sie in den Vorraum der Küche schleppte und dort auf einen Hocker drückte.

Im Restaurant bewies der Oberkellner ein erstaunliches Reaktionsvermögen: Er breitete ein großes Tischtuch über den Toten, verbeugte sich vor der Familie Rivère und sagte: »Darf ich den Herrschaften einen anderen Tisch anbieten?« Mit einer sicher ungewollten Kaltschnäuzigkeit fügte er hinzu: »Die Direktion des Hauses erlaubt sich, auf den Schreck hin eine Flasche Champagner servieren zu lassen.«

»Ich will gehen!« schrie Madame Rivère hysterisch. »Ich will hier raus! Raus! Raus!«

»Wir bitten um Geduld.« Der Oberkellner hatte wirklich Nerven. »Sie werden vermutlich noch als Zeugen benötigt ...«

Im Küchenvorraum stand der erste Direktor vor der Dame und fragte immer wieder: »Warum haben Sie das getan, Madam? Wer sind Sie? Nennen Sie doch Ihren Namen! Erklären Sie uns ... die Polizei wird gleich hier sein ... da nützt Ihnen kein Schweigen! Madam, Sie müssen doch einen Grund gehabt haben ...«

Die schöne Frau schwieg, lächelte verträumt, lehnte den Kopf nach hinten an die Wand und schloß ihre märchenhaften Mandelaugen. Dabei veränderte sich ihr Gesicht ... es schrumpfte irgendwie zusammen und sah plötzlich viel älter aus.

Sie öffnete auch die Augen nicht wieder, als nach zwanzig Minuten die Polizei eintraf, ihr die Tasche wegnahm, den Toten untersuchte und fotografierte und knapp und höflich, wie Chinesen sind, die Franzosen verhörte. Madames Ausbruch, sie habe schon immer gewußt, daß Hongkong voller Gangster sei, überhörte man mit noch größerer Höflichkeit.

Kommissar Ting Tse-tung vom 1. Kommissariat der Polizei von Kowloon blickte auf die beiden Einschußlöcher in der Stirn des Toten, als betrachte er tief sinnend eine neue Ausgrabung im archäologischen Museum.

»Haben Sie dafür eine Erklärung, Kommissar?« fragte der Direktor neben ihm mit belegter Stimme. »Kommt rein wie eine Prinzessin, lächelt und tötet! Und das bei mir!«

»Irgendwo mußte es ja geschehen«, sagte Ting Tse-tung sarkastisch. »Das Schicksal traf eben Sie. In einer Viertelstunde ist der Tote weg. Dann wird es hier wieder so aussehen, als sei nichts gewesen.«

»Herr Kommissar ... die Presse ... Morgen steht es in allen Zeitungen ...«

»Dann überlegen Sie doch mal«, meinte Ting Tse-tung trocken, »was Sie an Propaganda sparen ...«

Er ging zurück zur Küche, wo noch immer die schöne Dame auf dem Hocker saß. Sie hatte die Augen jetzt geöffnet und sah den Kommissar mit einem seltsam starren Blick an.

»Kommen Sie mit!« forderte Ting Tse-tung sie auf. »Können Sie gehen?«

Sie gab keine Antwort, erhob sich und schritt würdevoll aus dem Küchenvorraum. Im Foyer stieß man auf die Sargträger, die den Toten abholen wollten. Sie blieb stehen, warf einen Blick auf den Sarg, schüttelte den Kopf und ging dann weiter.

»Wie fühlen Sie sich?« fragte Ting Tse-tung an ihrer Seite.

»Gut!« Es war das erste Wort, das sie sprach.

»Sie haben vor einer halben Stunde einen Mann erschossen.«

»Wirklich?« Sie standen vor dem Lift. Ting Tse-tung ließ sie vorausgehen, winkte seinen Beamten, draußen zu bleiben, und fuhr mit ihr allein hinunter.

»Warum haben Sie ihn erschossen?«

Sie lächelte und schwieg. Ihre Mandelaugen glänzten, als seien sie geschliffen. Ting Tse-tung seufzte laut, verzichtete auf weitere Fragen und führte sie unten auf der Nathan Road in seinen Dienstwagen. »Kümmern Sie sich um alles!« sagte er zu einem Leutnant, der neben dem Auto wartete. »Eine Routinesache.«

»Ist das die Mörderin?« fragte der Leutnant und starrte die schöne Dame an.

»Unzweifelhaft hat sie geschossen ...« Ting Tse-tung setzte sich neben sie. Er zog mit einem Knall die Tür zu, und so hörte der Leutnant die Fortsetzung des Satzes nicht mehr: »Wer schießt, ist aber nicht unbedingt der wirkliche Mörder.«

Es war gut, daß diese Bemerkung ungehört blieb. Wer hätte sie auch verstanden?

Im Polizeihauptquartier von Kowloon waren innerhalb einer Stunde die wichtigsten Männer von Hongkongs Verwaltung zusammengekommen.

Den Vorsitz führte der Polizeichef. Neben ihm saßen ziemlich verwirrt der Administrationsdirektor von Kowloon, der Befehlshaber der Canton Road Police, der Chef der politischen Polizei, der Stellvertreter des Gouverneurs von Hongkong und je zwei Abgeordnete des Legislative Council und des Executive Council. Vierzig Beamte eines sofort gebildeten »Sondereinsatzes X« saßen dahinter auf Klappstühlen in dem für solche Massenkonferenzen viel zu kleinen Raum.

Der Polizeichef blickte hinüber zu Ting Tse-tung, nickte und erklärte ohne Einleitung:

»Meine Herren! Ich habe Sie zu dieser ungewöhnlichen Nachtzeit ins Hauptquartier gebeten, weil ich der Ansicht bin, daß Sie noch heute mit einer Sache konfrontiert werden müssen, die morgen einen Wirbelsturm der Aufregung und Entrüstung hervorrufen dürfte; einen Sturm, der ungleich gefährlicher, härter und für unsere Stadt vernichtender sein wird als ein Taifun, der Tausende von Booten im Hafen zerschlägt und ganze Ortsteile wegfegt. Hören Sie bitte den Bericht von Kommissar Ting. Wir sind hier in Hongkong, wie jeder von uns weiß, mit Sorgen bis zum Hals eingedeckt – aber das hier könnte alles übertreffen.«

Ting Tse-tung trat vor, lehnte sich gegen eine Tischkante, gab einen Wink, ein Bildwerfer flammte auf, und an der weißen Rückwand des Raumes erschien ein Foto des ermordeten Mannes im Smoking. Die beiden Einschüsse über der Nasenwurzel waren klar zu erkennen.

»Dieser Mann«, sagte Ting Tse-tung, »wurde vor knapp drei Stunden im Juno Revolving Restaurant am Tisch 26 erschossen. Sie sehen zwei Kopfschüsse aus einer kleinen 4-mm-Damenpistole. Ein Spielzeug – aber aus nächster Entfernung tödlich. Das Opfer, ein gewisser Reginald Marcus Rogers, kam aus San Francisco, war verwitwet, wohnte hier im Hyatt Regency Hotel, hatte die Suite Nummer 2 gemietet, gab auf einem Meldezettel an, Importeur zu sein und fiel in den fünf Tagen, die er hier wohnte, durch eine beneidenswerte Potenz auf. Er hat fast alle Escort Services durch ... von der Venus East Ltd. bis zur Adams' Eve Ltd. Und immer ließ er sich die ›Stars‹ im Bett bringen. Wenn ich Namen nenne, werden die Kollegen vom Sittendezernat mit der Zunge schnalzen.«

»Bitte, etwas mehr Zurückhaltung, Kommissar Ting!« sagte der Polizeichef mahnend.

Ting Tse-tung lächelte schwach. »Das war bisher alles, was über Mr. Rogers zu erfahren war. Ein Telegramm ist nach San Francisco zum dortigen Polizeipräsidium unterwegs ... wir erwarten schnelle Antwort.« Nach einer kurzen Pause fügte er hinzu: »Mr. Rogers wurde von einer Frau erschossen.«

»Also ein simpler Dirnenmord!« rief einer der Herren vom Parlament pikiert. »Ich sage ja immer schon: Die Polizei ist viel zu lau! Hongkong und vor allem Kowloon sind ein Sumpf ...«

Ting Tse-tung erwiderte kühl: »Die Täterin ist keine Dirne oder – wie man so schön sagt – keine ›Escort for all Entertaining‹. Sie ist nichts!«

»Wie bitte?« Der Stellvertreter des Gouverneurs beugte sich vor. »Was heißt das?«

»Sie ist unbekannt und wird unbekannt bleiben. Sie hat keinen Namen ...«

»Das gibt es nicht!«

»... sie hat keinen Wohnsitz, kein Zimmer, keine Verwandten. Niemand vermißt sie, sie ist ein lebendes Nichts!«

»Unmöglich.«

»Sie werden sie gleich sehen, meine Herren. Sie wartet im Nebenraum. Noch steht sie, geht aufrecht, sieht Sie an, lächelt Ihnen zu, hört Sie ... *noch*! Wir haben noch keine gesicherte Erkenntnis darüber, wann sich das ändert. Einmal waren es sechs Stunden, dann drei Tage, dann ein Tag, dann wieder nur drei Stunden ... es gibt da kein System ...«

»Was ... was wollen Sie damit sagen, Ting?!« rief der Chef der politischen Polizei erregt.

»Der heutige Mord ist der fünfte, der genauso ablief wie die vier vor ihm. Immer waren die Mörder Frauen, unbekannt, hübsch, ein wunderschönes Nichts ... Sie starben alle nach Ablauf bestimmter Zeiten – wie ich schon andeutete – an einer unbekannten, fürchterlichen Krankheit: Ihre Leber zersetzte sich, wurde ein jauchiger Klumpen! Ich habe die Sezierberichte mitgebracht und werde Ihnen später daraus vorlesen. Der Verfall beginnt mit einer Hirnparalyse ... die Kranken fallen in ein Koma, bis der Tod sie erlöst. Am längsten hielt es Mörderin Nummer drei aus: Sie lag fast vier Wochen im Koma, bis sich ihre Leber aufgelöst hatte. Die Ärzte im Kwong Wah Hospital unter Leitung von Dr. Wang An-tse haben alles versucht, was nach letzten Erkenntnissen möglich war. Umsonst! Da man die Krankheit nicht kennt, hat man auch kein Gegenmittel.«

Kommissar Ting holte tief Luft. Es war lautlos im stickigen Zimmer. In jedem der Männer kreisten schreckliche Gedanken, die sich zu apokalyptischen Vorstellungen einer alles zerstörenden Volksseuche verdichteten. »Bei der heutigen Mörderin zeigen sich die gleichen Symptome wie bei den Vorgängerinnen. Sie handelte wie ein Computer, dem man eingespeichert hat: Du mußt Mr. Reginald M. Rogers töten. Geh hin, er ißt im Juno Revolving Restaurant, Kowloon, 655 Nathan Road.«

»Ein Mord in Hypnose ... davon habe ich schon mal gelesen!« sagte der Stellvertreter des Gouverneurs mit belegter Stimme.

»Das hier ist keine Hypnose, Sir.« Kommissar Ting hob seine Stimme. »Ich habe den furchtbaren Verdacht, daß hier durch irgendwelche Manipulationen eine neue Krankheit erzeugt wird, die einerseits willenlos macht und andererseits den Kranken mit hundertprozentiger Sicherheit vernichtet. Es gibt ja keine Heilungschancen! Diese ›erzeugte‹ Krankheit im Großeinsatz . . . ich überlasse die Auswirkungen Ihrer Phantasie, meine Herren. Die Wirklichkeit kann noch schlimmer sein . . .«

»Das . . . das ist mir zu utopisch«, sagte der Chef der politischen Polizei wie mit verrosteter Stimme. »Das ist undenkbar!«

»Undenkbar war vor lächerlichen 70 Jahren auch, daß man Atome spalten und damit die Erde vernichten kann. Mit einem Schlag. Undenkbar ist vieles, aber manches davon – das haben wir Kinder unserer Zeit gelernt – ist auch machbar. Ich kann Ihnen fünf unglaubliche, undenkbare Fälle präsentieren . . .«

»Sie nehmen also an, Kommissar Ting«, meinte einer der Parlamentsabgeordneten und hüstelte dabei nervös, »daß jemand in der Lage ist, eine Krankheit künstlich zu erzeugen, die zu Verbrechen aller Art führt; und der Kranke handelt, ohne daß er sich dessen bewußt ist. Gleichzeitig bleibt er unrettbar dem Tod verfallen. Habe ich das richtig umrissen?«

»Alles deutet darauf hin, daß es sich genauso verhält«, antwortete Ting Tse-tung vorsichtig. Er ging zu der Tür zum Nebenraum, öffnete sie und trat zur Seite.

Langsam, wie ein wandelnder Geist, trat die unbekannte Schöne ein. Im Zimmer war es so still wie in einem Grab . . . die Augen der Männer, obwohl von asiatischer Schönheit längst verwöhnt, weiteten sich ein wenig bei diesem zauberhaften Anblick. Die Dame durchquerte an der Seite Tings das Zimmer von einer Wand zur anderen, stumm lächelnd, hoheitsvoll schreitend – und doch hatte man den Eindruck, hier bewege sich ein Automat über den Boden. Erst als sie das Zimmer verlassen hatte und die Tür wieder zuklappte – der Laut ließ alle im Raum zusammenfahren, als habe es eine Explosion gegeben –, hörte man das tiefe Seufzen des Gouverneur-Stellvertreters. Er hing fast auf seinem Sessel, wischte sich den Schweiß von der Stirn und kämpfte mit einem Zukken in seinen Mundwinkeln. Der Polizeichef, an dramatische Auftritte gewöhnt, faßte sich als erster.

»Sie stimmen mir zu, meine Herren: Unglaublich!«

»Diese Frau soll schwer krank sein?« stotterte der Chef der politischen Polizei.

»Nach meinen Erfahrungen ist sie bereits so gut wie tot!« erklärte Ting ruhig. »Der Zeitpunkt ihres physischen Todes wurde längst programmiert. Wir wissen: Diese Frau hat Mr. Rogers aus San Francisco erschossen – aber wir werden nie erfahren, woher sie ihn kannte, ob sie ihn überhaupt kannte, warum sie ihn tötete. Wir werden nichts erfahren. Ich wiederhole: Es ist dies der fünfte Fall!«

»In welchem Zeitraum?« fragte der Vertreter des Exekutivrates der Kronkolonie Hongkong.

»Innerhalb eines halben Jahres, Sir.«

»Und Sie erwarten noch mehr dieser rätselhaften Morde?«

»Ja.« Ting nickte mehrmals. »Nicht nur das.«

»Was sonst noch?«

»Wenn man diese ›Krankheit‹ exportieren kann, könnte man die ganze Welt mit ›unschuldigen‹ Mördern überziehen. Niemand wäre dann noch sicher vor diesen lächelnden, stummen Tätern ...«

»Undenkbar, dieses Chaos!« schnaufte der Chef der politischen Polizei. »Kein Politiker könnte mehr geschützt werden. Überall könnten diese ›Kranken‹ auftreten!«

»Noch sind alles Vermutungen!« Der Abgeordnete des Exekutivrates legte die Hände gegeneinander; sie zitterten leicht. »Um allen Diskussionen aus dem Weg zu gehen, wage ich die Frage, die letztlich doch gestellt wird: *Was* kann man tun, wenn das alles schreckliche Wahrheit ist?!«

»Die Quelle der Krankheit finden«, antwortete der Polizeichef.

»Und wie?«

»Das ist eine ähnliche Frage wie: Leben auf dem Mars Menschen? Und wenn: Wer holt einen zu uns herunter?«

»Die unbekannte Täterin zu fragen hat keinen Sinn«, sagte Kommissar Ting betont langsam. »Auch nicht mit Methoden aus der alten Zeit ... ich würde mich in diesem Falle nicht scheuen, sie anzuwenden ...«

»Kommissar Ting!« rief der Polizeichef wieder tadelnd.

»Da ich es ausspreche, können Sie sicher sein, daß es nicht

geschieht. Wozu auch? Ein solches Verhör würde sinnlos sein. Die schöne Mörderin ist eine gepflegte Frau ... wir werden feststellen können, woher ihr Abendkleid stammt, ihre Unterwäsche, ihr Parfüm, ihr Schmuck – der übrigens unecht ist –, ihre Schuhe, die Handtasche, bei ganz großem Glück auch die kleine Pistole ... aber ich garantiere Ihnen, was beim Verhör herauskommen wird: Ein junger Chinese erschien im Laden, werden sie aussagen, und suchte das Stück aus, bezahlte in bar, ging. Wie er aussah? Wie hunderttausend Chinesen in Hongkong! Wir werden auch von Mr. Rogers erfahren, wer er war, und feststellen, daß es gar keinen Grund gab, ihn umzubringen. Ich zähle die vorangegangenen Mordopfer auf: Nummer eins war ein Italiener, Sergio Rafello, Besitzer von vierzehn Eissalons. Nummer zwei: Der Brasilianer Jorge Cavelho, ein Amethystminenbesitzer. Nummer drei: Der Syrer Hamid Ibn Mohammed Rassul. Ihm gehören drei Hotels in Damaskus. Nummer vier: Ein Holländer. Jan van Fleeten. Beruf: Schiffsausstatter. Nummer fünf nun der Amerikaner Reginald M. Rogers aus San Francisco. Laut Eintragung Importeur. Was er importiert, werden wir bald wissen. Gemeinsam haben sie eines: Sie waren harmlos, kamen nach Hongkong als Touristen und wurden getötet ohne ersichtlichen Grund!«

Ting Tse-tung schwieg, griff nach einem Glas Fruchtsaft und trank einen langen Schluck.

Der Chef der Canton Road Police kratzte sich die Nase. Er ahnte, daß ihm gewaltige Arbeitsbelastungen ins Haus standen. »Fünf sinnlose Morde, aber alle mit Methode!« sagte er. »Immer der gleiche Stil. Das ist kein Zufall!«

»So intelligent sind wir auch«, entgegnete der Polizeichef von Kowloon grob. »Geben wir zu, meine Herren: Wir befinden uns in einer teuflischen Lage! Wir glauben zu wissen, daß noch weitere Verbrechen geplant sind, und haben doch keine Möglichkeiten, sie zu verhindern! Das hat Kommissar Ting wohl deutlich gemacht, nicht wahr?«

»Draußen wartet Dr. Wang An-tse. Er und sein Team haben die vier vorangegangenen Fälle untersucht und den Tod der Täter miterlebt. Er wird auch unsere Unbekannte übernehmen, ohne ihr helfen zu können. Wollen Sie Dr. Wang anhören, meine Herren?«

»Aber ja!« rief der Abgeordnete des Legislativrates.

»Bitte.« Ting ging zur Tür und öffnete sie.

Dr. Wang An-tse war ein Mann von 41 Jahren, schlank und für einen Chinesen mit 1,78 sehr groß. Er kleidete sich elegant wie alle wohlhabenden Hongkong-Chinesen, trug einen hellgrauen Seidenanzug, ein blütenweißes Hemd und eine hellgraue Seidenkrawatte mit eingewebten silbernen Sternchen. Hinter der Goldbrille blickten ruhige Augen über die Versammlung. Seine Körperhaltung beim Gehen drückte Überlegenheit und Sicherheit aus und einen Anklang von Manieriertheit. Er ging zu dem Tisch, an den sich bei seinem Vortrag Ting gelehnt hatte, und schob die Hände in die Taschen des seidenen Sakkos.

»Ich nehme an, Dr. Wang, Sie haben einen gründlichen medizinischen Bericht vorbereitet«, sagte der Polizeichef, bevor Dr. Wang sprechen konnte. »Bitte, reichen Sie uns diesen schriftlich ein. Wir sind alle medizinische Laien und verständen doch nur die Hälfte. Dürfen wir Ihnen statt dessen Fragen stellen?«

»Ich stehe zur Verfügung«, antwortete Dr. Wang und verbeugte sich höflich. Sein Gesicht blieb dabei unbewegt.

»Sie haben vier der rätselhaften Täter bis zu ihrem Tode betreut?«

»Ja.«

»Sie alle fielen in ein Koma, ohne vorher einen Ton gesagt zu haben?«

»So war es, Sir.«

»Woran starben sie? Bitte, volkstümlich ausgedrückt . . .«

»An einer Totalzersetzung der Leber. Die Obduktion ergab immer das gleiche Bild: Irgendeine Infektion, ein Virus oder sonstwas – wir wissen es nicht! – löst das Lebergewebe auf. Die Leberzellen zerfallen, es kommt zu einer Komplettvergiftung des Körpers, zum Koma hepaticum, zum Tod. Die Leber ist die wichtigste chemische Komponente unseres Körpers, die chemische Zentrale. Ohne Leber geht nichts mehr. Ihre Funktion bestimmt unser Gesundheitsbild, vom Eiweißstoffwechsel bis zur Entgiftung des ganzen Körpers. Deshalb sind massive Leberschädigungen immer problematisch und oft irreparabel. Noch nie aber haben wir gesehen, und es gibt in der gesamten medizinischen Literatur keine Erwähnung dieser Art, daß eine Leber in so kurzer Zeit geradezu zerfällt zu einem jauchigen Brei. Wir stehen vor einem Rätsel.«

»Und diese fürchterliche Krankheit trat nur bei den vier Mördern auf?«

»Ja.«

»Unheimlich«, stotterte der Abgeordnete des Legislativrates. »Verdammt unheimlich. Mein Gott, wenn das in der Öffentlichkeit bekannt würde! Meine Herren, ich schlage vor, den Fall als normalen Dirnenmord herunterzuspielen und verpflichte Sie zur strengsten Diskretion.«

»Das ist ja wohl klar.« Der Polizeichef von Kowloon trommelte mit den Fingern auf die Tischplatte aus Mahagoni. »Dr. Wang, haben Sie irgendeine Vermutung, um was es sich bei dieser Krankheit handelt?«

»Ich habe keinerlei Anhaltspunkte, Sir.« Dr. Wang An-tse nahm seine Goldbrille ab, putzte die Gläser mit einem weißen Taschentuch und setzte sie dann wieder auf. »Selbst das Elektronenmikroskop im Queen Elizabeth Hospital gibt keine Auskunft.«

»Kann es sich auch um ein Gift handeln?«

»Möglich!« Dr. Wang hob die Schultern. »Alle Hypothesen sind erlaubt . . .«

»Dann habe ich einen Mann, der Ihnen helfen kann, Kommissar Ting.« Der Stellvertreter des Gouverneurs wischte sich wieder kalten Schweiß von der Stirn. »Als Austauscharzt zwischen unseren Tropeninstituten befindet sich seit knapp drei Monaten der deutsche Arzt und Toxikologe Dr. Fritz Merker in Hongkong. Er arbeitet im Queen Elizabeth Hospital in der Forschungsabteilung und soll ein ungewöhnlich guter Mann sein.«

»Ich kenne ihn«, sagte Dr. Wang und bewegte die Finger in seinen Sakkotaschen. »Er untersucht Schlangengifte.«

»Das könnte auch eine Richtung sein. Kann ein Schlangengift so wirken?«

»Ohne weiteres.«

»Ich werde Dr. Merker für die Polizei freistellen!« Der Stellvertreter des Gouverneurs atmete auf. Das war ein sinnvoller Beitrag zur Lösung dieses schrecklichen Rätsels. Wenn man auch in Hongkong eigene gute Experten auf diesem Gebiet hatte – zwei Augen mehr können auch mehr sehen.

An der Tür klopfte es. Ting öffnete.

Der Kopf eines Polizisten schob sich in den Raum: »Die Frau ist eben zusammengebrochen«, meldete er. »Ohne Besinnung.«

»Das ging schnell.« Dr. Wang löste sich von der Tischkante. »Haben die Herren noch Fragen oder kann ich gehen? Ich werde die Kranke ins Kwong Wah Hospital bringen lassen.«

»Bitte diesmal ins Military Hospital!« sagte Ting kurz.

Dr. Wang blieb wie nach einem Hieb vor die Brust stehen: »Warum?«

»Ich habe sie da besser unter Kontrolle.«

»Das Military Hospital ist für eine solche Behandlung nicht eingerichtet, Kommissar Ting!«

»Sterben kann man in jedem Bett.« Ting lächelte höflich. »Ich möchte, daß sich – wenn das möglich ist – Dr. Melkel ausschließlich um die Sterbende kümmert.«

Auch Ting Tse-tung war es trotz seines guten Englisch nicht möglich, das zweimalige »r« in Dr. Merker auszusprechen. Nach Chinesenart wurde daraus ein »l«. Doktol Melkel. Wang An-tse hob die Schultern und nickte. Was Ting da anordnete, war eine Beleidigung, die er nicht hinnehmen konnte, ohne sein Gesicht zu verlieren. Seit fast zwanzig Jahren tat er seine Pflicht als Arzt – erst als Armenarzt drüben in Aberdeen, später im Gewirr der Dschunken und Sampans im Taifunhafen von Yau Ma Tei, seit vier Jahren als Chef der Inneren und Infektionsabteilung des Krankenhauses Kwong Wah. In seinem Ordinationszimmer hingen Diplome und Belobigungen höchster Stellen. Ihm jetzt den fünften Fall der rätselhaften Krankheit wegzunehmen, war wie eine Ohrfeige.

»Ich werde Kommissar Ting zur Rechenschaft ziehen!« sagte Wang steif.

»Bitte, keine Privatfehden!« rief der Stellvertreter des Gouverneurs. »Wir haben genug Sorgen. Dr. Wang, wir sprechen

Ihnen unser vollstes Vertrauen aus. Aber wenn Kommissar Ting es für richtig erachtet, die Mörderin unter Militärschutz zu stellen – warum sollen wir uns dagegen wehren?« Er erhob sich. Und da er in dieser Runde der Ranghöchste war, galt die Versammlung als aufgelöst.

»Was kann die Polizei tun?« fragte jemand.

»Warten!« antwortete Ting Tse-tung trocken. »Und an ein Wunder glauben . . .«

Im Rahmen eines ärztlichen Austauschdienstes, der zwischen Hongkong und dem Deutschen Tropeninstitut in Hamburg vereinbart worden war, war Dr. Fritz Merker vor vier Monaten nach Kowloon gekommen, machte zunächst vier Wochen Urlaub, sah sich sein neues Wirkungsfeld von allen Seiten an, besuchte alle Sehenswürdigkeiten von Hongkong, Kowloon und den New Territories, fuhr an der rotchinesischen Grenze entlang, besuchte auch die Riesenstadt Canton in China und war immer wieder verblüfft und überwältigt von der Vielfalt, Größe und Faszination Hongkongs, das man sich in Europa meist als Fleck auf der Landkarte vorstellt, als eine Art Halbinsel. Daß es hier im Hinterland die Millionenstadt Tsuen Wan gibt, eine Industriestadt mit Hochhäusern, in denen pro Haus bis zu 1000 Menschen wohnen – meist Chinaflüchtlinge, die hier die umliegenden Hügel und Berge wie Ameisen abtragen, Steine und Erde ins Meer schütten und so Neuland gewinnen für neue Siedlungen –, daß Hongkong ein Gewirr von größeren und kleineren Inseln ist, von großen landwirtschaftlichen Flächen, auf denen Reis angebaut wird, und wo riesige Hühner- und Entenfarmen stehen, von denen die berühmte »Peking-Ente« kommt, die – tiefgefroren – auch in unseren Feinkostläden liegt, und daß hier eine zwar kleine, aber mit asiatischer Geschäftigkeit und Kultur verwurzelte eigene Welt seit Jahrtausenden lebt und überlebt – dies alles wissen die wenigsten im fernen Europa.

So war auch Dr. Merker nach diesen vier Wochen Urlaub, die in ein einziges Herumreisen ausarteten, süchtig geworden wie so viele, die Hongkong kennenlernen. Und er hatte sich in diese Riesenstadt mit ihrer traumhaft schönen Umgebung verliebt. Als er vor drei Monaten dann seinen Dienst im Queen Elizabeth Hospital antrat, sagte er zum Chef der Klinik gleich nach dem ersten Händedruck: »Ich soll ein Jahr bleiben. Ich fürchte, diese Rechnung ist falsch. An diesen Fleck Erde könnte ich mich gewöhnen.«

Nach Hamburg schrieb er an seinen Freund Dr. Hans Zeisig, Oberarzt der Chirurgischen II. Klinik in Eppendorf: »Hongkong ... das kann man nicht beschreiben. Das muß man sehen, erleben, erhören, erriechen, erfühlen! Das ist eine Welt, in der Märchen und Schrecken verschmelzen. Ein Blick nachts vom Victoria Peak über Hongkong, Kowloon und die Neuen Territorien ist so atemberaubend, daß nichts auf der Welt diesem Ausblick gleichkommt. Wer einmal hier gestanden hat weiß, daß er an diese Stadt verloren ist ... Ich glaube nicht, daß ich nach Hamburg zurückkomme.«

»Das legt sich«, meinte Dr. Zeisig im Freundeskreis, wo man den Brief vorlas, »spätestens dann, wenn Fritz in einer der Gassen eins über den Schädel bekommt und ausgeplündert aufwacht. Was er nämlich nicht schreibt: Ihn haben die schwarzäugigen Weiber aus den Schuhen gehoben! Jungs, ich kenne Singapur, da ist's nicht anders ... da laufen Mädchen herum, bei denen einem das Herz bis unters Kinn schlägt. So kann kein Maler malen, was da in Natur herumtrippelt. *Das* hat unserem lieben Fritz den Sinn für die Realität geraubt.«

Drei Monate Kowloon-Krankenhauspraxis – das ist trotz aller modernen Einrichtungen doch eine andere Welt als Hamburg. So wunderte sich Dr. Merker nur sehr wenig, als ein Polizeibeamter in Zivil zu ihm ins Queen Elizabeth Hospital kam, ein Schreiben des Gouverneurs vorwies und ihm sagte, er sei ab sofort der Polizei zur Verfügung gestellt. Man erwarte ihn im Hauptquartier, um ihn zu informieren.

Dr. Merker zog sich um und fuhr mit dem Polizisten zum Präsidium. Der Polizeichef empfing ihn sofort, drückte ihm die Hand und stellte ihm den Kommissar Ting Tse-tung vor. Ting musterte Dr. Merker kurz und empfand sofort großes Vertrauen zu dem blonden, etwas schlaksig wirkenden Deutschen. Merker war so groß wie Ting, nur breiter in den Schultern, im ganzen schwerer, breitknochiger, muskulöser und vier Jahre jünger. Er muß ein sehr guter Schwimmer sein, dachte Ting völlig unmotiviert. Und ein starker Boxer. In diesen Muskeln muß ein harter Punch sitzen. Gefährlich für unsere Frauen sind seine hellblauen Augen ... wer wäre nicht verwirrt, wenn sie einen anblicken? Mit diesen Augen hat der Bursche bei unseren Mädchen immer freie Fahrt ... Und plötzlich, aus einer Eingebung heraus, dachte Ting: Vielleicht wird es das brauchen. Bisher waren alle rätselhaften Mörder Frauen! Lag auch darin ein System?

»Wir werden zusammenarbeiten müssen, Doktol Melkel«, sagte Ting und verbeugte sich voller Höflichkeit.

Dr. Merker, der sich an das Melkel bereits gewöhnt hatte – im Hospital sprach man ja nicht anders –, hob die Schultern: »Wenn Sie es sagen, Kommissar ... Ich habe ein Schreiben des Gouverneurs bekommen, in dem ich beauftragt wurde, eine neue Forschungsstelle zu übernehmen. Sind einige Ihrer Kollegen von unbekannten Schlangen gebissen worden?«

Es sollte ein kleiner Witz sein, aber die Herren lachten nicht. »Wir fahren gleich, wenn ich Ihnen unser Problem erklärt habe, zum Military Hospital, wo eine geheimnisvolle Frau liegt und langsam stirbt.«

»An einem Schlangenbiß ...«

»Nein. An einer kurzfristigen Totalauflösung der Leber.«

»Das gibt es nicht.«

»Sie haben recht: Das hat es nicht zu geben! – Aber dies ist bereits der fünfte Fall ... alles Frauen, und jedesmal nach einem Mord, den diese Damen begingen.« Ting lächelte gequält.

»Mörderinnen?« Dr. Merker spürte, daß jeglicher Humor hier unangebracht war. Ein Gefühl wie ein kalter Hauch wehte kurz über ihn.

»Sie mordeten und starben kurz darauf an dieser völlig unbekannten Leberzersetzung. Auf der Fahrt zum Military Hospital können Sie die Obduktions- und Krankenberichte von Dr. Wang lesen. Wir setzen die große Hoffnung in Sie, daß Sie die Ursache der Krankheit finden. Alles deutet darauf hin, daß sie künstlich erzeugt wird. Ein Gift, eine Bestrahlung, was weiß ich? Aber die Krankheit ist *da*!«

»Prost, meine Herren!« Dr. Merker atmete tief durch. »Ich erkenne die Ehre, mit so einem Auftrag betraut zu werden . . . aber ich sage es Ihnen ehrlich: Das ist ein ganz großer Scheißdreck, vor dem ich am liebsten weglaufen möchte.«

»Ich auch.« Ting Tse-tung lächelte breit. »Sie gefallen mir außerordentlich, Doktol Melkel. Wir werden gut zusammenarbeiten können.«

Ein kurzer Vortrag von Ting und das Studium der Sektionsberichte während der Fahrt zum Military Hospital führten Dr. Merker in eine Welt, die er bisher nur aus Fernsehfilmen und Kriminalromanen kannte. Fünf Tote, fünf Mörderinnen, die alle an Leberzersetzung starben, fünfmal kein Motiv – es war verständlich, daß man im Gouvernement unruhig wurde und die phantasievollsten Kombinationen möglich schienen. Nur eines hielt Dr. Merker für maßlos übertrieben und in die Nähe einer Horror-Vision gerückt: Tings Ansicht, man könne diese Krankheit weltweit als Mordwaffe exportieren.

Im Military Hospital wurden sie vom Chefarzt empfangen, einem Oberstleutnant dem Range nach, der ein säuerliches Gesicht zog.

»Ich weiß nicht, warum immer die Army herhalten muß, wenn irgendwo ein offizieller Arsch juckt!« sagte er grob. »Was soll ich mit der Frau? Ich habe das Ende des Flügels II absperren lassen. Da liegt sie nun allein, hat vier Zimmer für sich . . . warum das alles? Vom Büro des Gouverneurs höre ich: Geheimstufe eins. – Darf ich fragen, was da los ist?«

»Eine neue Krankheit, Sir.«

»Und die legen Sie mir ins Bett? Ich protestiere im Namen der Armee! Im Queen Elizabeth Hospital gibt es eine riesige Quarantäneabteilung!«

»Von da komme ich«, sagte Dr. Merker.

»Aha! Sie holen das Weib ab?«

»Nein, ich setze mich an ihr Bett.«

»Bei mir im Hospital?«

»So lautet mein Auftrag, Sir . . .« Er klopfte dem Kollegen auf den Rücken. »Ich bin gespannt, wie sich unsere schöne Unbekannte verändert hat.«

Dr. Wang An-tse kam ihnen auf dem langen Flur entgegen,

als er ihre Schritte von weitem hörte. Der hintere Teil des Hospitalflügels war mit Stellwänden abgesperrt worden. Ein Schild, auf einen Ständer montiert, warnte:

»Kein Eintritt! Lebensgefahr!«

Dr. Wang sah übernächtigt aus. Hinter den Brillengläsern blinzelten die Augen zu Dr. Merker hin. Er trug noch immer seinen eleganten grauen Seidenanzug ... nur den Schlips hatte er abgezogen und trug das weiße Hemd offen.

»Endlich!« sagte Wang müde. »Gut, daß Sie da sind, Doktol Melkel. Ich falle gleich aus den Kleidern.«

»Wie geht es ihr?« fragte Ting.

»Unverändert. Ohne Besinnung.«

»Koma hepaticum?« fragte Dr. Merker.

»Nein! Das ist es ja, wie bei den anderen auch: Die Besinnungslosigkeit hat eine andere Ursache. Welche? Unbekannt! Erst *in* der Ohnmachtsphase wandelt sich das Krankheitsbild in ein Koma um, und die Leber zerfällt ...«

»Verrückt.« Dr. Merker betrat das Krankenzimmer und blieb an der Tür betroffen stehen. Er mußte zugeben, noch nie eine solch schöne Frau gesehen zu haben. Sie lag aufgedeckt in betörender Nacktheit auf dem Bett. Das lange schwarze Haar über Schulter und Brüste drapiert, als sollte sie für ein Männermagazin fotografiert werden. Ihre Haut war weiß, mit einem Schimmer ins Olive hinein. Die vollen roten Lippen waren vorgewölbt, als wollten sie zu einem Kuß auffordern. In die Vene ihres linken Armes war eine Nadel geschoben, an der ein Kunststoffschlauch hing, der zu einem Infusionsgalgen führte.

»Das ist das einzige, was ich tun kann«, sagte Dr. Wang entmutigt. »Bluttransfusion mit hochangereichertem Blut. Aber das hält die schnelle Nekrose nicht auf.«

»Sie haben festgestellt, Kollege, daß die Leber nekrotisiert?« fragte Dr. Merker.

»Ich habe vier Parallelfälle gehabt.«

»Das muß ich sehen.« Dr. Merker setzte sich auf die Bettkante und betrachtete die Frau. Die Mörderin. Er erinnerte sich, was Ting ihm erzählt hatte: Erschießt ohne Grund den Amerikaner Reginald M. Rogers im Juno Revolving Restaurant und lächelt stumm, bis sie in Ohnmacht fällt. Ein ›Nichts von Mensch‹, wie es Ting nannte. Ein wunderschönes Nichts.

Dr. Merker tastete ihren Leib ab, hob die Augenlider, hörte das Herz ab, fühlte den Puls ... Dr. Wang schob die Unterlippe vor. Die Untersuchungsmethode eines billigen Sanitäters.

Aber dann sagte Dr. Merker plötzlich: »Ich nehme an, das Military Hospital ist voll eingerichtet?«

»Darauf gebe ich keine Antwort!« knurrte der Chefarzt.

»Also gut. Ich brauche alles für eine Kontrastdarstellung der Leberarterien und eine bioptische Leberpunktion.« Er richtete sich auf und sah in die fahlen Gesichter von Dr. Wang und dem Chefarzt. In der trüben Beleuchtung des Zimmers wirkte alles verzerrt. »Ich werde das im OP machen. Kollege Wang, möchten Sie assistieren? Ich will auf dem Wege über die Darstellung der Arterienäste die Veränderungen im Leberparenchym sichtbar machen – falls vorhanden!« Er sah den Chefarzt wieder an. »Sie haben doch ein Laparoskop hier?«

»Ja!« knurrte der Oberstleutnant Ihrer Majestät.

»Und alles für die Leberkatheterisierung?«

»Dumme Frage ...«

»Dann los, meine Herren!« Dr. Merker sprang vom Bett auf. »Bald wissen wir genau, was mit der Leber dieser Frau los ist.«

Dr. Wang zog seinen Rock aus und hängte ihn über eine Stuhllehne. Im OP-Vorraum würde er einen grünen OP-Kittel bekommen. Ich habe diesen Deutschen unterschätzt, dachte er, als er den Rock ordentlich glattstrich.

Nach knapp einer Stunde saß Dr. Merker vor dem zylindrischen Gewebsstück, das er mittels Troikar aus der Leber gewonnen hatte. Schon der erste Blick ins Mikroskop sagte ihm, daß er einem massiven Leberzellzerfall gegenübersaß, wie er oft bei schweren Pilzvergiftungen zu sehen ist – vor allem bei Vergiftungen mit Amanita phalloides (Grüner Knollenblätterpilz). Alle Symptome aber waren atypisch für eine Pilzvergiftung ... andererseits bedeutete dies dennoch einen kleinen Lichtblick ins geheimnisvolle Dunkel der unbekannten Krankheit: Die Leber sah aus wie nach einer Vergiftung!

Hatte jemand, der im Hintergrund die Mordbefehle gab, die Todesfrauen mit einem unbekannten Gift paralysiert? Ein Gedanke, der elektrisierte.

Dr. Wang nickte abgeschlafft, als Dr. Merker ihm das mitteilte. »Alles schon in Erwägung gezogen«, sagte er todmüde und zog seinen Rock wieder an. »Es ist kein Gift zu analysieren. Und Gift wirkt immer gleich. Hier haben wir fünf Opfer, die völlig verschieden starben, was den Zeitabstand betrifft. Bei Gift ist das nicht möglich. Es hat nur einen begrenzten Wirkungsspielraum.«

»Wir gehen immer vom Bekannten aus! Hier liegt etwas Unbekanntes vor, Herr Kollege.«

Dr. Wang nickte schwer, winkte ab: »Ich lege mich hin. Übernehmen Sie den ganzen Fall, Doktol Melkel. Ich kann mich nicht für eine noch so schöne Kranke kaputtmachen ... ich gehöre Hunderten von Patienten in meinem Hospital. Lesen Sie meine Berichte ... genauso wird auch diese Frau sterben. Gute Nacht.«

Vier Tage und vier Nächte blieb Dr. Merker neben der Unbekannten. Die Besinnungslosigkeit hielt an ... sonst war nichts an ihr zu sehen, zu tasten, zu hören. Der Puls war etwas vermindert, das Herz schlug langsamer, aber keinerlei Gelbfärbung der Haut wies darauf hin, daß der Leberzerfall weiter fortschritt.

Am fünften Tag erhielt Dr. Merker ein kleines Päckchen. Es kam, laut Absender, von einer Uhrenfirma aus Victoria, drüben von der Insel Hongkong. Da Dr. Merker dort weder eine Uhr gekauft noch in Reparatur hatte, öffnete er das Päckchen mit Vorsicht; aber nichts explodierte, zischte oder strömte Gas aus. Chinesen sind da von einem großen Einfallsreichtum.

Das Päckchen war fein säuberlich mit rosa Watte ausgelegt. Auf der Watte lag, wie ein wertvolles Schmuckstück, ein gebogener Zahn. Dr. Merker nahm ihn mit einer Pinzette hoch und hob ihn nahe an seine Augen. Erst dann betrachtete er den Zettel, der ihm in englischer Sprache mitteilte:

»Lassen Sie sterben, was auf Erden keine Heimat mehr hat. Retten Sie ein Leben, das noch eine Zukunft hat, Ihres!«

Dr. Merker rief sofort Ting an und las ihm das Schreiben vor. »Das Präsent ist der Giftzahn einer Schlange«, sagte er. »Ich finde diese Art der Drohung sehr apart ...«

»Dies zeigt auf jeden Fall: Das Phantom im Dunkeln wird unruhig und hat Sie als Gefahr erkannt.«

»Sehr tröstlich, Mr. Ting!« Dr. Merker legte den Giftzahn auf die rosa Watte zurück. »Wissen Sie, wie einfach es ist, einen Menschen umzubringen?«

»Natürlich. Das ist ja unser Brot, so etwas zu entdecken.«

»Und wie schütze ich mich inmitten von drei Millionen gleichaussehender Chinesen?«

»Wie inmitten von drei Millionen Europäern. Haben Sie Angst, Doktol Melkel?«

»Ich kann nicht sagen, daß ich darüber fröhlich bin, irgendeinem Unbekannten im Visier zu stehen.«

»Sie geben auf?«

»Wir kennen uns noch nicht lange genug, Mr. Ting!« sagte Dr. Merker fest. »Ich bin Arzt. Ich habe hier ein medizinisches Problem. Das verpflichtet mich auf Teufel komm raus! Ist das eine gute Antwort?«

»Eine sehr gute.« Ting Tse-tung lächelte breit, aber das sah Dr. Merker ja nicht. »Gott beschütze Sie ...«

»Sicherer wären eine gute Pistole und eine Schußweste. Schicken Sie mir beides ins Hospital, Mr. Ting.«

An diesem Abend schlug die unbekannte Mörderin die Augen auf und starrte Dr. Merker mit einem klaren Blick an. Sie rührte sich nicht, lag ohne Bewegung da, nur ihre Nasenflügel blähten sich, und ihr Blick wanderte von der Decke des Zimmers zu Dr. Merker und dann nach allen Seiten.

»Guten Abend, Sie wunderschönes Mädchen«, sagte Dr. Merker und beugte sich zu ihr hinunter. »Sie werden es nie erraten: Sie liegen in einem Bett des Military Hospitals von Kowloon. Ich bin Ihr Arzt, Dr. Fritz Merker. Und wer sind Sie?«

Die Unbekannte lächelte wieder, drehte den Kopf zur linken Seite und fragte mit einer hellen klaren Stimme:

»Wo ist Yo?«

In diesem Augenblick hätte Dr. Merker sie küssen können. Eine Pforte ins Unbekannte war aufgebrochen.

2

Wenn sich die Mitglieder der Geheimorganisation trafen – und das geschah in der letzten Zeit öfter als zuvor –, wußte keiner der Teilnehmer, wo es sein würde. Immer waren es andere Stellen, andere Räume, andere Umstände, und immer erhielt man den Befehl erst wenige Stunden vorher per Telefon oder durch einen kleinen Handzettel, den ein unbeteiligter, armer, zerlumpter Straßenjunge für 50 Cents zustellte. Den Zettel mußte man, wenn man ihn gelesen hatte, sofort verbrennen, die Asche zwischen den Handflächen zerreiben und in den Wind werfen, wo sie spurlos verwehte. Der Junge blieb so lange stehen und beobachtete alles. Nur einmal war es vorgekommen, daß jemand den Zettel nicht verbrannte, sondern in die Tasche steckte. Daraufhin erlebten es die Teilnehmer dieses Treffens, wie der Unvorsichtige beim Eintritt in den vereinbarten Raum vor ihren Augen mit einem einzigen Schwertstreich geköpft wurde von einem Scharfrichter in einem altchinesischen, prunkvollen Gewand, mit Leder- und Eisenschützern an Armen, Brust und Beinen, mit weißgeschminktem Antlitz und dem Benehmen eines Mandarin. Die Hinrichtung ging wortlos vonstatten ... was gab es auch noch zu besprechen, wenn man den Gehorsam verweigert hatte?

Die anderen Beteiligten verneigten sich vor dem Toten, der Henker ging lautlos aus dem Raum, und dann begann die Zusammenkunft wie immer mit einer höflichen Begrüßung des Herrn Tschao, wie er sich nannte; das bedeutete: Sohn des Drachen.

Allerdings: Sehen konnte man Herrn Tschao nie. Man hörte nur seine Stimme. Eine klare, fast schöne, klangvolle Stimme in der Mittellage, was auch bei Hongkong-Chinesen selten ist. Herr Tschao sprach ein Chengtu-Chinesisch, was aber nur noch ein Dialektfachmann heraushörte, so sehr hatte er sich dem Hongkong-Klang angepaßt. Wo man auch zusammentraf – auf einer Dschunke im Hafen von Aberdeen, in einem Hinterzimmer eines schwimmenden Restaurants, im Auswahlsaal eines der besten Bordelle in Kowloon, im dämmrigen Spielsalon einer dreckigen Kneipe von Tai Kok Tsu oder im mahagoniblitzenden Sitzungszimmer eines Geschäftshochhauses in Victoria –, immer mußte Herr Tschao hinter einem Bild oder einem Spiegel sitzen, wo er, selber unsichtbar für alle anderen, jeden sehen konnte. Ein uralter Trick, der aber noch immer die Anwesenden faszinierte und einschüchterte. Jeder wurde nervös vor diesen unsichtbaren Blicken. Man unterhielt sich mit einer Stimme, hinter der zwei Augen standen, die einen unablässig anzustarren schienen, so stellte man es sich vor – aber selbst blickte man ins Leere. Das konnte ein Herz wie mit Klammern umspannen!

An diesem Nachmittag, kurz vor Einbruch der Dunkelheit, hatte man sich ausnahmsweise an einem ziemlich schmutzigen Ort getroffen: in einer Lagerhalle der H. K. & Whampoa Docks an der Hung Hom Bay von Kowloon. Die Zusammengerufenen saßen auf Ballen und Kisten, blickten stumm geradeaus und warteten gespannt darauf, woher die Stimme des Herrn Tschao diesmal kommen würde.

»Die Morgenröte des nächsten Tages beglücke Sie alle!« sagte Herr Tschao plötzlich aus einem Lautsprecher. Seine unheimlich verstärkte Stimme erfüllte den Raum und schien aus allen Richtungen auf die Zuhörer einzudringen. »Ein Ereignis ist eingetreten, das mich unglücklich macht. Was ist das Schädlichste für eine Kirschblüte? Ein Nachtfrost! Er weht heran aus dem fernen Norden. Aus einem Land, das unsere Achtung verdient, das in besten Beziehungen zu uns steht und dessen Freundschaft wir nie vermissen möchten. Ein Land, das bekannt ist für seine wissenschaftlichen und technischen Spitzenkräfte. Dieses Land – Sie wissen, daß ich Deutschland meine – hat einen Spezialisten nach Hongkong geschickt, der bisher in der medizinischen Forschung tätig war. Ein äußerst kluger und deshalb für uns sehr gefährlicher Mann. Im Auftrage des Gouverneurs kümmert er sich jetzt um die ›Tränen der Sterne‹. Er heißt Fritz Merker, wohnt im Ärztehaus des Queen Elizabeth Hospital und sitzt zu dieser Stunde am Bett von Mei Ling. Er kann nicht viel tun für sie, er kann nur ihrem

Weggang von dieser Welt zusehen – aber seine Neugier und sein Wissen stören mich. Er hat Mei Ling Leberproben entnommen ... er wird nichts finden! Er untersucht ihr Blut ... lächerlich! Und er wird – das weiß ich – später auch ihr Gehirn durchforschen und hilflos davorstehen. Man könnte diesen Dr. Fritz Merker vergessen, wenn nicht, wie bei allen Rätseln in der Wissenschaft, ein Prozent – und wenn es ein hundertstel Prozent wäre – für die Möglichkeit spräche, das Unbekannte werde vielleicht doch enträtselt. Wer kann wissen, ob Dr. Merker nicht doch eines Tages Erfolg hat?«

»Kein Mensch ist unsterblich«, sagte einer aus der Runde tonlos. »Wir übernehmen es, Herr Tschao.«

»Das ist zu einfach.«

»Was soll getan werden?«

»Ich will herausfinden, ob es tatsächlich möglich ist, gegen die ›Tränen der Sterne‹ den ›Tau des Lebens‹ zu setzen. Ich möchte erfahren, ob Dr. Merker ein Genie ist.«

»Ein gefährliches Wagnis, dieses Abwarten, Herr Tschao ...«, rief einer aus der Runde kühn.

»Es bringt hohen Lohn, Tu Ta-ma!«

»Und wenn Dr. Merker den ›Tau des Lebens‹ entdeckt?«

»Dann wissen wir, daß so etwas möglich ist und werden in Zukunft sehr nüchtern denken.«

»Kann man diesen langen Weg nicht abkürzen, indem man den Deutschen erst gar nicht forschen läßt?«

»Und ein anderer, Unbekannter, kommt dann aus irgendeiner Ecke der Erde mit dem gleichen Ergebnis – was dann? Hier haben wir die Forschung unter Kontrolle. Hier sehen wir ihre Fortschritte. Hier haben wir die Möglichkeit, Gegenzüge zu planen. Hier lernen wir erkennen, ob wir angreifbar sind oder nicht. Einen geheimen Feind vernichten – das wäre nur der Triumph der Primitiven ... aber von ihm zu lernen, in ihn hineinzukriechen, ihn auszusaugen, bis er blutleer ist, sein Können und Wissen aufzufressen – das gehört zur Kunst, die Menschheit zu beherrschen. Was haben Kriege bisher genützt? Nichts! Die Menschen sind von Krieg zu Krieg dümmer geworden, sie haben daraus nur das eine entnommen: wie man in Zukunft sich noch gründlicher umbringen könnte!

Sie haben Milliarden durch die Luft und auf den Gegner geschossen, und sie geben Milliarden jedes Jahr aus, um es einmal besser machen zu können als die anderen. Wir können es billiger haben mit den ›Tränen der Sterne‹. Noch sind wir erst im Forschungsstadium und haben doch schon einen ernsthaften Gegner. Ihn zu vernichten, wäre für uns das Dümmste. Ihn zu benutzen, wäre der größte Erfolg.«

»Dr. Merker wird nie käuflich sein!« sagte ein anderer aus der Runde. »So, wie Sie ihn beschreiben, Herr Tschao.«

»Es gibt andere Werte als Dollars.«

»Wir beugen uns Ihrer Weisheit, Herr Tschao . . .«, sagte der Mann, der Tu Ta-ma genannt wurde, was soviel wie Großes Pferd heißt. »Was sollen wir tun?«

»Nichts!« Herr Tschao schien die Verblüffung der Versammelten kurz zu genießen. »Mein Anliegen war es, Sie alle von der Entwicklung zu unterrichten. Herr Dr. Merker ist ab sofort nie mehr allein. Eines meiner Augen ist immer neben ihm. Eines meiner Ohren hört seine Worte. Ich rufe Sie wieder zusammen, wenn ich Sie für bestimmte Aufgaben brauche. – Ihr Abend sei mild und der Seele wohlgefällig . . .«

»Noch eine Frage!« sagte Tu Ta-ma schnell, bevor der Lautsprecher mit einem Knacken ausgeschaltet würde und die Zusammenkunft damit beendet war. Das war ungewöhnlich. Man stellte Herrn Tschao keine Fragen, wenn er nicht dazu aufforderte.

»Was wünschen Sie, Tu Ta-ma?« Die Stimme des Herrn Tschao klang sanft und gnädig.

»Ich denke an die Möglichkeit und mache mir Sorgen, daß er Mei Ling vielleicht rettet . . .«

»Er ist ein Genie, vielleicht – aber kein Gott. Und selbst ein Gott könnte hier nicht mehr helfen.«

»Es bleibt eine gewisse Unruhe, Herr Tschao.«

»Unruhe oder Angst?«

Herr Tu Ta-ma wußte genau, wohin diese Frage zielte. Wer Furcht hat, gefährdet die Gemeinschaft. Ein Ängstlicher ist ein bereits zerbrochenes Kettenglied. Man wechselt es aus.

»Ich habe nie Angst gekannt!« sagte Tu Ta-ma laut und fest. »Sie wissen das, Herr Tschao.«

Statt einer Bestätigung knackte es irgendwo. Der Lautsprecher war tot.

Einzeln verließen die Teilnehmer des Geheimtreffens den Lagerschuppen und gingen in verschiedenen Richtungen davon. Auch Herr Tu Ta-ma verließ die Versammlung und eilte durch die Nacht der Dyer Avenue zu, wo er seinen Wagen geparkt hatte. Die Sache mit dem deutschen Arzt Dr. Merker gefiel ihm gar nicht, vor allem aber war er verstört über die Ansicht von Herrn Tschao, man könne diesen ausgemachten Feind so lange still benutzen, bis man dessen Erfolge übernehmen könnte. Das war ein so gefährliches Spiel, daß Tu Ta-ma ein Jucken im Nacken spürte.

In Höhe der jetzt einsamen, schlafenden Lagerhallen an der Ladestraße des Südbeckens stoppte ihn ein Ruck. Wie aus dem Nichts war ihm von hinten eine Nylonschnur um den Hals geschlungen worden, und sofort zog man sie zu. Tu Ta-ma war gerade noch fähig, laut zu röcheln: »Ich habe doch keine Angst, Herr Tschao . . .«, dann weiteten sich seine Augen, die Luft blieb weg, das Nylonseil schnitt in seinen Hals, er schlug mit den Armen um sich, seine Beine zuckten wild, vor seinem Blick lösten sich alle Formen in zerplatzende Sterne auf . . . es waren die letzten Sekunden, in denen sich auch sein Darm entleerte.

Tu Ta-ma, 42 Jahre alt, Schmuckhändler in der Ningpo Street von Kowloon, verheiratet, Vater von fünf Kindern, blieb von diesem Abend an verschwunden. Seine Frau stellte bei der Polizei keinen Suchantrag, die Kinder sprachen nie mehr über den Vater, das Schmuckgeschäft betrieb die Frau weiter, jeden Monat kamen 1000 Hongkong-Dollar anonym auf ihr Bankkonto.

Wer sollte da nach einem Mann fragen, der doch nie wiederkam?!

Die schöne unbekannte Mörderin im Hospital schien mit der Frage nach Yo ihren Vorrat an Worten erschöpft zu haben. So sehr sich Dr. Merker bemühte, weitere Worte aus ihr herauszulocken – mehr als das geheimnisvolle, irgendwie erstarrte Lächeln erreichte er nicht.

Die Laborbefunde der Leberproben lagen nun vor. Dr. Merker hatte selbst an den Analysen teilgenommen, während einer der Assistenzärzte oder sogar der Chefarzt des Military Hospitals selbst, der immer steife und immer noch protestierende Oberstleutnant, die Wache bei der Kranken übernahm. Die Ergebnisse waren katastrophal, so wie es Dr. Wang Antse vorhergesagt hatte: Die Leberzellen zersetzten sich, ohne daß man in den besten Mikroskopen irgendein Virus oder einen zerstörenden Parasiten ausmachen konnte. Ein Gegenmittel gab es nicht.

Krankheiten kommen niemals von nichts ... sie haben immer einen Erreger. Diese simple Grundüberzeugung veranlaßte Dr. Merker, sich von jetzt ab voll und ganz diesem rätselhaften Auflösungsprozeß von Leberzellen zu widmen. Einer der Schlüssel zu dem Geheimnis war die Kranke selbst: Wer war sie, woher kam sie, wo hatte sie sich vor dem Mord an Reginald Marcus Rogers aufgehalten, warum hatte sie ihn getötet, warum sprach sie kein Wort?

Drei Stunden nachdem die Unbekannte nach Yo gefragt hatte, kam Kommissar Ting Tse-tung ins Military Hospital. Er sah zerknittert aus. Der Mord im Juno Revolving Restaurant war nur einer der Fälle, die er zu bearbeiten hatte. In den vergangenen Tagen waren sieben Tötungen, dreizehn versuchte Morde und neunzehn Raubüberfälle mit schwerer Körperverletzung vorgekommen, allein in Kowloon. Das Kommissariat, an sich schon das größte von Hongkong, arbeitete rund um die Uhr. Für den Sonderfall »Juno« war eine Spezialtruppe gebildet worden, die aus zehn Beamten bestand. Kriminalistisch stand man – das mußte zugegeben werden – bei Null. Die einzige Hoffnung waren die Mediziner.

»Was macht unsere Schöne?« fragte Ting, als er Dr. Merker auf dem Flur vor dem Krankenzimmer begegnete.

»Sie lächelt und stirbt langsam ...!« Es klang resignierend. »Und was haben Sie erreicht, Kommissar?«

»Wir wissen, wer Mr. Rogers war. Ein Importeur von Kunstblumen. Täuschend echt wirkende Nachbildungen aus Kunststoff und Seide.«

»Das ist doch etwas, Mr. Ting!«

»Es hilft gar nichts! Hier in Hongkong gibt es Hunderte von Betrieben, die Kunstblumen herstellen. Hinzu kommen Macao und Taiwan. Wo soll man da suchen? Hongkong lebt vom Export von Uhren, Hemden, Kunstblumen, Feuerwerkskörpern, optischen Geräten und überhaupt allem, was sonst in der Welt doppelt oder dreifach teurer ist. Bei Ihnen in Deutschland gibt es fast mehr Made in Hongkong als Made in Germany. Wo auch immer ein Gebrauchsartikel auftaucht, der Gewinn verspricht ... in kürzester Zeit wird er hier bei uns nachgebaut und für die Hälfte des Preises verkauft. Jetzt suchen Sie mal die Kunstblumenhersteller, mit denen Mr. Rogers verhandelt hat!«

»Er hatte keine Unterlagen bei sich?«

»Nichts! Die einzige Liste, die wir bei ihm im Gepäck gefunden haben, war eine sehenswerte Aufstellung der Puffs von Hongkong und Kowloon.«

»Wäre das kein Hinweis?«

»Nein. Wenn Sie daran denken sollten – die Spur unserer Schönen führt bestimmt in kein Bordell. Das wäre zu simpel. – Auch die anderen Mörderinnen kamen aus dem Nichts. Bei dreien haben wir wirklich alle Bordelle durchgekämmt, soweit sie uns bekannt waren ... völlig sinnlose Arbeit. Natürlich haben wir eine Liste der Seidenblumenfabrikanten zusammengestellt, wir haben auch aus San Francisco Fotokopien von Rogers Korrespondenzen angefordert. Was kam dabei heraus? Im Büro Rogers existieren keine Schriftwechsel mit Firmen in Hongkong, dagegen Geschäftsverbindungen nach Taiwan und Rotchina! Es sieht so aus, als habe Rogers hier in Hongkong seine ersten Besprechungen mit neuen Fabrikanten gehabt.«

»Ohne eine einzige Notiz? Das gibt es doch nicht!«

»Wir müssen mit dem rechnen, was wir haben. Und das ist mehr als wenig!« Ting Tse-tung nickte zu dem Krankenzimmer hin. »Wie benimmt sie sich?«

»Wie eine lächelnde Schaufensterpuppe.«

»Könnte sie unter Hypnose stehen?«

»Nein.«

»Unter einem sehr lange wirksamen Rauschgift?«

»Möglich. Aber es gibt kein Narkotikum, das länger als fünf Tage wirkt.«

»Ich sehe sie mir mal an.«

Kommissar Ting betrat das Krankenzimmer und erschrak. Das Gesicht der vor kurzem noch so schönen Frau fiel in sich zusammen, die Backenknochen traten härter hervor, die Haut wurde gelblich-fahl, der schlanke Körper schien sich selbst zu verzehren. Die Veränderung von einem Tag zum anderen war entsetzlich.

Ting hielt sich nicht lange mit Vorreden auf. Er setzte sich auf die Bettkante, faßte mit beiden Händen nach dem Kopf der Unbekannten und drehte ihr Gesicht zu sich herum. Sie lächelte ... aber es war mehr eine Fratze, die ihn angrinste.

»Du stirbst!« sagte Ting grob. »Du liegst hier und bist in ein paar Tagen tot. Keiner kann dich retten. Auch Yo nicht. Oder kann Yo dich retten? Hat er gesagt, daß er dir immer helfen kann und wird? Er hat dich belogen. Du hast alles getan, was er wollte, und nun liegst du hier und mußt sterben, weil Yo dich verraten hat. Er hat dich einfach weggeworfen wie ein Stück Dreck. Du stirbst ...«

Die Unbekannte reagierte nicht. Nur ihr Mund öffnete sich etwas, ihre Zunge wurde sichtbar, und sie war gelb. Ting erhob sich schnell und trat drei Schritte vom Bett zurück, als könne er sich anstecken.

»Kann es sein, daß die Krankheit außer der Leber auch das Gehirn angreift und es weitgehend lahmlegt?«

»Möglich. Wir haben gestern punktiert. Im Liquor ist nichts Außergewöhnliches zu finden.« Dr. Merker hob die Schultern. »Ich werde ... später das Hirn genau untersuchen.«

»Sie ist doch nur noch eine atmende Hülle, das sehen wir jetzt. Du lieber Himmel, was steht uns bevor, wenn man diese Krankheit beliebig produzieren kann wie Oberhemden und Schlüsselanhänger!«

»Es überträfe die Wirkung einer Atombombe, weil es lautlos und unbemerkt geschieht. Und es gibt keine Nachstrahlungen, keine Verseuchungen.« Dr. Merker strich sich mit beiden Händen über das Gesicht. »Das wäre unfaßbar.«

»Ich glaube, wir haben wenig Zeit, Doktol Melkel«, sagte

Ting rauh. »Sie sollten schnell an das Hirn herankommen ...«

»Sofort, wenn sie gestorben ist.«

»Das könnte sich hinziehen ...«

»Kommissar Ting!« Dr. Merker drückte das Kinn an. Ting Tse-tung schien nicht im geringsten verlegen. »Ich möchte Ihre Bemerkung nicht verstanden haben.«

»Sie ist tot!«

»Sie atmet noch ...«

»Ein funktionsloser Blasebalg!«

»Mr. Ting, ich muß es leider aussprechen: Ich werde mich mit der asiatischen Mentalität nie ganz befreunden können. Ich habe das begriffen, als ich über den Markt gegangen bin. Da hingen an Gerüsten und Eisenhaken geköpfte dicke Schlangen, aber ihre Leiber ringelten sich noch, schnellten hin und her, zuckten mit allen Fasern. Und da geht man hin, sagt, ich möchte ein so oder so langes Stück, und man schneidet dieses Stück von den herumschnellenden Schlangenleibern ab. Oder in einem Drahtkäfig kriechen kleine Leguane herum ... ein Käufer kommt, zeigt auf eines der Tiere, man nimmt es, dreht es auf den Rücken, schlitzt ihm den Bauch auf und weidet es bei lebendigem Leib aus. Und Frauen und Kinder stehen herum, sehen zu und finden das ganz natürlich.« Dr. Merker holte tief Atem. »Nichts anderes ist es, woran Sie jetzt dachten, Mr. Ting! Das Hirn herausnehmen ...«

»Ich habe nur daran gedacht, die Leiden dieser armen Frau abzukürzen«, sagte Ting Tse-tung ruhig. »Und ich habe natürlich auch unsere Zeitnot einkalkuliert. Im übrigen, was Sie da gesehen haben mit den Schlangen und Leguanen ... warum regt Sie das auf? Werfen Sie uns einen Mangel an Erkenntnis gegenüber Grausamkeiten vor? Sie übersehen, daß Sie im Westen einen lebenden Hummer aussuchen, den man dann lebend ins kochende Wasser wirft, damit er rot wird. Keine Grausamkeit? Oder das alljährliche Niederknüppeln von Seehundbabys in Labrador, die, zum Teil noch lebend und schreiend, enthäutet werden. Was ist das, Sir? Eins gewiß nicht: Diese Schlächter sind keine Asiaten. Es sind sogar Christen. Nach getaner Blutarbeit werden sie in ihren Kirchen stehen und singen: Nun danket alle Gott . . .« Ting sah Dr. Merker ohne Zorn oder Leidenschaft an, eher erstaunt war sein Blick. »Warum – das begreife ich nicht – spricht man nur von der asiatischen Grausamkeit? Warum nie von der weißen? Waren es Ihre oder unsere Leute, die die erste Atombombe konstruiert und sogar eingesetzt haben? Sie schrecken vor in Stücken geschnittenen, verkauften lebenden Schlangen und Leguanen zurück . . . aber in Hiroshima und Nagasaki hat ein einziger Feuerschlag Hunderttausende getötet und Hunderttausende verkrüppelt. Sir, ich bin – die Weißen so betrachtet – stolz darauf, ein Asiate zu sein!«

»Ich wollte Sie nicht beleidigen, Kommissar Ting«, sagte Dr. Merker gepreßt. »Ich weigerte mich nur, Ihren Gedanken zu folgen. Unsere schöne Unbekannte ist noch kein Fall für eine Sterbehilfe.«

»Wann ist bei Ihnen jemand tot?«

»Klinisch tot . . . wenn keine Hirnströme mehr meßbar sind.«

»Das haben wir gleich.« Ting trat wieder an das Bett und beugte sich über die Unbekannte. Sie lächelte ihn maskenhaft an. »Wir werden dir jetzt eine Spritze geben, damit du schneller tot bist«, sagte er laut und grob. »Yo will das auch so . . .«

Die Unbekannte sah Ting an, schwieg und lächelte.

Ting Tse-tung richtete sich auf und wies triumphierend auf die Kranke: »Keinerlei Reaktion! Ihr Gehirn ist tot. Wenn Sie jetzt etwas tun, stellen Sie nur eine Pumpe ab!«

»Keine Diskussion mehr darüber, Kommissar Ting!« sagte Dr. Merker abweisend. »Aber eine Minute nach ihrem Tod beginne ich mit der Sektion, das ist sicher. Da gibt es kein Zögern . . .«

»Hoffentlich haben wir bis dahin keinen sechsten Fall«, sagte Ting dunkel. »Dann wird es unmöglich sein, die Öffentlichkeit weiter im unklaren zu lassen . . .«

In der gleichen Nacht bekam Dr. Merker noch einmal Besuch. Dr. Wang An-tse schaute im Military Hospital vorbei. Er trug einen Maßsmoking, ein Seidenhemd mit Rüschen und schmale Lackstiefeletten. Am Ringfinger der linken Hand blitzte ein großer Brillant.

»Sie lebt noch immer!« sagte er verblüfft, als er die Unbekannte gesehen hatte. »Helfen tatsächlich Ihre Infusionen?«

»Der Verfall ist rapide. Jetzt schläft sie – aber immerhin habe ich es fertiggebracht, daß sie wach wurde.«

»Sie wurde wach?« wiederholte Dr. Wang steif.

»Sie war den ganzen Nachmittag ansprechbar . . .«

»Ansprechbar?«

»So ist es. Wir haben uns ungefähr eine Stunde lang unterhalten.« Das war gelogen, aber Dr. Merker ärgerte die etwas hochnäsige Art, in der Dr. Wang An-tse mit ihm verkehrte.

»Das ist ja kaum glaubhaft!« Dr. Wang nahm seine Goldbrille ab, putzte sie, als sei sie plötzlich beschlagen gewesen, und blinzelte Dr. Merker kurzsichtig an. »Sie hat richtig gesprochen?«

»Warum zweifeln Sie mein Ergebnis an, Herr Kollege?«

»Die vier Kranken vor ihr blieben stumm wie ein Papierkopf . . .«

»Sie erwähnte einen gewissen Yo . . .«, sagte Dr. Merker leichthin.

Dr. Wang schielte zu ihm hin und setzte die Brille wieder auf: »Wer ist Yo?«

»Lassen Sie mir bitte auch ein kleines Geheimnis, Herr Kollege«, wich Merker geschickt aus.

»Ich gratuliere!« Dr. Wang warf noch einen Blick auf die schlafende Unbekannte und ging dann zur Tür. »Kann ich Ihnen meine Hilfe anbieten, Herr Kollege?«

»In welcher Richtung?«

»Ich könnte Ihnen einige Nachtwachen abnehmen.«

»Wenn Ihr Kwong Wah Hospital nicht darunter leidet . . .«

»Im Moment nicht. Zwei meiner Oberärzte sind aus dem Jahresurlaub zurückgekommen. Ich habe jetzt persönlich mehr Luft. Sie sehen es.« Er strich lächelnd an seinem Smoking hinunter. »Ein Sinfoniekonzert drüben in Victoria. Vor einer Woche hätte ich dazu keine Zeit gehabt. Ein Beethovenkonzert. Wundervoll. Ich liebe Beethoven! – Wie kann ich Ihnen helfen?«

»Darüber können wir uns unterhalten, Dr. Wang.« Merker setzte sich wieder an den kleinen Tisch seitlich des Bettes und drehte die Tischlampe mehr zur Wand. »Ich habe Ihre Obduktionsberichte gelesen. Sehr genau und hervorragend.«

»Danke.«

»Aber ich hätte da einige Fragen.«

»Jederzeit. Welche?« Wang An-tse blieb an der Tür stehen, die Hand auf dem Griff. »Soll ich Sie morgen nacht ablösen?«

»Das wäre ein Vorschlag. Um zwanzig Uhr. Wunderbar! Dann werde ich mir nach langer Zeit wieder ein Schlemmermahl im Gaddi's leisten.«

»Ich komme gerade von einer Nachfeier aus dem Peninsula Hotel. Wir haben Beethoven noch mit Champagner ausklingen lassen.«

»Den der arme Kerl nie trinken konnte! – Warum haben Sie bei Ihren Obduktionen nie das Gehirn dargestellt?«

»Es war ein Lebertod, Herr Kollege!« sagte Dr. Wang steif. »Bei einer Embolie sezieren Sie ja auch nicht den Darm.«

»Da gebe ich Ihnen recht.« Dr. Merker winkte Dr. Wang freundlich zu. »Noch eine gute Nacht, Herr Kollege.«

Grußlos verließ Wang An-tse den Raum und zog die Tür hinter sich zu. Vor den hölzernen Klappwänden, die den Flur zum Krankenzimmer absperrten, döste ein Soldat auf einem Korbsessel. Er tippte an seine Mütze, als Dr. Wang an ihm vorbeiging. Kommissar Ting hatte diese Wache verlangt – man hielt sie in der Ärzteschaft des Military Hospitals für reinen Blödsinn, aber hinter Ting stand eine Sondervollmacht des Gouverneurs. Das genügte. Beim Militär stellt man keine unnützen Fragen!

Am darauffolgenden Tag, einem Freitag, abends gegen neun Uhr, passierte der Unfall, den niemand beachtete, weil er völlig undramatisch war und in dem Gewirr des abendlichen Verkehrs überhaupt nicht auffiel.

Dr. Wang hatte pünktlich um 20 Uhr Dr. Merker im Hospital abgelöst und die Nachtwache übernommen. Der Kranken ging es unverändert ... war sie wach, lächelte sie maskenhaft; schlief sie, fiel ihr Gesicht ein, als löse sich das Fleisch von den Schädelknochen.

»Hat sie wieder von Yo gesprochen?« fragte Dr. Wang leichthin.

»Nein. Jetzt ist sie stumm.«

»Ich sagte es Ihnen voraus, Herr Kollege.«

Dr. Wang und Dr. Merker diskutierten dann noch fast eine Stunde über die Sektionsberichte der vier ähnlich gelagerten Fälle, dann rief Dr. Merker im Peninsula Hotel an, erfuhr, daß im Gaddi's, dem Gourmetlokal, kein Platz mehr frei sei, und entschloß sich, in dem anderen Feinschmeckertempel von Kowloon, in Hugo's Restaurant, auf dem zweiten Stockwerk des Hyatt Regency Hotels, wie ein Fürst zu essen.

Er hatte Glück, fand einen Parkplatz in der Carnarvon Road und ging die paar Meter zu Fuß. Hier, kurz vor der Kreuzung mit der Nathan Road, der Lebensader von Kowloon, geschah es: Ein silbergrauer Rolls-Royce erfaßte ihn von hinten mit dem linken vorderen Kotflügel, gab ihm einen kräftigen Stoß, schleuderte ihn gegen einen parkenden Rover und bremste sofort, noch bevor sich Merker herumdrehen konnte. Er war nicht hingefallen, war auch nicht verletzt, nur sein Hinterteil schmerzte von dem Anprall. Eine Lappalie, die man kaum noch einen Unfall nennen konnte.

Aus dem Rolls, über eine halb heruntergelassene Scheibe hinweg, starrten ihn zwei entsetzt geweitete Augen an. Darüber war nichts als ein Gebirge blonder Locken. »Mein Gott!« sagte ein plötzlich auftauchender, intensiv roter Mund. »Bleiben Sie an den Wagen gelehnt stehen, rühren Sie sich nicht ... ich rufe sofort die Ambulanz! Ich schwöre Ihnen: Ich habe Sie nicht gesehen ...«

Dr. Merker klopfte sich den Staub vom Anzug, machte eine vorsichtige Kniebeuge und schlenkerte mit den Armen. Da alles funktionierte und er – bis auf den Prellungsschmerz in seinem Hinterteil – nichts weiter spürte, winkte er ab, zog sein Jackett gerade und trat an den schweren Wagen heran. Er sah, daß der Rolls von der jungen Dame allein gefahren wurde.

»Es ist nichts passiert«, sagte er und lächelte beruhigend in die noch immer weit aufgerissenen Augen. »Sie sehen: Ich stehe, ich gehe, ich spreche, und ich habe auch noch meinen Hunger, was also innere Verletzungen ausschließt.«

»Sie ... Sie waren plötzlich da ...«, stotterte die junge Frau. »Erst bei dem Aufprall habe ich Sie gesehen ...«

»Ich wollte die Straße überqueren ...«

»Es ist einwandfrei meine Schuld. Sie haben wirklich keine Schmerzen?«

»Bestimmt nicht.«

»Aber einen Schock!«

»Ich weiß nicht.« Dr. Merker sah die junge Dame mit Wohlgefallen an. Sie trug ein weit ausgeschnittenes Kleid mit Spaghettiträgern; es gab gerade so viel von ihren Körperformen frei, daß man es eben noch schicklich nennen konnte. Ihre Beine konnte er nicht sehen. Sie müssen enorm lang und schlank sein, dachte er. Sie ist genau der Typ der wohlgerundeten, großen, langbeinigen Blonden, bei deren Anblick die Männer wäßrige Augen bekommen. »Ich habe das Gefühl, in einen besonders schönen Abend hineingestoßen worden zu sein. Das könnte ein Schock sein ...«

»Furchtbar!« Die schöne Blonde schien untröstlich, ihre roten Lippen zitterten. »Bitte, steigen Sie ein, Mr. ...«

»Fritz Merker. Aus Hamburg.«

»O Gott, auch noch ein Tourist?«

»Nein. Ich wohne in Hongkong.«

»Ich bin Betty Harpers. Steigen Sie ein.«

»Nur, wenn Sie mich in kein Hospital bringen! Ich bin allergisch gegen Hospitalgeruch, Schwesternhäubchen und Ärztekittel. Und ich wollte eigentlich zu Hugo's ins Hyatt Regency. Wenn der Straßenlärm nicht zu laut wäre, könnten Sie meinen Magen knurren hören. Löwengleich! Ich sage Ihnen: Bei Hugo's bekommen Sie voluminöses Roast Prime Rib Eye von der Hereford-Ranch in Wyoming. Dazu trinke ich Champagner. Ein Luxusjunge, was?«

Betty Harpers lächelte schwach. Der Schreck war noch nicht von ihr gewichen. »Darf ich Sie zu mir einladen ... als Entschädigung ...«

»Das wiegen alle Rinder der Hereford-Ranch nicht auf!«

»Kommen Sie.« Sie lächelte jetzt befreiter und schüttelte den Kopf mit dem blonden Lockengebirge. »Ihre Komplimente sind ungewöhnlich.«

»Vielleicht, weil ich ein ungewöhnlicher Mensch bin?« Er ging um den Rolls herum, öffnete die Tür, setzte sich in das hellblaue Lederpolster und schien begeistert, als die schwere Tür mit einem Schmatzen wieder zufiel. »Zum erstenmal sitze ich in einem Rolls-Royce!«

»Was machen Sie beruflich, Mr. Merker?« fragte Betty und ließ den Motor wieder an. Man hörte ihn nicht, nichts im Wagen vibrierte. Nur ein Kontrollämpchen zeigte an, daß der Wagen fahrbereit war. Die Seitenscheibe schnurrte hoch, der Lärm der Straße wurde ausgesperrt. Von der natürlich lautlosen Klimaanlage zog eine wohltemperierte Kälte durch den Fonds. Draußen herrschte das schwüle Nachtklima von Hongkong.

»Im Augenblick tue ich nichts. Ich lebe von der Bekämpfung und Vernichtung kleiner und kleinster Tierchen ...«

»Du lieber Himmel!« Sie starrte ihn wieder betroffen an. »Sie ... Sie vernichten Insekten? Wanzen, Kakerlaken, Flöhe ...«

»Noch kleinere.«

»Gibt es die?«

»Sie ahnen gar nicht, wieviel unnütze Viecher um uns herum leben, und ich frage mich oft, ob Vater Noah auch davon ein Pärchen an Bord der Arche genommen hat. Wenn ja ... warum?«

Betty Harpers lachte, es klang wie ein kehliges Girren. Dabei bog sie ihren Oberkörper vor und bewies Dr. Merker, daß sie keinen Büstenhalter nötig hatte. Dann gab sie Gas, der Wagen bog in die Nathan Road ein und sauste die breite, von Tausenden Lichtreklamen überzuckte Hauptstraße von Kowloon hinauf in Richtung King's Park. Betty blieb auf der Nathan, kreuzte Boundary Street und raste die Tai Po Road entlang, bis sie dem Gewirr der Gassen, Straßen und Häuser entwichen waren und ins freie, bergige Land kamen.

»Sie fahren wie der Satan!« sagte Merker anerkennend. »Darf ich fragen, wo die Tour endet?«

»Bei Piper's Hill. Dort steht das Haus.«

»Wenn das Haus so ist wie der Wagen, muß ich es wohl auf Strümpfen betreten ...«

Wieder lachte Betty, bog sich zurück, strapazierte den Ausschnitt ihres Kleides und schüttelte ihre Lockenmähne. »Es genügt, wenn Sie nicht auf den Boden spucken!«

Dr. Merker gefiel diese Betty Harpers von Minute zu Minute besser. Im stillen rätselte er herum, wer sie sein könnte. Auf keinen Fall eine Luxusnutte. Eher das verwöhnte Töchterchen eines der superreichen Hongkong-Bosse. Sie trug keinen Trauring, und da sie ihn mitnahm um diese durchaus nicht besuchsreife Zeit, war zu vermuten, daß kein Ehemann auf sie wartete und daß sie ungebunden war.

»Betty, wer sind *Sie*?« fragte Merker, als sie von der Tai Po Road abbogen in eine Privatstraße, die in die Hügel führte.

»Ich bin die Geliebte von James McLindlay«, antwortete sie unbefangen.

»Wie bitte?« Merker starrte sie entgeistert an.

»James ist der größte Seidenhändler von Hongkong. Wenn Sie in Hamburg zum Beispiel irgend etwas Reinseidenes kaufen . . . bestimmt hat James seine Hände dazwischen. Er kontrolliert gewissermaßen den Seidenhandel Hongkongs.«

»Ich habe immer geglaubt, es sei der Chinese Li San-shu.«

»Sie kennen ihn, Fritz?«

»Wie ihn jeder kennt . . . aus den Zeitungen und Illustrierten. Von einem James McLindlay war nie die Rede.«

»Mr. Li ist ein Geschäftspartner von James und das Firmenschild. James liebt keine Publicity. Aber hinter allem steht James.« Sie lachte wieder und machte eine umfassende Handbewegung. »Das alles hier gehört bereits James. Auch der Rolls, das Haus, das Sie gleich sehen werden, die Hochseejacht am Pier von Tai Kok Tsui, ganze Straßenzüge von Kowloon und Victoria, vier große Reisgüter im Neuen Territorium, eine Rinderzucht, Fischdschunken, Restaurants . . . ich weiß gar nicht, was ihm alles gehört.«

»Und Betty Harpers . . .«

»Ja.« Sie sah ihn kurz an. »Auch ich gehöre ihm. Stört Sie das nun, mein lieber Fritz?«

»Sie sagen das so, als seien Sie ein Teil seines stillen Imperiums . . . Reisfelder, Straßenzüge, Rinderzucht, Betty . . .«

»So ist das nicht. Ich liebe James. Man könnte mich nie kaufen.«

»Woher kommen Sie, Betty?«

»Ich bin in Hongkong geboren. Mein Vater war britischer Beamter. Erst Major, dann Magistratsoberinspektor. Er starb vor vier Jahren ... an der Hongkong-Grippe. Makaber genug: Vater leitete damals das Sonderbüro ›Epidemien‹. Meine Mutter war schon neun Jahre tot: Virus-Gelbsucht. Ich selbst bin genau 29 Jahre alt ... zufrieden mit den Informationen?«

»Übersättigt!« Dr. Merker lehnte sich in das Lederpolster zurück. Vor ihnen, nach einer Kurve um einen Hügel, tauchte, auf einer leichten Anhöhe gelegen und von Scheinwerfern beleuchtet, die jeden Winkel des Parks aushellten, das »Haus« auf. Dr. Merker faltete die Hände vor dem Bauch. In Hongkong war man verwöhnt mit Villen oder Privatpalästen der oberen Tausend ... was hier vor ihm lag, war auf den ersten Eindruck ein steingewordenes Märchen aus moderner Architektur und chinesischer Formenphantasie. Er hatte so etwas noch nie gesehen und sagte darum auch:

»Ein Glück, daß Sie mich angefahren haben, Betty. Wie kann man da wohnen?«

»Wie meinen Sie das, Fritz?«

»In so etwas wohnt man nicht, das bewundert man bloß. Da ist ja jede Verzierung in einer Mauerecke mehr wert, als ich in einem Jahr verdienen kann. Soviel Reichtum wirkt auf mich immer unheimlich.«

»James ist alles andere als unheimlich. Wer ihn nicht kennt und ihn im Garten trifft, spricht ihn als Gärtner an. Er sieht noch gut aus ...«

»Noch?« Merker schielte zu Betty Harpers. »Das klingt, als könnte er Ihr Vater sein.«

»James wird 63 Jahre ...«

»Na also!« Sie rollten durch ein elektrisch sich öffnendes Tor, dem man nicht ansah, daß eine Fernsehanlage eingebaut war. Gleichzeitig durchfuhren sie einen Röntgenstrahl. Wo immer man eine Waffe hätte verstecken können ... auf dem Schirm im Kontrollraum würde man sie entdecken. So sah man auch, daß der Mann an Mrs. Bettys Seite in einem Futteral an der linken Gürtelseite eine Pistole trug. Eine Leihgabe von Kommissar Ting.

Der Rolls fuhr in eine Art riesige Eingangshalle. Dort warteten bereits zwei in weiße Uniformen gekleidete Diener und ein Sekretär in einem schwarzen Anzug mit silberner Krawatte.

Dr. Merker pfiff durch die Zähne. »Das klappt aber! Fernsehen am Tor . . .«

»Natürlich. Männer wie James haben nicht nur Freunde.«

»Das schwere Los der Milliardäre.«

Die Tür des Rolls wurde aufgerissen, der Sekretär verbeugte sich leicht und sehr höflich vor Merker: »Darf ich mir erlauben, die Pistole aus Ihrem Gürtel aufzubewahren?« sagte er fast devot. »Ich werde sie betreuen wie den Gast selber.«

Dr. Merker schwieg, holte seine Waffe aus dem Futteral und reichte sie dem Sekretär.

Betty war auch ausgestiegen und machte eine leichte Handbewegung zu der inneren Halle, deren Türen sich inzwischen geöffnet hatten: »Willkommen bei James McLindlay!«

»Ob ihm das recht ist?«

»Wäre es nicht so, würden wir erst gar nicht durch das Tor gekommen sein . . .«

»Ich nehme an, das hier ist nicht nur ein Palast, sondern auch eine Festung.«

»Kowloon ist nicht Hamburg, Fritz. Das wissen Sie doch selbst. Gehen wir, James erwartet uns in der Bar . . .«

McLindlay war ein angenehmer Mensch. So groß wie Merker, aber hagerer. Mit schneeweißem Haar. Und mit einem Schnurrbart, wie ihn früher britische Kolonialoffiziere trugen. Er kam Merker mit ausgestreckter Hand entgegen, drückte sie kräftig und sagte mit einer erstaunlich jugendlichen Stimme:

»Wen Betty mitbringt, der ist immer willkommen. Whisky, Gin, ein Cocktail . . . wünschen Sie sich was! Woher kennen Sie sich?«

»Betty war so freundlich, mir mit dem Rolls einen Stups in den Hintern zu geben«, antwortete Merker in der gleichen burschikosen Art.

»Ja! Stell dir vor, James . . . ich habe Mr. Merker vorhin in der Carnarvon Road umgefahren.«

»Entsetzlich!« McLindlay war wirklich betroffen. »Mr. Merker, wo sind Sie verletzt? Ich alarmiere meinen Hausarzt!

Ich sage das seit Monaten: Betty, fahr nicht allein. Der Verkehr in Hongkong ist lebensgefährlich. Nimm den Chauffeur mit. Aber nein ... sie fährt den schweren Wagen allein. Es mußte mal zu einem Unfall kommen. Daß gerade Sie das Opfer sind ...«

»Einen trifft es eben – aber es ist nichts passiert. Vielleicht habe ich hinten einen blauen Fleck.«

»Mein Arzt wird gleich kommen.«

»Dann gehe ich sofort! Mr. McLindlay, vergessen wir doch diese Lappalie. Ich bin für den Bums sogar dankbar. Durch ihn habe ich Sie und Ihren Märchenpalast kennengelernt. Ich glaube, Mrs. Harpers war durch den Schreck mehr geschädigt als ich ...«

»Ich werde nur noch mit Chauffeur fahren«, sagte Betty kleinlaut. »Ich verspreche es.«

»Das ist ein Grund zum Feiern!« McLindlay legte den Arm um Merker. »Sie haben Betty von etwas überzeugen können ... wenn Sie wüßten, welche Leistung das ist! Haben Sie einen Wunsch?«

»Ja. Einen großen!«

»Ist erfüllt!«

»Was zu essen. Ich habe Hunger ...«

McLindlay lachte schallend, hieb Merker auf die Schulter und brüllte begeistert: »So etwas wie Sie habe ich immer gesucht! Wir werden uns blendend verstehen, Mr. Merker.«

Zur gleichen Zeit führte ein Mann, der sich Yang Ta-min nannte, ein Telefongespräch mit einem anderen Mann, den er mit Koon anredete. »Der Deutsche ist jetzt bei Mr. McLindlay!« sagte Yang ruhig. »Sie können anfangen, Koon ...«

»Es ist alles vorbereitet, Herr Yang.«

»Rufen Sie wieder an, wenn alles beendet ist. Der Himmel regne Blüten auf Sie, Herr Koon.«

»Ich bedanke mich untertänigst im Staub, Herr Yang.«

Die Verbindung brach ab. Herr Koon verließ seine Wohnung in der Soy Street, ging zur Garage und fuhr in einem Leichenwagen davon.

3

Aus dem Begrüßungscocktail von James McLindlay wurde ein fulminantes Essen mit neun traumhaften Gängen. Aus dem Essen entwickelte sich ein Besäufnis, bei dem James, der Milliardär, schottische Lieder zur Laute und später mit glasigen Augen unanständige Lieder in Bettys Schoß sang – und das war das Letzte, was Dr. Fritz Merker noch wahrnahm, bevor der Alkohol ihn betäubte und in die Welt der Träume entführte.

Er wachte auf, weil jemand auf seinen Wadenmuskeln herumhämmerte. An seinen Lidern schien Blei zu hängen; nur mühsam bekam er die Augen auf. Sein Schädel mußte in einer Schraubzwinge stecken, so bohrend war der Schmerz in jeder Hirnwindung. Und in dem Augenblick, in dem er begriff, daß er völlig nackt auf dem Bauch lag und jemand ihn massierte, sagte eine helle Mädchenstimme mit unverkennbar chinesischem Akzent:

»Ist gut so, Mister? Sagen Sie, wo noch besser . . .«

Merker hob mühsam den Kopf, blickte zur Seite und erkannte eine zierliche, barbusige Chinesin, die mit flinken Händen seinen nackten Körper bearbeitete. Er ließ den Kopf wieder auf die Matratze sinken.

»Hör auf!« sagte er mit trockenem Hals.

»Massieren vertreibt die bösen Geister . . .«

»Ein Schluck Wasser noch mehr!«

»Whisky?«

»Noch so ein Wort und ich übergebe mich! – Wasser, schöne Kirschblüte . . .«

»Und dann massieren, wo am schönsten, Mister?«

»Das mag zwar hier zur Gastfreundschaft gehören, aber mich läßt du jetzt in Ruhe!« Er wälzte sich stöhnend auf den Rücken, zog ein Handtuch über seinen Unterleib und ärgerte sich, daß die kleine, süße Chinesin ihn ungeniert angrinste. »Wie spät ist es?«

»Gleich elf Uhr, Mister . . .«

»Ach du dickes Ei!« Dr. Merker sprang auf. Er hielt sich den Kopf fest, schwankte etwas im Sitzen und nannte sich einen Idioten. Keine hastigen Bewegungen bei solch einem Kater, keine Belastungen des Kreislaufes . . . Ärzte halten sich selbst am wenigsten an die Grundregeln, die sie immer predigen. »Wo ist hier ein Bad?«

»Natürlich gleich nebenan.«

»Natürlich!« Merker erhob sich. Er hatte jetzt keinen Sinn für die Pracht, die ihn umgab; für den faszinierenden Weitblick, den er von der Terrasse seines Zimmers aus über Kowloon und das Meer hatte . . . er sehnte sich nach Wasser, nach einem belebenden Duschstrahl, und er dachte an Dr. Wang An-tse, den er um 8 Uhr hatte ablösen wollen und der nun mit seinem ganzen Tagesplan durcheinanderkam, weil er auf Dr. Merker wartete.

Er duschte sich erst warm, dann eiskalt, fühlte, wie das Blei in ihm schmolz und er halbwegs wieder mit seinen Muskeln und Sehnen funktionsfähig wurde. Als er aus dem Bad kam – ein Traum aus hellgrünem Marmor mit vergoldeten Armaturen und mit nach Rosen duftenden Wasser –, wartete noch immer die süße Chinesin auf ihn. Sie trug nur einen ganz kleinen, durchsichtigen Slip und wirkte zerbrechlich wie ein Porzellanpüppchen. Es war erstaunlich, welche Kraft sie in den Händen hatte . . . Merker hatte es gespürt.

»Wieder stark und groß?« fragte sie mit ihrer piepsenden Stimme. Dabei betrachtete sie ohne Frivolität, eher teilnehmend, die Gegend, um die Merker das Handtuch gewickelt hatte. Es war ihr Beruf, sie tat nichts anderes, sie wurde gut dafür bezahlt.

»Weder – noch!« Dr. Merker winkte ab. »Du kannst gehen . . . Wo sind meine Kleider?«

»Alles bereit, Mister. Ich bringe es.«

Dr. Merker war verblüfft. Unterwäsche und Oberhemd waren gewaschen und gebügelt worden, ebenso der Anzug . . . eine messerscharfe Bügelfalte, kein Knitterfältchen im Jakkett, kein Flecken mehr dort, wo er gegen das Auto gefallen war. Die Betreuung eines Gastes in diesem Haus war perfekt.

Er zog sich an, trat hinaus auf die Terrasse und sah unter sich am Rande eines großen, geschwungenen Swimmingpools unter breiten Sonnenschirmen einen gedeckten Tisch und die Gartenmöbel aus handgearbeiteten, weiß lackierten Korbmöbeln. Betty Harpers lag auf einer Liege im Schatten, trug einen sehr knappen, schwarzen Bikini und las in einem Modejournal.

»So schön der Morgen ist – er ist kein schöner Morgen!« sagte Merker und beugte sich über das kunstvoll geschmiedete Geländer. Vergoldete Bronze im Mandarinstil.

Betty drehte sich auf den Bauch, winkte ihm zu und lachte. Sie war geradezu unanständig frisch und munter. »Das war lustig«, rief sie zu ihm hinauf, »plötzlich, ohne Voranmeldung bist du umgefallen. Bumm, da lagst du da! James war tatsächlich irritiert. Er wollte schon wieder den Arzt alarmieren, diesmal wegen Alkoholvergiftung.«

Weit davon war ich nicht, dachte Merker. Du meine Güte, was haben wir gesoffen! Und per du, das höre ich jetzt, bin ich nun auch mit ihnen. Wie habe ich mich benommen, was habe ich alles erzählt? Ihm fehlten Stunden in der Erinnerung.

»Wer hat mir die piepsende Maus ins Zimmer gesetzt?« fragte er.

»Ist sie nicht dein Typ?«

»In meinem gegenwärtigen Zustand wäre Miß World wie Gallensaft . . . Wie komme ich hinunter zu dir und der lockenden Teekanne?«

»Die Maus wird dich führen . . .« Sie lachte wieder glokkenhell und dehnte sich wohlig in der Wärme. Ein Luxusgeschöpf, das zu der Einrichtung um sie herum paßte.

Wenig später trat er hinaus auf die Terrasse, wo jetzt einer der livrierten Diener bereitstand. Die Zauberei in diesem Haus setzte sich fort: Unter einer silbernen Glocke warteten Spiegeleier mit Speck auf ihn, heißer Schinken und ein chinesisches Omelett mit viel Honigsoße.

»So ein Haus könnte niemand beschreiben«, sagte Merker und bemühte sich, Bettys fast unverhüllten Körper nicht aufregend zu finden. »Ich trinke rasch einen Tee, schlinge das

Spiegelei hinunter und rase dann ab. Seit acht Uhr habe ich Dienst ... jetzt ist es fast halb zwölf.«

»Erst gibst du mir einen Kuß«, sagte Betty trocken.

»Darf ich das denn? Was würde James sagen?«

»Du hast mir in der Nacht in James' Gegenwart noch ganz andere Anträge gemacht ...«

»Ich schäme mich, Betty! Keine Ahnung! Ich habe mich wie die Axt im Wald benommen, was?« Er beugte sich vor, gab ihr einen Kuß auf die Stirn und fühlte sich hundeelend. »Was habe ich alles verbrochen? Ich schwöre es: So betrunken war ich noch nie. In meiner besten Studentenzeit nicht ...«

»Du hast von deinen kleinen Tierchen erzählt ...«

»Von Viren und Mikroben. – Ja, ich bin Arzt. Facharzt für Tropenkrankheiten. Vorher war ich Chirurg. Auf den ersten Blick eine verrückte Kombination ... aber im Busch oder Urwald ist das lebensrettend ... Was habe ich sonst noch erzählt?«

»Daß du mit keiner Frau mehr ins Bett gehen willst, nur noch mit mir ...«

»Ich bitte um Verzeihung. Ich bin total zerknirscht.«

»Ist das so schrecklich?«

»Wo ist James?«

»Drüben in Victoria. Geschäfte, wie immer. Wenn er telefoniert, hat er eine Million verdient.«

»Ich werde James schreiben und mich entschuldigen. Das ist das mindeste. O Betty, mein Kopf ...«

Er trank schnell zwei Tassen Tee, verschlang die Spiegeleier und stopfte ein Stück frisches Weißbrot hinterher. Das alles geschah im Stehen, während Betty vor ihm in einem der Korbsessel kniete und ihm zuschaute.

»Ich bin überwältigt«, sagte sie plötzlich. »Du hast etwas Raubtierhaftes an dir.«

»Du bist die einzige und erste, die das entdeckt haben will. Bisher galt ich immer als sanfter, verträumter, romantischer Typ.«

»Vielleicht hattest du immer die falschen Frauen.«

»Und du glaubst, du seist die richtige?«

»Vielleicht. Man sollte sich das überlegen . . .«

Sie lächelte breit. Merker putzte sich den Mund mit einer Serviette und dachte intensiv an Dr. Wang.

»Ich brauche ein Taxi, Betty.«

»Ist das eine Antwort auf unser Problem?«

»Nein . . . unser Problem ist, daß James gar nicht mehr weiß, wieviel Geld er verdient, ich dagegen nicht weiß, wie ich den Monatsletzten aufrecht erreiche.«

»Selbstverständlich fährt dich einer der Chauffeure, wohin du willst.«

»In einem Rolls-Royce . . .«

»Du kannst auch einen Mercedes 600 Pullman haben.«

»Ich muß so schnell wie möglich zum Military Hospital.«

»In fünf Minuten steht der Wagen bereit.« Sie rief dem Diener einige Worte auf chinesisch zu, die Merker nicht verstand. Dann kam sie an seine Seite, hakte sich bei ihm unter und legte den Lockenkopf an seine Schulter: »Wann sehen wir uns wieder?«

»Das liegt an James. Wenn er mich nach dieser Saufnacht noch ertragen kann.«

»Er ist begeistert von dir. Endlich ein Mensch, sagte er mehrmals. Keiner, der meinen Hintern leckt, weil er glaubt, der sei mit Gold eingeschmiert. James ist ein wunderbarer Mann.«

»Aber für mich deckst du dein Bett auf . . .«

»Das ist etwas anderes, Fritz.« Sie küßte ihn auf den Hals. »Ich bringe dich zum Wagen . . .«

Ziemlich verwirrt von all dem Erlebten ließ sich Dr. Merker zum Military Hospital bringen.

Schon als er in den langen Flur einbog, an dessen Ende das abgesperrte Krankenzimmer lag, wußte er, daß etwas Schreckliches geschehen war: Die Klappholzwände waren weg, kein Posten saß mehr auf einem Hocker, die Tür zu dem Zimmer der schönen Unbekannten stand offen. Er wollte gerade zu einem Laufen ansetzen, als aus einem anderen Zimmer der Chefarzt trat und ihm zuwinkte.

»Wo ist die Patientin?« rief Merker und fing nun doch zu

rennen an. Er spürte, daß ihm das Blut schmerzhaft in den Kopf stieg und sein Herz wie wahnsinnig hämmerte.

»Nicht so schnell, Herr Kollege!« Der Chefarzt wedelte mit beiden Händen. »Die holen Sie nicht mehr ein.«

Merker bremste seinen Lauf kurz vor dem Oberstleutnant und riß sich den Schlips herunter. »Was ist hier passiert?!«

»Exitus ... Gott sei Dank!«

»Wann?«

»Die Uhrzeit steht im Protokoll von Dr. Wang. So gegen Mitternacht. Sie ist ganz ruhig eingeschlafen. Der Atem setzte plötzlich aus. So, wie man ein Licht ausknipst.«

»Und wo ist die Tote?«

»Weg ...«

»Was heißt weg?« schrie Dr. Merker.

»Brüllen Sie nicht!« sagte der Chefarzt steif. »Ich habe drei Kreuze gemacht, als man die Tote wegbrachte.«

»Und wo ist Dr. Wang?«

»Er ist mitgefahren. Er hat die Tote ja zur Obduktion ins Kwong Wah Hospital bringen lassen. Ich habe kategorisch abgelehnt, daß hier obduziert wird. Das hier ist ein Military Hospital und keine Pathologie! Ich hatte unter Protest die Patientin aufgenommen – mit ihrem Tod ist meine Pflicht erloschen.«

»Ich habe selten etwas Dümmeres gehört ...«

»Mein Herr!« Der Oberstleutnant wippte auf den Zehenspitzen. Sein Gesicht zuckte. »Ich mache von meinem Hausrecht Gebrauch. Verlassen Sie sofort mein Hospital!«

»Wo sind meine täglichen Berichte?«

»Bei Dr. Wang. Übrigens, wo waren Sie? Sie wollten um acht Uhr hier sein ...«

»War da die Tote noch hier?«

»Nein. Eine Stunde nach dem Exitus war mein Hospital wieder sauber.«

»Erzählen Sie das dem Gouverneur! Bereiten Sie sich auf Ihre Pension vor.«

»Dazu habe ich keinen Deutschen nötig«, sagte der Oberstleutnant giftig. »Am allerwenigsten einen Deutschen! – Verlassen Sie mein Haus!«

Dr. Merker wandte sich ab, lief den Gang hinab, rannte zur Verwaltung und ließ sich eine Telefonverbindung zum Polizeihauptquartier geben. Kommissar Ting war nicht da, aber einer aus dem Sonderkommando sagte vorsichtig:

»Endlich melden Sie sich! Herr Ting ist außer sich.«

»Ich bin es auch! Wenn Herr Ting zurückkommt, sagen Sie ihm, ich sei bei Dr. Wang!«

Er bestellte ein Taxi und wartete draußen vor dem Military Hospital ungeduldig auf den Wagen. Als er endlich kam, stieg Merker eilig ein: »Zum Kwong Wah Hospital. So schnell wie möglich! Die Polizei wird Ihnen alles verzeihen ... Nehmen Sie jede mögliche Abkürzung.«

Das Taxi schoß mit aufheulendem Motor davon. Der chinesische Fahrer nahm die Aufforderung, den schnellsten Weg zu nehmen, wörtlich – er raste quer durch den King's Park zur Waterloo Road und schoß in die Einfahrt des Kwong Wah Hospitals hinein. Vier Sanitäter der Aufnahme stürzten ihm entgegen, im Glauben, Verletzte eines Verkehrsunfalles würden antransportiert.

Zehn Minuten lang brüllte Dr. Merker durch verschiedene Abteilungen, bis er endlich zu Dr. Wang An-tse geführt wurde. In einem eleganten weißen Seidenkittel kam er ihm im OP-Trakt entgegen.

»Ich habe Sie schmerzlich vermißt, Herr Kollege«, sagte er, bevor Dr. Merker etwas rufen konnte. »Wirklich ... wenn ich gewußt hätte, wie man Sie erreichen kann. Bei Gaddi's im Peninsula waren Sie nicht, und da wollten Sie doch hin ...«

»Zu Hugo's im Hyatt Regency ...«

»Nein! So etwas!« Dr. Wang schlug sich mit der flachen Hand gegen die Stirn. »Stimmt. Sie disponierten ja um. Aber Gaddi's hatte sich bei mir festgesetzt. – Ja, gegen Mitternacht ging es zu Ende mit ihr. Ganz plötzlich. Pulsabfall, spontaner Ikterus, Kreislaufversagen ... es war nichts mehr zu machen. Ich wäre froh gewesen, wenn Sie das erlebt hätten.«

»Wo ist sie ...«, fragte Merker heiser.

»In der Pathologie. Ich habe sie obduziert ...«

»Damit hätten Sie warten können, Dr. Wang ...«

»Sie haben mich – das wissen Sie genau – an der Ehre

gepackt. Sie haben mir Mangel an Korrektheit bei den vorhergehenden vier Fällen vorgeworfen, vor allem, was das Gehirn betrifft. Das konnte ich nicht auf mir sitzen lassen. Diese Tote ist jetzt von mir selbst gründlich obduziert worden, die Präparate liegen bereit, das Protokoll wird gerade geschrieben. Gründlicher kann man nicht mehr obduzieren . . .«

»Das glaube ich Ihnen. Sie haben auch das Hirn . . .«

»Vor allem dieses!« Dr. Wang lächelte höflich. »Ihr Vorwurf ist damit beseitigt, Herr Kollege. Bitte, kommen Sie mit mir.«

Was Dr. Merker befürchtete, war geschehen . . . im Obduktionskeller fand er im Kühlfach die noch nicht wieder vernähte, völlig ausgeräumte Tote, vom Hals bis zum Schambein aufgeschnitten; die entnommenen Präparate lagen in Schüsseln und mit Nummern versehen in einem anderen Schrank. Auch das Gehirn . . . es schwamm in einer Formalinlösung und war nun für weitere Untersuchungen wertlos. Lediglich Studenten konnten noch an ihm anatomische Studien treiben.

»Zufrieden?« fragte Dr. Wang sehr höflich.

»Ja.« Dr. Merker lächelte bitter. »Hier kann ich nichts mehr tun.«

»Nein. Es war mir eine Ehre, Ihnen einen vollkommenen Bericht zu erstellen.« Dr. Wang schob die Tote in das Kühlfach. »Um es vorwegzunehmen: Die Untersuchungsergebnisse sind negativ.«

»Ich habe nichts anderes erwartet.«

»Völlige Zersetzung der Leber als Todesursache. Im Gehirn keinerlei Veränderungen.«

»Darauf habe ich auch nicht gehofft. Das Hirn eines Schizophrenen unterscheidet sich ja auch nicht vom Hirn eines Gesunden. Ich hatte gehofft, Gasbildungen zu finden.«

»Ich habe nichts davon bemerkt«, sagte Dr. Wang verschlossen. »Auch nicht daran gedacht.«

»Sehen Sie, Herr Kollege . . .«

»Ich schlucke den neuen Vorwurf, Dr. Merker. Beim nächsten Fall achte ich auf Gas im Hirn . . .«

»Um Himmels willen, beschwören Sie keinen neuen Fall herauf! Bei Nummer sieben müßten wir alle Notbremsen ziehen!« Dr. Merker verließ den Obduktionskeller, fuhr mit dem Lift drei Etagen hoch und befand sich kurz darauf in dem spartanisch eingerichteten Chefarztzimmer von Dr. Wang Antse. Im Gegensatz zur äußeren Erscheinung Dr. Wangs, dem eleganten, verwestlichten Chinesen, der seinem Namen alle Ehre machte – Herr König, Sohn des Friedens –, war das Zimmer fast kahl. Bis auf drei Korbstühle, einen Schreibtisch und ein schmales Bücherregal aus Bambus. An der Wand hing ein einziges Bild: das eingerahmte Foto einer schönen jungen Chinesin unter einem aufgespannten Papierschirm. Man sah es ... es mußte ein heißer Sommertag gewesen sein.

Dr. Wang, der Merkers Blick gesehen hatte, ging um den Schreibtisch herum. »Meine Frau«, sagte er ruhig.

»Gratuliere.«

»Danke. Sie ist tot.«

»Oh ... Pardon ...«

»Sieben Wochen nach diesem Foto verschwand sie beim Einkaufen in Kowloon. Eine Woche später lag sie vor meiner Tür. Erdrosselt.«

»Furchtbar ...«, sagte Dr. Merker leise. Ein Frösteln überzog seinen Rücken. Das Paradies Hongkong ... Wo Menschen leben, gibt es keine Paradiese mehr! »Und keine Spur?«

»Nichts.« Dr. Wang blieb ruhig, als berichte er völlig Belangloses. »Wie sollen Sie in Hongkong eine Spur finden? Menschen kommen und gehen ... es gibt keinen Überblick mehr bei diesen Millionen. Auch die Polizei resigniert. Kommissar Ting wird das natürlich nie zugeben. Am besten schützt man sich selbst.«

»Wie, Herr Kollege?«

»Indem man nicht auffällt.«

»Wem auffällt?«

»Was weiß ich? Man sollte ohne Ecken und Kanten leben. Ein anonymer Mensch sein. Sie wissen ja gar nicht, Dr. Merker, was sich hinter den Marmor- und Glasfassaden der Hochhäuser alles abspielt. Der Glanz der Millionen ist oft nur aus Dreck gebaut. Hongkong, die Stadt unmeßbaren Reichtums ... die Tränen dahinter zählt keiner. Sie interessieren ja auch nicht – nur das Geschäft gilt. Der Dollarschein.« Dr. Wang sah Dr. Merker kurz an. »Was darf ich Ihnen anbieten? Alkohol oder Fruchtsaft?«

»Bloß keinen Alkohol!«

»War wohl eine harte Nacht?« Dr. Wang lächelte verhalten. »Muß auch mal sein, Herr Kollege . . .«

»Mir wäre lieber gewesen, ich hätte am Bett unserer Unbekannten gesessen.«

Dr. Wang goß aus einer Flasche, die er aus der in dem Schreibtisch eingebauten Kühlbar holte, zwei Gläser mit Maracuja-Saft voll. Mit Genuß trank Merker das erfrischende Getränk in zwei Zügen weg. »Übrigens hat mich Kommissar Ting ganz schön beschimpft.«

»Das glaube ich.«

»Er hat was gegen mich. Warum eigentlich?«

»Weil das der fünfte Fall war, bei dem Sie ihm nur eine Fehlanzeige melden konnten. Deshalb sollte ich die Obduktion vornehmen.«

»Und Sie glauben, Sie hätten mehr gefunden als ich?« Es klang sehr deprimiert. »Ich bin doch kein Nichtskönner . . .«

»Ich werde die Präparate noch einmal durchackern«, sagte Dr. Merker. »Wann ist Ihr Bericht fertig, Dr. Wang?«

»Ein paar Minuten noch.«

Eine Dreiviertelstunde später saß Dr. Merker wieder in einem Taxi und fuhr zum Polizeihauptquartier. Diesmal war Kommissar Ting da und empfing ihn mit düsterer Miene. »Eine Katastrophe«, sagte er nur. »Wo haben Sie bloß gesteckt?«

»In einem Bett bei James McLindlay.«

Ting Tse-tung riß seine Augen auf. »Wie kommen Sie denn an den?«

»Ist das so schwierig?«

»Eher landen Sie auf dem Mond als in seinem Haus, wenn er Sie nicht mag . . .«

»Seine schöne Freundin Betty hat mich umgefahren und als Wiedergutmachung in die Märchenfestung mitgenommen. Übrigens, da fällt mir ein . . . ich mußte meine Pistole am Eingang abgeben und habe sie nicht wiederbekommen.«

»Dann fahren Sie eben noch mal hin und holen sich das Ding.« Ting saß hinter seinem Tisch, trank grünen Tee mit Honig und wirkte sehr zerknittert. »Nun stehen wir wieder bei Null!«

»Wer konnte ahnen, daß sie gerade in dieser Nacht stirbt?«

»Und ausgerechnet in einem Augenblick, als nur Dr. Wang bei ihr war.«

»Sie mögen ihn nicht, nicht wahr?«

»Er hat mit seiner Obduktion wieder alles vernebelt. Unsere ganze Hoffnung lag bei Ihnen.«

»Für Wang war das eine Herausforderung, nachdem ich ihm Leichtfertigkeit vorgeworfen hatte.«

»Das war ein Fehler von Ihnen. Er mußte sein Gesicht wahren. Es ist zum Kotzen, wirklich!« Ting blickte auf die Klarsichthülle, die Dr. Merker in der Hand hielt. »Wangs Obduktionsbericht?«

»Ja.«

»Viel Worte um ein Nichts, was?«

»So kann man es nennen. Klare Todesursache ... nur die Krankheit kennt man nicht. Rundum ein Rätsel.« Dr. Merker warf den Bericht auf den Tisch. »Was konnten Sie noch herausbekommen im Zusammenhang mit dem Mord?«

»Wir haben alle Kunstblumenhersteller oder Exporteure befragt ... natürlich kennt keiner einen Reginald M. Rogers. War zu erwarten. Legen wir also diesen Mord auch als unlösbar in den Panzerschrank. Und warten wir auf den nächsten ...«

»Sie meinen, er kommt?«

»Wenn es stimmt, was ich ahne ... ja!« Ting schob den Obduktionsbericht ungelesen mit einer Handbewegung in die Schreibtischschublade, als stinke das Aktenstück. Mit einem Knall schob er die Lade zu. »Was uns bisher bekannt geworden ist, waren alles Tests. Davon bin ich überzeugt. Wir haben keine Ahnung, ob irgendwo auf der Welt noch mehr Tote an dieser Krankheit litten und ob man überhaupt erkannt hat, daß diese Lebertoten etwas Besonderes sind. Aber weil es hier fünfmal passiert ist, beweist mir dies: Der Herd liegt in Hongkong.«

Ting trank wieder einen Schluck des süßen Tees. »Was haben Sie jetzt vor, Doktol Melkel?«

»Ich kehre zu meinen Tropenkrankheiten im Labor des Queen Elizabeth Hospitals zurück und werde mich freuen, wieder anonym zu sein. Man wird keine Giftzähne mehr als Warnung an mich schicken.«

»Sehen Sie, genau das ist es!« Ting lächelte breit, aber voll Sarkasmus. »Diese Warnung beweist doch, daß wir den richtigen Geruch aufgenommen haben. Die Krankheit ist manipuliert! Mein lieber Flitz . . . wir werden weiter zusammenarbeiten. Sie untersuchen das Gehirn der Toten . . .«

»Völlig wertlos . . . es liegt in Formalin!«

»Mein Freund, wir bluffen! Sie untersuchen und geben dann, ganz Geheimsache Nr. 1, bekannt, daß Sie etwas gefunden haben. Ich wette: Man wird unruhig werden.«

»Oder man wird mich auslachen, weil man weiß, daß in einem Formalinhirn nichts mehr zu entdecken ist!«

»Genies sehen immer etwas . . . wir werden ein Genie aus Ihnen machen! Der Ruf deutscher Wissenschaft macht das sogar glaubhaft. Denken Sie sich etwas ganz Geheimnisvolles aus, was Sie aus diesem Gehirn analysiert haben!«

»Das ist ein verdammt gewagtes Spiel, Mister Ting.«

»Ich weiß.« Ting Tse-tung faltete die Hände. »Aber bedenken Sie immer, was aus der Sache entstehen kann: Ein Chaos. Ein Verbrechen an der Menschheit!«

»Und ausgerechnet ich soll es aufhalten«, sagte Dr. Merker bitter. »Das ist eine Super-Science-fiction!«

»Das ist Gegenwart, Flitz.« Es war Ting unmöglich, Fritz korrekt auszusprechen. »Einen trifft es immer . . . jetzt und hier sind wir dran . . .«

Sehr zum Erstaunen von Dr. Wang ließ Dr. Merker noch am gleichen Tag die Obduktionspräparate abholen und ins Queen Elizabeth Hospital bringen . . . einschließlich des wertlosen Gehirns. Dr. Wang reagierte darauf sehr verschlossen und beleidigt, rief Dr. Merker im Hospital an und sagte, diese Handlung erfülle nun bald den Tatbestand der persönlichen groben Beleidigung und sei in hohem Grade unkollegial. Er sei in seiner Ehre tief getroffen.

Dr. Merker ließ zwei Tage verstreichen, in denen die Präparate unberührt im Kühlraum lagen. Die Arbeit einer Untersuchung konnte er sich sparen ... es war sicher, daß Dr. Wang gerade die völlig zerstörte Leber bis ins kleinste Detail erforscht hatte. Dann gab er seinen Bericht bei Kommissar Ting ab und streute bei seinen Hirnanalysen ein paar geheimnisvolle und unverständliche Sätze ein. Nach diesen Formulierungen schien es so zu sein, daß er etwas entdeckt hatte, was zu einem normalen Hirn nicht gehörte.

Kommissar Ting sorgte dafür, daß dieser Verdacht als großes Geheimnis aus dem Polizeihauptquartier hinausschlich.

»Der Gerüchte-Drache ist unterwegs«, sagte er fröhlich zu Dr. Merker am Telefon. »Nun warten wir mal ab.«

Es geschah nichts aus dem Dunkel ... dafür meldete sich die Sonne: Betty Harpers rief bei Dr. Merker an.

»Wie geht es dir, Fritz?« fragte sie fröhlich. Im Hintergrund war ein Plätschern zu hören.

Merker schloß einen Moment die Augen. Sie sitzt am Pool, dachte er. Unter einem der großen Sonnenschirme. Der Butler hat gerade einen kühlen Drink serviert. Von der Terrasse aus geht der Blick weit über Kowloon, den Hafen, die Inseln, bis hinüber nach Hongkong, wo die Berge hinter Victoria das weite Meer abschließen. Das schönste Panorama der Welt ... keiner kann das leugnen. Soviel Schönheit kann trunken machen.

»Mies!« sagte Merker mit wehleidiger Stimme. »Wer plätschert da bei dir herum?«

»Hörst du das?« Sie lachte glockenhell. »Das ist James. Er spielt gerade Walroß. Er winkt mir zu, weil er weiß, daß ich mit dir spreche. Du sollst kommen. Das ist eine Einladung. Morgen um 22 Uhr. Eine Party. Du wirst kennenlernen, was in Hongkong der ›goldene Boden‹ heißt. Hast du einen weißen Smoking?«

»Ich könnte ihn mir notfalls leihen ...«, sagte Merker verblüfft. McLindlay gab eine seiner berühmten Gartenpartys. Was da zusammenkam, repräsentierte ein Milliardenvermögen in Dollars! Und dazu lud man den kleinen deutschen Arzt ein.

»Was heißt notfalls . . . du kommst!« bestimmte Betty. »Bei dir wird in einer Stunde einer der besten Schneider von Hongkong erscheinen und Maß nehmen. Morgen abend hast du den schönsten weißen Seidensmoking von allen Gästen an.«

»Bitte nicht, Betty! Das ist nicht meine Kragenweite . . . Ich komme mit einem Leihkostüm . . .«

»Ich habe dich umgefahren, Fritz, du hast durch mich blaue Flecken bekommen . . . laß mir die Freude der Wiedergutmachung. Übrigens: Du mußt in einem Smoking toll aussehen! Du hast eine ausgesprochene Abendanzugfigur.«

»Du lieber Himmel, das gibt es auch?« Merker lachte schallend. »Man lernt nie aus. Aber Kompliment zurück: Du hast eine herrliche Bikinifigur!« Er legte auf, rief sofort Kommissar Ting an und berichtete ihm die Neuigkeit.

»Gratuliere«, sagte Ting Tse-tung verhalten. »Wenn Sie weiter Karriere machen, hat Hongkong bald seinen neuen Super-Playboy. Sie werden sich morgen wundern: McLindlay verzichtet bei seinen Festen auf Polizeibeobachtung . . . er hat eine kleine Privatarmee, die seine Festung hermetisch abriegelt. Selbst einen verlorenen Furz fängt die ein!« Tings Stimme wurde ernst. »Noch nichts Außergewöhnliches in Ihrer Umgebung?«

»Nein. Man hat noch keine Handgranaten auf mich geworfen.«

»Seien Sie vorsichtig, Doktol Melkel . . . Lassen Sie keinen Fremden zu sich.«

»Nachher kommt ein Schneider zu mir.«

»Wir werden ihn überprüfen.«

»Ting – Betty schickt ihn mir!«

»Trotzdem. Sie sind uns zu wertvoll. Es war leichtsinnig, daß Sie gestern abend bei Tschiang Kuang-ming in der Woosung Street aßen.«

»Sie lassen mich überwachen?«

»Man ißt gut bei Tschiang, und Ihre Fischrollen waren bestimmt köstlich. Aber es wäre besser, sich jetzt nicht in reine Chinesenviertel zu begeben. So long, Flitz . . .«

Kommissar Ting legte auf. Dr. Merker lehnte sich zurück und starrte an die weißgetünchte Decke. Er empfand ein drückendes Gefühl im Magen. Die eine Seite bedroht mich, die andere Seite bewacht mich, und ich kann nichts tun als herumsitzen und warten, was nun mit mir passiert. Das ist ein verdammt flaues Gefühl.

Er trank einen großen Whisky, ließ sich ein Sandwich aus der Kantine bringen und kehrte in Gedanken zu James McLindlay zurück. »Auf so was wie dich habe ich lange gewartet«, hatte James gesagt, aber da war er betrunken und sicherlich nicht mehr bei klarem Geist. Irgendwie aber mußte er doch an ihm Gefallen gefunden haben, sonst wäre die Einladung nicht erfolgt. Der kleine, arme Merker ein Freund eines der reichsten Männer der Welt . . .

Er schüttelte den Kopf, genehmigte sich noch einen Whisky und wurde dann von der Hospitalpforte angerufen: Der Schneider war da.

Sein erster Maßanzug überhaupt entstand, und dann noch ein weißer Seidensmoking.

Das muß ich Hans schreiben, dachte Merker. Dr. Hans Zeisig, Oberarzt an der Universitäts-Frauenklinik in Hamburg-Eppendorf. Er hatte mit Engelszungen versucht, seinen Freund Fritz Merker von dem Hongkong-Abenteuer abzuhalten.

Der Schneider war ein kleiner, dicker, unterwürfiger, rattenäugiger, flinker Chinese, der außer seinem Maßband auch noch Stoffproben mitgebracht hatte. Nicht nur für den weißen Smoking, sondern geschäftstüchtig auch für normale Straßenanzüge.

»Sie haben richtig gedacht«, sagte Merker und blätterte die Stoffkollektion durch. »Maß ist Maß, da kann man was draus machen. Hier, diesen schönen grauen Stoff mit den weißen Nadelstreifen, den nehmen wir. Und den Anzug bezahle *ich* . . .«

»Sie werden zufrieden mit mir unwürdigem Diener sein«, sagte der Schneider in altchinesischer Unterwürfigkeit. »Darf ich mir erlauben, Sie zu berühren und Maß zu nehmen . . .?«

Dr. Merker nickte. Das wird ein schöner Anzug, dachte er. Grau mit weißen Streifen. Er wird mir gut stehen.

Man soll in Hongkong nicht gar so vertrauensselig sein . . .

Es war selbstverständlich, daß James McLindlay seinen neuen Freund Fritz mit dem Rolls-Royce vom Hospital abholen ließ. Der livrierte Chauffeur verbeugte sich tief, als Merker in seinem weißen Seidensmoking erschien, bewundert von den Schwestern, Ärztekollegen, Pflegern und Patienten. Betty Harpers hatte recht: Kein Mann konnte in Abendkleidung besser aussehen als Dr. Merker. Die meisten Filmstars hätten erbleichen müssen.

Der Schneider hatte ein Wunder vollbracht: Ohne Anprobe saß der Smoking, als sei der Seidenstoff Dr. Merkers zweite Haut. Mensch und Anzug waren eine Einheit.

»Unter zehn Millionen Dollar würde ich es nicht tun«, sagte der Oberarzt der Chirurgie zu Merker, als er ihn in der Eingangshalle traf.

»Was?«

»Eine der männertollen Ladys heiraten, die auf Sie oben am Berg warten. Zehn Millionen, fest auf Sie überschrieben . . . das könnte ein Geschäft werden.«

»Sie sind ein Zyniker, Blackburn«, sagte Dr. Merker. »Mich heiratet so schnell keine. Was soll ich mit zehn Millionen?«

»Das Leben genießen . . . es ist kurz genug. Fritz, wenn mir diese Chancen geboten würden . . . ich röhrte mich durch alle Betten, bis ich die Goldmama gefunden hätte.«

»Ich werde mir Ihren Rat merken«, lachte Merker. »Ich kann einigen Damen auch Ihre Adresse zustecken. Wird Ihre Frau eine Freude haben!«

Die Fahrt im Rolls hinauf zum Piper's Hill war wieder ein Erlebnis. Die in der Trennwand zum Chauffeur eingebaute Bar war geöffnet. Merker nahm ein Glas Champagner, und mit dem Glas in der Hand sah er hinaus auf das wimmelnde Leben in der Chinesenstadt, auf die zuckenden Neonreklamen, auf die bunten, bemalten langen Fahnen, die an den Hausfassaden herunterhingen, auf den Wald von Schildern und Spruchbändern, das Wogen der Menschen und Rikschas, die Stände der Straßenhändler und das Heer der Armen, das die Gassen überflutete.

Das ist der Gipfel des Snobismus, dachte Merker. Angetan mit einem Seidensmoking, in einem Rolls-Royce fahrend, ein Champagnerglas in der Hand, betrachtet man das Elend der Massen.

Er stellte das Glas auf die Ablage der Bar zurück, lehnte sich in die Polster und kam sich irgendwie schuldbewußt vor. Er hätte sich nicht gewundert, wenn man ihn mit Steinen, faulem Obst oder sonstwas beworfen hätte. Aber niemand kümmerte sich um ihn, um den Rolls, um den weißlivrierten Chauffeur ... es war, als gehörten sie eng zusammen: unbeschreibliches Elend und unbeschreiblicher Reichtum. Ein rätselhaftes, schicksalhaftes Konglomerat. Leben, wie es nur in Hongkong möglich ist.

Am Einfahrtstor zu dem Schloß McLindlays standen jetzt zehn Uniformierte aus James' Privatarmee. Die elektronische und röntgenologische Kontrolle reichte bei diesem Ansturm der Gäste nicht mehr aus. Daß jeder der Eingeladenen gründlich untersucht wurde, sich das protestlos gefallen ließ, bewies einmal mehr, welche Macht McLindlay haben mußte und wie gefahrvoll man als Milliardär lebte. Immerhin bewies er Geschmack ... seine Leibgarde trug die Traditionsuniform der englischen Kolonialtruppen um 1900.

Dr. Merker wurde nicht kontrolliert. Der Rolls-Royce durfte sofort passieren, aber er wurde oben im Haus angekündigt. Betty Harpers empfing den deutschen Arzt in der riesigen Eingangshalle und begrüßte ihn ungeniert mit einem herzhaften Kuß.

»Du siehst zum Verlieben aus«, flüsterte sie ihm ins Ohr. »Neunzig Prozent der anwesenden Frauen werden feuchte Augen bekommen. Und die Männer werden Erkundigungen einziehen: Wer ist der blendend aussehende Knabe?«

»Ich kann ja mein Kliniknamensschild an das Revers heften.« Merker sah sich um. »Was ist denn los? Welch ein Auftrieb! Überall Blumen. Da siehst du, welch ein Bauer ich bin.

Nicht einmal einen Strauß habe ich der Dame des Hauses mitgebracht.«

»Du bist da – das ist die Hauptsache. James wird sich sehr freuen.«

Und wie er sich freute. Er umarmte Dr. Merker, klopfte ihm auf den Rücken, ließ Champagner bringen und benahm sich, als seien sie Freunde vom Sandkasten her und hätten gemeinsam auf der Schulbank gesessen. Auch McLindlay trug einen Seidensmoking, nur hatte er sich ans Revers eine große rote Orchidee gesteckt, was sehr verwegen aussah und ein wenig affektiert.

»Nun lernst du mal die große Gesellschaft von Hongkong kennen«, sagte James und faßte Dr. Merker unter. »Aber versprich mir, daß du nicht aussprichst, was du denkst.«

Irgendwo in Kowloon saßen in diesem Augenblick drei Männer um einen Lautsprecher. Ein vierter hatte einen Kopfhörer umgeklemmt und nickte den anderen zu:

»Jetzt habe ich ihn! Es klappt. Perfekte Arbeit!«

Er drehte an einem Knopf des Lautsprechers, und plötzlich war Dr. Merkers Stimme im Raum. Klar und deutlich, umwoben von den vielen Nebengeräuschen im großen Empfangssalon von McLindlay. Merker sagte gerade:

»Ich werde mich zurückhalten, James. Was ist heute eigentlich los?«

»Nichts.«

»Für nichts so ein Aufwand?«

»Über Kosten rede ich nicht, und außerdem werden an diesem Abend einige Geschäfte getätigt. Im Vorbeigehen, bei einem Gläschen Champagner. Ah, da kommt Tsching Hao-jih. Den muß ich dir vorstellen.« Man hörte ein Anschwellen der vielen Stimmen, Gläserklirren, helles Frauenlachen, und dann wieder McLindlays Stimme. »Mein lieber Tsching ... das ist mein neuer Freund Dr. Fritz Merker. Und hier, Fritz, siehst du einen der wichtigsten Männer der Welt.«

»Zuviel der Ehre«, sagte Tsching Hao-jih. »Ich bin nur ein kleiner Händler.«

»Das ist typisch.« James lachte dröhnend. »Fritz, hast du mal in Hamburg ein großes Feuerwerk gesehen?«

»Mehrmals.«

»Wo noch?«

»In Köln – Rhein in Flammen, hieß das –, in Berlin, in München beim Oktoberfest, in Baden-Baden bei der Rennwoche...«

»Und überall war irgendwie Tsching dabei! Überall, wo Raketen in den Himmel steigen, wo es bunte Sterne vom Himmel regnet und goldene Kaskaden am Nachthimmel aufsteigen, silberne Wasserfälle die Nacht erleuchten und glitzernde Blumensträuße aus Hunderten von Explosionen die Wolken verdrängen, kurzum, wo ein Feuerwerk stattfindet – da ist Tsching und hält die Hand auf. Tsching ist der größte Exporteur der Welt für Feuerwerkskörper. Tsching ist der Kaiser der Pyrotechniker. Von der kleinen Wunderkerze bis zum Knall einer Megatonne – Tsching liefert alles, was kracht!«

»Zuviel der Ehre«, wiederholte der höfliche Herr Tsching, dessen Name auch noch »Schöner Tag« hieß. »Wenn mein bescheidenes Angebot Freude bringt, macht es mich glücklich.«

»Wir können abschalten.« Einer der Männer vor dem Lautsprecher drehte an dem Knopf. Die Geräusche verschwanden. »Das Mikrofon im Smoking arbeitet vorzüglich. Wann soll der andere Anzug geliefert werden?«

»Übermorgen. Yang macht noch eine Anprobe.«

»Mit Sendung?«

»Ja. Er will das Ding in die linke Kragenseite des Jacketts einbauen. Bei der doppelten Stofflage fällt es gar nicht auf. Der Ton soll noch besser sein... wegen der dünnen Seide arbeitet im Smoking nur eine Mikrozelle mit einer Mikrobatterie. In der linken Schulterpolsterung. Bei dem Anzug haben wir mehr Möglichkeiten.«

»Ich bin sehr zufrieden«, sagte der Mann und stand auf. »Es kann keine Überraschungen mehr geben...«

Er stellte noch einmal den Lautsprecher an. Gläserklirren, Klaviermusik, Lachen, ein Stimmenchaos. Dazwischen, sehr deutlich, eine Frauenstimme:

»Stimmt es – Sie sind Arzt?«

»Ja . . .«

»Sie haben schöne Hände. Ich könnte mir denken, sie könnten mir meine ständigen Schmerzen im Brustkorb wegnehmen.«

»Mein Fachgebiet, gnädige Frau, sind Viren und andere Mikroben.«

»Vielleicht ist es eine Viruserkrankung, Doktor? Wirklich – daran hat noch keiner gedacht. Suchen Sie die Viren an mir . . . bitte . . .«

Mit einem mokanten Lächeln stellte der Mann den Ton wieder ab. Gekoppelt mit dem Empfänger drehte sich langsam ein großes Tonband mit.

»Alle drei Stunden ist Ablösung!« sagte er. »Ich hole die vollen Bänder selbst ab.«

4

Der Höhepunkt des festlichen Abends bei James McLindlay war eine halb chinesische, halb europäische Show. Er hatte dafür die Künstler eines bekannten Hongkonger Nachtclubs engagiert, der extra an diesem Abend deswegen geschlossen war. Den Ausfall ersetzte McLindlay großzügig ohne Diskussionen – es wäre auch unmöglich gewesen, sich seinem Wunsch zu widersetzen, das ganze Ensemble des »Drachen von Canton« zu mieten. Die ganze Terrasse war zu einer Bühne umgebaut worden, mit seidenbespannten beweglichen Wänden, riesigen Fabelwesen aus Papier, Pappe und Pappmaché, langen bemalten Stoffbahnen, einem Meer von exotischen Papierblumen und vergoldeten, flachen Kesseln, in denen Räucherkerzen einen betäubenden Duft verbreiteten.

In dieser Zauberweltdekoration rollte nun ein Programm ab, wie es Merker noch nie gesehen hatte ... vom uralten kultischen Tanz der Chinesen über den obligatorischen Kampf mit dem Drachen bis zu einer Song-Show im besten Las-Vegas-Stil. Einer der Höhepunkte war ein Nachtballett, dessen Formen sich in zuckenden und kreisenden bunten Scheinwerferstrahlen fast völlig auflösten.

Ein anderer Höhepunkt war der Auftritt der Sängerin Yang Lan-hua.

Dr. Merker saß neben Betty Harpers an der Wand zwischen zwei großen Glastüren und hatte die phantastische Bühne genau vor sich. Der Diener hatte gerade frischen Champagner serviert, zierliche Chinesinnen huschten durch die Dekorationen und bauten sie in Windeseile um, das Orchester spielte zur Einstimmung in den modernen Programmteil einen klassischen New Orleans.

»Sollen wir uns den zweiten Teil schenken?« fragte Betty und nippte an ihrem Glas.

»Warum? Was kommt denn jetzt?«

»Das übliche Gekreische, das man Showgesang nennt.«

Betty stellte ihr Glas auf einen kleinen, niedrigen Lacktisch neben sich. »Du hast einen vollen Erfolg, mein Lieber. Du bist in die Gesellschaft eingebrochen wie ein Bulle unter eine Kuhherde.«

»Das ist ein ganz neues Charakteristikum von mir.«

»Sieh dir nur die Frauen an. Sie fressen dich mit den Augen.«

»Ich habe schon neun Anträge gesammelt.«

»Na bitte.«

»Alle medizinisch begründet, das möchte ich betonen.«

»Du entwickelst dich mit Taifungeschwindigkeit, mein Bester. Mit wem gehst du zuerst ins Bett? Mit Lucie Wilson? Ich warne dich ... sie sieht wie ein Engel aus, aber das ist viel Make-up. Außerdem ist sie eine stadtbekannte Nymphomanin ... du hättest ein Heer von Schwägern um dich. Patrick Wilson, ihr Mann – dort drüben steht er an der Wand, Reederei Wilson, Pilcock und Cie. –, kann sich von ihr nicht trennen, weil sie zuviel von seinem Aufstieg in Hongkong weiß. Die einzige Möglichkeit, sie loszuwerden, ist die beliebte Lösung, einen Killer zu kaufen. Aber dazu fehlt Patrick der Mut.« Sie lachte hell und legte den Arm um Merkers Hals. »Oder ist es Emely Temple? Sieht aus wie Dreißig, ist aber fünfundvierzig. Drei Liftings ... überall ... kann deshalb nur einteilige Badeanzüge tragen. Das nur zur Vorinformation, damit du nicht erstaunt bist, wenn sie sich auszieht ...«

»Ich bin hier, um zu staunen«, sagte Merker ruhig, »nicht, um Potenz zu zeigen. Das alles hier wäre geradezu unwahrscheinlich und unglaubhaft, wenn man es nicht tatsächlich anfassen könnte.«

Lichter erloschen, nur ein Scheinwerferkegel erhellte die Bühne. In das Licht hinein trat, nein, schwebte ein geradezu unbegreiflich schönes Mädchen, schlank, feingliedrig, mit knielangen, schwarzen, wie Lack glänzenden Haaren, in einem eng anliegenden, einfarbigen roten Kleid, das bis zu den Hüften geschlitzt war. Es kreuzte die Hände vor den Brüsten, verneigte sich tief in Demut und griff dann zum Mikrofon.

Die Anwesenden klatschten etwas müde; Merker empfand das vor so viel Schönheit als eine grobe Beleidigung.

Betty Harpers schielte zu ihm hin. »Soll ich dir die Augen zudrücken? Sie fallen fast heraus«, lächelte sie.

»Wie kann ein Mensch so schön sein ...« Merker wandte sich zu Betty. »Und wenn du platzen würdest, du mußt zugeben: Das ist vollkommene Schönheit.«

»Fast! Streich die Schminke ab.«

»Es bleibt genug übrig. Wer ist sie?«

»Yang Lan-hua, eine Nachtclubsängerin ... weiter nichts! Drei Viertel Chinesin, ein Viertel Malaiin.«

»Ein unglaublich herrlicher, menschlicher Cocktail!«

»An dem du nie nippen wirst. Sie haßt Weiße.«

»Und tritt vor Weißen auf?«

»Weiße Dollarscheine sehen aus wie chinesische Dollarscheine. Das ist ihr einziger Kompromiß. James hat längst versucht, sie auf seine Matratze zu bekommen. Ich weiß es ... ich weiß alles, was in diesem Haus – auch heimlich! – vor sich geht. Ich hätte es nicht verhindert, ich wäre nur um eine Million reicher geworden.«

»Man kann dich nicht kaufen, hast du mal gesagt ...«

»So ist es.« Betty lächelte hintergründig. »Die Million wäre ein Pflaster der Besänftigung gewesen ... was sonst? Aber James kam gut davon ... Yang war nicht bereit, für kein Geschmeide, keinen Rolls, keine Villa am Berg, keine monatliche Rente – sie sagte schlicht ›No!‹ – James war direkt verwirrt. Das hatte er bisher noch nie erlebt. Und er bekam einen Tobsuchtsanfall, als er erfuhr, daß sie einen Geliebten hatte, einen Chinesen natürlich. Einen jungen Architekten, den James auch noch an seinen vielen Bauten beschäftigte. Natürlich flog der Junge aus dem Bau-Team, aber Yang hielt zu ihm. Seitdem läßt James sie für sich auftreten und demütigt sie, wo er nur kann.«

»Und das läßt sie sich gefallen?«

»Man sieht es einem Dollarschein hinterher nicht an. Sie könnte es einfacher haben, wenn sie auf andere Weise aus ihrer Schönheit Kapital schlagen würde.«

»Das imponiert mir«, sagte Merker. Es war fast wie ein Aufatmen. Er war lange genug in Hongkong, um schon zu wissen, wie sich hübsche Mädchen hier ein leidlich gutes

Leben schafften – ob in den Gassen von Yau Ma Ti oder im Stadtteil Wanchai von Hongkong, ob rund um die Lockhart und Hennessy Road oder zwischen Fenwick Street und Marsh Road ... Dort warteten Tausende von schönen Mädchen auf ihr »Glück« und waren bereit, mit ihrem Körper zu bezahlen. Ein Heer von »Suzie Wongs« auf der Jagd nach einem schöneren Leben! Daß Yang, dieses Wunder einer Frau, nicht dazugehörte, beruhigte ihn ungemein, obwohl ihn das gar nichts anging.

Yang Lan-hua begann zu singen. Sie hatte eine helle, klare, tragende Stimme, die in der Höhe nicht schrill wurde wie bei so vielen Showsängern, und die eine Melodie zu modulieren vermochte und wirklich Wohlklang verbreitete. Beim Singen hielt sie die Augen geschlossen, was wie Konzentration, aber auch vollkommene Hingabe aussah und ungemein erotisch wirkte. Ihr Gesicht zerfloß dann, als läge sie in den Armen eines Mannes und singe dabei.

»Komm zurück zur Erde!« sagte Betty spöttisch und zupfte Dr. Merker am Ärmel. »Ich glaube, wenn es dir gelänge, Yang ins Bett zu bekommen ... James würde dich umbringen lassen. Das ist eine Art von Niederlage, die er *nicht* schlucken kann. Im Konkurrenzkampf um winzige Prozentanteile im Seidenhandel, da steckt er auch Rückschläge ein, das Geschäft ist nun mal so – aber beim Einsatz seiner Männlichkeit duldet er nur Siege. So hat jeder Mensch seinen Tick; die schwache Stelle, wo er verwundbar ist. Was ist dein Tick, Fritz?«

»Ich bin ein Wahrheitsfanatiker.«

»Sehr schlecht. Wahrheit ist das, was die Menschen am wenigsten vertragen können. Sieh dir nur die Politik an: Sieger sind immer die besten Lügner. Wahrheit kann sogar gefährlich werden. Oft lebensgefährlich.«

»Ich habe davon einen Hauch verspürt ...«, sagte Merker knapp.

Betty starrte ihn entgeistert an. »Hier in Hongkong?«

»Nicht mehr der Rede wert. Es ist alles erledigt.« Er stand auf, stellte sein Champagnerglas weg und wollte ins Haus gehen, als Yang beim Singen die Augen öffnete. Der Blick ihrer schwarzglänzenden Augen fiel voll auf Merker und blieb an ihm haften, während sie von der Liebe sang. Von der Liebe, die wie eine Sonne wärmen könne. Ihr Körper drehte sich dabei im Takt, der Schlitz des roten Kleides ließ ihre langen Beine frei bis zur Mitte des Oberschenkels – es war, als beginne eine Schlange sich zu häuten. Sachkundig, als Arzt, sah Dr. Merker, daß sie unter dem Kleid nichts mehr trug . . . die rote Seide war eine zweite Haut.

Eine verdammt heiße Trockenheit stieg in seinem Hals hoch. Er verfluchte sie, nannte sich sofort einen heillosen Idioten – aber der Blick ihrer Augen hielt ihn fest, bis sie in dem Rhythmus des Liedes zur Seite schwenken mußte. Es war, als zerrisse ein Bann, als löse sich eine Hypnose abrupt auf; es war wie ein Stoß gegen sein Herz, als ihre Augen ihn freigaben.

Du bist ein blöder Hund, Fritz, sagte er sich und schob den Arm bei Betty unter. Das gehört alles zum Chanson, das ist eingeübt, ein knalliger Show-Effekt, das haut bei den Männern ein, und die dämlichen Kerle fühlen sich tatsächlich angesprochen. Dabei sieht sie dich gar nicht, blickt durch dich hindurch wie durch Glas, alles ist einkalkuliert mit Text und Musik, und wenn sie sich am Ende verbeugt kannst du klatschen wie verrückt und mit den Augen rollen – du bist für sie nur ein Stück der Masse, weiter nichts.

»Du willst die Show nicht zu Ende sehen?« fragte Betty erstaunt. »Jetzt kommt Yang erst richtig in Schwung.«

»*Du* wolltest weg, Betty.«

»Ich kenne sie bis zur letzten Zuckung ihrer Finger. Und ich wollte dir einen trockenen Hals ersparen.«

»Ich habe keinen!« Er log glaubhaft für einen Mann, der ein Wahrheitsfanatiker sein will. »Aber ich habe Hunger auf ein paar Löffel Kaviar und einen knackigen Toast.«

An dem riesigen Büfett, hinter dem acht Köche in weißer Kleidung und mit hohen Kochmützen standen, trafen sie James. Er stand allein vor einem tranchierten Kapaun, kippte einen Whisky und war schon sehr angetrunken. Draußen lauschten alle auf Yangs Gesang . . . McLindlay soff. Blitzartig traf Dr. Merker die Erkenntnis, daß auch Milliardäre sehr einsam sein können, sogar unter vielen Bekannten und sogenannten Freunden.

James hob sein halbleeres Glas und prostete Merker zu: »Mit allem zufrieden, Fritz?«

»Ich finde den Abend hinreißend. Ich habe so etwas ja noch nie erlebt, Männer wie dich gibt es in Europa überhaupt nicht. Wie auch ...« Er machte eine weite Handbewegung. »Die äußere Voraussetzung fehlt schon. So etwas wie du kann nur in Hongkong wachsen.«

»Gefällt dir Yang Lan-hua nicht?«

»Doch. Sehr. Warum?«

»Du gehst weg, während sie singt.«

»Ich hatte Sehnsucht nach einem Kaviartoast.«

»Banause!«

»Du bist ja auch hier drinnen.«

»Ich bin ein Mensch, der Schönheit sammelt.« McLindlay breitete beide Arme aus. »Sieh dich um ... zeig mir eine Ecke, einen Flecken, einen Tupfer, der nicht der höchsten Schönheit entspricht. Sieh dir Betty an – ist sie nicht vollkommen? Sieh dir Yang an ... wo gibt es Schöneres? Alles Schöne habe ich bisher erworben ... nur Yang bekomme ich nicht. Das ist ein Grund zum Kummer.«

»Du hast Nerven, das in Bettys Gegenwart zu sagen!«

»Betty versteht die Leidenschaft eines Sammlers. Yang ist für sie keine Gefahr – so wenig eine Gefahr wie ein Bild, eine Skulptur, eine Vase der Ming-Dynastie, ein alter Seidenteppich, eine gotische Schnitzerei ...«

»Ich kann verstehen, daß Yang in diese Liste nicht eingereiht werden will.«

»Du verstehst das?« James starrte Dr. Merker entgeistert an.

»Ja. Sie ist ein Mensch.«

»Sie ist ein Kunstwerk!«

»Für dich. Zum erstenmal ist für dich etwas nicht käuflich.«

»Abwarten!« McLindlay hob trunken den rechten Zeigefinger. »Ich habe einen Rembrandt bekommen, den ich haben wollte. Warum soll das bei Yang nicht gelingen?«

Sie ließen James stehen und gingen das Büfett entlang bis zu der Fischabteilung, wo in Eis und Silberschalen der Kaviar lag. »Ich sehe mit Erschrecken, daß James keine Hemmungen kennt, wenn er sich etwas in den Kopf gesetzt hat«, sagte Dr. Merker.

»So ist es, Fritz.« Betty löffelte ihm Kaviar auf einen kleinen Teller mit echtem Goldrand. »Das gilt auch für dich.«

»Ich komme ihm nicht in die Quere.«

»Wer kann in die Zukunft sehen?« Betty garnierte gehacktes Ei um den Kaviar. »Es wäre gut, wenn du nie vergessen würdest, wie James sein kann.«

Dr. Merker nickte. Er dachte dabei an Yangs Blick und an das schmerzhaft-wohlige Gefühl, das ihn dabei durchströmt hatte. Eigentlich zum erstenmal in seinem zweiunddreißigjährigen Leben!

Am nächsten Tag erschien wieder der kleine, demütige Schneider im Queen Elizabeth Hospital. Über dem Arm, in einem Plastiksack, trug er den neuen Anzug, fertig zur Anprobe. Man sah es dem Kleidungsstück schon jetzt an, daß es ein Meisterstück wurde ... der grau-weiß gestreifte Stoff stand Dr. Merker vorzüglich, der Schnitt war eine Verbindung von italienischer Eleganz und fernöstlichem Flair, und die Anprobe zeigte, daß chinesische Schneider Künstler sein konnten, wenn man ihnen etwas Zeit ließ und nicht einen Anzug innerhalb von sechs Stunden verlangte – obwohl das vor allem immer wieder die Touristen faszinierte, die nach Hongkong kamen: Man suchte morgens den Stoff aus, der Schneider nahm Maß, und nachmittags hing der Anzug fertig im Hotelzimmer. Meistens paßte er sogar, ging zwar beim ersten Regen aus der Form – aber da war man schon lange weg von Hongkong. Rissen dann auch noch die Nähte aus zu Hause, in Europa oder USA, so sagten die dortigen Flickschneider mit einem schadenfrohen Grinsen: Reparieren oder umändern ... lohnt sich nicht!

Die Anprobe bei Dr. Merker war auch für die andere Seite ein voller Erfolg: Der im Kragen eingebaute Mikrosender arbeitete einwandfrei. Der Empfang war bestens, man verstand jedes Wort, ja, man hörte sogar jeden Atemzug. Ein Husten wurde fast zum Kanonendonner.

Die Männer vor dem Lautsprecher und dem Tonbandgerät hatten nur zwei Probleme: Einmal konnte Dr. Merker ja nicht tagaus, tagein immer diesen einen Anzug tragen, so daß es bei einem Anzugwechsel zu einer Funkstille kommen würde. Und zweitens hatte man beobachtet, daß Merker an sehr heißen, schwülen Tagen auf seine Jacke verzichtete und nur im Oberhemd oder mit einem Baumwoll-T-Shirt herumlief. Am Abend hängte er eine leichte Strickjacke um seine Schulter. Hier war nun gar nichts mehr zu machen. Technisch war es kein Problem, seine Schuhe zu präparieren, indem man etwa die Absätze anbohrte und dort die Minisender einbaute – aber das brachte wenig. Die Schrittgeräusche würden alle anderen Laute überdecken. Jede Zehenbewegung würde zu einem Knacken und Knirschen werden.

»Einen so schönen neuen Anzug führt man aus«, erklärte der Mann, der hier die Anordnungen getroffen hatte, »vor allem am Abend. Man zeigt ihn. Wenn wir wissen, wo er am Abend ist und mit wem er sich trifft, wenn wir seine Gespräche haben ... das ist schon viel wert. Die besten Informationen erhält man beim Essen und im Bett. Und da hängt der Anzug meistens nebenan über einem Stuhl. Lassen wir uns überraschen ...«

Die Überraschung kam aber gar nicht von Dr. Merker, sie schlängelte sich vielmehr als »bestgehütetes Geheimnis« aus dem Polizeihauptquartier von Kowloon. Kommissar Ting Tse-tung machte seinem geheimnisvollen und poetischen Namen »Östlich des Sumpfes« alle Ehre: Er ließ eine giftige Sumpfblase steigen!

Der deutsche Arzt und Forscher Dr. Merker – hieß es alarmierend – hat bei seinen Autopsieuntersuchungen Fremdsubstanzen entdeckt, die für die Leberzersetzung verantwortlich gemacht werden könnten.

Das war raffiniert verschlüsselt, sagte nicht viel aus, ließ aber den Verdacht aufleben, daß man einen großen Schritt ins Unbekannte vorangekommen sei. Fremdsubstanzen – das klang sehr gut. Das mußte denen, die es anging, unter die Haut fahren.

Dr. Merker, dem vier Stunden nach der Ausstreuung das Gerücht zu Ohren kam, fuhr sofort ins Polizeihauptquartier zu Ting Tse-tung.

»Da haben Sie aber ein Ei gelegt, Ting!« sagte er wütend, während Ting lächelte. »Wollen Sie, daß man mir einen vor den Kopf ballert?«

»Warum sollte man? Jetzt sind Sie so wichtig, daß man Sie in Watte packen wird. Man will natürlich wissen, *was* Sie entdeckt haben. Dazu müssen Sie ja weiterleben! Man kann Sie höchstens kidnappen und ›chinesisch‹ verhören. Das hält keiner aus, ich weiß das – aber was will man mit einer halbfertigen Sache? Erst wenn durchsickert, daß Sie den Krankheitserreger tatsächlich gefunden haben, wird's brenzlig!«

»Das zu behaupten kriegen Sie auch noch fertig!« rief Dr. Merker empört.

Tings Miene verlor das Lächeln, es wurde zur Maske. »Doktol Melkel ... ich habe fünf Ermordete in meinem Aktenschrank. Und fünf Mörder, die an einer Leberzersetzung starben, deren Ursache keiner kennt. Ich ahne es, daß auch sie ermordet wurden. Zehn ungeklärte Tote, Sir ...«

»Ich habe sie nicht umgebracht!« schrie Merker erregt.

»Aber durch Sie und mit Ihnen könnten wir die Mörder kennenlernen. Die Panne mit der letzten Mörderin ist nun mal passiert, wir müssen sie schlucken, und sie war auch – geben Sie es zu – ein Teil Ihre Panne, weil Sie sich sinnlos besoffen haben ...«

Ting Tse-tung lehnte sich in seinem Korbsessel zurück und wippte hin und her. »Ich brauche von Ihnen so etwas wie ein Kommuniqué mit völlig unverständlichen Formulierungen, damit die Sache offiziell aussieht.«

»Suchen Sie sich dafür einen Märchenschreiber, Herr Ting!«

»Wenn die Krankheit auch einmal in Deutschland auftauchen sollte – und warum sollte sie es nicht? –, wird Ihr Gewissen schlagen, falls Sie bei diesem Nein bleiben.«

»Kommissar Ting, Sie erinnern mich an meine Kinderzeit. Damals sah ich ein Märchen auf der Bühne des Hamburger

Thalia-Theaters. Und in dem Theaterstück kam ein Teufelchen vor, dem Sie sehr ähnlich sehen. Ich habe das Teufelchen gehaßt, bis ich vernünftiger denken konnte.«

»Hervorragend!« Ting Tse-tung lächelte wieder breit. »Also, Sie schreiben das Kommuniqué. Konzentrieren Sie sich vor allem auf die Gehirnautopsie. Die verjauchte Leber gibt nichts her, die hat Dr. Wang schon fünfmal in Atome zerlegt, da können wir keinem etwas vormachen. Mit dem Gehirn aber hat man bisher geschludert, da gibt es noch Möglichkeiten, irgendwas herauszufinden. Denken Sie daran: Es könnte sein, daß wir auf diesem Umweg einer unbekannten schrecklichen Krankheit auf die Spur kommen. Das wäre eine medizinische Sensation . . . Haben Sie heute abend etwas vor?«

»Nein. Warum?«

»Geben Sie mir die Ehre, mich in meiner armseligen Hütte zu besuchen, Doktol. Wir können uns im Fernsehen gemeinsam die Musik-Show mit Yang Lan-hua ansehen.«

»Ich komme gern«, sagte Dr. Merker mit plötzlich trockenem Hals. »Sehr gern . . .«

Weil auch der späte Abend noch schwül und drückend war, zog Dr. Merker nicht seinen neuen Anzug an, sondern begnügte sich mit einer leichten Leinenjacke.

Kommissar Ting erwartete ihn vor seinem kleinen Haus im Vorgarten. Er trug einen chinesischen Seidenkimono, bestickte Pantoffeln und ein buntes, rundes, mit Perlen verziertes Käppi. Er sah völlig fremd aus und gar nicht wie der Chef der Kowlooner Mordkommission, der seit Jahren eine Fülle blutiger Schicksale sammelte. Was Merker nicht sah: Auch unter dem Kimono hatte Ting im Schulterhalfter seine schwere Pistole. Von ihr trennte er sich nur im Bett . . . da legte er sie griffbereit auf ein Brettchen neben seinem Kopf.

Merker stieg aus dem Taxi, bezahlte den Driver und streckte Ting beide Hände entgegen. Unter den linken Arm hatte er einen Blumenstrauß geklemmt.

»Willkommen in meiner kleinen Hütte«, sagte Ting und blickte dabei einem kleinen roten Auto nach, das schnell die Straße hinunterfuhr. »Nun werden sie aber gewagte Überlegungen anstellen.«

»Ich? Wieso?«

»Nicht Sie, sondern sie.« Ting zeigte auf den verschwindenden kleinen Wagen. »Haben Sie nicht gemerkt, daß Sie beschattet werden?«

»Ich hatte keine Ahnung.«

»Sie sind wirklich ein harmloser Engel! Aber so etwas hat ja meistens Glück.« Ting ließ den Arzt durch die eiserne Pforte in den Vorgarten. »Nun wird man rätseln: Was hat der Mann bei Ting zu suchen. Genau das können wir gebrauchen. Es war eine blendende Idee, bei mir die Fernseh-Show anzusehen. Natürlich werden sie annehmen, daß Sie mir heute abend den sensationellen Obduktionsbericht gebracht haben. Damit sind alle Zweifel ausgeräumt!«

»Fangen Sie schon wieder mit dem Scheißbericht an?« sagte Merker grob. »Ich wollte heute nur Yang Lan-hua hören und sehen und mal für zwei Stunden vergessen, daß man mich in Mordgeschichten verwickelt hat!« Er nahm den Blumenstrauß in die Hand. Ting sah ihn verwundert an:

»Was wollen Sie damit? Sind Sie Vegetarier und haben Ihr Abendessen mitgebracht?«

»Wie witzig. Das ist für Madame Ting . . .«

Ting nickte, ging voraus, ließ Merker in die kleine Diele mit den geschnitztzten Deckenbalken und schloß sorgsam die Tür. Dann streckte er die Hand aus und lächelte schwach:

»Bitte, die Blumen, Flitz. Die Dame des Hauses bin ich . . .«

»Ich dachte . . .« Dr. Merker war sehr verlegen und drückte Ting den Strauß in die Hand. »Pardon. Wer konnte das ahnen? Ich hatte angenommen . . .«

»Ihre Annahme war richtig. *War*!« Ting ging voraus in ein geräumiges Wohnzimmer mit einer Ledergarnitur in einem Rattangestell, mehreren Lacktischchen und großen, kunstvoll bemalten Porzellanvasen. In eine dieser Vasen stellte er die Blumen und garnierte sie mit flinken Handbewegungen. »Meine Frau ist mir weggelaufen.«

»Wenn ich das vorher gewußt hätte, Ting . . . Ich bin und bleibe ein Dussel und ein Tölpel!«

»Wir wollen Freunde sein, und Freunde haben ein Recht

auf gegenseitige Wahrheit. Nehmen Sie Platz, Flitz. Bis zur Fernsehübertragung sind es noch zwanzig Minuten. Mögen Sie chinesischen Wein?«

»Ich habe ihn ein paarmal getrunken. Er ist gut, wenn er aus dem Süden kommt.«

»Dieser hier wächst gleich hinter Kowloon. Ein trockener Wein, vergleichbar mit Ihrem Riesling.« Ting wartete, bis Dr. Merker saß, und holte dann aus einem Schrank die Flasche. Während er den Korkenzieher hineindrehte, sagte er: »Wir waren neun Jahre verheiratet – dann verließ sie mich. Das war vor zwei Jahren.«

»Sie kam wohl mit Ihrem Beruf als Polizist nicht zurecht? Das hört man manchmal, daß die Frauen dazu nicht die Nerven haben.«

»Das machte Kwai nichts aus.« Ting zog den Korken aus der Flasche. Es machte laut plopp und erinnerte an einen Abschuß mit einem Schalldämpfer. »Etwas ganz Verrücktes zerstörte unsere Ehe: Die Ideologie. Sie sehen mich verständnislos an, Flitz ... aber so war es. Als ich Kwai heiratete, war sie Studentin und war mir aufgefallen, als sie bei einem Protestumzug die rote Fahne trug. Machen wir es kurz: Kwai war Kommunistin, bewunderte den Großen Vorsitzenden Mao Tse-tung bis zum Exzeß, ja, Mao nahm bei ihr fast göttliche Züge an, und als Mao starb, war es, als verlösche auch in ihr ein Licht. Ich bin kein Rot-Chinese, ich bin auch kein National-Chinese ... ich bin ein Hongkong-Chinese, ein nach allen Seiten freier Mensch. Das hat sie nie begriffen ... am Tag war ich für sie der Stiefelküsser der Kapitalisten und Kolonialisten, in der Nacht war ich ihr Drache, von dem sie sich im Liebesrausch hätte zerreißen lassen. Irgendwie erkannte sie, daß dies alles nicht zusammenpaßte, und sie entschied sich für das rote China. Bei Lin Ma Hang ist sie über die Grenze, das habe ich später in mühseliger Kleinarbeit rekonstruiert. Mit einem Handkarren, wie eine arme Bäuerin. Ich habe nie wieder etwas von ihr gehört.« Ting goß zwei Gläser voll Wein; er hatte eine strohgelbe Farbe. »Auch so etwas gibt es, Flitz. So ein menschliches Leben ist doch verrückt! *Jedes* menschliche Leben, wenn man es genau betrachtet. So kurz und so behangen mit sinnlosen Kletten.« Er setzte sich neben Dr. Merker, man prostete sich stumm zu, trank einen Schluck und fand den Wein köstlich. Herb, mit einem Nachgeschmack von süßen Mandeln. Ein ganz eigenartiges Aroma. »In fünf Minuten sehen Sie Yang Lan-hua wieder...«

Dr. Merker sah Ting mit einem Kopfschütteln an. »Sie sind ein Schlitzohr, Ting. Wissen Sie, was das ist?«

»Nein.«

»Ich erkläre es Ihnen nach der Show. – Natürlich wußten Sie, daß Yang bei McLindlay aufgetreten ist...«

»Ich muß mich doch um Sie kümmern, Flitz. Mit Ihrer Unbekümmertheit tappen Sie vom Himmel in die Hölle und zurück und merken es gar nicht.« Ting blinzelte Merker wie einem Verschwörer zu. »Yang ist schön, nicht wahr?«

»Schön? So ein banales Wort für sie. Yang ist einfach nicht zu beschreiben. Man müßte Musiker sein, dann gäbe es dafür Töne. Stellen Sie sich vor, Puccini hätte sie beschrieben... welche Klänge hätte er gefunden.«

»Sie sind verrückt nach Yang, nicht wahr?«

»Nein.«

»Lügen Sie nicht. Jeder Mann ist verrückt nach ihr.«

»Aber ohne Chancen, wie ich gehört habe. Vor allem ein Weißer...«

»Sie kennen die Geschichte von ihrem Geliebten, dem Architekten?«

»McLindlay hat sie mir erzählt.«

»Das ist pikant! McLindlay erzählt sie!« Ting drehte den Fernseher an. Noch war die Werbesendung dran, mit westlicher Musik unterlegt. »Der rätselhafte Tod ihres Geliebten hat sie verschlossen wie eine Auster gemacht.«

»Tod? Von einem Tod ist nichts erzählt worden«, sagte Dr. Merker. Er wischte sich betroffen über das Gesicht. »Ich muß berichtigen, Ting... nicht McLindlay hat mir von Yang erzählt, sondern Betty Harpers. Kein Ton, daß der Geliebte von Yang gestorben ist.«

»Er wurde umgebracht!« Ting sagte es ganz ruhig, es war ja sein Metier, mit Toten umzugehen. »Er starb standesgemäß: Als Architekt stürzte er vom Rohbau eines neununddreißig

Stockwerke hohen Wolkenkratzers. Berufsunfall ... Nur ein Vorarbeiter war bei ihm, und der schwor alle Eide, daß dem Herrn Architekten plötzlich schwindlig geworden sei. Er habe noch zugreifen wollen, aber da sei der Arme schon durch die Luft gesegelt.« Ting hob die Schultern. »Was will man da machen, Flitz?«

»Und wenn es wirklich ein Betriebsunfall war?«

»Glauben Sie daran, nachdem James McLindlay von Yang eine Ohrfeige bekommen hatte? McLindlay bot ihr eine weiße Hochsee-Motorjacht an, mit zehn Mann Besatzung, als ständigen Wohnsitz ... und sie spuckte ihm ins Gesicht. Drei Tage später segelte ihr Geliebter vom Hochhaus ...«

»Sie trauen McLindlay zu, daß er ...«, fragte Merker entsetzt.

Ting winkte ab. »Ich habe nur Gedanken laut ausgesprochen, Flitz. Unter guten Freunden. Offiziell gibt es überhaupt keinen Verdacht, nicht den geringsten Zweifel an McLindlays Integrität. Seine Milliarden machen ihn unangreifbar.«

Dr. Merker starrte auf den Bildschirm. Eine Schrifttafel zeigte die Musik-Show an. Von flimmernden Sternen umgeben leuchtete der Name Yang Lan-hua.

»Jetzt kommt sie!« sagte er, heiser vor Erregung.

»Ja, jetzt kommt sie.« Ting beugte sich zu Merker vor. »Wollen Sie Yang kennenlernen?«

Merker zuckte hoch. »Ting! Das werfen Sie einfach so hin? Das können Sie möglich machen ...?«

»Ich kann in einem bestimmten Rahmen in Hongkong alles.«

»Wo wohnt sie?«

»Sie lebt jetzt in der Schwimmenden Stadt von Yau Ma Tei. Auf einer der Dschunken, die dort zu Tausenden ein Lebensreich für sich gebildet haben.«

»Da wird man mich nie hineinlassen.«

»Wenn Yang Sie als Gast auf ihre Dschunke bringen läßt, wird man übersehen, daß Sie kein Chinese sind.«

»Sie erzählen Märchen, Ting ...«

Ting lächelte und breitete beide Arme zu dem Fernseher aus. »Da ist es – das Märchen. Psst – ich schweige ja! Ich störe Ihren Herzschlag nicht mehr! Aber wenn Sie wollen, werden Sie übermorgen durch die Schwimmende Stadt gerudert . . .«

Auf dem Bildschirm erschien Yang Lan-hua. Es war Dr. Merker, als lächle sie nur ihn an. So blöd kann ein Mann sein . . .

Ting Tse-tung hatte nicht zuviel versprochen, er hielt sein Wort. Schon am nächsten Morgen rief er im Queen Elizabeth Hospital an und erwischte Merker im Keller bei seinen Versuchstieren. Er untersuchte gerade mit Viren infizierte Ratten, und Ting mußte warten, bis Merker sich aus seiner Schutzkleidung geschält und mit einem Sterilmittel gewaschen hatte.

»Hat man aufgrund Ihres dummen Gerüchtes endlich die Polizei in die Luft gesprengt?« fragte Merker sarkastisch. »Oder konnten Sie die Bombe entschärfen?«

»Sie tickt noch, mein lieber Flitz«, antwortete Ting fröhlich, »und Sie sitzen drauf! Morgen um 21 Uhr werden Sie von einer Rikscha abgeholt, in die Chinesenstadt gefahren, dort umgeladen und zu den Dschunken von Yau Ma Tei gerudert. Yang empfängt Sie . . .«

»Sie wollen mich auf den Arm nehmen, Ting!« rief Merker entgeistert.

»Dazu sind Sie mir zu schwer. Gewöhnen Sie sich daran, daß Ting sein Wort immer einlöst. Ich habe mit Yang gesprochen. Und was soll ich Ihnen sagen: Sie erinnert sich an Sie! Bei ihrem Auftritt in der Festung von McLindlay saßen und standen Sie immer neben Betty Harpers. Stimmt's?«

»Ja.«

»Nun bekommen Sie vor Wonne bloß keinen Infarkt! Sie fielen Yang nicht durch Schönheit, sondern durch Ihre Ungelenkheit auf, sich in solchen Kreisen zu bewegen. Außerdem behauptet sie, Sie hätten schöne Augen. Das hat mich fast umgeworfen. Wie anders Frauen doch einen Mann sehen als Männer . . .«

»Sie sind ein Giftprotz, Ting!« sagte Merker erregt. Was Ting da erzählte, ließ wirklich sein Herz schwer werden und seinen Pulsschlag steigen. »Sie bringen mich in größte Verlegenheit.«

»Wieso?«

»Was soll ich Yang sagen? Ich muß doch einen Grund angeben, warum ich sie sprechen will.«

»Sie ist eine Frau, Sie sind ein Mann ... ist das nicht Grund genug?«

»So plump können auch nur Sie sein!«

»Zermartern Sie sich nicht deswegen den klugen Kopf.« Ting lachte verhalten. »So etwas läuft nachher von ganz allein. Sind Sie ein so blutiger Anfänger, Flitz?«

»Beileibe nicht ... aber ich habe noch nie einer Frau wie Yang gegenübergestanden.«

»Da kann auch die Polizei nicht mehr helfen. Also, morgen gegen 21 Uhr ...«

»Ich werde meinen neuen Anzug anziehen!« sagte Merker jungenhaft fröhlich.

»Was haben Sie? Einen neuen Anzug?« Tings Stimme wurde lauter.

»Ein superelegantes Ding! Grau-weiß gestreift, federleichte Mohairwolle mit Seide ... sitzt wie übergegossen ...«

»Wo haben Sie den Wunderanzug gekauft?«

»Er ist – wie man so schön sagt – ›gebaut‹ worden!«

»Von einem chinesischen Schneider?«

»Natürlich.«

»Der Schneider war Ihnen bekannt?«

»Nein. Betty Harpers schickte ihn mir. Ich hatte doch keinen Smoking ... und da hat der Schneider – geschäftstüchtig wie alle Chinesen – gleich eine Stoffkollektion für einen Straßenanzug mitgebracht.«

»Wo haben Sie den Anzug schon getragen, Flitz?«

»Noch gar nicht. Bei Yang soll Premiere sein.«

»Haben Sie heute Zeit?«

»Am Nachmittag.«

»Dann packen Sie den neuen Anzug und den Smoking in eine Plastiktüte, und kommen Sie zu mir ins Hauptquartier. Und sprechen Sie kein Wort in Gegenwart von Smoking und Anzug, auch bei mir nicht! Keinen Ton. Und noch etwas ... legen Sie in die Plastiktüte einen kleinen Radiorecorder und stellen Sie ihn an. Am besten Jazzmusik. Auf eine schöne Lautstärke, die alle anderen Geräusche überdeckt ...«

»Sind Sie übergeschnappt, Ting?« Dr. Merker war völlig irritiert. »Ich soll meine neue Garderobe mit Musik beschallen und zu Ihnen bringen? Was soll das?«

»Das werde ich Ihnen zeigen, Sie Engel!« sagte Ting eindringlich. »Ich kann mich natürlich irren... Bis nachher!«

Dr. Merker legte nachdenklich den Hörer auf. Dann fuhr er mit dem Lift hinauf in sein Zimmer, öffnete den Schrank und betrachtete stumm den über einem Bügel hängenden Smoking und den eleganten Anzug. Tings Rat folgend, stellte er sein Radio auf höchste Lautstärke und tastete dann vorsichtig zuerst das Anzugjackett ab. Seine als Arzt auf feinsten Tastsinn geschulten Fingerspitzen glitten über die Nähte, über die Taschen, die Revers, den Kragen ... auf der linken Seite meinte er, eine kleine Erhebung innerhalb der Polsterung zu fühlen.

Mit einem Skalpell trennte er vorsichtig, als gälte es, einen Nerv zu präparieren, den Kragen auf und stieß auf einen winzigen Metallknopf, so groß wie ein gläserner Stecknadelkopf. Ein hauchdünnes Drähtchen, dünner als ein Haar, verband den Knopf mit einem anderen, etwas größeren, runden Element, das weiter hinten im Kragenfutter steckte.

Auch als elektronischer Laie wußte Dr. Merker, daß er hier einen Sender mit Batterie vor sich hatte ... ein hochempfindliches Mikrofon, das alles aufnahm und wegsendete, was er tat und sagte, wenn er diesen Anzug trug.

Merker rührte den Smoking nicht an, ließ den zerschlitzten Anzug hängen, stellte das Radio aus und setzte sich weit weg vom Schrank an das Fenster. Die Entdeckung hatte ihn maßlos erschüttert. Vor allem drängte sich eine Frage auf: Hatte Betty gewußt, daß man ihm Mikrofone in die Anzüge baute, als sie den Schneider zu ihm schickte? Wo waren noch mehr Mikrofone versteckt? Wurde jede Sekunde von ihm überwacht und abgehört?

Er dachte an die versprochene Begegnung mit Yang Lan-hua, bei der er mit Sicherheit den neuen Anzug getragen hätte. Jedes Wort wäre aufgezeichnet worden. Dieser Gedanke beunruhigte ihn und machte ihn abwehrbereit zugleich: Schon jetzt konnte er vollkommen in der Hand des unbekannten Gegners sein. Kein Atemzug gehörte mehr ihm allein...

5

Man sollte in jeder noch so unangenehmen Situation eine Spur von Humor bewahren – und wenn es Galgenhumor ist. Dann läßt sich alles leichter ertragen. Das ist leicht gesagt, aber schwer getan. Vor allem ist es eine Nervensache.

Wie Ting Tse-tung ihm geraten hatte, packte Dr. Merker auf den Boden einer großen Plastiktasche zunächst einen kleinen Radiorecorder und stellte Rockmusik ein; so laut, daß kein anderes Geräusch daneben mehr bestehen konnte. Dann holte er den aufgetrennten Anzug und den unversehrten weißen Seidensmoking aus dem Schrank und begann dabei zu singen. Da er den Text nicht genau kannte, wohl aber die Melodie – was oft der Fall ist, weshalb sich viele Menschen in das hochliterarische Lalala retten –, sang er, wie es ihm gerade einfiel:

»Jetzt geh' ich ins Maxim,
da bin ich sehr intim,
ich duz' dort alle Damen,
nenn' sie beim Kosenamen:
Lulu, Frufru, Joujou,

Lala, Nana, Dudu – –
Sie lassen mich vergessen
das teure Vaterland – –«

Er sang den frei nachgedichteten Text mit lauter, erstaunlich angenehmer Stimme und packte dabei Anzug und Smoking in die Plastiktüte, wo nun die Rockmusik alles überschallte. Dann band er die Tüte mit einem Bindfaden zu und verließ das Zimmer.

Der Taxifahrer vor dem Queen Elizabeth Hospital schielte verwirrt auf die Tüte, als Dr. Merker in den Wagen stieg. Daß jemand ein Radio in der Hand trägt und Musik hört – gut, das erlebt man oft bei jungen Leuten. Daß ein Gentleman wie dieser Arzt aber mit einer Plastiktüte herumlief, aus der harter Rock tönte, war ungewöhnlich.

»Ihr Ziel, Sir?« fragte der Fahrer höflich wie alle Chinesen und machte dabei eine kleine Verneigung.

»Polizeihauptquartier.«

Bei diesem Ziel erübrigte sich alle Diskussion, warum aus der Tüte Musik klang. Wortlos fuhr der Taxifahrer zur Polizei, nahm sein Geld in Empfang und blickte Dr. Merker mit unbewegtem Gesicht nach, bis dieser das Gebäude betreten hatte.

Kommissar Ting empfing Dr. Merker mit einem freundschaftlichen Schulterklopfen und zeigte mit einem breiten Grinsen auf den musikalischen Plastiksack. Trotz der Rockmusik senkte er seine Stimme.

»Sehr gut, Flitz! Haben Sie eine Ahnung, warum Sie Ihre neuen Anzüge so bringen sollten?«

»Ich weiß es. Im Kragen des grauen Anzugs steckt ein Mikrofon mit Sender und Minibatterie. Ich nehme an, im Smoking ebenfalls.«

»Der Arzt! Natürlich! Hat den kritischen Patienten zerschnippelt! Hoffentlich haben Sie nicht alles verdorben!«

»Ich habe bei Musik seziert!« sagte Dr. Merker sarkastisch. »Die unbekannten Mithörer müssen denken, ich sei ein Rock-Irrer!«

»Das stellen wir gleich ab.« Ting legte die Plastiktüte auf einen Tisch, zog die Anzüge vorsichtig heraus und zerschnitt den feinen Draht zwischen Sender und Batterie im grauen Anzug. Dann trennte er langsam, unter lauter Musik, Kragen und Revers des Seidensmokings auf, zeigte auf den winzigen Sender und machte auch ihn unschädlich. Trotzdem winkte er Dr. Merker in die hintere Ecke des großen Zimmers, ließ das Radio weiterspielen und sagte gedämpft: »Da sehen Sie mal, Doktol, wie gefährlich wir unseren unbekannten Gegnern sind. Sie wären nie allein gewesen ...«

»Das war mein erster weißer seidener Smoking.« Dr. Merker blickte hinüber zu den Resten des schönen Jacketts. »Sie hätten ihn nicht völlig zerlegen sollen, Ting.«

»Ich werde Ihnen einen Schneider empfehlen, der für einen Sonderpreis einen neuen baut – ohne Mikrofon!« Ting bot Dr. Merker ein Zigarillo an. »Den Schneider schickte Ihnen McLindlay?«

»Nein. Betty Harpers.«

»Merkwürdig.«

»Sie glauben doch nicht, daß Betty ...«

»Dazu liegt gar kein Grund vor, Flitz. Ich frage mich nur, wie unsere Gegenspieler wissen konnten, daß Betty Ihnen einen Smoking machen läßt. Irgendwie muß es da eine Verständigungsbrücke geben ... Über einen der Diener, über den Gärtner, über versteckte Mikrofone im Haus von McLindlay ... Wo hielten Sie sich auf, als von dem Smoking die Rede war?«

»Ich glaube, ich saß am Swimmingpool unter dem Sonnenschirm beim Frühstück ... Ja, so war es! Und ein Diener servierte. Der Butler war aber auch in der Nähe. In diesem Schloß stößt man ja überall auf Personal.«

Ting Tse-tung rauchte nervös. »Personell überwacht werden Sie nicht. Das heißt: Keiner beschattet Sie. Man hat sich ganz auf die Mikrofone verlassen. Beobachtet werden Sie nur von uns, der Polizei.«

»Davon habe ich noch nichts gemerkt.«

»Danke. Das ist ein Kompliment für unsere vorzügliche Arbeit.« Ting lächelte breit. »Ich habe übrigens neue Informationen von Yang Lan-hua. Sie müssen einen ungeheuren Eindruck auf die Dame gemacht haben. Ihr Vorschlag ist folgender: Sie kommen heute gegen 21 Uhr ins Hotel Fortuna in der Nathan Road. Hinter dem Fortuna beginnt das Gewirr der alten Chinesenstadt. Ein Rikschafahrer holt Sie ab. Was dann mit Ihnen passiert, weiß keiner, auch ich nicht. Ich gestehe, unser Beschattungsdienst wird Schwierigkeiten haben, Ihnen auf der Spur zu bleiben.

Es kann also durchaus sein, daß wir Sie aus den Augen verlieren und Sie völlig ohne Schutz sind. Das ist Ihr Risiko, wenn Sie Yang Lan-hua privat sprechen wollen. Zwischen den Dschunken von Yau Ma Tei hilft Ihnen ohnehin keiner, da kommt auch ein Polizeiboot nicht durch. Außerdem haben die ›Wasserleute‹ ihre eigenen Gesetze. Uralt und grausam, aber wirksam! So sind zum Beispiel Diebstähle zwischen den Dschunkenbewohnern fast unbekannt – wehe dem, der dabei erwischt wird! Wir haben Diebe aus dem Taifunhafen gefischt, denen die Finger der rechten Hand nicht abgehackt, sondern abgebrannt worden waren! Anschließend hatte man die Männer mit einer Seidenschnur erdrosselt. Bei solchen Aktionen in der Schwimmenden Stadt bleibt uns Polizisten nur noch übrig, einen unbekannten Toten mehr zu registrieren. Völlig sinnlos, da Nachforschungen anzustellen!«

»Mir scheint, Sie tun alles, mich von einem Besuch in Yau Ma Tei abzuhalten«, sagte Dr. Merker säuerlich.

»Im Gegenteil, ich will, daß Sie Yang treffen.«

»Das ist doch nicht uneigennützig?!« Merker sah Ting Tsetung mit geneigtem Kopf an. »Sie verkuppeln doch nicht als reiner Menschenfreund!«

»Nein!« Ting wurde ernst. »Ich denke an den Tod von Yangs Geliebtem. Als erfahrener Bauingenieur und Architekt fällt man nicht so einfach von einem Hochhausneubau. Auch Yang ist dieser Ansicht. Ehrlich: Ich verspreche mir etwas davon, wenn Sie mit Yang bekannt werden . . .«

»Und die Polizei diese Bekanntschaft ganz diskret unters Volk bringt. Ting, Sie haben mich schon einmal als Lockvogel benutzt – das hier geht mir zu weit! Ich bin doch kein Köderwurm an der Polizeiangel!«

»Sie sind so unkompliziert und dem Hongkong-Leben gegenüber so herrlich naiv, daß Sie sich geradezu anbieten.«

»Danke! Ich bin für Sie also ein nützlicher Idiot?!«

»Idiot möchte ich nicht stehenlassen. Nützlich – ja!«

Ting schwieg. Die Anzüge Dr. Merkers wurden abgeholt zur weiteren Laboruntersuchung. Der Radiorecorder ging zur Beschallung mit. Man wußte ja nicht, ob die Anzüge noch weitere Überraschungen enthielten. Als Ting dann weitersprach, klang es in dem plötzlich stillen Zimmer, als brülle er.

»Unser unsichtbarer Partner war also immer dabei, als Sie bei McLindlay die rauschende Festnacht verlebten. Er hat alles mitgehört, was Sie und Ihre Umgebung redeten. Über was haben Sie sich unterhalten? Und mit wem?«

»O Himmel, wie soll ich das noch wissen? Ich habe mit vielen über vieles gesprochen.«

»Auch über unseren Fall, die unbekannte Mörderin?«

»Nein. Ich glaube nicht.«

»Sie glauben, Flitz! Könnte es aber möglich sein?«

»Kaum. Das war kein Thema in dieser Gesellschaft.«

»Da haben Sie wieder recht. Wann werden Sie Betty Harpers oder McLindlay wiedersehen?«

»Wann ich will. Ein Anruf, und der Rolls-Royce holt mich ab.« Dr. Merker stieß sich von der Wand, an die er sich gelehnt hatte, ab. »Übrigens haben Sie sich geirrt, Ting.«

»Wobei?«

»Ich wurde doch überwacht. Denken Sie an das Auto, das mich verfolgte, als ich abends bei Ihnen war.«

»Das war die letzte Beschattung. Seitdem hat man Sie in Ruhe gelassen. Das wird anders werden, wenn sie merken, daß die Mikrofone ausgefallen sind. Dann spielen wir das schöne Spiel: Wer beobachtet wen? Zumindest über Ihre Beobachter werden wir dann mehr erfahren.«

»Und Sie glauben, ich überlebe Ihre geniale Strategie?«

»Ihr Humor ist wohltuend, Flitz.« Ting Tse-tung legte den Arm um Dr. Merkers Schulter. »Man wird Sie nicht antasten. Nach dem, was wir als Gerücht ausgestreut haben, sind Sie für die andere Seite viel zu wertvoll. Was werden Sie jetzt bis 21 Uhr tun?«

»Mit meiner Pistole üben ... ungeladen. Schnelles Schießen ohne zu zielen, nur nach Augenmaß.«

»Sie werden im Ernstfall immer der Langsamere sein, Flitz. Denken Sie sich lieber etwas Schönes für Yang aus. Keine Blumen ... das ist phantasielos. Auch keine Pralinen ... schadet der Figur.« Ting schüttelte den Kopf. »Nicht auszudenken, wenn Sie mit Ihrem neuen Anzug zu Yang gegangen wären. Dann hätte man herausbekommen, wo sie wohnt.«

»Das weiß keiner?«

»Nein! Beim ›Seevolk‹ von Yau Ma Tei – das sagt gar nichts. Auf den Dschunken bekommen sie keine Antwort. Der einzige Kontakt zu Yang ist über ihren Nachtclub.«

»Aber die wissen es?«

»Nein. Yang kommt und geht. Das ist alles. Jede Verfolgung endet im Gewirr der Sampans und Dschunken. Wir haben es selbst erlebt. Unser Verfolgungsboot war plötzlich umringt von Sampans, die den Weg versperrten. Ehe wir durchbrechen konnten, war Yangs Boot in dem Gewirr der mehr als 5000 Dschunken verschwunden.«

»Und ich darf wissen, wo Yang wohnt?« Dr. Merker wischte sich über die Augen. »Da stimmt doch etwas nicht, Ting! *So* dämlich bin ich nun doch nicht. Das Ganze ist nichts als eine Farce, nicht wahr?«

»Ich weiß natürlich nicht, wohin Yang Sie bringen läßt«, sagte Ting ehrlich. »Kann sein, daß Sie auf einer Dschunke landen, die mit ihr gar nichts zu tun hat. Ihr Ansehen beim ›Seevolk‹ ist ungeheuer groß. Sie könnte über jede Dschunke verfügen. Es kann aber auch sein, daß Sie ihr Allerheiligstes betreten dürfen, weil Sie als Ausländer ja doch hinterher nicht mehr wissen, wo Sie gewesen sind und nie und nimmer noch einmal den Weg dorthin finden.«

»Das ist sicher, Ting. Schon das Gewimmel in den Altstadtgassen ist für mich wie ein Labyrinth, geschweige denn auf dem Wasser!«

»Jedenfalls viel Glück, Flitz.« Ting Tse-tung drückte Dr. Merker an sich. »Ich werde Sie jedenfalls beschatten lassen, solange es geht.«

Durchaus nicht beruhigt ließ Dr. Merker sich wieder ins Queen Elizabeth Hospital bringen, diesmal mit einem Polizeiwagen und mit zwei Mann Begleitung. Ting wollte es so – als Demonstration, wie wertvoll Dr. Merker der Polizei war.

Kurz vor 21 Uhr saß Merker in der Halle des Fortuna-Hotels, hatte einen Drink bestellt und beschäftigte sich mit der Beobachtung seiner Umgebung. Das Fortuna war kein so ausgeprägtes Luxushotel wie das Peninsula oder Hyatt Regency, aber immerhin noch komfortabler als manches deutsche Vier-Sterne-Hotel. Der Service war schnell, ungemein höflich und diskret. Der Wodka-Orange schmeckte wirklich nach Wodka, was durchaus nicht selbstverständlich ist, und das dazu servierte Knuspergebäck war wirklich noch knusprig.

Pünktlich um 21 Uhr verbeugte sich einer der schwarzgekleideten Empfangsherren vor Dr. Merker und sagte gerade so laut, daß man ihn verstand: »Sir, Sie werden abgeholt. Darf ich Sie zu einem anderen Ausgang begleiten?«

Dr. Merker erhob sich aus dem tiefen Sessel, trank sein Glas leer und blickte sich um. Die Hotelhalle war belebt, und einer der vielen Menschen hier mußte ein Aufpasser von Ting Tse-tung sein. Sein Problem fing schon an – er konnte ihnen nicht zu dem anderen Ausgang folgen, ohne erkannt zu werden.

Dr. Merker lächelte schadenfroh, nickte dem Empfangschef zu und folgte ihm in das Hotelbüro. Von dort passierten sie mehrere Räume, durcheilten Korridore und wiederum Bürozimmer, bis sich eine Tür öffnete, die ins Freie führte. Sie standen auf einer anderen Straße, es war auch nicht die Rückseite des Hotels, sondern ein völlig fremdes Haus, und eine Rikscha wartete am Straßenrand mit hochgeklapptem Verdeck. Der Rikschaläufer verneigte sich tief, die Hände an die Holme gedrückt ... ein dürrer Mensch, dessen schmaler Kopf unter dem breiten geflochtenen Strohhut völlig verschwand.

»Einen schönen Abend, Sir!« sagte der Empfangschef höflich und verbeugte sich auch. »Der Weg der Sterne möge Ihnen günstig sein.«

Kaum saß Dr. Merker in dem leichten, schwankenden Gefährt, riß der Rikschaläufer die Deichseln hoch und trabte los. Sie bogen um die nächste Ecke, und Merker war mitten in der phantastischen, unbegreiflichen, bunten, geheimnisvollen, geschäftigen, von allen Gerüchen durchsetzten, lauten und jeden Menschen aufsaugenden chinesischen Welt.

Der Rikschamann lief sehr schnell, stieß ab und zu helle Schreie aus und machte damit in dem Menschengewühl eine Gasse frei, durch die er seinen schwankenden Karren dirigierte, ohne das Tempo zu mindern.

Merker begriff jetzt, was Ting gemeint hatte, als er freimütig gestand, eine Überwachung sei fast unmöglich. Hinter der Rikscha schloß sich sofort wieder die Menschenmenge, und jeder Verfolger wäre heillos eingeklemmt gewesen. Er blickte ein paarmal um das Verdeck herum nach rückwärts, aber er konnte nicht erkennen, daß ihnen jemand folgte. Zudem zog gerade ein Festzug – vielleicht eine Hochzeit – über ihre Straße und versperrte alles. Fahnen wehten, ein großer Papierdrache, grell bunt und furchterregend aussehend, in dem mindestens sechs Männer steckten und ihn vorwärtsbewegten, wurde von den Hunderten auf der Straße beklatscht. Trommeln wirbelten dumpf, dazwischen wimmerten Flöten und Krummhörner.

Merker lehnte sich wieder zurück. Eine Stadt zum Fürchten und zum Verlieben, dachte er. Wo in der Welt ist das Leben so bunt und überschäumend, so unermeßlich reich und so grausam arm? Hier in Hongkong lebt auf kleinem Raum alles, was ein Mensch sein kann, was man aus ihm machen kann ... vom Heiligen bis zum Satan, Hongkong, das ist der Mustergarten unserer Welt. So wie es einen zoologischen und einen botanischen Garten gibt, so gibt es einen menschlichen Garten voll erstaunlicher Vielfalt: Hongkong!

Plötzlich waren sie am Hafen von Yau Ma Tei, dem berühmten Fluchthafen vor den Taifunen, einem riesigen, durch Molen geschützten Becken, in dem sich eine eigene Stadt entwickelt hatte: die Dschunkenstadt.

Das Gewimmel der Menschen war erdrückend. Wie überall in Hongkong und Kowloon, fand bei Einbruch der Dunkelheit der Markt auf der Straße statt. Hunderte von Ständen, beleuchtet von einem in allen Farben schillernden Lichtermeer, boten alles feil, was überhaupt verkäuflich ist, vom chinesischen Liebespulver bis zur Präzisions-Videokamera, von Schlangeneiern bis zum Außenbordmotor.

Wahrsager boten ihre geheimnisvollen Dienste an, Würfelspieler lockten zum Glücksspiel, Orakeldeuter warfen ihre elfenbeinernen Orakelstäbchen in die Luft und weissagten aus der Lage der Stäbchen das kommende Schicksal; Liedersänger hielten ihre Bettelhüte hin, und blinde Straßenmusikanten, die sich erstaunlich sicher in dem Menschengewühl bewegten, zogen durch die Gassen und über den Hafenquai. Schreiber hockten hinter ihren zusammenklappbaren Büros in den Haustüren und fertigten amtliche Schriftstücke für die Schreibunkundigen aus.

Schlangenverkäufer boten ihre sich ringelnde Ware feil, in Flechtkörben bewegten sich die Knäuel der Schlangenleiber, an eisernen Haken und Gestellen hingen die Riesenschlangen, sich hin und her schnellend, sich aufbäumend und in der Luft zusammenziehend.

Vor einigen Juwelierläden, die wie alle Läden in Kowloon zur Straße hin offen waren und ihre gleißenden Reichtümer zeigten, standen Wachen: riesige indische Leibwächter, meistens vom Stamm der Sikhs, mit langen Bärten, verwegen aussehend, bewaffnet mit Pistolen, Revolvern mit Elfenbeineinlagen, Gewehren, deren Schaft mit Silbernägeln oder Halbedelsteinen besetzt war; oder langen Bajonetten, mit denen man einen menschlichen Körper durchstoßen konnte. Ein Überfall auf einen solcherart bewachten Juwelier ist in Kowloon noch nie bekannt geworden.

Dr. Merker zuckte zusammen, als der Rikschafahrer plötzlich anhielt und die Deichsel auf die Straße fallen ließ. Sofort umringten ihn die Straßenhändler, schreiend, gestikulierend, ihn fast aus der Rikscha ziehend. Ein Ausländer allein in dieser Gegend, in der Nacht auch noch, das mußte man ausnutzen.

Ein schriller Schrei des Rikschafahrers verscheuchte sie, als habe er eine Peitsche kreisen lassen. Sie standen nahe an der Mole, und ihnen gegenüber lag die Stadt der Boat People ... die Stadt der Wasserchinesen. Die Schwimmende Stadt mit ihren 15 000 Menschen auf Tausenden von Wohndschunken und Sampans, erhellt von zehntausenden Lämpchen auf den Booten, an den Masten, an den Bordwänden und auf den kleinen, knatternden Zubringerbooten, die durch die Dschunkengassen fahren und diese Wasserstadt mit allem Lebensnotwendigen versorgen.

Chinesische Musik ertönte auf hunderten Dschunken, mit dem Wind kam der Duft von gebratenem Fisch und Fleisch herüber, farbige Lichter- und Papierschlangen flimmerten über den Dschunken, wo gerade eine Hochzeit gefeiert wurde oder – was ebenso prächtig war – ein Begräbnis, für das es besonders wertvoll geschnitzte und bemalte Totendschunken gab, auf denen die Holzsärge zum Festland gebracht wurden.

Jeden Tag fuhren diese Totendschunken durch die Schwimmende Stadt und sammelten die Toten ein. Die Sargträger waren in feierliches Weiß gekleidet und trugen weiße, breite Stirnbänder um den Kopf.

Der Blick über diese Schwimmende Stadt von Yau Ma Tei war überwältigend. Nichts auf der Welt gleicht dem Erlebnis einer solchen Nacht. Auch Dr. Merker blickte fasziniert über das Lichtermeer auf dem dunklen Wasser. Ein paar Touristenboote fuhren langsam die Hauptgassen der Schwimmenden Stadt hinunter, begleitet und verfolgt von einem Heer von Händlersampans und schwimmenden Küchen, die warme und kalte Mahlzeiten anboten. Vom Quai legten ununterbrochen andere Boote ab und brachten Abenteuerlustige zu den Dschunken, zu den »Massagesalons«, zu den »Gesellschafterinnen«, zu »Familienessen« oder auch schlicht nur zu den Huren, die auf schäbigen oder bunt bemalten Schiffen leben, je nach Preisklasse und körperlichen Vorzügen.

Es gab nichts, was die Schwimmende Stadt nicht zu bieten hatte – mit Ausnahme von Ruhe. Die gab es hier nie. Die meisten der mehr als 15 000 Menschen, die hier lebten, hatten noch nie das Festland betreten. Sie wurden auf den Dschunken gezeugt, geboren, wuchsen auf dem Wasser heran, heirateten, zeugten Kinder und starben. Erst die Todesdschunken brachten sie an Land ...

Als Dr. Merker aus der Rikscha steigen wollte, erschien vor ihm ein in einen blauen Anzug gekleideter, mittelgroßer Chinese und verbeugte sich tief. Er trug einen kleinkrempigen Strohhut, den er beim Verneigen vom Kopf riß.

»Ihre ehrenvolle Gegenwart macht uns glücklich!« sagte er in einem guten Englisch. »Darf ich die unwürdige Bitte aussprechen, mir zu folgen?«

Dr. Merker zögerte. Er dachte an Ting Tse-tung, sah sich um, entdeckte aber niemanden, der wie ein Beobachter aussah. Das alles konnte eine Falle sein, aber auch der Beginn eines Abenteuers mit ungewissem Ausgang.

»Wohin?« fragte Merker vorsichtig.

»Das Boot wartet, Sir.«

»Sie bringen mich hin?«

»Nein. Ich Unwürdiger habe nur die Aufgabe, Sie sicher ins Boot zu führen. Sonst weiß ich nichts.«

Merker stieg aus, betrachtete den Rikschafahrer, der noch immer vorgebeugt zwischen seinen Deichseln verharrte, und folgte dann dem neuen Betreuer zum Quai. Dort lag an einem hölzernen Steg ein Sampan.

Wenn ich da einsteige, bricht er auseinander, kentert oder sinkt einfach weg, dachte Merker. Schon der Ruderer sitzt ja halb im Wasser! Wie will er mit dieser Ruine von Boot durch die Dschunkengassen fahren, hinein in die Wellen, die von den Ausflugsschiffen und den anderen, motorgetriebenen Booten erzeugt werden? Eine kräftige Welle, und das Boot zerfällt.

»Das ist es?« fragte Merker und zeigte hinunter.

»Ja, Sir.«

»Aus welcher Dynastie stammt es?«

»Es ist unauffällig, darauf kommt es an. Ich bitte Sie auch, im Sampan den bereitliegenden Seidenmantel anzulegen und den großen Hut aufzusetzen. Es ist nützlich, Sie nicht als Europäer ins Innere der Schwimmenden Stadt zu bringen.«

»Also gut. Mich beruhigt, daß ich ein guter Schwimmer bin.«

Er stieg die steile Treppe hinunter zu dem Holzsteg, betrat vorsichtig den Sampan und wunderte sich, daß das scheinbar baufällige Boot gar nicht reagierte. Es schwankte kaum merkbar. Auch nicht, als Dr. Merker sich auf ein Sitzbrett hockte und sich nach dem auf dem Bootsboden liegenden chinesischen Mantel und Flechthut bückte. Er zog beides an und blickte dann hinauf zum Quai. Der höfliche Chinese winkte ihm zu ... es war gleichzeitig das Signal zum Abstoßen des Sampans.

Der Fährmann, ein zerknitterter, in Lumpen gehüllter Chinese, ein mit Lederhaut überzogenes Gerippe, war schweigsam und antwortete auch nicht, als Dr. Merker fragte:

»Wenn wir ins Wasser fallen ... gibt es hier Haie?«

Er schwieg auch, als Merker sagte: »Das Rudern muß doch für Sie eine Qual sein. In Ihrem Alter und bei dem Muskelschwund ...«

Der knöcherne Chinese blickte über ihn hinweg, betätigte das lange Ruder mit Ruhe und einer rätselhaften Kraft und trieb den Sampan über die Bucht hinüber zu der ersten Gasse der Boat People. Merker verkroch sich in den chinesischen Seidenmantel und drückte den Hut tief in die Stirn. Mitten hinein in das Gewühl der Dschunken ruderte der stumme Fährmann, und über Dr. Merker rauschten Musik, Gerüche aus Hunderten von Küchen, Rufen von Dschunke zu Dschunke, Gesang und Schreien, Hämmern und Sägen und eine Vielzahl anderer Geräusche wie eine allesverschlingende Woge hinweg.

Wenn Sie erst auf dem Wasser sind, braucht man vor Verfolgern keine Angst mehr zu haben, hatte Ting Tse-tung gesagt. Sie werden den Weg, den man Sie zu Yang hinführt, nie wiederfinden. Es wird uns kaum gelingen, Ihnen zu folgen.

Es war wirklich unmöglich, sich Einzelheiten zu merken. Kreuz und quer ging die Fahrt durch die Dschunkenstadt, durch so enge Wassergassen, daß Merker jeden Augenblick erwartete, der Sampan würde steckenbleiben. Dann gab es wieder freiere Flächen, wie Marktplätze an Land, wo flache Sampans als Verkaufsstände lagen. Hier wurde alles angeboten, was man zum Leben brauchte . . . für die Wasserchinesen, die nie an Land kamen, der Mittelpunkt ihrer Existenz.

Nach einer halben Stunde – so schätzte Dr. Merker – hielt sein Sampan an der hohen, mit Schnitzereien übersäten Bordwand einer breiten, gedrungenen Dschunke, deren Segel zusammengelegt waren. Eine schmale Treppe mit geriffelten Gummistufen war von der Reling heruntergelassen und reichte bis in das dunkle, mit Ölflecken durchsetzte, brackige Wasser. Es roch nach Fisch, Tang und Fäulnis.

»Hier?« fragte Merker ungläubig und blickte an der Bordwand empor. Es war ein großes Schiff, sichtbar wertvoller und gepflegter als die anderen Dschunken, aber es lag so eingekeilt zwischen den anderen Booten, daß Merker sich sagte, Yang Lan-hua könnte sich ein besseres Quartier aussuchen und auch leisten.

Der Alte band den Sampan an der Treppe fest und zeigte auf die Stufen. Dann hockte er sich neben sein Ruder und sank in sich zusammen. Er glich einer Mumie, ebenso alt wie sein Boot, vergessen von allen Lebenden.

Merker blickte noch einmal zur Reling, stieg dann auf die erste Stufe und kletterte die Treppe hinauf. Sie hatte ein Seilgeländer, an dem sich Dr. Merker festklammerte, als die Treppe zu schwanken begann. Am Ende des primitiven Fallreeps erwarteten ihn an Deck zwei in traditionelle chinesische Gewänder gekleidete Männer, die ihn unter die Achseln faßten und an Bord hievten.

»Guten Abend, Sir«, sagte einer von ihnen höflich. Merker fragte sich, ob die Chinesen dieser Sorte sich auch verbeugten und ihre Unwürdigkeit bekundeten, bevor sie einem den Dolch in den Leib stießen. »Willkommen an Bord.«

»Sie können froh sein, daß ich so gelenkig bin!« sagte Dr. Merker.

»Das haben wir vorausgesetzt.« Der Chinese lächelte breit. »Sie machten nie den Eindruck eines unsportlichen Bürgers.«

»Danke.« Dr. Merker sah sich kurz um. Das Deck der Dschunke war von vielen bunten Lichtern erleuchtet. Bänder mit chinesischen Sprüchen flatterten im leichten Wind, der vom offenen Meer wehte. Beim ersten Eindruck unterschied diese sich nicht von den vielen hundert Dschunken, die in der weiten Bucht von Yau Ma Tei dümpelten. Die geballte Masse dieser erleuchteten und mit Fahnen und roten Segeln, Spruchbändern und geschnitzten wilden Drachen geschmückten Boote war das Ziel der Touristenschiffe, die durch die Schwimmende Stadt fuhren. Doch in das Innere der Dschunkenstadt drang kein Fremder vor. Hier war jetzt Dr. Merker die große Ausnahme.

»Aber ich war nie eine Sportskanone.«

»Das ist untertrieben, Sir.« Der Chinese lächelte weiter. Der andere Mann an Deck holte mit einer Handwinde die Treppe ein. »Sie sind ein guter Mittelstreckenläufer, waren Studentenmeister in Heidelberg im Leichtgewicht, sind ein guter Judokämpfer und ein vorzüglicher Schwimmer. Sie sind zu bescheiden, Sir.«

Dr. Merker verzichtete auf eine Antwort. Sie wissen eine Menge über mich, dachte er. Woher? Und wozu? Was hat das alles mit einem Rendezvous mit Yang Lan-hua zu tun, der schönsten Frau, die es auf der Welt gibt . . . für mich! Auch da muß ich bescheiden sein: Wie viele schöne Frauen kenne ich? Ich bin jetzt zweiunddreißig, und wenn ich ein Liebesalbum führen würde, wären da nur wenige Seiten beschrieben. Keine große Liebe, nur wechselnde Liebeleien. Halt! Da war Dolores! Dolores Mayer, eine echte Hamburgerin, die nur deshalb Dolores hieß, weil ihre Mutter behauptete, sie bei einer Reise durch Spanien, in Sevilla, empfangen zu haben. Die Begeisterung ihres Mannes für eine Fiesta hätte sich derart niedergeschlagen.

Dolores war ein Jahr lang Dr. Merkers Liebe gewesen, bis sie eines Tages sagte: »Ich sehe ein, daß dir deine Viren wichtiger sind. Ich habe keine Lust mehr, dich auch im Bett noch mit Mikroben zu teilen.« Das war das Ende gewesen. Kurz danach kam die Berufung nach Hongkong.

»Darf ich vorausgehen, Sir?« fragte der Chinese.

»Bitte.«

Sie stiegen eine schmale Treppe hinab in den Bauch der Dschunke und kamen in eine Art Zauberwelt. Geschnitzte Fabelwesen bleckten ihnen entgegen, wertvolle Seidenteppiche bedeckten den Boden, hingen an den Wänden. In großen Jadevasen standen frische Blumen, hinter kristallenen Blenden schimmerte gedämpftes Licht. Es war ein Märchenreich, in das Dr. Merker eintauchte. Er war fasziniert, und doch hatte er eigentlich nichts anderes erwartet: Es paßte zu Yang Lan-hua, es hätte gar nicht anders sein können. Das war die Welt, in der er sie immer im Geiste gesehen hatte. Ein Zauberreich für eine zauberhafte Frau.

Eine Tür öffnete sich. Ein großes, ziemlich niedriges Zimmer empfing Dr. Merker, mit seidenen Wandbespannungen, seidenüberzogenen Liegen und dicken Teppichen mit Drachenmotiven in den Farben Weiß, Rosa und Lichtblau.

In einem einfachen roten, an den Seiten geschlitzten, enganliegendem Kleid, das keine Wölbung ihres Körpers verbarg, kam Yang ihm entgegen. Sie hatte ihr schwarzes lackglänzendes Haar offen und trug als Schmuck nur eine Brosche zwischen den Brüsten. Aber der Stein, ein weißblitzender

Brillant, war ein Vermögen wert. Ein Zweifamilienhaus, dachte Dr. Merker. Wieviel Karat mag er haben? Er hatte einen solchen Brillanten noch nie gesehen.

»Ich freue mich«, sagte Yang schlicht. Sie gab Merker die Hand, aber nur zwei Sekunden lang, dann zog sie ihre Finger energisch aus seinem Griff zurück. »Sie wollten mich sprechen?«

»Nein«, antwortete Dr. Merker. Er hatte das Empfinden, sein Hals stecke in einer Zwinge. Die Schönheit dieser Frau, der Blick ihrer Augen, ihr Gang, ihre Haltung, ihre Stimme ... alles war überwältigend.

»Nicht?« Ihre Augenbrauen hoben sich erstaunt. »Kommissar Ting sagte mir ...«

»Ting hat mich falsch verstanden. Ich sagte, ich würde es mir großartig vorstellen, Ihnen zu begegnen ...«

»Nun sind Sie da, Dr. Merker. Deuten wir keine Worte. Ich freue mich jedenfalls, daß Sie mein Gast sind. Mein Koch wird uns gleich verwöhnen. Trinken Sie einen Aperitif?«

»Einen Gin-Tonic«, sagte Dr. Merker mit trockener Kehle.

»Wie bei McLindlay?«

»Das wissen Sie?«

»Ich habe viele Augen, die beobachten.«

»Auch mich?« Dr. Merker setzte sich auf eine der seidenen Liegen und sah Yang zu, wie sie aus einem geschnitzten und mit Lack belegten Schränkchen Gläser und Flaschen holte. Er hatte bei diesem Luxus einen bedienenden Butler erwartet. Aber Yang schien Wert darauf zu legen, daß sie allein blieben. »Sie haben mein Vorleben registriert ...«

»Nicht nur das.« Sie lächelte verführerisch, als sie Gin und Tonic einschenkte. »Ich weiß so ziemlich alles über Sie, Dr. Merker. Bisher waren Sie ein unbekannter, unbeobachteter deutscher Arzt, der im Queen Elizabeth Hospital Tropenkrankheiten erforschte.«

»Ich wünschte, ich wäre es geblieben.«

»Ich nicht! Es ist fast ein Wunder, daß es Sie gibt.«

»Soll ich erröten wie eine Jungfrau?«

»Sie sind in die Hölle vorgestoßen, wissen Sie das?«

»Leider! Ich wollte, ich hätte nie Berührung mit diesen rätselhaften Leberfällen gehabt. Was Ting daraus folgert, sind alles nur Hypothesen. Erwiesen ist nichts.«

»Warum lügen Sie jetzt?« Yang sah ihn mit geweiteten Augen an. »Sie haben doch eine Spur aufgenommen. Alle Eingeweihten wissen es . . .«

Tings Gerücht! Verflucht sei der Bursche! Es hatte gar keinen Sinn zu dementieren. Niemand würde es glauben. Geschickt hatte er die Falle aufgebaut: der Privatbesuch, die Besuche im Polizeihauptquartier, die Überstellung des Gehirns der toten Mörderin von Dr. Wang An-tse zu Dr. Merker . . . Wer konnte da noch zweifeln?

Merker seufzte, prostete Yang zu und trank seinen Gin-Tonic.

»Reden wir von etwas anderem«, sagte er.

»Nein! Nur dazu sind Sie hier!«

»Das muß ich mit tiefstem Bedauern zur Kenntnis nehmen.« Er sah Yang an, ihre Blicke kreuzten sich, und wieder war es Dr. Merker, als bräche rund um sein Herz ein Brand aus. »Zu den Lebertoten kann ich gar nichts sagen.«

»Sie wollen nicht!«

»Spielen wir nicht mit Worten: Ich *kann* nicht.«

»Sie *dürfen* nicht . . .«

»Ihnen gestehe ich: Ich weiß nichts!«

Yang nickte, drehte sich ab und ging zur Wand. Sie klappte eine bisher unsichtbare kleine Tür in halber Höhe der Seidenbespannung auf und winkte Merker, näher zu kommen. Als er aufstand und ein paar Schritte getan hatte, sah er, daß hinter der Seidentür ein Foto hing. Nach weiteren drei Schritten blieb er betroffen stehen.

Das Foto, groß wie ein Poster, zeigte einen Toten. Er lag zusammengekrümmt zwischen Bausteinen und einem Sandhaufen. Im Hintergrund sah man eine große Betonmischmaschine und das Unterteil eines Krans.

Dr. Merker zog den Atem durch die zusammengebissenen Zähne.

»Ich weiß . . .«, sagte er heiser. »Ihr Verlobter. Von einem Hochhausneubau gestürzt . . . Für die Polizei ein Unglücksfall.«

»Jeden Tag sehe ich mir das Bild an, um den Haß nicht einschlafen zu lassen.«

»Für Sie war es Mord, nicht wahr?«

»Es *war* ein Mord!«

»Und nun hassen Sie einen Unbekannten und richten Ihr ganzes Leben danach aus.«

»Ich kenne den Mörder!« sagte Yang. Ihre schmale Hand streichelte über das Foto, dann klappte sie die Wandtür wieder zu. Es war eine schreckliche Zärtlichkeit, die Merker erschütterte.

»Warum tun Sie dann nichts?« fragte er leise.

»Habe ich Beweise? Ich *weiß* es, aber Wissen muß belegt werden.« Sie setzte sich auf einen der Diwane, das Kleid spreizte sich an den langen Schlitzen auf. Merker sah ihre langen schlanken Beine bis zum Oberschenkel. Da er nur schimmernde Haut wahrnahm, fragte er sich, ob sie unter dem Kleid überhaupt noch etwas trug. Er mußte gestehen, daß dieser Gedanke ihn nervös machte. Es war eine Situation, in die er noch nie gekommen war. »Sind Sie in Betty Harpers verliebt?« fragte sie plötzlich.

Dr. Merker zuckte zusammen. »Nein! Wie kommen Sie darauf, Yang?«

»Sie könnten dann auch einen schwarzen Panther lieben. Er ist ebensowenig durchschaubar. Immerhin hing sie wie ein Klammeräffchen an Ihnen.«

»Störte Sie das, Yang?«

»Ja.« Ihre Ehrlichkeit verblüffte ihn. Mit diesem Ja gestand sie ohne Zögern, daß sie in Merker mehr sah als nur einen flüchtigen Gast. Es war eine Erkenntnis, die Merker lähmte statt anspornte. Er wußte nicht, wie er sich jetzt verhalten sollte.

»Wissen Sie, daß Sie der erste Europäer sind, der meine Dschunke kennt und betreten hat?« Sie sprach das ganz gelassen aus, eine nüchterne Feststellung, die in Wahrheit eine freimütige Erklärung war. »Es war nicht Tings Vermittlung, wie Sie glauben mögen. Ich hätte Sie auch von mir aus gebeten. Nur hätte es länger gedauert. Ich bin sehr mißtrauisch, Fritz . . .«

Dr. Merker fühlte, wie ihm leichter Schweiß ausbrach. Du bist das größte Rindvieh, das es unter Männern gibt, sagte er zu sich. Da sitzt du der schönsten Frau gegenüber, sie gesteht dir, daß sie dich mag, und was tust du? Du hockst auf dem Diwan wie ein Primaner, vor dem die Frau des Direktors im Negligé herumläuft und ihn verführen will. Steh auf, geh zu ihr, zieh sie vom Seidendiwan und küsse sie. Nur zweierlei kann passieren: Entweder sie ohrfeigt dich und läßt dich von der Dschunke werfen, oder sie legt die Arme um dich und erwidert deinen Kuß. Damit wird sich deine ganze Welt verändern – und du mit ihr!

Die Angst vor einer Falle, die ihm Ting eingegeben hatte, hielt ihn zurück. Zu geheimnisvoll und undurchsichtig war ihm diese asiatische Welt, um sich ohne Zögern von ihr einfangen zu lassen. Er blieb also sitzen und blickte Yang wortlos an.

»Ich auch ...«, sagte er endlich.

»Was heißt das?«

»Auch ich bin mißtrauisch, Yang.«

»Weil Sie so viel wissen ...«

»Nein. Weil ich gar nichts weiß!«

»Ich will Ihnen eine Geschichte erzählen, Fritz.« Sie lehnte sich zurück. Das rote enge Kleid spannte sich über Hüften und Brüste. Sie trägt wirklich nichts darunter, durchfuhr es Merker heiß. »Es gab einmal einen Kollegen von Ihnen, den Arzt Dr. Mei Ta-kung. Er wurde auf einer dieser Dschunken hier geboren, ein echter Wasserchinese, der etwas Seltenes tat: Er verließ seine Familiendschunke, ging nach Kanton und Shanghai, studierte dort Medizin, studierte weiter in Los Angeles und auch in Freiburg. Bei Ihnen in Deutschland. Mit drei Arztdiplomen kam er zurück: Chinesisch, amerikanisch, deutsch! Geben Sie zu: Ein Genie!«

»Wirklich ungewöhnlich!« sagte Dr. Merker.

»Er kam zurück nach Yau Ma Tei, getreu der Tradition, daß er zu den Dschunken gehöre. Auf einer neuen Dschunke, die er sich kaufte, eröffnete er eine Arztpraxis ... ein richtiger Arzt in der Schwimmenden Stadt! Kein Wunderheiler, Gesundbeter, Magier oder Kräuterheiliger. Sogar einen Röntgenapparat hatte er auf seiner Dschunke. Er wurde wie ein Gott geliebt und verehrt. Tausende hat er umsonst behandelt, oder er bekam ein Huhn dafür, eine eßbare Schlange, Fische, Reiskuchen, Kartoffeln und Körbe voll Gemüse. Er heiratete die Tochter eines Fährkapitäns, bekam eine Tochter, Mei-tien nannte er sie, Pflaumenblütenhimmel ... und er war der glücklichste Mensch auf der Welt. Da man ihn überall rief, sah und hörte er viel, und er wurde immer ernster, stiller und nachdenklicher.

Dann starb plötzlich seine Frau ... Bei der Rückkehr von einem Besuch ihres Vaters in Chi Ma Wan auf der Insel Lantau, wo ihr Vater ein Haus besaß, fiel sie auf der Fähre über Bord. Dr. Mei Ta-kung hat sie nie wiedergesehen ... sie muß ins offene Meer getrieben sein, wo die Haie sie aufgriffen. Dr. Mei hat nie mehr von ihr gesprochen, aber seit dem Tod seiner Frau war er gebrochen. Er begann zu trinken. Zuerst Wein, später Whisky, zuletzt Wodka ... heute alles zusammen! Mei-tien, seine Tochter, war wie sein Augenlicht: Er ließ zu, daß sie auf dem Festland ihr Abitur machte, und sie war nie allein, immer war sie in Begleitung von zwei Jungen aus den Nachbardschunken, die auch die hohe Schule besuchten.«

Yang griff zu ihrem Glas, trank einen Schluck und blickte Dr. Merker an. Ihr wundervolles Gesicht wirkte wie eine zerbrechliche chinesische Porzellanmaske. Ich werde ihr sagen, daß ich sie wahnsinnig liebe, dachte Merker. Ich muß es sagen, sonst wäre ich ein Idiot!

»An einem Abend, als Mei-tien vom Land zurück auf die Dschunke kam, bemerkte Dr. Mei es zum erstenmal: die glasigen Augen, den starren Blick, das maskenhafte Gesicht, die eckigen Bewegungen, das unmotivierte Lachen, die zitternde Hektik. Man sagt, er habe geschrien wie ein verwundetes Tier und habe seiner Tochter das Kleid vom Körper gerissen. Zum erstenmal in seinem Leben schlug er seine Tochter, schlug sie besinnungslos und untersuchte dann die Ohnmächtige Zentimeter um Zentimeter. Er fand nur zwei Einstichspuren, aber die waren älter als eine Woche. Immerhin war es ein Beweis, daß Mei-tien sich mit Heroin vollpumpte.

Dr. Mei Ta-kung setzte sich in sein Ruderboot und fuhr hinüber zu den Dschunken der Eltern der jungen Männer, die mit Mei-tien die High-School besuchten. Auch diese armen

Eltern waren wie zerbrochen. Ihre Söhne waren an Land geblieben, ohne Nachricht, ohne Grund, für einen Wasserchinesen der Beweis, daß etwas Ungeheures geschehen sein mußte. Um es vorwegzunehmen: Die beiden Jungen kamen nie wieder, blieben bis zum heutigen Tag verschwunden.«

Yang Lan-hua trank ihr Glas leer und legte den Kopf weit nach hinten. Dr. Merker spürte in sich ein kaltes Kribbeln.

»Sie sind tot?« fragte er stockend.

»Wer weiß das? Die Polizei wurde nur nachdenklich, als man herausbekam, daß von der Klasse, in der Mei-tien war, neunzehn Schüler und Schülerinnen rauschgiftsüchtig gemacht worden waren. Es ist nie herausgekommen, wer ihnen den Stoff besorgt und wer sie an die Nadel gebracht hat. Von den neunzehn sind neun verschwunden, wie Mei-tiens Freunde!«

»Entsetzlich! Und kein Anhaltspunkt?!«

»Es gibt da zwei wesentliche Dinge, die man verstehen muß: Erstens handelt es sich um Wasserchinesen. Wenn die sich aus irgendeinem Grund dezimieren, ist es den Behörden fast recht! Ein Arzt wie Dr. Mei, der Leben verlängert, ist gar nicht gut angesehen. Zweitens: Wo will man mit den Ermittlungen ansetzen? Sie kennen Hongkong gut genug! Suchen Sie da mal einen Dealer, wo Tausende herumlaufen! Kennen Sie die Gegend von Wan Chai, das ›Suzie-Wong-Viertel‹? Die Gegend nördlich der Jordan Road hier in Kowloon? Es ist völlig aussichtslos, wenn man keinen Namen weiß, keinen Hinweis hat, keine kleinste Spur verfolgen kann.«

Yang blickte Dr. Merker lange an, es wurde ihm schon heiß unter der Hirnschale. »Dr. Mei ließ seine Tochter nicht mehr an Land, er sperrte sie auf seiner Dschunke ein. Sie ertrug es ohne die üblichen Entzugserscheinungen. Es war nämlich schon zu spät: Sechs Wochen später starb sie nach vier Wochen Koma. Als man sie obduzierte, sah man, daß ihre Leber völlig zerfallen war . . .«

»Mein Gott!« Dr. Merker sprang auf. »Wann war das?!«

»Vor drei Jahren. Lange, bevor die Morde stattfanden und die Mörder an Leberzersetzung starben. Damals nahm man den Tod von Mei-tien wie jeden anderen Tod hin. Eine kaputte Leber bei einer Heroinsüchtigen . . . na, was soll's? Nur für Dr. Mei war mit dem Begräbnis seiner Tochter der Fall nicht erledigt. Er trank, stellte seine Praxis ein, man entzog ihm die Behandlungserlaubnis wegen Alkoholismus, er verkommt jetzt, lebt auf seinem zerfallenden Schiff – und hofft, hofft, hinter das grausame Geheimnis seiner Tochter und der anderen Schüler zu kommen. Durch Zufall . . . der einzige, der uns hier helfen kann! Und der Zufall ist gekommen.«

»In welcher Art?« fragte Dr. Merker heiser.

»In der Gestalt des deutschen Arztes Dr. Fritz Merker.«

»Himmel! Was erhofft ihr alle von mir?! Ich weiß nichts!«

»Wollen Sie Dr. Mei kennenlernen, Fritz?« fragte Yang, ohne auf seine Worte einzugehen.

»Sehr gern.«

»Wir fahren nach dem Essen zu ihm. Zwei Gassen weiter liegt seine Dschunke. Er weiß, daß Sie heute bei mir sind.«

Dr. Merker wischte sich mit beiden Händen über das Gesicht. Nasser, kalter Schweiß blieb an seinen Fingern kleben. Tings unbestimmte Ahnungen nahmen nun für ihn Gestalt an. Bei den Leberzersetzungen mußte es sich um eine künstlich erzeugte Krankheit handeln, deren Vorläufer eine rauschhafte Veränderung der menschlichen Psyche, der gesamten Persönlichkeit war. Ein Mensch wurde völlig willenlos, eine Marionette in der Hand des unbekannten Verbrechers.

Es klang wie ein Seufzen, als Dr. Merker tief durchatmete. Tings apokalyptische Idee, das Gift oder was es war könne weltweit eingesetzt werden, drückte ihm die Luft ab.

»Yang, ich glaube, ich kann jetzt nichts essen«, sagte er stockend. »Sie haben bestimmt das Beste, was eine Küche zu bieten hat, vorbereitet. Aber ich bringe jetzt keinen Bissen hinunter. Können wir sofort zu Dr. Mei fahren?«

»Natürlich. Mein Sampan liegt bereit.«

»Mit dem uralten Mann am Ruder? Er gibt auf keine Fragen Antwort.«

»Das kann er auch nicht.« Yang sagte es wie eine Belanglosigkeit. »Man hat ihm die Zunge herausgerissen und die Ohren durchlöchert. Er hat viele überlebt, die sprechen und hören konnten. Die Dschunkenstadt, Fritz, hat eigene Gesetze.«

6

Sie waren auf viel Unangenehmes gefaßt, als Herr Tschao sie diesmal in das düstere Hinterzimmer einer chinesischen Garküche in der Wai Ching Street zusammenrief. Es war ein kleiner, muffiger Raum, sie saßen eng zusammengedrückt auf wackligen Stühlen, tranken grünen Tee mit Honig und kamen sich schuldig vor, obwohl keinem von ihnen ein Vorwurf zu machen war.

Die Auswertung der Tonbänder, die alles aufgezeichnet hatten, was die Mikrofone in den Jacketts hatten erreichen können, war nicht nur enttäuschend gewesen. Die ganze Aktion, sonst immer so wirksam, hatte sich als Fehlschlag erwiesen. Nun schwiegen die Mikrofone völlig. Es hatte ein knirschendes Krachen gegeben, dann völlige Stille. Der Elektronikexperte in diesem Kreis hatte es über eine Telefonnummer, deren Besitzer niemand kannte, gemeldet: Man hat die Sender zerstört. Man hat uns entdeckt ... Daraufhin erfolgte die Einladung zu dem neuen Treffen in der Wai Ching Street.

Herr Tschao ließ sich Zeit. Ob sie beobachtet wurden, wußten sie nicht. Still tranken sie ihren Tee und warteten. Plötzlich war Herrn Tschaos Stimme im Raum, umgab sie völlig, schien aus allen Ecken zu kommen, erfaßte und lähmte sie.

»Vor zwei Stunden ist Dr. Merker von einem Taxi abgeholt worden«, sagte Herr Tschao streng. »Mir wurde gesagt, es sei unmöglich gewesen, ihn zu verfolgen. Die Mikrofone schweigen, und von der Polizei höre ich, daß die Hirnanalysen neue Erkenntnisse gebracht haben! Wie ist das alles möglich? Zuerst der Medizinexperte ...«

Es folgte ein kurzes Schweigen, in dem jeder den Angesprochenen anstarrte. Der Medizinexperte holte aus seiner Tasche einen engbeschriebenen Zettel und glättete das zerknitterte Papier. Sein Gesicht war maskenhaft bleich und starr.

»Man kann von einem Rätsel sprechen ...«, begann er.

»Ich liebe keine Rätsel!« unterbrach ihn Herr Tschao kalt.

»Dr. Merker hat das Hirnpräparat in vereistem Zustand bekommen.«

»Schon das war ein Fehler. Warum existierte das Gehirn noch?«

»Es wäre verdächtig gewesen, das Präparat verschwinden zu lassen.«

»Wer denkt denn daran? Man hätte das Hirn gegen ein normales austauschen können.«

»Das . . . das haben wir nicht in Erwägung gezogen«, sagte der Medizinexperte bedrückt.

»Es wird viel zu wenig gedacht!« Die Stimme von Herrn Tschao wurde scharf. »Warum vergißt man die Lehren Buddhas? ›Im Denken liegt ein Teil des Paradieses‹, sagte er. ›Dummheit liefert uns den Drachen aus.‹ Was wissen Sie über Dr. Merkers Forschungen?«

»Nur das, was aus dem Polizeihauptquartier sickert. Andeutungen . . .«

»Ich kenne sie. Wenn es etwas Schriftliches gibt, hat es Ting Tse-tung! Ich erwarte Vorschläge.«

Die Stille, die dieser Aufforderung folgte, war niederdrükkend und gefährlich. Man starrte vor sich auf den schäbigen Dielenboden und fühlte sich leer und einsam.

Vorschläge! Es gab nur einen, der wirksam war, aber den lehnte der große Herr Tschao ab. Dr. Merker durfte weiterleben, so gefährlich das auch war. Man brauchte die Erkenntnisse seiner Forschungen.

Der Medizinexperte hob den Kopf. Er blickte an die Decke, von der zerschlissene Papiergirlanden hingen, mit Staub gepudert, von Spinnweben durchsetzt. »Ich schlage vor, alle durch einen neuen Fall zu verunsichern«, sagte er. »Ich übernehme die Garantie, daß dieses Hirn dann ausgetauscht wird gegen ein gesundes. Vielleicht bekommen wir die Möglichkeit, durch diesen neuen Fall etwas über den Stand ihrer Ermittlungen zu erfahren. Vor allem werden sie unsicher werden und in einen Erfolgszwang getrieben. Da öffnen sich oft viele unbekannte Türen.«

»Eine Idee, der man nachdenken sollte.« Herrn Tschaos Stimme klang weniger hart. Einige Gesichter entspannten sich. »Sie entspricht den Gedanken, mit denen ich mich beschäftige. Bisher geschah alles noch im Stadium des Experimentes, wir haben selbst viele Fragen stellen müssen und haben noch keine endgültigen Antworten bekommen. Das große Ziel liegt noch weit, auch wenn wir es schon deutlich sehen. Das neue Experiment muß unseren Gegnern zeigen, daß wir uns mit ihnen im Krieg befinden. Wir haben die besseren Stellungen: Man kennt uns nicht! Aber *wir* kennen und sehen unseren Gegner. Hua . . .«

»Herr Tschao?« rief sofort der mit Hua Angeredete.

»Sie haben Material?«

»Was Sie wünschen, Herr Tschao.«

»Stellen Sie vor.«

»Drei Mädchen und vier Männer, die sich besonders gut eignen. Sie kommen aus den New Territories und sind Waisen. Niemand vermißt sie. Ein Mädchen stammt aus Macao und übernachtete auf der Straße, als wir sie aufgriffen. Sie sind vorbereitet . . .«

Dieses letzte Wort blieb im Raum wie eine Giftwolke. Vorbereitet – das war bereits die erste Stufe zur Hölle. Herr Tschao schien sehr zufrieden zu sein.

»Wir werden zwei Aktionen unternehmen«, sagte er milde. »Eine amtliche und eine private. Auf die Minute genau zur gleichen Zeit. In Kowloon und in Victoria.«

»Das könnte uns aus den Fingern gleiten!« Der Medizinexperte blickte um sich, aber außer den alten Girlanden sah er natürlich nichts. Nicht einmal die Lautsprecher, aus denen Herrn Tschaos Stimme klang.

»Erklären Sie das!«

»Ich kann nicht zwei Gehirne austauschen lassen.«

»Das verlangt auch keiner von Ihnen!« Die Stimme wurde wieder streng. »Bei der amtlichen Aktion wird es keine Rückstände geben! Wer zweifelt, ist ein angenagtes Kettenglied.«

»Unser vollstes Vertrauen ist bei Ihnen, Herr Tschao.« Der Medizinexperte breitete die Hände aus. »Ich wollte nur die medizinische Seite erwähnen, für die ich verantwortlich bin.«

»Verantwortlich bin ich allein!« sagte Herr Tschao hart. »Ich allein sehe auch nur. *Sie* sind die Hände, die mein Geist befiehlt. Sie können gehen. Hua, Sie bleiben noch hier. Der Glanz des nächtlichen Himmels erfreue Sie alle . . .«

So schnell wie möglich verließen die Männer das bedrückende Zimmer, beachteten den grinsenden und sich dauernd verbeugenden Wirt der Kneipe mit keinem Blick und stiegen in ihre Wagen, die sie in den Nebenstraßen geparkt hatten. Hua, der allein zurückblieb, unterdrückte ein ängstliches Frieren, klebte auf seinem Stuhl und faltete die zitternden Hände.

Dann war Herrn Tschaos Stimme wieder um ihn und forderte ihn auf, mehr über ein Mädchen und einen jungen Mann zu berichten, die auserwählt werden sollten, die Macht eines Unbekannten zu demonstrieren.

Die Dschunke, auf der Dr. Mei Ta-kung hauste, war schon von außen das Erbärmlichste, was Dr. Merker bisher in der Schwimmenden Stadt gesehen hatte. Farblos, verwittert, mit Tang und Muscheln besetzt, mit zusammengerollten, zerrissenen Segeln, die nie mehr in den Wind gebracht werden konnten, ohne ein Licht an Deck oder den faulenden Aufbauten dümpelte das Schiff, eingekeilt zwischen anderen Wohndschunken, an einer schmalen Gasse, durch die ein normaler Sampan nicht mehr hindurchkam.

Yang und Dr. Merker stiegen in ein schmales, flaches Boot um. Es wurde von einem höchstens zwölf Jahre alten Mädchen gerudert, das Dr. Merker aus großen, glänzenden Augen anstarrte. Um sie herum lag stinkende Dunkelheit.

»Glauben Sie nicht, wir wären hier allein«, sagte Yang und beugte sich zu Dr. Merker vor. »Uns beobachten Hunderte von Augen. Seit dem Tod von Mei-tien bilden die Boat People eine Mauer um Dr. Mei. Sie schützen und bewachen ihn, und sie sind glücklich, wenn er nachts zu grölen anfängt und betrunken auf seine Kesselpauken einschlägt . . .«

»Was tut er?« fragte Merker ungläubig.

»Er hat sich, schon vor zwanzig Jahren, in Hongkong zwei Kesselpauken gekauft und auf die Dschunke bringen lassen. Weil es Dr. Mei war, haben sich die anderen Bewohner rundherum daran gewöhnt, ja, sie standen immer an Deck, wenn Dr. Mei seine Grammophonplatten spielte und selbst die Paukenpartien übernahm. So oft sind in Hongkong nie Beethoven, Tschaikowski, Bruckner, Brahms oder Mahler gespielt worden, wie hier in der Schwimmenden Stadt. Dr. Meis Nachbarn kennen jede Beethoven-Sinphonie auswendig! Als er später betrunken weiterpaukte, beschwerten sie sich sogar über seine falschen Einsätze – solche Kenner waren sie geworden. Jetzt haut er nur noch auf die Pauken, wenn er, total betrunken, irgendeinen inneren Druck loswerden will. Sie sehen, er erwartet uns!«

An dem glitschigen Leib der Dschunke pendelte eine uralte Strickleiter. Das schmale Boot hielt, das kleine Mädchen zog das Ruder ein und lächelte Dr. Merker an.

»Die reißt wie Spinnweben, wenn ich draufstehe!« sagte er und griff nach der Strickleiter.

»Vertrauen Sie auf Ihr Glück! Bisher hatten Sie davon eine große Portion.«

»Das stimmt.« Dr. Merker sah Yang mit einem unsicheren Lächeln an. »Ich darf bei Ihnen sein . . . was kann mir Glück noch mehr bieten . . .«

»Steigen Sie hinauf!« Sie berührte seine Schulter, und Merker wußte nicht, ob es ein auffordernder Druck oder ein verhaltenes Streicheln seines Nackens war. »Und keine Angst! Die Leiter hält. Ich weiß es . . .«

Mit Mühe erreichte Dr. Merker das glitschige Deck der Dschunke und half dann Yang über die Bordwand. Dabei griff er zu, zog sie an sich und hielt sie umschlungen. Er spürte ihren Körper, als sei zwischen ihnen kein Stoff mehr.

»Sie Feigling!« sagte sie. Ihre Stimme war plötzlich um vieles dunkler und wie in Samt gehüllt. »Nun küssen Sie mich doch endlich . . .«

Es war ein Kuß, den Dr. Merker bis in die Zehenspitzen fühlte. Ein heller Paukenwirbel, genau unter ihren Füßen, fuhr dazwischen und trennte sie.

»Mein Gott, ich liebe dich . . .«, sagte Yang. »Es ist fürchterlich, aber ich kann davor nicht weglaufen! Was soll ich tun?«

»Wir werden ein eigenes Paradies haben, Yang.«

»In dieser Hölle?!«

»Ich sehe keine Hölle. Ich sehe nur ein verkommenes Schiff, eine schwimmende Lichterstadt, dreckiges Wasser voller Abfälle, eine Wolke von Gestank ... alles Dinge, denen wir entfliehen werden.«

»Entfliehen wollen, Fritz ... aber nicht werden. Wir kommen hier nicht heraus.«

»Das Gegenteil werde ich beweisen.« Er zog Yang an sich, strich das lange schwarze Haar aus ihrem schmalen Gesicht und küßte sie wieder. Ein neuer Paukenwirbel fuhr dazwischen. Yang lachte, bog sich in seinen Armen zurück und drückte sich mit beiden Händen von seiner Brust ab. Ein Lachen, in dem Bitterkeit mitklang.

»Es geht schon los!« sagte sie. »Nicht einmal küssen können wir uns in Ruhe ...«

Sie stiegen die Treppe hinab in das Innere der Dschunke, kamen in einen Vorraum, von dessen Decke eine nackte Glühbirne hing, und hörten Dr. Mei, der in deutscher Sprache rief: »Die nächste Tür, Herr Kollege. Bei mir können Sie sich nicht verlaufen ...«

»Was hat er gesagt«, fragte Yang erstaunt.

»Er sprach deutsch und sagte: Kommt herein!« Dr. Merker stieß die Tür auf. Ein weiter Raum tat sich auf, an dessen Ende zwei Kesselpauken standen. Im Gegensatz zum Schiff waren sie gepflegt und geputzt; das Chromgestänge, in dem die Kessel hingen, blitzte, die Kessel selbst blinkten, als habe man sie gewichst. Und dahinter hockte auf einem Stuhl Dr. Mei Ta-kung, hob grüßend die Paukenschlegel und ließ einen Wirbel los, wie es der Paukist eines Sinfonieorchesters nicht perfekter konnte. Dann legte er die Schlegel auf das Paukenfell, erhob sich und kam ihnen entgegen.

Dr. Mei Ta-kung, das war Dr. Merkers erster Eindruck, sah durchaus nicht aus wie ein Mensch, der sich zu Tode säuft. Er war klein und rund, hatte dicke Backen, was sein chinesisches Gesicht noch großflächiger wirken ließ; man konnte sein Alter deshalb kaum schätzen. Nur das schüttere, schneeweiße Haar, das ihm lang über die Schultern hing, gab Anlaß, ihn für einen alten Mann zu halten. Wie viele dicke Menschen sah er irgendwie zeitlos aus.

Auffallend war seine Kleidung: Er steckte in einem vielfach geflickten chinesischen Morgenrock, und an den bloßen Füßen trug er zerschlissene Filzpantoffeln. Die Oberseite des linken Pantoffels hatte sich von der Sohle gelöst ... die nackten Zehen blickten hervor.

»Junger Kollege«, sagte Dr. Mei Ta-kung und verbeugte sich vor Dr. Merker, »wenn Ihr erster Eindruck Ihnen sagt: Da ist ein Idiot ... Sie haben recht! Man hält mich für verrückt! Das ist ein angenehmer Zustand! Keiner nimmt einem mehr etwas übel. Man kann tun und lassen was man will. Ab und zu ein Brüllen, ein paar Paukenschläge, Schallplattenkonzerte mit grausam falschen Einsätzen von mir ... und schon ist die Umwelt zufrieden. Es lebt sich herrlich so.«

Er gab Dr. Merker die Hand, während Yang ihn demütig auf die Stirn küßte und sich darauf tief verneigte. Dr. Mei hielt Merkers Hand fest.

»Sie sind so wunderbar jung«, sagte er.

»Schon zweiunddreißig, Dr. Mei.«

»O Himmel! In diesem Alter war für mich der Weg mit Blüten bestreut. Schon zweiunddreißig!« Er ließ Merkers Hand endlich los und machte eine weite Armbewegung. »Suchen Sie sich einen Platz, wo Sie sitzen können, Kollege. Da, der Flechtsessel, der könnte Sie noch aushalten. Ich bin nicht mehr auf Besuch eingerichtet. Ich habe einen Stuhl und ein Bett, das reicht für mich. Die Welt ist klein geworden.«

Er wandte sich ab, ging zu einem Schrank und stieß beide Türen auf. Alle Regale waren gefüllt mit Flaschen, vom Gin bis zum Wodka. Dr. Mei lachte, als habe man ihm einen guten Witz erzählt.

»Ich kann Ihre Gedanken lesen, Kollege: Keine Praxis, keine Patienten, kein Einkommen ... woher nimmt der Kerl das Geld, sich den Schrank zu füllen? Mein lieber Dr. Merker, ich habe hier in Yau Ma Tei über vierzig Jahre lang Kinder geholt und Totenscheine ausgestellt. Ich kenne jeden Tripper auf den Dschunken, jeden Tuberkulosen, jeden Tumor. Werfe ich eine leere Flasche über Bord, wird das sofort registriert, und am nächsten Tag steht eine neue volle auf den Planken! *Das* ist Dankbarkeit der Patienten. Man könnte weinen vor Rührung.«

Dr. Merker schwieg. Er setzte sich vorsichtig in den Flechtsessel, das Gestell knackte in allen Fugen, aber es hielt sein Gewicht aus. Auch der Flechtsitz zerriß nicht unter der Belastung. Yang setzte sich auf den Boden, auf einen Haufen alter Matten, die einmal kunstvoll mit Farben und Motiven bemalt gewesen waren, nun aber, wie alles hier auf der Dschunke, verrotteten. Sie sank in sich zusammen, und wieder hatte Merker das Gefühl, daß eine große Demut über sie kam in Gegenwart von Dr. Mei.

»Was soll's sein?« rief Dr. Mei von seinem gefüllten Schrank her. »Wünschen Sie sich das Verrückteste, ich hab's! Ob den höllischen Absinth oder den würzigen Ouzo, ob Metaxa oder mexikanischen Tequila... bei mir können Sie sich toll saufen!«

»Ein Glas Whisky sour, bitte...«, sagte Merker.

»Mein Gott, sind Sie impotent? Sie bekommen einen Becher voll Wodka, sonst betrachte ich Sie als lebensuntüchtige, mit Blut gefüllte Röhre...« Dr. Mei schüttete zwei Wassergläser voll Wodka, reichte eins an Dr. Merker weiter, setzte sein Glas an die Lippen und schüttete den Wodka, ohne zu schlucken, in sich hinein. »Das belebt!« sagte er zufrieden und betrachtete lächelnd Merker, der seinen Wodka in kleinen Zügen nippte. Plötzlich wurde er ernst, sein dickes Gesicht wurde maskenhaft, er setzte sich auf einen niedrigen Hocker, der mit fast haarlosem Affenfell überzogen war, und faltete die Hände über dem Bauch. »Yang sagte mir, daß Sie in einer interessanten Forschung stecken.«

»Es ist alles übertrieben dargestellt worden.« Dr. Merker blickte auf Yang. Sie hockte unbeweglich, wie eine Porzellanfigur, auf den Matten. »Die Polizei vermutet hinter einigen mysteriösen Morden, bei denen die Mörder alle hinterher an einer Leberzersetzung starben, eine Organisation, die eine noch unbekannte Krankheit als Massenvernichtungsmittel erprobt. Eine neue biologische Waffe, wenn man so will. Ich habe die Leber der letzten Toten analysiert. Ohne Ergebnis. Ich habe das tiefgefrorene Hirn untersucht... auch negativ.

Das ist die volle Wahrheit. Amtlich aber wird ausgestreut, ich hätte eine Spur.«

»Ein guter Trick.«

»Mir ist es unangenehm.«

»Ich war einmal ein guter Arzt«, sagte Dr. Mei. »Wie lange ist das her? Ich weiß es nicht, ich lebe ohne Zeit! In dieser grauen Vergangenheit habe ich einmal einen Menschen gesehen, der so starb, wie Sie es beschrieben haben. Ich saß daneben und konnte nicht helfen. Alles, was ich gelernt hatte, war nutzlos geworden. Ich sah ein, daß ich gar nichts wußte. Und doch wußte ich: Hier hat man einen Menschen vernichtet auf eine Art, die uns alle hilflos macht.«

»Zuerst war das Heroin, nicht wahr?« sagte Dr. Merker leise.

»Ich nahm es an. Aber es waren nur zwei Einstiche. Das Heroin war der Einstieg. Was dann kam, weiß keiner.«

»Ein neues, unbekanntes Rauschgift?«

»Warum fragen Sie mich?«

»Und die Leber zerfiel . . .«

»Ich werde Ihnen erzählen, was niemand weiß.« Dr. Mei sah Dr. Merker mit weiten, runden Augen an. »Ich spüre, daß ich es Ihnen erzählen muß . . . gerade Ihnen – und Ihnen allein. Noch einen Wodka?«

»Bitte nicht.«

»Aber ich!« Dr. Mei griff zur Flasche, goß das Wasserglas wieder voll und kippte das scharfe Getränk weg in seine Kehle. Bei ihm hat die ganze Flasche drei Gläser, dachte Merker erschüttert. Wieso lebt er noch? Wie kann ein Körper so etwas verarbeiten?

Dr. Mei leckte über seine Lippen. »Sie sind sehr höflich«, sagte er.

»Wieso?«

»Sie zeigen mit keiner Regung, daß Sie wissen, um wen es sich handelt.«

»Sie werden es mir sagen, Dr. Mei.«

»Wenn Hunde sich mögen, beschnuppern und belecken sie sich. Verzichten wir auf dieses Spiel . . . Sagen wir sofort, was wir denken und wissen! Es war meine Tochter. Oder präziser: Es war *nicht* mehr meine Tochter. Der Mensch, der da mit mir lebte, hatte das Äußere meiner Tochter, er bewegte sich wie meine Tochter, er aß und schlief wie meine Tochter . . . aber schon die Augen waren fremd. Ob dieser Mensch noch denken konnte, wußte ich nicht mehr, denn er sprach kein Wort mit mir. Der Mensch, der wie meine Tochter aussah, war da . . . mehr nicht. Nur Gegenwart ohne Ansprache oder Aussprache.

Und dann geschah es plötzlich. Ohne eine Gemütsregung steckte sie an neun verschiedenen Stellen meine Dschunke in Brand. Ihre Geburtsstätte. Den Mittelpunkt ihres Lebens! Es war ein Wettlauf. Hatte ich drei Stellen gelöscht, brannte es an zwei anderen Stellen! Ich wollte meine Tochter festhalten . . . sie biß und trat um sich, schlug mit den Fäusten, und als ich sie von hinten umklammert hielt und immer wieder ihren Namen rief, griff sie unter das Kleid und zog einen Dolch. Und das alles ohne einen Laut, ohne ein Wort . . . und mit einem Lächeln! Ein schreckliches Lächeln! Ein verfluchtes Lächeln! Ein überirdisches Lächeln! Es gelang ihr nicht, mich zu erstechen, obgleich es vielleicht das beste gewesen wäre, was mir geschehen konnte . . . ich hieb ihr in meiner Verzweiflung mit der Handkante in den Nacken und betäubte sie. Dann löschte ich das Schiff, schleifte sie unter Deck und gab ihr kreislaufstabilisierende Spritzen.«

Dr. Mei blickte auf den schmierigen Dielenboden und atmete tief auf. »Von da an mußte ich sie einsperren wie ein wildes Tier. Sie hätte mich bei der nächsten Gelegenheit umgebracht! Meine kleine Tochter Mei-tien! Und immer lag dieses starre, verdammte Lächeln auf ihrem wunderschönen Gesicht.«

»Auch die der Polizei bisher bekannten Mörder lächelten bis zu ihrem Tod und schwiegen.«

»Das habe ich erst jetzt durch Yang Lan-hua erfahren und war danach vier Tage besoffen!« Dr. Mei wischte sich über das aufgedunsene Gesicht. »Da paßt doch alles zueinander! War Mei-tien eines der ersten Glieder einer Kette? Wie viele solcher lächelnder Monstren hat es gegeben und gibt es noch, ohne daß es bekannt wird? Gewalt und Tod, damit lebt man in Hongkong wie mit den tausenden Händlern und Marktständen. Machen wir es kurz, Kollege: Mei-tien starb in ihrem Käfig, dort, nebenan. Sie können ihn nachher sehen, ich habe nichts verändert. Und ich bestand darauf, daß man sie obduzierte. Ich wollte sehen, was sie zerstört hatte. In der Pathologie traf ich einen netten, jungen Kollegen, der mir sehr half und alles zur Verfügung stellte. Ich durfte danebenstehen, als man Mei-tien aufschnitt und ausräumte. Wissen Sie, was das für einen Vater bedeutet? Ich habe geweint wie ein Hund, dem man bei lebendem Leib das Fell abziehen will. Aber ich habe durchgehalten! Die Ärzte im Kwong Wah Hospital waren sehr kollegial. Am besten war der junge Oberarzt, Dr. Wang An-tse.«

»Sieh an«, sagte Dr. Merker trocken. »Den gab es damals auch schon.«

»Heute ist er Chefarzt . . .«

»Ich weiß. Wir zwei untersuchen gemeinsam die geheimnisvollen Fälle. Dr. Wang hat einen guten Namen, nur ist er zu ehrgeizig. Für ihn ist es eine Schande, daß man einen Weißen eingeschaltet hat.«

»Damals war er sehr hilfreich. Aber gefunden haben wir nichts, außer der völlig zerstörten Leber. Aber eine Leber kann keine Persönlichkeit verändern und eine lächelnde Bestie schaffen. Dieses Rätsel blieb! In Mei-tiens Körper fanden sich keine Reste von Heroin oder anderen Vergiftungen.«

»Weil es ein noch unbekanntes Gift ist!«

»Jedes Gift hinterläßt Spuren!« Dr. Mei starrte Dr. Merker an. »Sie ahnen etwas, Kollege? Ich flehe Sie an – sagen Sie mir, was Sie wissen! Ich lebe ja nur noch, weil ich hoffe, jemand könne das Geheimnis lüften. *Sie* sind meine große, vielleicht letzte Hoffnung! Sie wissen etwas! Auch wenn Ting mit dem Trick arbeitet, man wisse mehr . . . irgendwo haben Sie etwas entdeckt.« Dr. Mei erhob sich. »Soll ich Ihnen ein Bild von Mei-tien zeigen? Ein Engel, würde man in Ihrer Sprache sagen. Wie eine Pfirsichblüte, sage ich! Fritz, ich bete zu Ihnen: Helfen Sie mir . . .«

»Ich habe den Verdacht, daß es ein Gas ist«, sagte Dr. Merker mit trockenem Hals. »Ich kann nichts, gar nichts beweisen. Es ist nur ein Gedanke . . . ein Gedanke voll verzweifelter Phantasie.«

»Ein Gas«, wiederholte Dr. Mei gedehnt. »O Himmel, das ist mir entgangen. Ein Gas! Ich werde Sie wirklich anbeten, Fritz...« Er erhob sich wieder, rannte zum Schrank, holte Kognak und Whisky und stellte sie zu seinen Füßen. »Sagen Sie nichts, halten Sie mich nicht zurück, versuchen Sie es gar nicht... ich saufe jetzt vor Entzücken bis zum Umfallen!«

»Ist das Ihr einziger Lebenssinn, Dr. Mei?«

»Ja! Was ist mir geblieben?«

»15 000 Patienten auf 3000 Dschunken in Yau Ma Tei.«

»Ich bin kein Arzt mehr!«

»Man hört nie, nie auf, einer zu sein! Oder Sie waren keiner! Kein Arzt aus Berufung!«

»Sind Sie einer, Fritz? Na?! Klugscheißerische Reden führen, aber selbst auf Distanz gehen! Was tun Sie jetzt? Was arbeiten Sie? Yang erzählte mir, Sie hocken am Mikroskop und betrachten Tropenviren. Gut, eine ehrenvolle Aufgabe. Damit können Sie – wenn Sie Erfolg haben – Millionen retten! Es muß Forscher geben... Aber was nutzt das alles, wenn es nicht die Ärzte an der vordersten Front gibt?! In den Elendsvierteln, in der Schwimmenden Stadt, in den Slums von Kowloon, auf dem Land zwischen Wüste und Dschungel. Ich sehe Sie an, Fritz, und weiß: *Dafür* sind Sie geboren!«

»Ich habe meinen Auftrag vom Tropeninstitut in Hamburg.« Dr. Merker nippte wieder an seinem Wodka. Es war noch das erste Glas. Dr. Mei goß sich das vierte ein. »Alles, was Sie eben sagten, trifft auf Sie zu!«

»Ich bin ein Wrack, Fritz.«

»Sie haben das aus sich gemacht.«

»Ein schimmeliges Schiff kann man nicht mehr aufpolieren. Es fault von innen weiter. Morsch ist morsch, Fritz! Ich habe aufgegeben.«

»Und die Menschen, die Sie brauchen?«

»Sie kommen noch jeden Tag zu mir. Seit Jahren. Es ist rührend. Ihre Sampans liegen um meine Dschunke, sie stehen in langer Reihe an Deck. Und dann sehen sie, wie besoffen ich bin, verneigen sich und gehen wieder. Tag für Tag... seit Jahren...«

»Und das richtet Sie nicht auf? Das gibt Ihnen keine Kraft?!«

»Ich kann nicht!« Dr. Mei streckte Dr. Merker seine Hände entgegen. »Ich habe kein Gefühl mehr in den Fingern, ich vergesse die Namen der Krankheiten und die Medizin, die für sie nötig ist! Der Alkohol ... Aber morgen stehen die Patienten wieder an Deck und warten!«

»Erlauben Sie, daß ich mich um Sie kümmere, Dr. Mei?«

»Nein!«

»Haben Sie Angst, wieder ein guter Arzt zu werden?«

»Gönnen Sie mir doch das Ende, an das ich mich gewöhnt habe, Fritz!« Er beugte sich vor, griff nach der Whiskyflasche und setzte sie an den Mund. »Bleiben Sie heute nacht hier«, sagte er, als er wieder Luft holen mußte. »Sehen Sie sich an, was morgen früh hier passiert. Ich habe das nie geglaubt ...«

»Was?«

»Daß es wirklich den Menschen gibt, auf den ich eigentlich seit Jahren gewartet habe. Als Yang sagte, Sie müßten es sein, sie spüre das, da habe ich sie eine blöde Gans genannt. Und als sie weiter auf mich einredete, habe ich gesagt: ›Halt's Maul, du geile Katze! Nimm ihn ins Bett, aber halt ihn von mir fern!‹ Nun sitzen Sie vor mir, Fritz, und mein Herz ist plötzlich glücklich. Dafür gibt es keine emotionale Erklärung. Das empfindet man einfach. Wie ergeht es Ihnen?«

»Genau umgekehrt!« Dr. Merker stand auf und ging in dem großen Raum umher. »Mich stört, daß alles so verkommen ist! Daß es hier nach Moder und fauligem Fisch stinkt! Daß Sie Ihr Lebenswerk verschimmeln lassen. Blicken Sie auf Ihren linken Pantoffel. Aufgerissen, die Zehen gucken heraus ... ist das nötig?! Warum geben Sie sich auf, Dr. Mei?«

»Daß Sie so fragen können beweist, wie robust Sie in Wirklichkeit sind! Fritz, steigen Sie aus ...«

»Was heißt das?« fragte Dr. Merker betroffen.

»Können Sie aus dem Vertrag mit dem Tropeninstitut heraus?«

»Nur wenn ich vertragsbrüchig werde. Dann liege ich auf der Straße. Warum sollte ich?«

»Ja, warum? So ein sicherer Job ...« Dr. Mei setzte wieder

die Flasche an den Mund, trank schlürfend und rülpste hinterher laut. »Fritz, ich schenke Ihnen meine Dschunke . . .«

»Das nehme ich nicht an, Dr. Mei.« Dr. Merker blickte zu Yang hinüber. Noch immer hockte sie unbeweglich auf den alten Matten. Nur das Heben und Senken ihrer Brust bewies, daß sie atmete, lebte. »Du sagst gar nichts . . .«

»Ich liebe dich«, antwortete sie ruhig.

»Wenn das nicht genug ist!« rief Dr. Mei. »Ich sage es ja: Sie sind vom Glück geküßt, Fritz! Sie haben die Pforten aller Glückseligkeiten aufgestoßen! Yang liebt Sie . . . und Sie sind kein Chinese!« Er machte wieder eine weite, alles umfassende Handbewegung. »Alles gehört Ihnen, Fritz! Ich habe einmal gesagt: Wenn ich mich totgesoffen habe, soll man meine Dschunke hinaus ins Meer fahren und dort versenken. Mit meinem unwürdigen Leichnam an Bord. Jetzt gehört sie Ihnen. Glotzen Sie mich nicht so dumm an. Dieses Schiff verbirgt Schätze! Kommen Sie mit. Ich zeige sie Ihnen.«

Dr. Mei ging voraus. Merker folgte ihm und war betroffen über den Verfall, den er überall sah. Kammern voller Staub und Spinnweben, Gerümpel, faulendes Holz, davonhuschende Ratten und dicke Käfer, die anscheinend vom Schimmel lebten.

Und dann der erschütternde Anblick: der Röntgenraum. Ein uraltes Gerät hinter einer lederbezogenen Liege, aber das Leder war grün geworden. Moos wucherte darüber. In der Ecke ein Generator, der einmal den Strom geliefert hatte. Verrostet.

In einem anderen Raum war einmal die Ordination von Dr. Mei gewesen. Auch hier stand eine Untersuchungsliege, jetzt vermodert und aufgerissen; an der Wand verrostete ein früher weiß lackierter Metallschrank für die Instrumente und die nötigsten Medikamente. Auf einem Tischchen stand der Sterilisator, verbeult, mit abgesprungenem Chromüberzug. Aber am erschütterndsten war der Schreibtisch anzusehen, der eine ganze Ecke des Raumes ausfüllte. Hier lagen Berge von schimmelnden Krankengeschichten, blinde Röntgenbilder, alte Zeitschriften, Rezeptbücher, zwei offene Karteikästen mit von Mäusen angefressenen Karteikarten und in einem Silberrahmen das Foto einer jungen, hübschen Chinesin mit einem etwa drei Jahre alten Mädchen auf dem Arm.

Dr. Mei griff nach dem Rahmen und hielt ihn Dr. Merker hin.

»Das war mein Glück«, sagte er dumpf. »Können Sie jetzt verstehen, daß ich saufe?«

»Nein!«

»Ich weiß ... das ärztliche Ethos! Nicht jeder hat das Gemüt eines Mammuts! Ich bin an Mei-tiens Sterben zerbrochen.« Er setzte sich hinter den vergammelten Schreibtisch und holte einige der angefressenen Karteikarten aus dem Holzkasten. Mit gerunzelter Stirn las er die Namen und warf dann die Blätter auf den Tisch. »Sie sind alle tot, nur ich lebe noch. Und warum lebe ich? Es hat nur einen Grund: Ich möchte dem gegenüberstehen, der mir meine Mei-tien genommen hat! Er ist derselbe, der für die ungeklärten Morde verantwortlich ist.« Dr. Mei blickte auf. »Helfen Sie mir, Fritz. Ich flehe Sie an ...«

»Ich werde tun, was ich kann«, sagte Dr. Merker mit trokkener Kehle.

»Am Schreibtisch im Queen Elizabeth Hospital wird dies kaum möglich sein. *Hier* müssen Sie hin. Unter die Wasserchinesen. Denken Sie an Mei-tien und ihre zwei Freunde. Mei-tien kam zurück, um hier zu sterben. Ihre Freunde blieben an Land verschwunden. Sie blieben nicht allein ...«

»Was heißt das?«

»Nach Mei-tien verschwanden noch drei Mädchen und sieben Jungen an Land.«

»Und keiner unternimmt etwas?« rief Dr. Merker entsetzt.

»Was soll ein Wasserchinese an Land? Auf festem Boden ist er hilflos. Wo soll er suchen? Die Stadt, die Straßen, die Gassen ... sie sind ein Labyrinth für ihn.«

»Und die Polizei?«

»Die Polizei!« Dr. Mei winkte ab. »Sie registriert – was soll sie mehr tun? Da geht ein Wasserchinese an Land und kommt nicht wieder. Wen soll die Polizei fragen? Niemand kennt ihn, und niemand wird etwas sagen. Wer sucht denn eine entlaufene Ratte? Man gewöhnt sich daran, Abfall zu sein.«

»Das ist ja grauenhaft, Dr. Mei.«

»Ihr Europäer werdet das nie begreifen. Was ist ein Leben? Demonstrieren wir das einmal auf einem Gebiet, von dem man es am wenigsten erwartet: die Gastronomie. Noch vor einigen Jahren war eine der größten Delikatessen in den besten chinesischen Restaurants das Affenhirn. So etwas Ähnliches haben wir auch. Wir essen Kalbshirn, gebraten, werden Sie jetzt antworten wollen. Da ist schon der Unterschied. Bis es von der Regierung verboten wurde, aß der chinesische Feinschmecker das Affenhirn roh – und lebend!

Ein Affe wird erst mit schwerem, süßem Wein betrunken gemacht, dann spannt man ihn in ein speziell für dieses Essen angefertigten Tisch, und zwar so, daß nur die obere Schädelhälfte über die Tischplatte hinausragt. Mit einem langen, scharfen Messer wird mit einem gekonnten Hieb die Schädeldecke abgeschlagen und aufgeklappt. Mit einem Löffel holt sich dann jeder Gast seine Delikatesse aus der warmen, pulsierenden Hirnmasse . . . bis der Affenschädel leergeräumt ist!«

Dr. Mei lächelte schief. »Kotzen Sie nicht, Fritz! Ich habe selbst dieser Prozedur mehrmals beigewohnt, und ich kann Ihnen in Kowloon einige renommierte Restaurants nennen, wo man vor Jahren noch so fulminant essen konnte. *Das* ist die Ihnen immer fremd bleibende Welt . . . was also, frage ich, bedeutet der Tod?! In Hongkong der Mordkommission anzugehören ist fast schon pervers!«

»Wenn ich das höre, bin ich hier völlig fehl am Platze!« sagte Dr. Merker heiser vor Entsetzen. »Ich habe das alles nicht gewußt.«

»Natürlich nicht. Sie haben immer nur das Touristen- und Postkarten-Hongkong gesehen! Hongkong besteht nicht nur aus Luxushotels und blitzenden Einkaufszentren, Musikfähren und märchenhaften schwimmenden Restaurants, Wolkenkratzern, in denen Milliarden umgesetzt werden, und Banken, die ebenso viele Milliarden Schwarzgeld verwalten. Hongkong ist ein Trainingsplatz, auf dem man sich auf die Hölle vorbereiten kann.« Dr. Mei sah Dr. Merker mit schief geneigtem Kopf an. »Nun werden Sie alles daransetzen, nach Hamburg zurückzukehren und vor dieser Stadt zu flüchten . . .«

»Nein! Ich bleibe!« sagte Merker hart.

»Wegen Yang . . .!«

»Auch! Ich werde auf der Sonnenseite Hongkongs leben.«

»Zu spät! Die Schattenseite hat Sie bereits eingefangen. Ohne Kampf werden Sie hier nicht mehr leben können. Das werden Sie schnell erkennen: Man wird Ihnen den Kampf aufzwingen! Es sei denn, Sie verlassen Hongkong.«

»Flüchten? Nie!«

»Dann stellen Sie sich mit dem Rücken an die Wand und kämpfen Sie.« Dr. Mei senkte den Kopf. »Wenn unsere unbekannten Gegner erfahren, daß Yang Sie liebt, wird Yang ihr nächstes Ziel sein!«

»Sie muß sofort aus Hongkong weg!«

»Das wird Ihnen *nie* gelingen! Eher saufen Sie das Meer leer.« Dr. Mei hob die fetten Schultern. »Fritz, Sie stecken mitten drin. Sie können nicht mehr weg. Bleiben Sie heute nacht bei mir, und sehen Sie sich morgen früh meine Patienten an. Es gibt hier eine Kammer auf der Dschunke, die noch ein gutes Bett hat. Es gehört Ihnen. Nehmen Sie Yang mit, und lieben Sie sie. Sie wartet darauf, und Sie werden unser Bruder werden. Noch einmal: Heute bin ich wie betäubt.«

In der Nacht, irgendwann zwischen langen Küssen und zitterndem Sichfinden, sagte Yang: »Morgen nehme ich das Bild hinter der Wand weg . . . du kannst es zerreißen . . .«

Es war mehr als eine Liebeserklärung. Sie gab ihm ihr ganzes Leben . . .

7

Dr. Mei weckte Merker am frühen Morgen. Er trug einen sackähnlichen braunen Anzug, hatte wäßrige, rote Augen und stank entsetzlich nach Fusel.

»Es blutet mein Herz«, sagte er, als er Merker an der Seite Yangs wachgerüttelt hatte. Umschlungen schliefen sie fest und in seliger Erschöpfung. Merker schlug mühsam die Augen auf, sah zunächst den eng an ihn gepreßten nackten Körper Yangs und dann erst das runde Gesicht von Dr. Mei.

»Sie müssen raus, Fritz! Kommen Sie an Deck. Die ersten Patienten warten schon. Ich weiß, es ist grausam, Sie jetzt von diesem himmlischen Körper loszureißen, aber es muß sein...« Er zögerte einen Augenblick, hob dann wie in der Schule den rechten Zeigefinger und fügte mit einem breiten Grinsen hinzu: »Bitte festzustellen: Ich bin nicht besoffen! Seit Jahren der erste Morgen mit nebelfreiem Hirn!«

Er drehte sich weg, verließ das Zimmer und tappte hinüber zu seinem »Ordinationsraum«. Dort wischte er die Untersuchungsliege von Schimmel und Moos frei, zog die verrotteten Vorhänge von den kleinen Fenstern, fegte mit zwei Armbewegungen den Schreibtisch leer und die Papierhaufen in die Ecke, warf die Karteikästen hinterher und setzte sich dann hinter den Tisch. Dr. Merker stürzte in den Raum, halb angezogen, mit bloßem Oberkörper.

»Was ist denn hier los?« rief er.

»Ich räume auf.« Dr. Mei schien sehr zufrieden zu sein. »Unsere Patienten haben ein Recht, in einem leidlich menschlichen Rahmen untersucht zu werden. Wie weit sind Sie, Fritz?«

»In zehn Minuten stehe ich zur Verfügung.«

»Was macht Yang Lan-hua?«

»Sie schläft noch.« Dr. Merker lächelte schwach. Er war müde, sein Kopf brummte, und er sehnte sich nach Yangs glatter Wärme. Sie schlief so fest, daß sie den Kuß nicht gemerkt hatte, mit dem sich Merker von ihr löste. »Wo kann ich mich waschen?«

»Pardon!« Dr. Mei erhob sich. »Natürlich habe ich ein Badezimmer an Bord! Erschrecken Sie nicht, es ist seit fünf Jahren nicht mehr benutzt worden. Wenn ich meinen Körper waschen will, schwimme ich einmal um die Dschunke. Glotzen Sie nicht so, Fritz – das kann ich noch! Ich bin wie ein Gummiball, ich schwimme fast von allein. Geradeaus, linke Tür, die zweite . . . das ist das Badezimmer.«

»Ihr Badezimmer ist eine Wucht!«

»Nicht wahr? Sagte ich's doch!«

»Mir ist rätselhaft, wie ein Mann in solcher Verkommenheit leben kann.«

»Ich lebe doch nicht mehr, Fritz. Ich warte nur noch auf Mei-tiens Mörder!«

»Trotzdem. Im Badezimmer brauchen keine Pilze zu wachsen!«

»Tun sie das? Ich weiß es nicht! Sind sie eßbar?«

Es hatte keinen Sinn, auf Meis galligen Humor einzugehen. Merker hob den Kopf. Über ihnen, auf Deck, trampelten Füße hin und her. Es schien auch, als schwanke die Dschunke etwas. Dr. Mei nickte.

»Das sind mindestens vierzig Patienten. Bis gegen elf Uhr werden es hundert sein. Sie warten jetzt, daß ich die Pauken schlage, an Deck komme, sie total besoffen beschimpfe und wegschicke. In fünf Jahren habe ich neunmal eine Sprechstunde durchgehalten. Nun warten sie darauf, daß das wieder mal passiert! So etwas nennt man Treue.« Er klatschte in die fetten Hände. »Sind Sie bereit, Fritz?«

»Ja!«

»Dann an die Morgensonne, mein Freund! Schenken wir unseren Brüdern und Schwestern das Wunder, mich nüchtern zu sehen.«

»Sie stinken grauenhaft nach Alkohol, Mei . . .«

»Das ist nicht zu vermeiden. Kommt aus allen Poren. Wenn ich schwitze, tritt kein Schweiß aus, sondern Alkohol! Medizinisch gesehen bin ich unsterblich: Ich bin bereits konserviert! Hinauf! Hinauf!«

Sie stiegen über die breite, faulende Treppe an Deck und sahen vor sich eine dichtgedrängte Menschenmenge. Frauen und Kinder, Junge und Greise; zwei Tragen aus Bambusstangen, mit einer Zeltplane dazwischen, auf denen eine alte Frau und ein kräftiger Mann lagen. Der Mann knirschte mit den Zähnen, er mußte schreckliche Schmerzen haben, aber sein Gesicht war unbewegt, und seine Augen blickten ehrfurchtsvoll auf Dr. Mei. Neben seiner Trage stand die ganze Familie. Die Frau, vier Kinder, seine Eltern, die Urgroßmutter, nur noch ein weißhaariges Gerippe. Als sie Dr. Mei sah, fiel sie in die Knie und erhob flehend die Hände.

Wie auf ein Kommando neigten alle den Oberkörper tief nach vorn und grüßten die Hoffnung ihrer Heilung, den erleuchteten und erhabenen Mei Ta-kung.

»So ist es seit dreißig Jahren!« sagte Dr. Mei. »Wie soll ich ihnen sagen, daß ich nichts mehr kann? Sie würden es nie verstehen. Nur den Besoffenen nehmen sie mir ab. Das ist greifbar.«

»Der Mann in der Zeltplane muß sofort behandelt werden!« sagte Dr. Merker.

»Bitte! Ich halte Sie nicht ab!«

Dr. Mei sprach ein paar Sätze in einem Chinesisch, das Dr. Merker nicht verstand. Es mußte der Dialekt der Wasserchinesen sein. Anscheinend erklärte er ihnen, daß der fremde Arzt nun behandeln werde, aber er, Dr. Mei, werde immer dabeisein und jeden Handgriff überwachen. Das schien die Leute zu beruhigen. Sie blickten alle auf Dr. Merker, neugierig, abwartend, lauernd.

Für sie war unbegreiflich, daß ein europäischer Arzt in die Schwimmende Stadt kam und sie heilen wollte. Ein weißer Arzt gehörte an Land, in die Arztpaläste der Reichen, drüben in Kowloon oder in Hongkong. Weiße fuhren nur in buntbeflaggten Booten herum und bestaunten die Boat People wie seltene Tiere, fotografierten sie und schrien: »Very nice!« Wie kam eine »Langnase« dazu, armen Kranken zu helfen?

»Fangen wir an?« fragte Dr. Merker. Das Elend, das sich vor ihm staute, war fast unerträglich. Um die Doktor-Dschunke lagen die Sampans, mit denen die Kranken gekommen waren. Die Angehörigen warteten geduldig in den flachen Booten. Schon nach dem ersten Rundblick ahnte Dr. Merker, daß über die Hälfte der Kranken in ein Hospital gehörte. Aber wer sollte sie aufnehmen, wer sollte es bezahlen? Und vor allem: Wem gelang es, sie überhaupt an Land zu bringen? Auf dem Wasser geboren werden – auf dem Wasser sterben –, das war der Kreislauf, den man kannte.

»Fangen wir an!« wiederholte Dr. Mei. »Ich bin bereit.« Er zeigte auf den Mann in der Zeltplanentrage und winkte. Die Urgroßmutter, noch immer auf den Knien liegend, senkte das Haupt und küßte die Holzplanken. Zwei kräftige Männer, die Nachbarn, trugen den Kranken an Dr. Mei und Dr. Merker vorbei die Treppe hinab. Im gleichen Augenblick legte unten an der Dschunke ein kleines Motorboot ab und knatterte davon.

»Jetzt sollen Sie mal was erleben, Fritz!« sagte Dr. Mei. »Da unten saust der Götterbote ab und wird verkünden: Dr. Mei ist nüchtern und behandelt! In einer Stunde kleben die Kranken an den Bordwänden wie Bienenschwärme. Sie haben einen erfüllten Tag vor sich!«

»Ich habe mich noch gar nicht erkundigt, was mir zur Verfügung steht. Den Röntgenapparat können wir vergessen. Wie ist es mit dem Instrumentarium? Haben Sie wenigstens ein Membranstethoskop?!«

»Alles da, Fritz.«

»Verrostet und unbrauchbar, nicht wahr?«

»Nein! Das einzige, was ich geputzt habe, waren die Instrumente. Aus purer Anhänglichkeit und Pietät. Ich war mit meiner ganzen Seele Arzt.«

Die beiden Träger kamen zurück an Deck. Mit ihnen erschien Yang, in ihrem engen, roten geschlitzten Kleid völlig unpassend in dieser Massierung von Elend.

»Ich habe ihn auf die Liege gelegt«, sagte sie. Ihr Haar hatte sie glatt nach hinten gekämmt und zu einem Knoten geschlungen. Sie sah wunderbar aus. »Er hat starke Schmerzen.«

»Wir kommen sofort.« Dr. Merker warf noch einen Blick auf die Schar der Wartenden und rechnete schnell, daß er damit bis Mittag zu tun hatte. Dann lief er die Treppe hinunter und ging in den Behandlungsraum. Dr. Mei folgte wenig später. Er hatte noch etwas zu den Kranken gesagt.

»Vertraut ihm!« hatte er gesagt. »Meine Seele fließt in ihn über. Nur sein Körper ist fremd. Aber heilt ein Körper? Die himmlische Gnade heilt, und diese Gnade ist in ihm. Seht ihn an wie einen von uns ...«

Dr. Merker hatte mit der Untersuchung des schmerzgekrümmten Mannes begonnen. Schon nach wenigen Abtastungen und Reflexuntersuchungen wußte er, daß ihm hier auf der Dschunke nicht mehr zu helfen war. Dr. Mei setzte sich an die Füße des Kranken auf die Liege.

»Der Mann muß sofort ins Hospital!« sagte Merker.

»Sie sprechen unmögliche Dinge gelassen aus ...«

»Das ist ein Gallenverschluß. Gallensteine haben den Ausgang völlig blockiert, die Gallenblase ist entzündet.«

»Wir verschreiben ihm einen Tee«, sagte Dr. Mei ruhig.

»Nein! Der hilft doch nicht! Sie können unter Umständen Nierensteine und Nierengrieß ausschwemmen, auch Blasensteine, aber keine Gallensteine.«

»Das weiß ich auch! Ich bin kein medizinischer Idiot! Aber Sie, Fritz! Schon beim ersten Fall schlagen Sie Purzelbäume! In ein Hospital! In welches denn? In Ihr vornehmes Queen Elizabeth?«

»Warum nicht?«

»Machen Sie das mal dem Chefarzt klar! Ein Wasserchinese im weißen Klinikbett. Da lachen meine Mäuse im Schiff!«

»Wo kann man hier telefonieren?«

»Telefonieren? Sie begreifen noch immer nicht, wo Sie sind! Die einzigen Telefone auf dem Wasser haben drüben das Restaurantschiff und die Polizeiboote, die hier Patrouille fahren.«

»Dann telefoniere ich von einem Polizeiboot aus.«

»So etwas Verrücktes sieht Ihnen ähnlich! Angenommen, Sie bekommen ein Bett. Der Mann will nicht.«

»Er wird hier sterben. Elend sterben!«

»Aber er stirbt auf seiner Dschunke! Das ist wichtig!«

»Nein! Das ist sträflicher Blödsinn!«

»Fritz, denken Sie um. Denken Sie an die Affenhirndelikatesse . . . das Sterben ist natürlich.«

»Aber er *kann* ja weiterleben! Nach drei Stunden Operation und vierzehn Tagen Bettruhe läuft er wie neugeboren herum. Das wissen Sie doch!«

»Versuchen Sie es, Fritz.« Dr. Mei hob beide Hände. »Eine zugestopfte Galle ist Schicksal. Man nimmt es hin.«

»Ich nicht! Mei, machen Sie dem Mann klar, daß er noch heute aufs Festland in ein Hospital kommt.«

»Sagen Sie's ihm selbst.«

»Mit meinem schrecklichen Chinesisch?«

»Er wird Sie verstehen.«

Dr. Merker beugte sich über den Kranken. Der starrte ihn mit fiebrigen Augen an, seine Lippen waren zusammengepreßt. Es war unwürdig, dem Doktor den großen Schmerz im Leib zu zeigen.

»Dein Bauch muß aufgeschnitten werden«, sagte Dr. Merker langsam in seinem Kanton-Chinesisch. »Das kann ich hier nicht. Du kommst in ein schönes Hospital von Kowloon. Noch heute abend hast du keine Schmerzen mehr.«

Der Kranke schwieg, nur seine Augen schlossen sich. Dr. Merker hob den Kopf und blickte Dr. Mei an.

»Ob er mich verstanden hat?«

»Sicherlich! Obwohl Ihr Chinesisch zum Schütteln ist.«

»Ich weiß.«

»Yang und ich werden Ihnen Stunden geben. In einem Monat wird es besser klingen.«

»Wo kann der Kranke auf den Abtransport warten?«

»An Deck. Hinter dem Ruderhausaufbau. Ach ja, Sie kennen meine Dschunke noch nicht. *Ihre* Dschunke, Fritz. Sie haben hinten die hohen Holzaufbauten gesehen? Das war einmal die Beletage! Küche, Bar, Salon und Bibliothek! Dort lebten wir . . . unter Deck waren nur Schlafzimmer und die Praxis. Ich hatte einmal die Idee, die Dschunke umzubauen und die Privaträume ganz nach oben zu legen. Unten sollte dann ein kleines, aber funktionsfähiges Hospital werden, für die ganz schweren Fälle, wie dort Ihre Galle. Eine schöne Idee. Dann brach das Unglück herein . . .«

Yang ging an Deck. Die beiden Nachbarn holten den Kranken wieder mit der Zeltplantrage ab, der nächste Patient kam zögernd und demütig die Treppe herunter und verbeugte sich tief vor Dr. Merker. Mei nickte Dr. Merker zu.

»Das ist jetzt Ihre Ordination! Ich gucke nur zu. In ein paar Tagen brauche ich auch das nicht mehr.«

»In ein paar Tagen?« Merker starrte Mei ungläubig an. »Was soll das heißen?«

»Wollen Sie diese armen Menschen allein und hilflos zurücklassen?«

»Sie wissen genau, daß ich einen Auftrag übernommen habe!«

»Stimmt! Sie sind der neue Dschunkenarzt . . .«

»Das ist doch unmöglich!« rief Merker erregt. »Ich mache mich strafbar!«

»In der Schwimmenden Stadt gilt nur unser Gesetz!« sagte Dr. Mei fast feierlich. »Und es gilt Ihr ärztliches Gewissen, Fritz! Verdammt, machen Sie weiter. Ich will auf Ihren Erfolg anstoßen. Ich muß einen Grund haben, zu saufen . . .«

Bis weit nach Mittag arbeitete Dr. Merker unter Deck. Draußen legten immer neue Sampans an, kletterten Patienten auf die Dschunke, reihten sich geduldig in die Schlange ein und schoben sich unter Deck, an Merker vorbei. Wie auf einem Fließband, dachte er. Sie stehen dicht hintereinander, ziehen sich aus, lassen sich untersuchen. Und jeder sieht zu, jeder hört mit, weiß, was dem anderen fehlt – es ist alles so selbstverständlich, ohne Neugier, ohne Scheu, ohne Scham, aber auch ohne Anteilnahme. Man ist die Gemeinschaft der Kranken.

Der erste Eindruck hatte getrogen. Von allen Kranken hätte Merker unter normalen Umständen fünf in ein Hospital überwiesen, zwei Lungenkranke, einen dicken Nackenabszeß, einen Hepatitisfall und einen offensichtlichen Dickdarmkrebs. Yang, die es übernommen hatte, eine neue Patientenkartei anzulegen, blickte jedesmal auf, wenn Merker zu dem Befund ein H diktierte. Dr. Mei winkte jedesmal ab.

»Das können wir alles hier machen, Fritz«, sagte er in einer kleinen Pause, »wenn Sie bei uns bleiben und die Dschunke ausbauen . . .«

»Erpresser!« Merker lächelte schief. »Ich werde andere Wege finden. Vernünftigere.«

»Wenn Sie alle Hospitäler von Hongkong mit Wasserchinesen belegen wollen, wird man sie schnell überall hinauswerfen!«

»Das will ich sehen!«

»Bitte! Sie wollen ja mit der zugesetzten Galle anfangen.«

»Richtig! Wo kann ich die Polizeiboote finden?«

»Er will's tatsächlich!« rief Dr. Mei und schlug die Hände zusammen. »Yang, treib ihm das aus!«

»Ich gebe ihm recht«, sagte sie still. »Auch das hier sind Menschen.«

»Dann muß er ein zweiter Albert Schweitzer werden!« rief Dr. Mei. »Ich bin keiner. Ich habe keine Kraft mehr dazu!«

»Wer ist Albert Schweitzer?« fragte Yang verblüfft.

»Er war ein großer Arzt und Menschenfreund und baute mit nichts ein Hospital im afrikanischen Urwald, um den Kranken, um die sich niemand kümmerte, zu helfen.« Dr. Merker wusch sich die Hände in einer alten, verbeulten Blechschüssel. Dr. Mei reichte ihm ein zerrissenes Handtuch. »Ein Teil der Menschen ehrte ihn, der andere Teil meckerte an ihm herum und wußte wie immer alles besser! Er hat zeit seines Lebens um das Geld und gegen die Dummheit gekämpft! Geld hat er bis zuletzt nicht gehabt, und natürlich war auch die Dummheit stärker. Verbittert und doch zufrieden mit seinem Werk, ist er dann in seinem Urwaldhospital gestorben. Es ist bezeichnend, daß die Fachwelt von ihm nicht als Arzt spricht, sondern als Fachmann für Johann Sebastian Bach und für Orgelbau.« Dr. Merker trocknete seine Hände ab. »Mediziner sind schon eine Sorte Menschen für sich. Vor allem, wenn es um berühmte Kollegen geht.«

»Und das genau werden Sie auch in Hongkong erfahren, Fritz!« sagte Dr. Mei. »Stoßen Sie sich mal die Hörner ab.«

Sie gingen an Deck und fanden es wieder voll von Kranken. Der Bote, der durch die Schwimmende Stadt geknattert war, hatte ganze Arbeit geleistet. Wie Dr. Mei vorausgesehen hatte, war die Nachricht wie ein Feuersturm über Dschunken und Sampans gefahren: Wir haben wieder einen Doktor!

»Ich muß erst telefonieren«, sagte Dr. Merker, ergriffen von diesem Aufmarsch an Elend. »Sagen Sie allen, Mei, daß jeder untersucht wird. Jeder! Und wenn ich die Nacht durcharbeite.«

»Das werden Sie müssen.« Dr. Mei wischte sich über das dicke Gesicht. »Ihre Patienten, Fritz! Wollen Sie die alle morgen in den Hintern treten und zurückkehren an Ihren Labortisch im Queen Elizabeth Hospital?«

»Ich weiß noch nicht, wie ich mich entscheide«, sagte Merker bitter.

»Aber ich weiß es.« Yang legte ihre Hand über Merkers Augen. »Blick nach innen, frag dein Herz ... Du bleibst.«

Er schwieg, nahm ihre Hand und küßte sie. Wenn das eine Antwort sein sollte, war es ein klares Ja. Aber er sprach es nicht aus.

Mit einem kleinen Motorboot, das sofort heranschnurrte, als Dr. Mei es verlangte, fuhr Dr. Merker hinaus auf die großen Wasserstraßen, wo die Ausflugsboote kreuzten und tausende Touristen die geheimnisvolle Welt der Boat People bestaunten, von den Händlern in den Sampans Andenken kauften und ununterbrochen Fotos schossen. Die scheinbar malerische Welt verzauberte sie, war für sie China und Asien in Reinkultur. Was wirklich in dem Gewühl der dreitausend Dschunken geschah, ahnten sie nicht einmal.

Der Bootsführer, ein junger, kräftiger Chinese, der auch noch nie an Land gewesen war, steuerte zielsicher auf ein graues Schiff zu, das zwischen den Schutzwällen des Taifunschutzhafens und den Stonecutter's Islands ankerte. Es war ein großes Polizeipatrouillenboot mit allen elektronischen Einrichtungen, das die großen Buchten und die Wasserwege nach den Inseln Lantau und Tsing Yi überwachte.

Ein Polizeioffizier stand an der Reling, als Merkers kleines Boot längsseits ging und der Motor abgestellt wurde.

»Kann ich an Bord kommen?« rief Dr. Merker hinauf. »Ich muß dringend mit einem Hospital und mit Kommissar Ting Tse-tung sprechen.«

»Wer sind Sie, Sir?« kam die Rückfrage.

»Dr. Fritz Merker vom Queen Elizabeth Hospital. Ich muß telefonieren.«

»Warum fahren Sie nicht an Land? Das ist einfacher.«

»Genau das muß ich Kommissar Ting erklären.«

»Kommen Sie an Bord, Sir.«

Eine massive Leiter wurde heruntergelassen. Das Hospital war weniger eine Empfehlung als der Name von Kommissar Ting. Die Zentralkommission für Mord kannte jeder in Kowloon. Der Polizeioffizier half Dr. Merker an Bord und ging mit ihm zur Funkkabine. Die Radiotelefoneinrichtung war perfekt. Es gab keine Probleme, Kommissar Ting anzurufen.

»Hier ist P-27 vor Yau Ma Tei. Ting, ein Dr. Merker will Sie sprechen. Kennen Sie? Wie bitte? Ja, er ist hier an Bord!« Der Offizier warf einen kritischen Blick auf Dr. Merker und hielt ihm den Hörer hin. »Kommissar Ting ist aufgeregt, wartet auf Sie . . .«

»Das sagte ich ja.«

»Er hat sie als vermißt erklärt und eine Fahndung eingeleitet!«

»Du meine Güte!« Merker nahm den Hörer. »Ting?! Hier bin ich! Gesund und munter! Etwas müde, aber unversehrt . . .«

»Sie haben Humor!« schrie drüben in Kowloon Ting in seinen Hörer. »Warum melden Sie sich nicht?! Ich habe hier Großalarm gegeben, weil auch Yang sich nicht meldet. Zum Teufel, ist sie bei Ihnen?«

»Ja und nein . . .«

»Für Rätsel habe ich jetzt keinen Sinn mehr! Wo sind Sie?«

»Auf dem Polizeiboot . . .«

»Himmel, wo *waren* Sie?! Außer in den Armen von Yang!«

»Das ist geschmacklos, Ting, und Ihrer nicht würdig . . .«

»Ich habe auch nur Nerven, Flitz! Wir beide wissen, auf welch schmalem Grat Sie wandern! Wo waren Sie?«

»Erst bei Yang, dann auf einer anderen Dschunke. Die ganze Nacht und bis vor einer Stunde. Ich habe die ganze Zeit nur gesoffen. Zufrieden?«

»Nein!«

»Warum nicht?«

»Sie lügen! Für einen 18-Stunden-Säufer reden Sie mir zu munter!«

»Ting, ich kann Ihnen nur sagen, daß es mir blendend geht. Besser als je zuvor. Ich ahne, was Glück ist.«

»Nach einer Nacht mit Yang sollten Sie es wissen!«

»Das ist es nicht allein! Ting, machen Sie sich keine Sorgen um mich ...«

»Und was ich mir für Sorgen mache! Flitz, für Sie ist Hongkong noch ein Irrgarten! In ein paar Monaten lernt man dieses himmlische Drecknest nicht kennen! Sie sind wie ein ausgesetzter Säugling in dieser Stadt! Auch wenn Sie jetzt glauben, mit Yang Himmel und Erde erobert zu haben ... Blödsinn ist das! Kommen Sie sofort ins Polizeihauptquartier.«

»Nein.«

»Flitz, sind Sie verrückt geworden?!«

»Ich kann nicht, Ting. Bitte, glauben Sie mir: Ich bin in bester Verfassung und lebe gefahrlos!«

»Sie ... nie! Was wir alles über Sie verbreitet haben ...«

»Das ist Ihr Problem!«

»Aber über Ihrem Haupt wird es ausgeschüttet! Bitte, lassen Sie sich an Land bringen!«

»Wenn es um die nackte Sicherheit geht ...«

»Nur um die!«

»... dann bin ich hier sicherer als irgendwo anders! Ting, vertrauen Sie mir. Ich kann jetzt hier nicht weg. Ich werde gebraucht.«

»Was heißt das?«

»Als Arzt gebraucht ...«

»Himmel noch mal! Haben Sie Yang so zugerichtet?«

»Ting, Sie sind ein Ferkel!« sagte Dr. Merker und grinste doch dabei. »Ich melde mich wieder. Ich wollte Ihnen nur beweisen, daß ich lebe! Und noch eins: Beauftragen Sie nicht das Polizeiboot hier, mich zu überwachen. Es wäre ein Fehler und würde vieles verderben.«

»Ich muß wissen, wo Sie sind!«

»In der Schwimmenden Stadt ...«

»Genauso könnten Sie sagen: im Süden von China! Bei wem? Bei Yang?«

»Einigen wir uns darauf: Ja, bei Yang.«

»Jetzt lügen Sie nicht?«

»Ting, kann man eine Frau wie Yang allein lassen, wenn man das Glück hat, sie zu lieben?«

Er wartete Tings Antwort nicht mehr ab, sondern legte auf. Der Polizeioffizier beobachtete es mit unbeweglicher Miene. Dr. Merker hob den Hörer wieder ab.

»Nun das Queen Elizabeth Hospital, bitte. Hausanschluß Nummer 12, Chefarzt der Chirurgie Dr. Stan Baldwin...«

»Sofort, Sir.«

Dieses Mal dauerte es etwas länger. Man mußte Dr. Baldwin suchen und fand ihn endlich im Ärztekasino. Als guter Engländer trank er gerade seinen Tee. Es war Tea-time.

»Lieber Kollege«, sagte Dr. Baldwin aufgeräumt, »was kann die Chirurgie für die Tropenmedizin tun? Muß ich ein Filarienwürmchen aus Ihnen herausschneiden?«

»Etwas mehr. Eine Cholezystektomie, wenn nicht gar eine Cholezysto-Duodenostomie. Der ganze Bauch sieht böse aus. Ich vermute auch einen Gallenstein-Ileus.«

»Das hört sich nach einem strammen Nachmittag an! Wieso können Sie noch munter reden?«

»Die Galle bin doch nicht ich! Ein Freund von mir...« Dr. Merker atmete tief durch. »Ich bin zu ihm gerufen worden und finde ihn desolat vor. Kann er sofort eingeliefert werden?«

»Aber ja! Einzelzimmer, Privatstation?«

»Nein. Normal genügt.«

»Krankenkasse?«

»Nein... Privatpatient...« Dr. Merker lächelte böse. Immer dasselbe. Ob in Deutschland oder Kowloon! Warum fragt ein Gallenstein nicht vorher, ob er es sich leisten kann, sich festzuklemmen?! »Ich übernehme die Liquidation...«

»Alles okay!« Dr. Baldwins Stimme war fröhlich. Tea-time regte ihn immer an. »Lassen Sie die Galle heranbarren...«

Merker gab den Hörer an den Polizeioffizier zurück.

»Alles okay?« fragte auch der.

»Ja.«

»Können wir noch weiter helfen, Sir?«

»Danke. Sie haben eine gute Tat getan, Officer.«

»Dafür sind wir von der Polizei.« Der Offizier grinste breit. »Man verkennt uns nur immer.«

Eine Stunde später ratterte das kleine Boot wieder durch die engen Gassen der Dschunkenstadt. Um Dr. Meis Schiff und in den Nebengassen stauten sich die Sampans und Boote mit den wartenden Kranken. Wo Dr. Merker an ihnen vorbeifuhr, verneigten sich alle vor ihm. Es war eine Demut und eine anerkennende Höflichkeit, die ans Herz griff.

Wie soll das alles werden, dachte Merker. Soll ich auf Meis Dschunke ziehen und der Arzt der Wasserchinesen werden? Und mein Forschungsauftrag? Du lieber Gott, was wird das Schwierigkeiten mit den deutschen Behörden geben! Ein Austauscharzt haut einfach ab! Wirft die Klamotten hin und verschwindet unter den Chinesen. Die einzige Erklärung, die man finden wird, kann nur lauten: Er ist verrückt geworden! Das Klima... oder er hat sich irgendwie infiziert! Er kann nur verrückt geworden sein...

Was soll ich tun?

Über die Wunderstrickleiter – sie hielt alle Patienten aus, obwohl sie eigentlich längst gerissen sein müßte – kletterte er wieder an Bord und stand unter der Menge der wartenden Kranken. Ehrfürchtig machten sie ihm Platz, bildeten eine Gasse bis zur Treppe. Ein Kind mit dicken Brandblasen im Gesicht kam ihm entgegen und streckte ihm das Händchen hin. Es lächelte...

Ich bleibe, dachte Dr. Merker. Ich *muß* bleiben!

Mr. John Sayman hatte sich vorgenommen, diesen Abend so zu erleben, wie man es von ihm als Hongkong-Tourist erwartete und wie der »Club der Zwanzig« es von ihm hören wollte: Ein tolles Essen, ein noch tolleres Weib, eine ganz tolle Nacht mit allen asiatischen Freuden, kurzum – er wollte heute die Sau rauslassen!

Zwei wesentliche Voraussetzungen für diese rauschende

Nacht hatte er bereits mit Einsatz guter Dollars geschaffen: Er saß an einem Tisch in der Nische des »The Pink Giraffe«; auf der halbrunden, etwas erhöhten Bühne spielte eine Band und sang eine schwedische Sängerin amerikanischen Jazz. Der Tisch war überladen mit Tellern und Gläsern und Speisen; und ihm gegenüber saß die zierliche und doch formenreiche Nummer 164, die ihn mit zwitschernder Stimme immer nur »My Darling« nannte.

Mr. Sayman war glücklich. Mit Nummer 164 schien er einen guten Fang gemacht zu haben. Ihr Name rührte von einem Fotokatalog her, den man ihm bei der Hostess-Vermittlung »Escort Limited« in Kowloon vorgelegt hatte und in dem man die schönsten Mädchen besichtigen konnte, nebst den Preisen, die sie wert waren. Sayman entschied sich für Nummer 164, bezahlte im voraus und ließ sich sagen, daß Nummer 164 natürlich von ihm noch privat eine kleine Dollarleistung erwarte. Seit einer Stunde war sie nun bei ihm, sagte, sie heiße eigentlich Pat, und strömte eine Zärtlichkeit aus, die Mr. Sayman geradezu paradiesisch vorkam. Die Nacht, die ihm bevorstand, entsprach mit Garantie dem, was man im Club von Taloga von ihm hören wollte.

Die Band spielte gerade einen sinnlichen Blues, und Mr. John Sayman überlegte, ob er mit Pat engumschlungen einen Schieber aufs Parkett legen sollte, als vor seinem Tisch eine freundliche Dame stand, ihn mit glänzenden Augen anstarrte und die vollen Lippen leicht öffnete.

Sayman dachte noch: Donnerwetter, hast du in Hongkong Chancen, du hättest dir Pat gar nicht zu kaufen brauchen, die Weiber kommen an den Tisch und schnalzen mit der Zunge, Junge, Junge! – Da öffnete die lächelnde Dame ihre Abendtasche, holte einen vernickelten kleinen Revolver hervor und hielt ihn Sayman an die Stirn.

Pat kreischte auf und ließ sich unter den Tisch fallen, vier Kellner stürzten in die Nische, die Band erhöhte geistesgegenwärtig ihre Phonzahl und donnerte die Musik in den weiten Raum. So hörte tatsächlich niemand den kurzen trockenen Knall, und auch Sayman selbst, der entgeistert auf den Lauf gestarrt hatte, spürte nur einen Hammerschlag gegen seine

Stirn . . . dann war sein Leben ausgelöscht. Unter dem Tisch kreischte noch immer Pat und hielt geistesgegenwärtig die Beine der Dame umklammert. Aber das war gar nicht nötig. Die Schützin hatte nicht die Absicht zu fliehen, sie lächelte mild und ging willig mit, als man sie wegschleifen wollte.

Minuten später schrillte bei der Mordkommission Kowloon das Telefon. Kommissar Ting, der gerade auf dem Heimweg war, wurde per Funktelefon in seinem Wagen alarmiert und zurückgerufen.

»Ich habe es geahnt!« schrie er ins Telefon, während er wendete und zurück zum Hauptquartier raste. »Und wo ist jetzt Dr. Melkel? Ich wandere aus nach Europa und werde Müllfahrer in London!«

Es war wie immer, nicht um eine Nuance anders! Eine schweigsame, lächelnde Mörderin, um deren Identität man sich gar nicht zu kümmern brauchte – die war doch nicht festzustellen. Kleidung und Waffe würden ebenso unbekannt bleiben. Was die Schützin trug, war Kaufhausware, der Revolver kam aus Taiwan, der Schmuck Imitation und völlig wertlos. Auch Lippenstift, Puder, Make-up und Parfum würden keine Hinweise ergeben; es waren Fabrikate, die zu Hunderttausenden in Hongkong angeboten wurden.

Ting Tse-tung verzichtete sogar darauf, die Mörderin zu fragen. Er ließ sie in das Polizeihauptquartier bringen, räumte ein Zimmer aus und stellte ein Bett hinein.

»Das hat es noch nie gegeben, bei keiner Polizei auf der Welt«, sagte er zu dem Polizeichef, der sofort ins Hauptquartier gekommen war. »Aber jetzt pfuscht mir keiner mehr dazwischen. Das Mädchen kann auch hier sterben.«

»Sie sind verrückt, Ting«, stotterte der Polizeichef. »Das gibt ungeahnte Komplikationen. Das ist gegen jedes Gesetz. Eine Kranke gehört in ein Hospital. Wir haben kein Recht, sie hier festzuhalten und einfach sterben zu lassen, Ting! Allein der Gedanke: In einem Polizeizimmer läßt man eine Mörderin sterben! Was allein möglich ist: Sie muß in das Gefängnishospital überstellt werden.«

»Da habe ich keine Kontrolle mehr! Sie bleibt hier! Unter meinen Augen!«

»Wenn die Presse davon Wind bekommt ... Ting, ich weiß von gar nichts! Sie haben das alles hinter meinem Rücken gemacht!«

»Selbstverständlich! Ich allein trage die Verantwortung.«

»Bei der Polizei ein Sterbezimmer!« Der Polizeichef sank auf einen Stuhl und wischte sich den Schweiß vom Gesicht. »Ting, Sie sind wirklich ein Verrückter! Wie wollen Sie das je verantworten? Das Gesetz ...«

»Unsere Gegner kennen keine Gesetze!«

»Aber wir schützen es! Dazu sind wir da!«

»Um an die Unbekannten heranzukommen, muß ich jetzt selbst gesetzlos sein. Sonst stehen wir von vornherein auf verlorenem Posten! Wir marschieren stramm in einer Zwangsjacke von Paragraphen, und unsere Gegner lachen lauthals darüber! Sie haben so immer die bessere Position! Wir haben das Gesetzbuch in der Tasche ... die anderen die Maschinenpistole! Ich mache diese lächerliche Ungleichheit nicht mehr mit!« Ting blätterte in den ersten Protokollpapieren. »Sollen wir wieder das Gouvernement verständigen, Sir?«

»*Was* kommt dabei heraus? Endlose Konferenzen und die Hoffnung, daß wir es schaffen. Die Hoffnung können wir uns selbst geben!«

»Also Funkstille, Sir?«

»Ich würde anregen: Völlige Stille.«

»Und die Presse?«

»Ein Mord wie viele. Eine kurze Erklärung. Eifersucht. Das glaubt man immer. Wer ist der Tote?«

»Ein Mr. John Sayman aus Taloga in Oklahoma. Ein biederer Tourist, der sich für diese Nacht ein Mädchen namens Pat kaufte. Von der Escort Limited in der 57. Peking Road. Völlig legal. Wir haben Pat verhört. Sie kannte Sayman seit knapp einer Stunde. Sayman war von Beruf Immobilienmakler. Da müssen wir noch nachfassen. Es könnte sein, daß er in schmutzige Immobiliengeschäfte in Hongkong verwickelt war – dann hätten wir ein Motiv für den Mord. Aber so viel Glück ist unmöglich! In ein paar Tagen werden wir es an der Leber der Mörderin sehen, daß sie ein neues Glied in der Kette ist ...«

»Und dann?«

»Doktol Melkel muß her! Hier hat er jetzt Präparate in Reinkultur, die ihm keiner mehr wegnehmen kann. Ich bin gespannt, was unsere Gegner anstellen werden, um an das Mädchen heranzukommen! Daß sie bei uns bleibt, damit rechnet keiner. Ich lasse niemanden an sie heran, und wenn es Mao Tse-tung wäre.«

»Der ist tot!« sagte der Polizeichef trocken.

»Eben! Keiner wird sie sehen . . . außer Doktol Melkel . . .«

Während sich die Mörderin gehorsam, mit einem seligen Lächeln, ins Bett legen ließ und hinter ihr die Tür des fensterlosen Raumes abgeschlossen wurde, fuhr durch die stille Straße, in der Ting Tse-tungs kleines Häuschen lag, ein weißlackierter Lieferwagen einer Kowlooner Wäscherei. Als der Fahrer das Haus erkannte, gab er Vollgas, der Wagen machte einen Satz und schoß mit einer irren Geschwindigkeit das letzte Stück der Straße hinunter, schleuderte, als der Fahrer das Steuer herumriß und das Fahrzeug gegen Tings Haus lenkte.

Mit einem gewaltigen Krach durchbrach es die Vorgartenmauer, schlingerte durch die Beete und prallte mit ungeheurer Gewalt gegen die Hauswand.

Es war wie der Einschlag einer riesigen Bombe. Der Wagen explodierte mit einem Knall und einer Druckwelle, die alle Fensterscheiben im weiten Umkreis zerplatzen ließ. In einer meterhohen Feuersäule flog Tings Haus durch die Luft, in tausend Teile auseinandergerissen. Nichts blieb mehr stehen als ein paar kleine Mauerreste und das Betonfundament. Im Umkreis von fünfzig Metern regneten die Steine und Möbelstücke von Tings Haus auf Häuser und Gärten, auf die Straße und in die Swimmingpools der Nachbarn herab. Schreie gellten, Menschen liefen in heller Panik davon. Fünf Minuten später gellten die Sirenen der Feuerwehr heran – sie war von jeher die am besten ausgebildete Truppe in Kowloon.

Wo der Wäschereiwagen gestanden hatte, war nur noch ein flacher Trichter zu sehen. Er war in kleinste Teile zerrissen worden, und es war anzunehmen, daß man von dem Fahrer nicht einmal mehr Fleischfetzen finden würde.

Als die Feuerwehr eintraf, war nichts mehr zu löschen. Das Haus von Kommissar Ting gab es nicht mehr, das Wegräumen der Trümmer von der Straße konnte erst beginnen, wenn die Polizei das genehmigte. Zehn Streifenwagen der Road Police rasten heran und sperrten den Bezirk ab. Von der Station am Kowloon Park Drive fuhren zwei Mannschaftswagen los, um das ganze Gebiet abzusuchen. So etwas hatte es in Hongkong noch nicht gegeben: Ein Lastwagen als Bombe!

Eine halbe Stunde später stand Kommissar Ting vor dem Trichter, auf dem einmal sein Haus gestanden hatte. Die Spurensicherung arbeitete auf Hochtouren und suchte in den Trümmern nach Anhaltspunkten.

»Sie sind mit ihrem Zeitplan durcheinandergeraten«, sagte Ting nachdenklich. »Entweder hat das Mädchen zu früh geschossen oder der Fahrer war zu spät dran. Es sollte gleichzeitig ablaufen und mich hier treffen. Bald wäre es gelungen. Ich war schon auf dem Weg nach Hause ...«

Er wandte sich ab und setzte sich in seinen Wagen. Der offene Kampf hatte begonnen.

8

Die einzige Möglichkeit, Dr. Merker zu erreichen, sah Ting nur noch in dem Nightclub »Drachen von Canton«. Hier war Yang Lan-hua der große Star, hier war die einzige Kontaktadresse. Wo Yang wirklich wohnte, wußte niemand. Irgendwo auf dem Wasser ... Das konnte viel bedeuten: In der Masse von Yau Ma Tei oder in einer der vielen, zum Teil luxuriösen Wohndschunken, die auf den Wasserstraßen von Hongkong hin und her kreuzten, in den Buchten der 238 Inseln ankerten, aus denen die ehemalige britische Kronkolonie besteht, oder sogar im Dschunkenhafen von Aberdeen, dem Gegenstück zu Yau Ma Tei. Auch in Aberdeen hausen, so schätzt man, rund 20 000 Chinesen zeit ihres Lebens nur auf dem Wasser.

Ting hatte ein paarmal versucht, den Besitzer der Bar »Drachen von Canton« in die Zange zu nehmen, mit allen Tricks, bis zur Drohung der Konzessionsentziehung. Der ehrenwerte Mr. Tschou Tien-kuang bewies, daß er seinen Namen »Himmelsglanz« zu Recht trug. Mit glänzenden Augen und glänzenden Wangen konnte er beweisen, daß er wirklich nichts wußte. Yang kam und ging ... das genügte vollauf. Warum fragen, warum nachforschen?

Kommissar Ting Tse-tung erfuhr von Herrn Tschou, daß Yang Urlaub genommen hatte. Am Nachmittag hatte sie von irgendwoher angerufen ... wer wagte es, sie zu fragen, woher sie anrief? ... daß sie drei Tage nicht auftreten könne. Das war eine Katastrophe für den »Drachen von Canton«. Die Tänzerin und Sängerin Tsching mußte aushelfen, aber Tsching war mehrere Nummern kleiner als Yang, sie besaß nicht die ungeheure erotische Ausstrahlung. Sie war eben nur hübsch, mit einem biegsamen Körperchen.

»Sonst hat sie nichts gesagt?« fragte Ting am Telefon. Mr. Tschou verneinte. »Und Sie haben auch nicht gefragt?«

»Wie kann man Yang etwas fragen. Entweder sie sagt es

freiwillig oder nie! Sie hat nichts gesagt. Drei Tage Urlaub. Ich darf nicht rechnen, wieviel Verlust das ist. Aber es ist ja Yang ... was will man tun?!« Tschou Tien-kuang, der »Himmelsglanz«, seufzte fett und legte auf.

Auch im Queen Elizabeth Hospital erreichte Ting wenig. Dort sagte man ihm, daß Dr. Merker am Tag zuvor nicht gekommen sei und auch heute morgen nicht. Sein Zimmer sei leer, das Bett unberührt. »Es weht ein samtenes Lüftchen über Hongkong«, sagte der Arztkollege von der Tropenmedizin. »Dem wird Dr. Merker erlegen sein. Haben wir alle mal durchgemacht, Herr Kommissar. Gehört zu Hongkong! Morgen wird er wieder da sein mit verquollenen Augen und leerem Rückenmark.« Der Arzt lachte. »Aber irgendwie muß er doch aufgetaucht sein. Er hat gestern nachmittag die Chirurgie um Aufnahme einer akuten Galle gebeten. Der Chefchirurg rief vorhin bei mir an und wollte deswegen Dr. Merker sprechen.«

»Das ist ein guter Hinweis!« sagte Ting erfreut. »Können Sie mich zur Chirurgie weiterverbinden?«

»Sofort!«

Es knackte ein paarmal, dann meldete sich Oberschwester Mabel aus dem Vorzimmer von Dr. Baldwin. Wie viele chirurgische Oberschwestern wirkte sie unterkühlt.

»Ja?« sagte sie abweisend und blickte auf die Uhr. Vormittags-Tea-time des Chefs. Wer wagt da zu stören? »Was gibt es?«

»Ich begrüße Sie, Miß Mabel«, sagte Ting höflich. »Nur weiße Wolken mögen über Ihren Himmel ziehen ...«

»So ist es. Einen Augenblick, ich gebe Ihnen die Nummer der Psychiatrie.«

»Hier Kommissar Ting Tse-tung. Mordkommission. Bitte verbinden Sie mich mit Dr. Baldwin ...« Das klang jetzt amtlich und kühl. Oberschwester Mabel wölbte die Unterlippe, als wolle sie unladyhaft wie ein Lama in den Hörer spucken, drückte auf einen Knopf und meldete dem teetrinkenden Chef: »Da ist die Mordkommission am Apparat, Dr. Baldwin. Ein Kommissar Ting. Ein wenig hirngeschädigt.« Nach dieser Einleitung stellte sie durch.

»Hier Baldwin!« sagte der Chefchirurg und trank seine Teetasse leer. Damit war die Tea-time beendet und Dr. Baldwin wieder voll im Einsatz. »Was verschafft mir die Ehre der Mordkommission? Ich gestehe, wir hatten gestern drei Operationstote, aber ich bestreite energisch, sie mit dem Skalpell getötet zu haben ...«

»Darüber könnte man diskutieren, Doktor.« Ting Tse-tung lachte kurz. »Chirurgen haben unter den Totschlägern eine Sonderstellung.«

»Das beruhigt mich.« Auch Dr. Baldwin lachte. Er gehörte nicht zu jenen Chefärzten, die sofort beleidigt sind, wenn man ihren Beruf glossierte. Es gibt da Professoren, die bedauern, daß Duelle gesetzlich verboten sind ...

»Was wollten Sie von Dr. Melkel?«

»Von wem?«

»Melkel ...«

»Merker.«

»Sag' ich doch.«

»Ist da etwas schiefgegangen?«

»Wieso?«

»Da ist mir gestern eine merkwürdige Sache passiert, Herr Kommissar. Merker ruft an, avisiert mir eine akute Galle mit Ileus, ich lasse den OP richten, das Team steht bereit ... aber keine Galle wird eingeliefert! Bis sieben Uhr abends haben wir gewartet, dann habe ich die Aktion abgeblasen. Von Merker kein Anruf, keine Regung, kein Patient. Ich finde das merkwürdig. Sie nicht?«

»War der Anrufer wirklich Doktol Melkel?«

»Unverkennbar! Und eine klare Diagnose. Klang wie eine Notoperation. Doch nichts kam herein.«

»Von wo rief Doktol Melkel an?«

»Das weiß ich nicht. Er sprach davon, er sei bei einem Freund. Ja, und das erstaunte mich: Er wollte alle Kosten für die Operation übernehmen. Scheint ein armer Freund zu sein. Unverständlich. Bis heute vormittag ist die Galle noch nicht bei mir erschienen.«

Ting vermied es, seine Gedanken laut zu äußern. Etwas Unvorhergesehenes, etwas geradezu Dramatisches mußte die

Liebesnacht von Dr. Merker grundlegend verändert haben. Die akute Galle – Mediziner haben eine haarsträubende Art, Menschen nach Krankheiten zu benennen und sie damit anonym zu machen – interessierte Ting nicht so sehr wie die Frage, wo sich Dr. Merker aufhielt. Wo auch immer er war, es war kein normaler Zustand. Das einzige, was Ting beruhigte, war die Annahme, daß Yang bei ihm war.

»Es ist tatsächlich merkwürdig!« sagte Ting verhalten. »Ich suche Doktol Melkel auch . . .«

»Mein Gott! Wegen Mord?!«

»Als Sachverständigen in einem Mordfall.«

»Ich wußte gar nicht, daß sich Kollege Merker polizeilich engagiert.«

»Es handelt sich um Viren oder Bakterien. So genau kann ich das nicht auseinanderhalten. Sie haben keine Ahnung, wo er ist?«

»Keine Ahnung. In der Frage bin ich jungfräulich.«

»Danke, Doktol!« Ting legte auf. Er hatte jetzt keinen Nerv, ärztliche Witze zu ertragen. Dr. Merker war verschwunden. Und mit ihm Yang. Und er hatte eine akute Galle einliefern wollen . . . Wo hielt sich Merker auf?

Ting Tse-tung versuchte das Letzte. Er fuhr mit einem kleinen Polizeiboot in die Schwimmende Stadt von Yau Ma Tei. Aber, wie er geahnt hatte, er kam nicht weiter. Niemand kannte Yang, niemand erst recht nicht Dr. Merker. Überall Achselzucken . . . und überall Lüge, wie Ting mit Bitterkeit feststellte. Er fuhr sogar durch die engen Gassen der Dschunkenstadt und gab nach drei Stunden auf.

Als Chinese wußte er genau, daß in Yau Ma Tei kein Suchender etwas findet, wenn er es nicht finden soll.

Dr. Mei arbeitete unter Deck gerade an einem Geschwür auf dem Rücken einer jungen Frau, als Dr. Merker von seiner Fahrt zum Polizeiboot zurückkam. Yang assistierte. Sie hielt die Tupfer und eine alte, abgeschlagene Emailleschale unter das Geschwür, reichte Dr. Mei Pinzetten an und sprach begütigend auf die junge Frau ein, die ihr Gesicht vor Schmerzen schrecklich verzog. Kein Laut aber kam über ihre zusammengepreßten Lippen.

Dr. Mei blickte hoch und blinzelte Merker zu. Daß neben ihm auf einem Tisch eine bereits halbgeleerte Whiskyflasche stand, erschien ganz natürlich.

»Es macht wieder Freude, Fritz!« rief Mei und tupfte an dem Geschwür herum. »Gratulieren Sie mir: Ich habe sogar einen beginnenden Bechterew diagnostiziert. Das Gefühl in den Fingern ist natürlich für immer hin, aber nach jedem Schluck Whisky kommt bei mir ein Geistesblitz. Die Patienten sind sehr zufrieden.«

Dr. Merker zog seine leichte Seidenjacke aus, die für den Besuch bei Yang gedacht gewesen war, krempelte die Ärmel hoch und tauchte die Hände wieder in die Waschschüssel. Dr. Mei hatte eine uralte Flasche mit einem Desinfektionsmittel entdeckt und das Waschwasser damit veredelt. Ob das Mittel noch wirksam war, wußte keiner. Wie sagte doch einmal ein berühmter deutscher Chirurg: In der Medizin ist Gottvertrauen das Wichtigste.

»Wie bekommen wir die Galle an Land?« fragte Merker während des Waschens.

»Oho! Sie haben ein Bett für ihn?«

»Ja.«

»Im Queen Elizabeth?«

»Natürlich.«

»Gar nichts ist hier natürlich! Haben Sie gesagt, es käme ein Wasserchinese?«

»Nein. Ein Freund.«

»Beim nächsten Besuch im Hospital wird man Sie reihum in den Hintern treten.« Dr. Mei kratzte sich am Kopf, was nicht gerade der Sterilität zugute kam, und setzte dann die Whiskyflasche zu einem kräftigen Schluck an die Lippen. »Wie bekommen wir ihn an Land? Natürlich mit einem Sampan. Wartet etwa am Quai sogar ein Krankenwagen auf uns?«

»Wenn wir drüben sind, werde ich sofort einen kommen lassen.«

Dr. Merker ging zu Mei, betrachtete das gereinigte

Geschwür und blickte über den alten Kasten mit den Medikamenten.

»Haben Sie Antibiotika?« fragte er.

»Woher denn? Bei plötzlicher Praxiseröffnung nach fünf Jahren Ruhe . . .«

»Was wollen Sie denn auf das Geschwür geben?«

»Zinksalbe . . . die habe ich noch. Ich sage der jungen Dame, daß es das beste Penicillin ist. Sie sollen sehen, wie schnell das heilt!«

»Wir werden in Kowloon eine ganze Apotheke räumen und herrüberrudern.« Merker nahm Yang einen Tupfer ab, holte, so gut es ging, den letzten Eiter aus dem Geschwürtrichter und sah dann zu, wie Dr. Mei die alte Zinksalbe fingerdick darüberschmierte. Was er dabei in dem Wasser-Chinesisch sagte, verstand er natürlich nicht, aber es mußte beruhigend wirken. Das Mädchen nickte mehrmals zufrieden.

»So, und jetzt zur Galle!« sagte Dr. Mei und tauchte die Hände in die Sterillösung. »Das wird eine Aufgabe sein, die Familie davon zu überzeugen, daß ihr Papa an Land in ein richtiges weißes Bett muß! Es wird für Sie lehrreich sein, das Palaver zu hören und zu sehen.«

An Deck stauten sich immer mehr wartende Kranke. Das ganze Vorschiff war ein einziger Menschenhaufen. Endlich wieder ein Arzt . . .

Dr. Merker blieb betroffen am Ende der Treppe stehen.

»Da warten drei Tage Arbeit«, sagte er, tief durchatmend.

»Mindestens. Die Kranken bleiben jetzt so lange auf der Dschunke, bis sie drangekommen sind. Und wenn es vier Tage dauert . . . sie werden hier leben. Sie haben ihren Platz in der Reihe zu verteidigen. Wer gibt denn seine Chance auf?«

Sie gingen zu den hohen Aufbauten am Heck der Dschunke, wo einmal die Privaträume Dr. Meis gelegen hatten, und wo er ein kleines Hospital ausbauen wollte. Dort, wo der Kranke mit der akuten Galle gelegen hatte oder liegen sollte, war der Platz leer. Die Trage aus Zeltplanen und Bambusstangen, die beiden Nachbarn, die Familie des Kranken waren verschwunden. Dr. Mei steckte die Hände in seinen sackähnlichen grauen Anzug.

»Na also«, sagte er bloß. Dr. Merker starrte ihn entsetzt an.

»Was heißt das?«

»Die Menschen hier sind daran gewöhnt, eigene Entscheidungen zu treffen.«

»Sagen Sie bloß, sie sind mit dem Kranken abgerückt!«

»Sie haben Hospital und Land gehört und sind geflüchtet.«

»Das ist doch Wahnsinn!« rief Dr. Merker. »Unbehandelt ist der Mann in zwei Tagen tot...«

»Sicherlich.«

»Sie müssen sofort herausbekommen, wo er wohnt. Wir holen ihn ab...«

»Sie denken noch immer europäisch, Fritz.«

»Ich denke nur als Arzt! Der Kranke muß her!«

»Sie sollen Ihren Willen haben. Ich frage herum.«

Dr. Mei schlurfte hinüber zu den Wartenden und verschwand in der Menschenmenge. Nach einigen Minuten tauchte er wieder auf, aber schon an seinem Gang glaubte Merker zu erkennen, daß er nichts erreicht hatte.

»Die Galle heißt Liang. Aber Liang heißen Hunderte. Auf welchem Hausboot er wohnt, weiß angeblich niemand. Das ist natürlich bestialisch gelogen, aber mehr ist nicht herauszukriegen.«

»Das ist das Todesurteil!« Dr. Merker blickte über das Gewühl der Dschunken, Wohnboote und Sampans, die unter dem Gold der Nachmittagssonne schaukelten und von den Touristen auf den großen Ausflugsschiffen bestaunt wurden. Von ihnen schallte fröhliche Musik über die Schwimmende Stadt. »Ich begreife das nicht.«

»Denken Sie immer an die Affenhirnmahlzeit.«

»Grausam und entsetzlich...«

»Wir Chinesen empfinden das nicht so. Alles ist Schicksal, und Schicksal ist unlenkbar. Mit diesem Fatalismus haben wir achttausend Jahre gelebt und große Kulturen geschaffen. Da strichen in Europa noch affenähnliche Menschen durch die Wälder, während wir schon Porzellan bemalten. Das vergißt man nur zu leicht...«

»Ich gebe nicht auf!« sagte Dr. Merker. »Yang, kannst du nicht helfen? Frag du sie nach ihrer Wohnung!«

»Ich will es versuchen.« Sie war gerade an Deck gekommen und hatte das verbundene Mädchen mitgebracht. Der Vater nahm es in Empfang und freute sich zu hören, daß es keine Schmerzen mehr habe. Tief verneigte er sich vor Dr. Mei und Merker und zog sich rückwärtsgehend zurück.

Yang ging hinüber zu den Kranken und tauchte wie Dr. Mei in der Menge unter. Einen Augenblick dachte Merker an einen riesigen, vielarmigen Kraken, der sein Opfer in sich hineinsaugt. Er schüttelte das grausige Bild von sich ab.

»Machen wir mit der Sprechstunde weiter, Dr. Mei«, sagte er heiser. »Wie lange soll sie gehen?«

»Bis wir umfallen und eine Brustwarze als eine Wasserpocke ansehen! Wenn wir nicht mehr können, knalle ich die Tür zu und schlage auf meine Pauke. Dann wissen die da oben: Schluß! Legt euch nieder, Brüder. Morgen früh geht's weiter ... Die Verwandten bringen dann das Essen und den Tee. Tausend Gerüche wehen herum ... Sie werden es noch riechen. Ich habe sogar erlebt, daß unter den Wartenden Kinder gezeugt wurden. So krank sind die wenigsten, daß sie das nicht mehr können! Fritz, das hier ist eine herrliche, ausgestoßene Welt ...«

Sie gingen unter Deck. Der nächste Patient wartete schon geduldig vor der Untersuchungsliege und hatte die Hosen in der Hand. Sein Hinterteil war mit eitrigen Pusteln übersät. Dr. Merker ahnte, daß auch hier Meis uralte Zinksalbe Wunder wirken würde.

Nach einer halben Stunde kam Yang zurück ins Untersuchungszimmer. Ihr Blick verriet alles: kein Erfolg.

»Sie alle vertrauen dir, Fritz«, sagte sie. »Aber sie haben alle auch Angst vor dir. Du bist ein Fremder, eine Langnase, ein Rundauge, und sie haben Angst, daß die Welt des Landes nun in die Welt des Wassers kommen soll. Trotz Radio und Fernsehen, Satellitentelefon und Düsenflugzeugen – euch trennen Jahrhunderte.«

»Das ist doch Blödsinn, wenn es um die Rettung eines Kranken geht!«

»Sie verstehen es noch nicht. Oder anders: Sie wollen es nicht verstehen. Sie sind stolz darauf, frei von allem zu leben!« Yang hob die schmalen Schultern. »Nimm es hin, Fritz. Du lebst in Yau Ma Tei.«

Sie machten Praxis bis 23 Uhr. Dann sagte Dr. Mei: »Nun habe ich zwei Flaschen leer, Fritz. Aufhören! Ab der dritten Flasche ohrfeige ich jeden Patienten und brülle ihn an: Wie kannst du Lümmel es wagen, krank zu sein?! Steck den Arsch in kaltes Wasser, das hilft immer!« Dr. Mei winkte ab. »Aber auch das kennen meine Patienten von mir und halten fest zu mir. Ich schlage vor, wir schließen die Sprechstunde und hören zum Abschluß des Abends noch Bruckners Fünfte! Die Pauke spielt Mei Ta-kung! Meine Nachbarn werden begeistert sein.« Er blickte hinüber zu Yang. »Wie sieht es mit den Honoraren aus?«

»Sechs Hühner, drei Enten, Körbe voll Obst und Gemüse. Zwei Langusten, neun große Fische. Ein Säckchen Sojamehl. Und eine gehäkelte Decke.«

»Na, ist das nichts?« Dr. Mei breitete die Arme aus. Sein dickes Gesicht glänzte. »Wir können fressen wie Dschingis-Khan! Wie steht's mit den Flaschen, Yang?«

»Neun Flaschen. Drei Whisky, zwei Gin, zwei Kognak, zwei Mandarinenlikör . . .«

»Das sind neue Patienten. Sie wissen noch nicht, daß ich keinen Likör trinke.« Er strahlte Dr. Merker an. »Was sagen Sie nun, Fritz?! Ist das ein Leben?«

»Das ist Ihr Tod. Ich werde die Bezahlung anders regeln.«

»Geld? Junge, was soll ich mit Geld?«

»Zuallererst Medikamente kaufen! Neue Instrumente. Einen vernünftigen Sterilisator. Einen Generator für den Röntgenapparat. Eine neue Liege. Vernünftige Praxisschränke. Einen automatischen Blutdruckmesser. Später ein EKG-Gerät . . .«

»Wollen Sie hier eine Palastklinik aufmachen, Fritz?« Dr. Mei schlug die fetten Hände über dem Kopf zusammen. Dann setzte er sich plötzlich, faltete die Hände über den Bauch und starrte Dr. Merker entgeistert an. »Das wollen Sie alles, Fritz? Soll das heißen, daß Sie bei mir bleiben?«

»Ja, Dr. Mei . . .« Merkers Stimme klang unsicher. Bei diesem klaren Ja überkam ihn selbst Rührung.

»Oh, all ihr Himmel ... Sie nehmen meine Dschunke an?! Sie werden der neue Dschunkenarzt sein?«

»Wenn man mich hier will und aufnimmt ... Sie hatten recht, hier habe ich eine große Aufgabe. Diese zwei Tage haben mich überzeugt. Wenn ich diese Kranken sehe ...«

»Er bleibt bei uns! Er bleibt bei uns, Yang!« schrie Dr. Mei und hüpfte durch das Zimmer. »Ihr Himmel, holt alle Sterne heraus! Yang, wo sind meine Paukenschlegel? Er bleibt bei uns! Das ist den längsten Wirbel wert, den ich noch schlagen kann! – Yau Ma Tei hat einen neuen Doktor ...«

Er fiel Dr. Merker um den Hals, küßte ihn über das ganze Gesicht, rannte dann hinaus und hinüber in seine Wohnhöhle und hämmerte einen Wirbel auf seinen Pauken, daß Merker Sorge hatte, er könne bei dieser Anstrengung einen Herzschlag bekommen.

Gegen Morgen klopfte es an der Zimmertür, hinter der Yang und Dr. Merker wieder eng umschlungen schliefen. Ohne eine Antwort abzuwarten trat Dr. Mei ein und stieß einen Zeigefinger in das nackte Gesäß von Merker.

»Es bricht mir das Herz, Sie aus der Umklammerung wiederum zu lösen«, sagte er leise, als Merker aufschrak. »Ich schwöre, ich bin kein Voyeur, und ich betrachte diese Art der Nächtigung als die gottgefälligste – aber Sie müssen raus! Ich weiß jetzt, wo Ihre akute Galle wohnt. Ein Vertrauensmann hat mir eben die Nachricht überbracht. Solche Informationen kommen immer zu den unpassendsten Zeiten. Ein Sampan wird uns hinbringen.«

Yang wachte nicht auf, als Merker aufstand; wenigstens tat sie so, als schlafe sie tief weiter. Merker zog sich schnell im Dunkeln an, schlüpfte hinaus und traf Dr. Mei an der Treppe nach oben. An Deck lagen die Patienten, die auf den nächsten Tag warteten, eng zusammen und schliefen, geschützt durch Decken, die sie über sich gebreitet hatten. Ein paar Mann saßen an der Reling oder an den Aufbauten und hielten Wache. Ein gesundes Mißtrauen erhöht die Lebenserwartung.

Mei und Merker kletterten die morsche Strickleiter hinab

und ließen sich in das flache Boot, das auf sie wartete, fallen. Fast lautlos stieß es von der alten Dschunke ab und glitt durch die engen Wassergassen, gerudert von einem schweigsamen jungen Mann, dessen Gesicht von Pockennarben übersät war.

»Den Kerl habe ich vor vierzehn Jahren von den Pocken gerettet«, sagte Dr. Mei leise. »Damals war er sechs Jahre alt. Das vergißt er mir nie.«

Dr. Merker blickte zurück auf Meis Dschunke, dieses vergammelte, hochbordige, hölzerne Ungeheuer mit den verrotteten Segeln und faulenden Aufbauten.

»Ein jämmerlicher Anblick«, sagte er.

»Ändern Sie es, Fritz. Es ist jetzt Ihre Dschunke! Heute bekommen Sie es schriftlich in Form einer Schenkung.« Dr. Mei lehnte sich zurück. »Verrückt diese Förmlichkeit unter Erben. Du bist jetzt Fritz. Ich bin Mei. Darauf saufen wir nachher einen Litertopf leer!«

»Nicht einen Tropfen, Mei! Du wirst langsam aber sicher trocken werden!«

»Eher trocknet das Meer aus! Es ist zum Kotzen! Kaum habe ich einen Erben, der altersmäßig mein Sohn sein könnte ... schon fängt das Bevormunden an! Ich bin nicht mehr umzukrempeln. Man hat mich schon zehnmal gewendet – der alte Stoff bleibt! – Nanu, wo fahren wir denn hin?«

Der Sampan glitt durch eine breitere Wasserstraße, vorbei an größeren und wertvolleren Wohnbooten, an geschnitzten Dschunken, bunt bemalt, die als Fotoobjekt der Touristen herhielten und deren rote Segel besonders attraktiv auf den Bildern herauskamen. Dann plätscherte der Sampan wieder in eine enge Gasse und schaukelte vor einer Dschunke in der dritten Reihe langsam aus. Dr. Mei zeigte auf ein Wohnboot, auf dem Wäsche flatterte und das sehr wohlhabend aussah.

»Dort wohnt Koon Lung-tse. Er ist Kapitän eines Fährbootes und damit ein wohlhabender Mann unter seinen Nachbarn. Seine Strecke ist Kowloon–Victoria–Tai Lam Chung auf den New Territories. Eine schöne Fahrt. Es gibt kaum einen, der die Gewässer von Hongkong besser kennt als Koon.« Dr. Mei schwieg. Er blickte an der Dschunke, vor der sie jetzt dümpelten, empor und sah nur ein einziges Positionslicht brennen. Noch war es dunkle Nacht, wenn auch ganz schwach im Osten ein schmaler heller Streifen emporkletterte. Trotz des leisen Wasserklatschens an der Bordwand meinte er, Gesang zu hören oder ein eintöniges Sprechen. Mei sah Dr. Merker mit einem merkwürdigen Blick an.

»Hörst du das, Fritz?«

»Nein. Es ist alles still.«

»Gott gebe dir starke Nerven.«

Das Boot glitt bis zu einer hölzernen Treppe, die ins Wasser hing. Auf ihr stiegen Dr. Mei und Dr. Merker an Bord und fanden sich umgeben von aufgehängter Wäsche, zusammengefalteten Segeln und alten Papiergirlanden. Am Eingang der hinteren Aufbauten streckte sich ein furchterregend aussehender Drache aus Pappe. Bei besonderen Feierlichkeiten wurde er an hölzernen Pfählen aufgerichtet und herumgetragen.

Jetzt hörte auch Merker den eintönigen Sprechgesang und blieb stehen. Die Laute kamen aus dem Aufbau. Dort schimmerte trübes Licht durch vorgezogene Vorhänge.

Langsam gingen sie über Deck, öffneten die bemalte Tür und traten in einen großen, niedrigen Raum. Während Dr. Mei stehen konnte, mußte Merker seinen Kopf nach vorn beugen. Die gesamte Familie war versammelt, saß auf Matten auf dem Boden, die Hände auf die Knie gestützt, regungslos, erstarrt zu bizarren Figuren. Die Urgroßmutter sang halblaut vor sich hin und drehte dabei in ihren Gerippe-Händen die elfenbeinerne Nachbildung einer Lotosblüte.

Im Kreis der Familie, gebettet auf einen Teppich, zugedeckt mit einer seidenen Decke lag der Kranke. Zwei Tranlämpchen links und rechts von seinem Kopf beschienen ein gelöstes, friedliches Gesicht, frei von allen Schmerzen.

Niemand beachtete die Eintretenden. Die Urgroßmutter betete weiter, die Familienangehörigen starrten regungslos auf den Aufgebahrten. Ein süßlicher Duft von einer Reihe Räucherstäbchen erfüllte die Luft in dem weiten, niedrigen Raum.

»Er ist tot«, flüsterte Dr. Merker. »Er wäre zu retten gewesen.«

»Vielleicht.« Dr. Mei zerrte an Merkers Ärmel. »Komm, laß uns wieder gehen . . .«

»Ich möchte mir den Toten noch einmal ansehen.«

»Blödsinn. Wozu denn? Tot ist tot!«

»Genau deshalb! Ich muß den Totenschein ausstellen.«

»Hier verlangt niemand einen dämlichen Totenschein! Komm jetzt!«

»Ich kann nicht als Arzt weggehen, ohne den Tod festgestellt zu haben.«

Dr. Merker machte sich aus dem Griff Meis los, trat in den Kreis der Verwandten und beugte sich über den Toten. Die Urgroßmutter sang weiter, die Familie saß wie versteinert. Mit einem entsetzten Ruck fuhr Dr. Merker zurück und warf sich zu Dr. Mei herum. Der stand ebenfalls wie eine Statue im faden Licht und hatte die Hände gefaltet.

»Sie . . . sie haben ihn getötet . . .«, brachte Merker mühsam hervor. »Sie haben ihn umgebracht!«

»Es war eine Entscheidung des Familienrates, Fritz.«

»Ermordet . . .«

»Sie nennen es erlöst.«

»Er hat Würgemale am Hals!«

»Man nimmt dazu seit Jahrhunderten eine Seidenschnur.«

»Das hier ist Mord!« schrie Merker und sprang aus dem Kreis der Trauernden. »Sie haben ihn getötet, damit er nicht an Land muß! Einfach erwürgt haben sie ihn, und er wäre im Hospital zu retten gewesen! Was sind das bloß für Menschen?«

»Deine Patienten, Fritz . . . mit ihren eigenen Gesetzen. Daran mußt du dich gewöhnen, damit mußt du leben! Auf dem Wasser wird geboren, auf dem Wasser wird gestorben – daran änderst auch du nichts!« Dr. Mei legte die Hand um Merkers Taille. »Komm jetzt. Störe ihre Trauer nicht weiter.«

»Mörder trauern?! Das ist ja absurd! Ich werde die Polizei rufen!«

»Dann wirst du nie ihr Dschunkenarzt werden, Fritz! Es gibt einen anderen Weg.«

»Das ist ja die Hölle!«

»Tu das, was ich nie erreicht habe: Bau die Dschunke als Hospital aus. Alles, was auf dem Wasser liegt, ist gut.«

»Im Moment bin ich fertig«, sagte Merker tonlos. »Völlig fertig!«

Er warf noch einen Blick auf das zufriedene Gesicht des Toten und wandte sich schaudernd ab. Der eintönige Gesang der Urgroßmutter tat ihm körperlich weh. Er rannte aus dem Raum und atmete draußen tief die klare Nachtluft ein.

Dr. Mei folgte ein paar Minuten später. Er hatte bei dem Toten ein kurzes Gebet gesprochen und ihm einen kleinen Drachen aus Papier auf die Brust gelegt. Er hatte ihn heimlich mitgebracht . . . er kannte seine Wasserchinesen.

Die Spurensammlung an Tings in die Luft gesprengtem Haus ergab kaum Hinweise. Von dem Fahrer fand man buchstäblich nur noch Fetzen. Das einzige, was man herausfinden konnte, war der Wagentyp und seine Verwendung als Wäschereifahrzeug. Da es in Hongkong mindestens zweitausend Wäschereien gibt, sah Ting davon ab, alle zu überprüfen. Es war völlig sinnlos.

Man muß sagen, Ting trauerte ehrlich um sein Haus. Weniger um das Gebäude als um seine wertvolle Uhrensammlung und seinen kleinen Hund Yoyo. Auch wenn Yoyo eine elende Mischung abenteuerlicher Rassen gewesen war, Ting hatte mit seinem halben Herzen an ihm gehangen.

Daß Dr. Merker sich nicht meldete, machte Ting zusätzlich nervös. Er brauchte ihn dringend. Der Verfall schien bei dieser neuen Mörderin schneller als sonst einzutreten: Schon nach 24 Stunden stellte sich eine deutliche Gelbsucht ein, was auf ein baldiges Ende hinwies. Ihr erstarrtes Lächeln verursachte selbst einem so hartgesottenen Burschen wie Ting wirkliche Übelkeit. Der Polizeichef ging ihm aus dem Weg . . . er wollte mit der im Hauptquartier versteckten Sterbenden nichts zu tun haben. Er demonstrierte völliges Unwissen.

Gegen Mittag erhielt Ting ungewöhnlichen Besuch: James McLindlay ließ sich anmelden.

Er brauchte nicht lange zu warten, sondern wurde nach

fünf Minuten bereits vorgelassen. Kommissar Ting kam ihm mit sorgenvollem Gesicht entgegen.

»Wer ist bei Ihnen ermordet worden, Sir?« fragte er. »Wir haben noch keine Ahnung . . .«

McLindlay war einen Augenblick schockiert. Er sah Ting an, als habe dieser in Gegenwart einer Dame einen schweinischen Witz erzählt. »Wieso Mord?« fragte er zurück. »Bei mir ist eingebrochen worden.«

»Das gehört zum Dezernat IV. Hier ist die Mordkommission, Sir.«

»Ich dachte, weil wir uns schon kennen . . . Mit der Polizei habe ich sonst nichts zu tun. Ich bin da völlig unerfahren . . .«

Du hast nur Glück gehabt, du alter Gauner, dachte Ting. Und hervorragende Anwälte. Die schirmen dich ab und waschen alles blütenweiß. »Wenn ich Ihnen dennoch helfen kann, Sir?« sagte er höflich. »Was ist abhanden gekommen?«

»Nichts.«

»Das verstehe ich nicht.«

»Bei mir ist eingebrochen worden, man hat mein ganzes Arbeitszimmer durchwühlt, die Schränke aufgeknackt. Aber es fehlt nichts! Absolut nichts. In der aus dem Schloß gerissenen Schreibtischschublade lagen 10 000 Dollar in bar . . . sie liegen noch da! Das irritiert mich am meisten. Jeder Dieb nimmt zumindest Bargeld mit!«

»Das ist wirklich rätselhaft.« Ting schob die Unterlippe vor. »Bei Ihnen einzubrechen muß eine wahre Kunst sein. Ihre Leibwache, die elektronische Überwachung jedes Winkels Ihres Hauses und des Parks, die Alarmanlagen innerhalb des Hauses . . . und trotzdem drang der Dieb bis in Ihr Arbeitszimmer vor und konnte in aller Ruhe alles aufbrechen. Wie erklären Sie sich das?«

»Gerade dieser Frage wegen bin ich hier.« McLindlay seufzte schwer. »Ich finde keine Antwort, und ich sehe keinen Sinn in diesem Einbruch! Ich habe schon meinen guten Freund Dr. Merker angerufen, aber der ist nicht im Hospital. Haben Sie eine Ahnung, wo ich ihn erreichen kann?«

»Wüßte Doktol Melkel eine Antwort?« Ting unterdrückte

ein Lächeln. Jetzt kommen wir dem Kern schon näher, freute er sich.

»Dr. Merker ist mir, wie schon gesagt, ein guter Freund. Sie mögen es nicht glauben, aber es ist so: Ich lebe ziemlich einsam. Es gibt wenig Menschen, mit denen man reden kann ... von Herz zu Herz. Dr. Merker ist so ein Mensch. Ich habe tausend Bekannte und noch mehr, die mir gern die Hand drücken. Aber ich habe keinen Freund. Ich bin mißtrauisch, Herr Kommissar. Ab einer gewissen Vermögenshöhe kommt man sich vor wie in dünner Höhenluft. Bei jedem Lächeln, das man sieht, fragt man sich: Meint er dich oder dein Bankkonto? Das führt zwangsläufig zur Einsamkeit.«

»Ich würde mich nicht wehren, ein Hundertstel Ihres Vermögens zu übernehmen«, sagte Ting fröhlich. »Kaum zu glauben, daß ich dann einsam würde. Im Gegenteil.«

»Da haben Sie es: Im Gegenteil! Und das macht mißtrauisch. Da ist Dr. Merker wirklich ein guter Freund. Er ist frei von allem materiellen Denken.« McLindlay blickte auf seine Hände. »Sie wissen nicht, wo er sich aufhält?«

»Rekapitulieren wir noch einmal den Einbruch«, wich Ting mit satanischer Freude aus. »Es gelingt tatsächlich einem Einbrecher, bis in Ihr Arbeitszimmer vorzudringen, er bricht alles auf, aber nimmt nichts mit.«

»So ist es.«

»Er wird nach einem Dokument gesucht haben.«

»Dokumente verwahre ich grundsätzlich im Banktresor oder in einem Haustresor auf, dessen Standort nur ich kenne und den niemand findet.«

»Da kein Alarm ertönte, muß der Einbrecher gar nicht eingebrochen sein, sondern gehört zu Ihrem Personal, das genau alle Örtlichkeiten kennt. Über die Mauer und durch den Park kann er nicht gekommen sein ... bei diesen Sicherungen.«

»Richtig.« McLindlay blickte an Ting vorbei. »Nachts laufen als Wächter im Park zwei Tiger herum.«

»Das wußte bis jetzt selbst die Polizei nicht«, sagte Ting verblüfft.

»Die Tiger sind besser als die beste Elektronik. Wenn eine

Sicherung durchbrennt, ist alles aus. Ein Tiger verliert nie seinen Geruchssinn und sein Gehör.«

»Und wer fängt sie morgens wieder ein?«

»Ihr Wärter Li.«

»Kann Li der Einbrecher sein?«

»Niemals. Li hat nie das Haus betreten. Er lebt nur bei den Tigern und kennt nur den Park. Außerdem hat Li keine Hände mehr. Er trägt Hakenprothesen.«

»Ein Unfall?«

»Wie man's nimmt. Li kommt aus dem Grenzgebiet China–Mongolei. Dort hat ihm vor neun Jahren ein Tiger beide Hände zermalmt. Seitdem kommt er von Tigern nicht mehr los. Er ist ein hervorragender Tierpfleger.« McLindlay erhob sich von seinem Stuhl. »Was raten Sie mir, Kommissar Ting?«

»Ich schicke Ihnen die Kollegen vom Einbruchsdezernat. Viel wird dabei nicht herauskommen. Fingerabdrücke sind sicherlich nicht vorhanden. Und wenn wirklich nichts fehlt – was kann man da machen? Der Dieb muß etwas gesucht haben.«

»Dann war er ein Idiot.«

»Nehmen wir das an, Sir.«

McLindlay wandte sich zum Gehen. »Wenn Sie zufällig Dr. Merker sehen, sagen Sie ihm bitte, daß ich ihn sehr vermisse. Er möchte sich bei mir melden.«

»Bei einer so engen Freundschaft wird er sich schon von selbst bemerkbar machen«, sagte Ting hämisch. »Ich wüßte nicht, warum sich Doktol Melkel zuerst bei mir melden sollte. Seine Untersuchungen für uns sind abgeschlossen.«

»Sie waren erfolgreich?«

»Sehr! Wir wissen jetzt, wo es langgeht.«

»Gratuliere.« McLindlay gab Ting die Hand und verließ das Polizeihauptquartier. Vor dem Eingang wartete der schußsichere Rolls-Royce auf ihn. Der Chauffeur in weißer Livree öffnete die Tür.

Ting beobachtete es von seinem Fenster aus und trat dann zufrieden zurück ins Zimmer. Er mochte McLindlay nicht . . . er war ihm zu glatt.

Bevor Ting Tse-tung zum Essen in die Kantine ging, schaute er noch bei der unbekannten Mörderin vorbei. Der Polizeiarzt saß an ihrem Bett und schüttelte den Kopf, als Ting in den fensterlosen Raum trat.

»Es ist nicht festzustellen, ob sie Schmerzen hat«, sagte er. »Die Hepatitis schreitet fort. Sehen Sie sich das braungelbe Gesicht an. Sie lächelt unentwegt, aber ist nicht ansprechbar.«

»Ich kenne das.« Ting lehnte sich an die Wand neben dem Bett. »Verdammt, wo ist Flitz? Wenn sie stirbt, und ich habe Flitz noch nicht gefunden, ist alles umsonst gewesen. Ich kann hier doch keine Leiche aufbewahren, und überall sonst wird sie mir abhanden kommen. Das ahne ich!«

»Nicht im Gefängnishospital.«

»Auch da! Ich traue keinem mehr! Es gibt so viele Tricks.«

Ting entschloß sich zu einer Offensive. Er ließ sich bei seinem Chef melden und wurde mit dem Satz empfangen: »Ich weiß von nichts, Ting! Kein Wort über Ihre Etage!«

»Ich bitte nur um die Genehmigung zum Einsatz der Wasserpolizei«, sagte Ting mit aller Höflichkeit und verbeugte sich. »Ich muß noch heute Doktol Melkel haben und glaube, daß er sich in der Dschunkenstadt von Yau Ma Tei aufhält. Wir müssen Yau Ma Tei nach ihm absuchen lassen. Ohne ihn gibt es eine Katastrophe.«

»Ting! Das kann Ihren Kopf kosten!« Der Polizeichef lehnte sich seufzend zurück. »Wozu brauchen Sie Dr. Merker?«

»Er muß bei dem Sterben der Mörderin dabeisein.«

»Ich habe kein Wort gehört!« Der Polizeichef hob abwehrend beide Hände. »Zum Teufel, lassen Sie Dr. Merker suchen. Ich genehmige es ...«

Mit sechs Booten begann eine Stunde später die Suche. Ting Tse-tung stand selbst auf einem der schnellen Schiffe und fuhr die Wasserstraßen ab, befragte unzählige Sampanruderer, rief mit einem Megaphon zu den Dschunken hinüber, bat alle um Mithilfe und um einen Hinweis, wo Yang Lanhua wohnte. Nach Merker fragte er nicht – das wäre sinnlos gewesen. Aber wo Yang war, da mußte auch Merker sein.

Er bekam keine Antwort. Die Wasserchinesen wandten sich ab, verschwanden unter Deck oder arbeiteten stur weiter, als hörten sie nichts.

»Er ist hier!« schrie Ting wütend und hieb mit der Faust auf das unschuldige Megaphon. »Seht euch die Reaktion dieser Halunken an! Sie wissen es alle! Irgendwo hier ist er! Aber kann ich fünftausend Dschunken durchsuchen? Was ist hier los? Warum meldet er sich nicht? Ich *muß* ihn finden!«

Bis zum Abend fuhren sie durch die Wasserstraßen und Gassen, soweit das möglich war. Es gab so enge Gassen, daß kein Polizeiboot hindurchkam, oft lagen zehn oder mehr Wohndschunken als ein fester Wohnblock zusammen, mit Brücken und Stegen miteinander verbunden. Ein Labyrinth, in das keiner eindringen konnte, der nicht hier geboren war.

Bei Einbruch der Dunkelheit gab Ting entnervt auf. Er wußte für Merkers Verhalten keine Erklärung mehr, denn er vergaß völlig, daß Dr. Merker ja nichts wissen konnte von dem Mord an Mr. John Sayman und der Lastwagenbombe, die Tings Haus in die Luft jagte. Für Merker war die Welt an Land in Ordnung. Das Elend auf dem Wasser war seine Sache geworden.

9

Herr Tschao war sehr unzufrieden. Jeder sah das ein, er hatte allen Grund dazu, und alle, die sich an diesem Abend drüben in Hongkong, im Hinterzimmer des Lokals »Zum Grünen Tiger« versammelt hatten, fühlten sich mitschuldig, auch wenn sie keine Schuld hatten. Sie hatten wie immer ihre Wagen im weiten Umkreis, bis zu den Quais von Wan Chai, geparkt, und waren dann ziemlich bedrückt in die Luard Road geschlichen.

Hier kam Herr Tschao schnell zur Sache, ohne Einleitung, mit einer geradezu schneidenden Stimme. Man hatte ihn so böse noch nie erlebt. Selbst bei den Todesurteilen hatte seine Stimme immer eine bestimmte Milde bewahrt. Sie klang väterlich, auch wenn sie Leben auslöschte.

»Es war befohlen, beide Aktionen zeitgleich auszuführen!« sagte Herr Tschao. Es war, als schwinge er dabei eine Peitsche. »Mao, berichten Sie, warum das Mädchen zehn Minuten früher kam.«

Der mit Mao Angeredete erhob sich, verneigte sich ganz tief zu dem Lautsprecher hin und legte die Arme gekreuzt über die Brust.

»Ich weiß es nicht, Herr Tschao«, antwortete er heiser vor Angst.

»Das gibt es nicht. Das ist keine Antwort! Sie hatten doch eine Uhr, die auf die Sekunde genau ging?!«

»Ich kann es mir nur so erklären, daß die Programmierung des Gehirns durch irgendeinen inneren Widerstand um ein paar Minuten verzögert wurde. Man kann das nicht von außen sehen, Herr Tschao, das Medium erscheint einsatzbereit... man muß wohl mit einer Toleranz des seelischen Mechanismus rechnen. Das war uns allen neu. Menschen bleiben nun doch einmal Lebewesen und werden keine Maschinen.«

»Und warum kam das Wäscheauto so viel zu spät?« schnitt Herr Tschao diese Diskussion ab. »Lua, erklären Sie!«

»Das lag nun wirklich nicht in unserer Hand.« Lua erhob sich und verneigte sich auch sehr demütig. »Wir haben vorher die Strecke abgefahren und die Zeiten gemessen bei Berücksichtigung aller Verkehrsstockungen. Als es zum Einsatz kam, hatte man eine halbe Stunde vorher ein Straßenstück wegen eines Rohrbruches gesperrt und den gesamten Verkehr umgeleitet. Es war unmöglich, den geraden Weg durch die Baustelle zu nehmen, die Polizei hätte den Wagen sofort aufgehalten. Der Wagen mußte den Umweg nehmen, geriet dadurch in weitere Stockungen und verlor viel Zeit. Wir konnten gar nichts mehr ändern ...« Lua erhob beteuernd beide Hände. »Herr Tschao, wer konnte mit einem Rohrbruch rechnen? Wir sehen ein, es ist alles falsch gelaufen.«

»Es war eine Niederlage, die uns nicht mehr passieren darf!« sagte Herr Tschao kalt. »Immerhin haben wir erreicht, daß große Unruhe ausgebrochen ist. Alle Fehlleistungen aber werden übertroffen von der Tatsache, daß das Mädchen noch bei der Polizei ist. Ich frage den medizinischen Sachverständigen, wie das möglich ist?«

»Kommissar Ting hält sie fest.« Der Mediziner erhob sich. Seine Verneigung war weniger demütig. Er war in diesem Kreis der wichtigste Mann, und er wußte es.

»Als Sterbende? Er muß sie in ein Hospital bringen!«

»Er hat es bis heute nicht getan. Auch Dr. Merker ist nicht gerufen worden.«

»Das weiß ich. Er ist seit zwei Tagen nicht im Hospital gewesen. Was vermutet man dort?«

»Nichts. Man glaubt, er sei irgendwo in weichen offenen Armen hängengeblieben.«

»Ist ihm das zuzutrauen?«

Der Mediziner lächelte breit und hob die Schultern. »Wir kennen unsere Hongkong-Mädchen, Herr Tschao. Warum soll eine von ihnen nicht auch Dr. Merker aus dem moralischen Gleis werfen?«

»Wann muß nach Ihrer Meinung Ting das Mädchen an eine Klinik abgeben?«

»Das ist schon längst fällig! Sie muß seit vierundzwanzig Stunden zusammengebrochen sein. Was Ting da tut, ist medizinisch unmöglich! Spätestens morgen *muß* er sie ins Hospital bringen lassen. Sie kann doch nicht in einem Polizeihinterzimmer sterben!«

»Es ist alles sehr schwierig«, sagte Herr Tschao hart. »Ich halte es für sehr wichtig, sich um Dr. Merker zu kümmern. Wenn er wieder auftaucht, müssen wir handeln. Mir ist bekannt, daß er mehr weiß, als wir ahnen. Dieses Wissen muß zu uns kommen. Konzentrieren Sie sich also auf Dr. Merker. Lua, wie viele haben Sie in der Ausbildung?«

»Neununddreißig, Herr Tschao.«

Diese Auskunft schien Herrn Tschao freundlicher zu stimmen. Es war, als höre man im Lautsprecher ein verhaltenes Kichern. »Welch eine Panik würde es geben, wenn einmal neununddreißig lächelnde Mädchen zur gleichen Stunde ihren Auftrag ausführten«, sagte er mit tatsächlich veränderter Stimme. »Es wird die Stunde des Begreifens sein, daß sich die Welt geändert hat...«

Die Versammelten verneigten sich tief und blieben in dieser Haltung, bis es im Lautsprecher knackte und Herr Tschao nicht mehr unter ihnen war.

Die Arbeit riß nicht ab bis nach Mitternacht. Und auch dann leerte sich das Deck der Dschunke nicht, es blieb voller Kranker, die sich jetzt für eine weitere Nacht des Wartens einrichteten. Eiserne Kessel über Spirituskochern brodelten, Suppen wurden verteilt, Tee, Gebäck, kaltes Huhn, gebratener Fisch und Mehlfladen, Gemüseeintopf und mit Honig glasierte Enten. Eine dichte Wolke aus Gerüchen lag über der Doktordschunke.

Erschöpft hockte unter Deck Dr. Mei hinter seinem Schreibtisch. Yang übertrug ihre Untersuchungsnotizen auf Karteikarten, Dr. Merker durchwühlte die Pappkartons mit den Medikamenten, die Dr. Mei ihm aus verborgenen Winkeln des Schiffes herangeschafft hatte. Das meiste war längst unbrauchbar geworden, verschimmelt, das aufgedruckte Verfalldatum weit überschritten.

»Ich warne dich, Fritz!« sagte er müde. »Wenn du mir

nichts zu saufen gibst, sause ich an Deck und brülle: Whisky! In Sekundenschnelle habe ich zehn Flaschen um mich.«

»Und ich werde verkünden, daß ich keinen behandle, der Alkohol mitbringt!«

»Sadist! Gemeiner Hund! Mörder!« stöhnte Dr. Mei. »Nur ein Gläschen!«

»Du hast heute schon vierzehn gehabt!«

»Über diese Rechnung kann ich nur lachen! Hahaha! Reize mich nicht, sonst pauke ich die ganze Nacht! Yang, du wirst mit dem Halunken nicht ins Bett gehen!«

»Ich liebe ihn!« sagte Yang einfach. »Ich will immer in seinen Armen liegen.«

»Zum Teufel mit euch! Fritz, mein Ehrenwort: Nur noch ein Glas, und ich halte bis morgen früh den Mund!«

»Ein Glas sollten wir ihm noch gönnen.« Yangs Lächeln war unwiderstehlich. »Er hat so fleißig mitgearbeitet, Fritz. Er ist ein alter Mann.«

»Ein uralter!« stöhnte Dr. Mei und verdrehte die Augen.

»Gut. Aber nur noch ein Glas, mehr nicht!«

»Yang, du bist ein Engel, direkt vom Schoße Buddhas!«

Dr. Mei sprang auf, rannte aus dem Zimmer, kam mit zwei Flaschen Whisky zurück und einem riesigen gläsernen Krug, aus dem die Bayern ihr Bier trinken und das sie Maß nennen. Sogar der Aufdruck war noch lesbar: Paulanerbräu.

»Ein Andenken aus meiner Studentenzeit in Deutschland!« schrie Dr. Mei begeistert. Er schwenkte die Maß und die Whiskyflaschen. »Und nun machen wir das Gläschen voll.«

»Halt!« Dr. Merker verkniff sein Lachen und zog die Stirn in Falten. »Das gilt nicht, Mei! Ein Gläschen ...«

»Ist das ein Glas oder nicht?« rief Dr. Mei.

»Das ist eine Maß ...«

»Aber ein Glas! Fritz, dreh die Worte nicht herum! Sag einem Bayern mal, das hier sei kein Glas!«

»Du bist kein Bayer. Du bist ein Chinese.«

»Bei Gläsern bin ich Bayer! Weg da! Ihr habt mir ein Glas genehmigt! Vom Volumen wurde nie gesprochen! Es ist euer Fehler, wenn ihr nicht logisch denken könnt. Gebt euch geschlagen!«

»Noch einmal passiert mir das nicht!« sagte Dr. Merker. »Was du jetzt trinkst, ziehe ich dir morgen ab!«

»Morgen!« Dr. Mei schüttete das Literglas voll Whisky. Eine und eine halbe Flasche gingen hinein. »Morgen kann ich wie ein Mistkäfer auf dem Rücken liegen. Ich lebe heute!« Er hob das volle Literglas an die Decke und ließ den Schein der Lampe in den braunen Whisky fließen. »Ist das ein Anblick. Gott segne die Bayern und ihr Glas!«

Dann soff er wie ein Verdurstender Wasser, und wieder einmal begriff Merker nicht, wieso Dr. Mei überhaupt noch lebte. Seine Leber mußte ein Wunderwerk sein und sein Hirn aus Gußeisen.

Yang und Merker ließen Dr. Mei allein mit seiner Maß Whisky und schlossen sich in ihr Zimmer ein. Als sei das ganz natürlich, zog Yang sich aus. Es war eine einfache Prozedur – sie brauchte bloß das rote Kleid fallen zu lassen. Nackt wusch sie sich mit dem Wasser in der verbeulten Waschschüssel und legte sich dann auf das Bett. Es war warm und stickig in dem niedrigen Raum; es gab keine Fenster, sondern nur schmale Schlitze, die kaum für eine Luftzirkulation, wie es gedacht war, reichten.

Dr. Merker betrachtete Yangs wundervollen Körper, aber er war viel zu erschöpft, um mehr zu empfinden als Bewunderung. Daß Yang ihm gehörte, daß sie von heute auf morgen ihr Leben geändert und die Schreibarbeit des Dschunkendoktors übernommen hatte war sowieso etwas Unbegreifliches. So unfaßbar wie sein eigener Entschluß, auf der Dschunke zu bleiben.

Armenarzt in Kowloon ... Es war nicht zu erklären.

Er zog sich aus, tauchte das Gesicht in das übriggebliebene lauwarme Wasser und empfand es trotzdem als Kühlung und Wohltat.

»Ich habe mir die ganze Zeit überlegt«, sagte er, »ob es Sinn hat, dieses alte Schiff wieder auf- und umzubauen.«

»Es ist eine gute, feste, große Dschunke«, antwortete Yang. »So etwas wird heute nicht mehr gebaut. Du solltest sie ausbauen.«

»Man sollte Meis Idee aufgreifen: Oben ein Hospital mit

den Behandlungsräumen, unten die Wohnräume. Das wäre ideal.« Er ging hinüber zum Bett, setzte sich neben Yang und streichelte ihre runde, feste Brust. »Ich bin ein Idiot! Ich frage dich gar nicht.«

»Was solltest du fragen?«

»Wohnräume – auf dieser alten Dschunke ... und ein paar Wasserstraßen weiter liegt deine herrliche Dschunke mit Seidentapeten, Polstermöbeln, wertvollen Schränken und Teppichen, einer Leibwache, Dienern und einem Koch.«

»Das wird unser Haus sein, Fritz. Hier arbeitet der Dschunkendoktor ... und dort wohnt er.« Sie lächelte, und ihr Gesicht strahlte wie von innen beleuchtetes Porzellan. »Ich habe dich vorhin nicht unterbrechen wollen. Darf ich vorschlagen, Dr. Meis Dschunke ganz als Hospital auszubauen. Auf dem Deck, unter dem Deck – alles für die Kranken. Mit Röntgen, Operationssaal, Kreißzimmer, EKG und Bestrahlung mit Kurzwellen. – Du bist doch auch Chirurg?«

»Ich habe bis zum Übergang zur Tropenmedizin als Chirurg gearbeitet. Aber ich bin kein Facharzt für Chirurgie.«

»Danach fragt in Yau Ma Tei niemand. Hättest du den Gallenkranken operieren können?«

»Vielleicht!« sagte Dr. Merker zögernd. »Wenn man alle technischen Einrichtungen eines modernen OPs zur Verfügung hätte ...«

»Wir werden sie haben, Fritz.«

»Du lieber Himmel! Wer soll das bezahlen?«

»Ich«, sagte Yang. »Ich habe viel gespart. Ich werde noch ein Jahr lang jeden Abend auftreten, dann haben wir das Geld zusammen!«

»Und ich werde sammeln. Ich werde mit dem Hut in der Hand unter die Boat People treten und sagen: Gebt, was ihr könnt. Es kommt zu euch zurück in Gestalt eines längeren Lebens! Helft mit, das erste Dschunkenhospital der Welt zu gründen. Ihr braucht nicht mehr zu sterben, weil ihr nicht an Land wollt, ihr braucht eure unheilbaren Kranken nicht mehr mit einer Seidenschnur zu erdrosseln. Ich helfe euch. Oder besser: Eure Spende hilft euch! Ich bin ja immer für euch da ...«

»Das waren wunderbare Worte, Fritz...« Sie zog seine Hand an ihre Lippen und küßte sie.

»Ob sie es verstehen werden?«

»So hat noch keiner zu ihnen gesprochen. Sie werden begreifen, daß auch Wasserchinesen Menschen sind. Sie werden diese Erkenntnis wie ein Wunder annehmen.«

»Dann fangen wir morgen schon an, Yang.« Er küßte ihre Brüste und hatte gar nicht die Sehnsucht, sie zu besitzen. Es war wundervoll, daß sie da war und ihm gehörte. »Ich werde morgen einen Brief an das Queen Elizabeth Hospital schreiben und mitteilen, daß ich nicht zurückkomme.«

»Und deine Sachen, die du dort hast?«

»Die lasse ich durch einen Boten abholen.«

»Ich werde Ling, meinen Butler, zum Hospital schicken.«

»Eine fabelhafte Idee. Und damit wäre alles frei für den Dschunkendoktor. Es gibt keine Brücke mehr zum Land...«

»Weißt du, was du da sagst, Fritz?« fragte sie langsam. »Keine Brücke mehr zurück. Das klingt so endgültig...«

»Du und ich, wir werden ein völlig eigenes Leben leben. Ein Leben ohne Beispiel, das wie ein Wunder sein wird.«

»Ein Leben unter Kranken. Ein Leben unter Wasserchinesen, die man an Land Ratten mit menschlichen Körpern nennt.«

»Aber du bist um mich, Yang. Und die Abende und die Nächte und die freien Tage gehören uns...«

»So sehr liebst du mich?«

»Es gibt kein Wort dafür. Könnte ich es mit Musik ausdrücken, wäre es ekstatischer als Wagners Tristan. Sinnlicher als die Venusbergmusik. Lebenssehnsüchtiger als Mahlers neunte Sinfonie. Es müßten neue Töne gefunden werden. Yang – ich bin der glücklichste unter allen Menschen!«

Er ließ sich von ihr umarmen, bettete seinen Kopf zwischen ihre Brüste, sog den Duft ihrer Haut ein, fühlte die Wärme ihres Körpers, die samtene Glattheit ihrer Haut, das Spiel ihrer Muskeln und Sehnen.

Gott, schütze uns, dachte Yang. Ob Buddha oder Christengott... schütze uns. Du hast uns geschaffen für die Liebe... nun segne uns...

Im Vorschiff hieb Dr. Mei, total betrunken, auf seine Pauken. Es störte Yang nicht. Mit dem Gefühl unendlichen Glücks schlief auch sie ein.

Ting Tse-tung hatte nie das Gefühl der Panik gekannt. Er hatte immer behauptet, das sei eine Sache der Selbstbeherrschung. Panik brauche nicht zu sein, wenn jeder in einer auch noch so gefährlichen Situation mit Vernunft denken würde. Panik sei ein Ausklinken des realen Denkens und ein Mangel an Selbstdisziplin.

Ab 10 Uhr 42 dieses Tages dachte Ting anders.

Er geriet in Panik.

Die unbekannte Mörderin starb. Im Polizeihauptquartier! Der Polizeiarzt, der ab und zu nach der Kranken gesehen hatte, alarmierte Ting, der gerade einen neuen Fall hereinbekommen hatte: Im King's Park hatte man eine Leiche gefunden. Ein ganz normaler Mord, Raubüberfall mit anschließendem Einschlagen des Schädels. Es hieß zwar in allen Werbeschriften, Hongkong sei ein sicherer Platz und jeder Fremde ein Freund, aber immer wieder gibt es Unvorsichtige, die allein des Nachts in den Parks spazierengehen; weiß der Teufel warum. Es ist billiger und sicherer, sich über eine Hostess-Agentur eine Begleiterin zu kaufen. Und um frische Luft zu atmen, braucht man nicht in einsamen Parks spazierenzugehen.

Ein Mord mehr, was soll's? Ein weiterer Mord für die Akten. Ting Tse-tung war dabei, den Bericht zu lesen und gewissermaßen abzuhaken. Wenn es überhaupt Spuren gab, verloren sie sich im Armenviertel der Chinesenstadt.

Der Zustand der unbekannten Mörderin hatte sich dramatisch verschlechtert. Sie war in das Koma gefallen, aus dem sie nicht mehr erwachen würde. So schnell hatte Ting diesen Verfall noch nie erlebt. Und nun saß er hier am Bett, völlig hilflos, und Dr. Merker blieb verschwunden. Ihm war klar, daß er nach dem Gesetz seinen Abschied von der Polizei einreichen mußte, wenn diese Aktion ein Fehlschlag wurde. Die Leiche würde in das gerichtsmedizinische Institut kommen, wo man sie unter den bekannten Normen obduzieren würde.

Das brachte natürlich gar nichts. Die Todesursache war ja bekannt.

Ting begab sich in das Nebenzimmer und stellte eine Telefonverbindung zum »Drachen von Canton« her. Es dauerte lange, bis er endlich Herrn Tschou Tien-kuang am Apparat hatte und mit einem leichten Ekel dessen helle, immer weinerliche Stimme hörte.

Tschou sagte sofort, ehe Ting etwas fragen konnte: »Ich weiß nichts. Gar nichts. Ich bin ein armer geplagter Mann voller Sorgen.«

»Hören Sie mal genau zu, Tschou«, sagte Ting betont langsam. »Wenn ich in einer Stunde nicht eine Verbindung zu Yang Lan-hua habe, komme ich mit einem Einsatzwagen zu Ihnen und drehe Ihre Bude um! Wetten, daß ich etwas finde, das Ihnen die Konzession kostet?«

»Ich bin ein schwer herzkranker Mensch, Kommissar. Jede Aufregung kann mich töten!«

»Damit wären viele Probleme gelöst, Tschou!«

»Sie sind von der Mordkommission. Was wollen Sie bei mir wegen der Konzession?«

»Oh, das ist einfach. Ich habe den Verdacht, daß zum Beispiel der Mörder, der gestern im King's Park einen schwedischen Touristen umlegte, bei Ihnen zuletzt gesehen wurde.«

»Ich habe nur anständige Gäste!« schrie Tschou hell. »Mein Club steht in allen internationalen Führern als sicher, reell und frei von Nepp ...«

»Es geht um Mord, Tschou.«

»Das Herz versagt mir, Herr Kommissar ...«

»Wo ist Yang?«

»Bei allen Himmeln über uns: Ich weiß es nicht!«

»Aber sie wird anrufen?«

»Ich hoffe es. Ich bete darum. Bisher war noch kein Anruf, Herr Kommissar.«

»Wenn sie sich meldet, Tschou, sagen Sie ihr, sie muß sofort bei mir anrufen!« Tings Stimme wurde streng. »Tschou, wenn das nicht geschieht, nehme ich Sie auseinander.«

»Das ist eine Drohung, Mister Ting!« schrie Tschou mit sich überschlagender Stimme.

»Ja!«

»Ungesetzlich!«

»Natürlich! Nur das verstehen Sie! Gesetze sind für Sie nur bunte Mäntel, die Sie Ihren Gaunereien umhängen.«

Er hörte Tschous schreienden Protest nicht mehr an, sondern warf den Hörer auf die Gabel. Erfolg wird es nicht haben, dachte Ting verbissen. Seit drei Tagen ist Dr. Merker verschwunden.

Entweder sehen wir ihn nie wieder, oder er taucht plötzlich auf und ist verrückt! Normal ist diese Situation auf keinen Fall!

Hilflos saß er dann wieder neben dem Polizeiarzt vor der Sterbenden und wartete.

»Es ist bedrückend«, sagte der Arzt einmal, »daß man gar nichts tun kann. Wenn sie in einem Hospital wäre . . . Haben Sie schon einmal darüber nachgedacht, Ting, was das für Folgen haben kann? Für Sie . . .«

»Halten Sie den Mund!« knurrte Ting böse. »Hier kann kein Arzt helfen.«

»Das sagen Sie als Laie.«

»Ich kenne diese Krankheit.«

»Um so schlimmer.«

»Wenn Sie sich vor Angst in die Hosen machen, gehen Sie doch weg! Ich kann auch allein hier sitzen! An dieses Mädchen, ob noch lebend oder tot, kommt kein anderer heran als Doktol Melkel.«

»Und wo ist er?«

»Dafür gäbe ich mein linkes Auge, wenn ich das erfahren könnte.«

Das Herz der Sterbenden schlug auch noch gegen 16 Uhr weiter, als man Ting ans Telefon rief. Er sank mit einem langen tiefen Seufzer auf seinen Stuhl und schloß die Augen. Yangs Stimme.

»Endlich!« sagte er mit trockener Kehle. »Endlich!«

»Tschou sagte mir, ich solle sofort anrufen . . .«

»Sofort! Das war vor drei Tagen!«

»Ich hatte keine Minute Zeit . . . und auch keine Möglichkeit. Tschou regte sich mächtig auf. Ist etwas passiert?«

»Ist etwas passiert?« schrie Ting und lachte hysterisch. Jetzt, da der innere Druck gewichen war, fiel alle Beherrschung von ihm ab. »Gar nichts ist geschehen: Ein neuer Mord mit einer unbekannten lächelnden Mörderin, die jetzt im Leberkoma liegt, mein Haus wurde in die Luft gesprengt, ich suche Doktol Melkel seit achtundvierzig Stunden, weil ich die Sterbende bei mir versteckt halte ... Es ist überhaupt nichts geschehen!«

»Mr. Ting, das konnte niemand ahnen.«

»Natürlich nicht. Wo ist Flitz?«

»Das kann ich Ihnen nicht sagen.«

»Er ist nicht bei Ihnen?« schrie Ting auf.

»Nein!«

»Wo sind Sie jetzt?«

»Bei mir zu Hause.«

»Auf einer Dschunke ...«

»Das sagen Sie, Mr. Ting! Ich kann auch ein Penthouse in Victoria haben oder eine Villa in den Bergen.«

»Yang, ich bin ein Mensch, der immer seine Nerven in der Hand hat.« Ting atmete hastig. »Aber jetzt galoppieren sie mir davon. Ich bitte Sie: Sorgen Sie dafür, daß Flitz sofort zu mir kommt! Nur Sie können das noch schaffen! Sagen Sie ihm: Wir haben einen neuen Leberfall, der uns nicht mehr weggeschnappt werden kann, wenn er sofort ins Hauptquartier kommt. Noch lebt das Mädchen. Es geht um Stunden, vielleicht sogar Minuten ...«

»Und wenn Fritz nicht will?« fragte Yang ganz ruhig.

»Yang, er allein weiß genau, was von seinen Forschungen abhängt.«

»Und wenn er nicht mehr forschen will?«

»Das ist unmöglich!« sagte Ting entgeistert. »Das ist doch sein Leben.«

»Er hat ein anderes, schöneres Leben gefunden.«

»Bei Ihnen?! Begleiter einer schönen Frau? Das sollte ihn ausfüllen? Gerade Flitz?«

»Ich werde ihm alles bestellen«, sagte Yang und legte auf. Ting schüttelte den Hörer, brüllte: »Halt! Hören Sie doch, Yang!« und warf dann das ganze Telefon auf den Boden.

»Es ist zum Kotzen!« schrie er durch das leere Zimmer. »Ein schönes Weib, und schon verwässert das Gehirn!«

Und dann wartete er wieder, saß neben der Sterbenden in dem fensterlosen Raum und hoffte, daß sie noch lebte, wenn Dr. Merker wirklich auftauchen sollte.

Sie lebte tatsächlich noch, als die Wache unten am Eingang zu Ting hinauf meldete, da sei ein Mann, der zur Mordkommission wolle. Ein Europäer. Man halte ihn hier fest, weil er seinen Namen nicht nennen wolle.

Es war 20 Uhr 10. Ting blickte auf seine Uhr.

»Bringt ihn herauf!« sagte er und fühlte sein Herz bis zum Kinn klopfen. Wenn es Flitz ist, dachte er, werde ich ihm um den Hals fallen und ihm das Ohr abbeißen. Er hat mich mindestens ein Jahr Nervenkraft gekostet.

Er lief bis zum Treppenhaus und baute sich neben dem Lift auf. Als die Sicherheitstüren auseinanderglitten, sah er Dr. Merker in der Kabine stehen. Durch die dicke Scheibe sahen sie sich an. Ting hob die geballte Faust.

Merker öffnete die Tür einen Spalt, damit der Lift blockiert wurde, blieb aber in der Kabine.

»Ich komme nur heraus, wenn ich einen freundlichen Empfang erwarten kann!« sagte er. Ting nickte mehrmals.

»Der ist Ihnen sicher, Flitz . . .«

»Mit geballten Fäusten?«

»Das ist nur eine Nervenkontraktion . . .«

Merker kam aus dem Lift, Ting fiel im wirklich um den Hals, aber das Ohr biß er ihm nicht ab. Er drückte ihn wie einen wiedergefundenen Bruder.

»Ich bin entsetzt«, sagte Merker, als er von Tings Armen wieder befreit war. »Ihr schönes Haus ist weg?«

»Fast spurlos. Pulverisiert. Ein ganzer Lastwagen voll Sprengstoff. Das war gründlich.«

»Und ein neuer Mord, sagt Yang?«

»Gleicht den anderen wie ein Zwilling. Das Mädchen liegt da hinten im Sterben.«

»Sie sind verrückt, Ting!«

»Ich weiß. Mein Chef kennt mich schon nicht mehr. Aber wir werden Präparate haben, die uns keiner mehr verdirbt! Sie bekommen sie aus erster Hand!«

»Ting, das ist doch Phantasterei.« Sie gingen zum hinteren Teil der Etage und betraten das fensterlose Zimmer. Die Sterbende röchelte leise, ein Anzeichen, daß es zu Ende ging. Dr. Merker beugte sich kurz über sie und trat dann vom Bett zurück. »Was nützen mir die Präparate, Ting? Ich kann sie nicht mehr auswerten. Und wie soll ich sie bekommen? Sie glauben doch wohl nicht, daß ich die Tote hier in diesem Bett obduziere? Überlegen Sie mal, was ich brauche: Ein Elektronenmikroskop, ein Durchlichtmikroskop mit Kamera, ein Großfeldauflichtmikroskop, ein Großfeldstereomikroskop, komplizierte Laborinstrumente . . .«

»Das haben Sie doch alles, Flitz.«

»Wo?«

»In der Forschungsabteilung des Queen Elizabeth Hospital«, sagte Ting fassungslos. »Sie haben doch daran gearbeitet.«

»Ich bin nicht mehr im Hospital«, sagte Merker ruhig.

Ting riß die Augen auf, als würge ihn jemand. »*Was* sind Sie nicht mehr?«

»Ich habe heute gekündigt. Morgen werden meine Sachen abgeholt.«

»Jetzt muß *ich* fragen: Sind Sie verrückt, Flitz?!«

»Möglich! Ich habe eine menschlichere Aufgabe.«

»Wo?«

»Darüber möchte ich im Augenblick nicht sprechen. Ich sag's Ihnen noch, Ting.«

»Menschlicher!« Ting schlug die Hände über dem Kopf zusammen. »Flitz, Sie und nur wenige unseres inneren Kreises wissen, was da im Hintergrund gebastelt wird. Wir ahnen dieses gigantische Verbrechen, das vielleicht die ganze Menschheit treffen kann! Und Sie reden von einer menschlicheren Aufgabe?!«

»Ich stehe jetzt außerhalb, Ting.« Dr. Merker blickte auf die Sterbende. Das Röcheln wurde hohler. »Ich komme nach der Kündigung an die Apparate nicht mehr heran.«

»Dann werden wir sie durch ein Dekret des Gouverneurs für Sie freihalten!« rief Ting. »Sie kommen als Sonderbeauftragter der Regierung ins Hospital zurück.«

»Ich habe keine Zeit mehr, Ting . . .«

»Es geht um Tausende, Millionen Menschen!« schrie Ting.

»Ich bin nicht der einzige forschende Arzt auf der Welt. Mein Gott, Ting, sie packten viel zuviel Hoffnung in mich hinein. Ich stehe, wie alle, ja bei Null!«

»Man muß an jemanden glauben können, um Erfolg zu haben.« Ting lehnte sich gegen die Wand, als kämpfe er mit einer plötzlichen Schwäche. »Flitz, Sie können mich jetzt nicht hängenlassen.«

»Zuerst muß das Mädchen weg.«

»In diesem Zustand?«

»Es kann ihr nicht mehr schaden. Sie muß in eine Pathologie, wo ich die Präparate entnehmen kann.«

»Ich habe einen Vorschlag, Flitz. Sie wissen, wie groß mein Mißtrauen gerade in diesem Fall ist. Können Sie in einem Klinomobil obduzieren?«

»Das ist ja nun völlig verrückt und geradezu verboten! Schon vom Septischen her!«

»Ich garantiere Ihnen, daß man Ihnen diese fahrbare Klinik zur Verfügung stellt. Sie wird unten im Hof parken, und dort können Sie operieren. Das Klinomobil ist ja mit allem ausgerüstet. Sezieren können Sie da allemal!«

»Wenn ich das später mal erzählen sollte, glaubt mir das keiner. Das ist absurd.«

»Unsere ganze Situation ist absurd, Flitz. Wir sind einem Verbrechen auf der Spur, dessen weltumspannende Größe uns sowieso niemand glaubt. Jeder wird uns für Spinner halten. Erst wenn es Ihnen gelingt, den Nachweis zu erbringen, können wir offen sagen: Das war fast eine Menschheitsrettung!« Ting blickte Dr. Merker flehend an. »Kann ich das Klinomobil bestellen?«

»In Gottes Namen – ja.«

»Ich danke demütig deinem Gott, Flitz . . .«

Wie abgeschossen rannte Ting aus dem Zimmer und ließ Merker mit der Sterbenden allein. Sie hörte plötzlich mit dem röchelnden Atmen auf, noch bevor Ting zurückkam. Merker beugte sich über sie, drückte ihr die Augen zu und spürte wieder den kalten Schauder, als er ihre lächelnde Maske sah, die auch der Tod nicht löste. Dann zog er eine Decke über ihren Körper und den Kopf und verließ das Zimmer. Draußen auf dem Flur steckte er sich eine Zigarette an.

Im Laufschritt kam Ting aus einem anderen Zimmer getrabt. Als er Merker rauchend vor der Tür sah, fiel er in normalen Schritt.

»Vorbei?« fragte er.

»Ja, vor ein paar Minuten. Ganz ruhig.«

»Das Klinomobil ist in zehn Minuten da. Reicht das?«

»Ja!« antwortete Merker kurz angebunden.

»Die haben natürlich Schwierigkeiten gemacht. Erst die Drohung mit dem Gouverneur machte sie flott. Sie schicken einen Arzt mit, aber den werfe ich sofort hinaus. Bis Sie die Präparate haben, sperre ich das Fahrzeug ab, als säße die Queen selbst darin!«

Es verlief alles planmäßig, bis auf den Arzt des Klinomobils, der erstens gegen die Aufnahme einer Leiche protestierte und völlig wild wurde, als er hörte, man wolle in seiner schönen rollenden Notklinik sogar obduzieren. Er war ein junger Chinese in einem blendend weißen Arztkittel, und Merker mußte ihm heimlich in allem, was er sagte, recht geben. Schließlich ließ Ting den jungen Arzt einfach verhaften, wegen Widerstands gegen polizeiliche Anordnungen, und hatte somit das Klinomobil für sich. Der Fahrer hielt sich aus allem heraus, ging in die Polizeikantine und setzte sich hinter eine Tasse Tee.

Dr. Merker wartete, bis man die Tote auf den Notoperationstisch gehoben hatte, was zwei Beamte der Mordkommission besorgten. Dann stieg er in das Klinomobil, verriegelte die Tür, zog seine Jacke aus, das Oberhemd und hängte sich um den nackten Oberkörper die weiße Gummischürze.

Das wird eine schöne Sauerei geben, dachte er. Obduzieren auf einem OP-Tisch statt auf einem Marmortisch mit Ablaufrinnen. Die werden nachher stundenlang schrubben müssen, um den Wagen wieder sauber zu bekommen.

Mit einer Schere trennte er das Kleid der Toten auf, stopfte sie rundherum mit Zellstoff zu und suchte dann nach einer elektrischen Säge. Die zersetzte Leber kannte er, sie interessierte erst in zweiter Linie. Wichtiger erschien ihm das Gehirn.

Draußen vor dem Wagen zuckte Ting zusammen, als das schnarrende Geräusch der Knochensäge durch die dünne Wand drang. Auch Dr. Merker hob unbewußt die Schultern, als er kreisrund die Hirnschale öffnete.

Er mußte an das Affenhirnmahl denken.

Bereits als Dr. Merker, Ting und drei schwerbewaffnete Kriminalbeamte in einem gepanzerten Auto auf dem Weg zum Queen Elizabeth Hospital waren, erfuhr Herr Tschao von der vollendeten Niederlage seiner so gut geplanten Aktion. Sein Nachrichtendienst, sehr kompliziert über mehrere Kontaktstellen, funktionierte dagegen reibungslos. Als ihn die alarmierende Nachricht erreichte, lag er mit seiner Konkubine auf einer seidenen Couch und ließ sich durch zarte Handarbeit verwöhnen.

Auch während des kurzen Telefonats ließ er die Handlung nicht unterbrechen, sondern räkelte sich genußvoll und grunzte sogar, als er ihre Lippen spürte.

»Es ist gut!« sagte er. Dann legte er auf, warf den Kopf nach hinten und dachte über die Probleme nach. Er besaß die Gabe, seinen Geist vom Körper zu trennen. Während das zierliche Hürchen sich mühte, den großen Herrn Tschao zu entspannen, überdachte er glasklar und unabgelenkt seine Situation.

Ting hatte eine Schlacht gewonnen, aber nicht den Sieg. Auch Dr. Merker war plötzlich wieder da . . . Hier lauerte die größte Gefahr. Daß der medizinische Stab vollkommen versagt hatte, beunruhigte ihn am meisten. Zum erstenmal seit allen Versuchen hatte die Gegenseite eine unversehrte Tote in den Händen. Auch wenn die Chemiker versicherten, es gäbe keine analysierbaren Rückstände – eine Unsicherheit blieb immer. Kein Menschenwerk ist vollkommen.

Während sein Unterkörper zuckte, griff Herr Tschao zum Telefon und wählte eine Nummer. »Er ist mit allen Präparaten im Queen Elizabeth«, sagte er mit ruhiger Stimme. Er zuckte nur ein wenig zusammen, als das Hürchen begann, ihn mit lauwarmen Tüchern abzuwaschen. »Das gibt ein wenig Hoffnung. Laßt eure Intelligenz spielen . . .«

Herr Tschao telefonierte noch viel an diesem späten Abend, während es dem Hürchen gelang, ihn noch zweimal stark zu machen. Als sie wie ein Jockey auf ihm saß, hatte Herr Tschao seine Geschäfte beendet und wußte, daß seine kleine Armee von Spitzeln und Aufpassern voll auf Dr. Merker angesetzt war. Es durfte keine Panne mehr geben. Der wichtigste Mann war jetzt der deutsche Arzt – sein Wissen war die Grundlage für jede Weiterentwicklung des großen Planes.

Herr Tschao hob das piepsende Hürchen von seinen Schenkeln, schob es unter sich und begrub es mit seinen Fleischmassen. Er schaltete sein Gehirn ab und wurde ganz Körper, und hier und jetzt brach das Tierische ungehemmt aus ihm hervor.

Die Wasserpolizei zog die Hure am frühen Morgen aus der Bay von Lai Chi Kok. Sie war erwürgt worden.

Dr. Merker hatte gerade die ersten Gehirnschnitte unter das Elektronenmikroskop gespannt, nachdem Ting auch im Queen Elizabeth Hospital den Kompetenzstreit damit abgewürgt hatte, vom Gouverneur käme morgen ein regelrechter Befehl ins Haus, der Dr. Merker alle Freiheiten und Rechte gewähre. Da erschien ein Besucher in der Forschungsabteilung, den Ting nun doch nicht erwartet hatte.

Elegant wie immer, mit weißen Schuhen zu einem hellbeigen Seidenanzug, das Haar glänzend pomadisiert, entstieg Dr. Wang An-tse dem Lift und wurde von den bewachenden Kriminalbeamten in Empfang genommen. Ting Tse-tung war einen Moment sprachlos.

»Ich höre, daß mein Freund Dr. Merker wieder hier ist?« rief Dr. Wang überschwenglich. »Ich will ihn begrüßen.«

»Sie müssen elektronische Ohren haben, Dr. Wang.« Tings Stimme triefte von Spott. »Wir haben es dem Rundfunk noch nicht mitgeteilt.«

»Die Pfortenschwester!« Dr. Wang grinste verzeihend. »Ich habe allen Pfortenschwestern das Versprechen abgenommen, mich sofort zu rufen, wenn Dr. Merker ins Haus kommt. Es funktionierte vorzüglich. Kaum war Dr. Merker hier, schellte bei mir das Telefon.« Er sah Kommissar Ting nachdenklich an. »Da aber Sie auch da sind, Ting, muß es dienstlich sein. Irre ich mich? Noch immer die alte Sache?«

»Nein! Bei zwei von meinen Beamten zeigten sich Flocken im Urin ... das untersuchen wir jetzt!« Tings Ironie war giftig. »Mit der Diagnose Eiweißausscheidungen gebe ich mich nicht zufrieden. Wenn man schon eine solche Kapazität wie Doktol Melkel zum Freund hat ...«

»Stimmt es? Sie haben wieder einen Ausländermord?«

»Vier, Dr. Wang.«

»Mit einer schönen Mörderin ...«

»Sie hören wirklich die Läuse singen ...«

»Ich habe einen Kellner als Patient. Er arbeitet im Pink Giraffe und hat mir natürlich alles erzählt.«

»Hier die Pfortenschwestern, dort die Kellner – Sie sind ein Glückspilz, Dr. Wang. Ihr Wissen enthebt mich der Pflicht, Sie zu belügen. Ja, Doktol Melkel untersucht gerade das Hirn der Mörderin.«

»Interessant! Darf ich daran teilnehmen?!«

»Nein!« Kommissar Ting lächelte Dr. Wang an. So grinst ein Tiger vor dem Sprung. »Was hinter diesen Türen passiert, wird erst bekanntgegeben, wenn wir zuschlagen. Ich hoffe, es wird sehr bald sein.«

10

Die ganze Nacht hindurch hockte Dr. Merker über den verschiedenen Mikroskopen und suchte nach Spuren eines Giftes oder einer bakteriologischen Erkrankung. Er hatte bei einigen Lehrgängen im Rahmen seiner Tropenmedizinforschung auch einen flüchtigen Einblick in die militärischen B-Waffen erhalten und wußte, was man auf diesem Gebiet an Grauenhaftem schaffen konnte. Bestand nicht die Möglichkeit, daß eine Gruppe verbrecherischer Wissenschaftler hier in Hongkong eine neue bakteriologische Waffe entwickelte, mit der man einmal die Welt beherrschen konnte, weil es kein Gegenmittel gab?

Er mußte Ting zustimmen, je genauer er die bisherigen Fälle analysierte: die scheinbar völlig sinnlosen Morde waren vermutlich Tests, um zu sehen, ob die Infizierten völlig willenlos wurden, und ob die Medizin in der Lage war, diese neue Krankheit zu erkennen und zu behandeln.

Über eines war sich Dr. Merker klar: Die Leberzersetzung, die immer die Todesursache war, konnte nur eine Nebenwirkung der Erkrankung sein. Die Primärinfektion lag im Hirnbereich. Und hier waren der Forschung Grenzen gesetzt... Daß ein Irrer ein anatomisch völlig intaktes Hirn besitzt, ist seit jeher ein Rätsel. Die »Fehlkoppelungen«, die Halluzinationen, Schizophrenie, manisch-depressives Irresein, Persönlichkeitsveränderungen, Stumpfsinn oder Genie bewirken... sie hinterlassen im Hirn keine Spuren. Sie entziehen sich allen Mikroskopen, soweit sie nicht aus Hirnschädigungen entstehen.

Es muß ein fürchterliches Präparat sein, das diese Mörderinnen bekommen haben, dachte Merker. Es löst sich ohne Rückstände auf. Es ist nicht nachweisbar, nicht toxikologisch. Es lagert sich nicht in den Zellen ab, nicht im Gewebe, nicht im Blut... und doch zerstört es die Leber völlig! Paralysiert das Opfer. Macht es zu einer grinsenden Marionette.

Auch die aus dem asiatischen Raum stammende Hypnose mit Fernlenkung kam nicht in Frage. Sie vernichtet keine Leber. Das tödliche Zusammenspiel zwischen Gehirn und Leber war es, was Dr. Merker ahnen ließ, daß hier eine noch unbekannte B-Waffe erprobt wurde.

Am frühen Morgen stellte Merker die Apparate ab. Er war so übermüdet, daß er trotz extremster Vergrößerung alles nur noch verschwommen sah. Entdeckt hatte er nichts – das war zu erwarten gewesen. Wenn sein Verdacht stimmte, daß es sich um ein gasförmiges Präparat handelte, dann war es das teuflischste Vernichtungsmittel, das man je entwickelt hatte; grauenhafter noch als die Atombombe oder die sogenannte saubere Bombe, die nur Menschen vernichtet und das Material schont. Hier explodierte nichts, hier sah man keine Feuerpilze. – Unsichtbar, lautlos schlich der Tod sich in den Körper.

Dr. Wang An-tse war über die Abfuhr durch Ting Tse-tung zutiefst beleidigt. So war er noch nie behandelt worden. Er deutete eine Beschwerde beim Polizeichef an und sagte nach einer erregten Diskussion: »Ich werde im Nachtdienstkasino warten! Falls mein Freund Dr. Merker mich braucht, ich bin dort zu erreichen. Sie müssen verstehen, daß ich ein persönliches Interesse an diesen Forschungen habe, denn ich bin daran gescheitert! Was Kollege Merker da macht, geht mich also auch an. Ich gestehe meine Niederlage ein und bewundere den Kollegen, der anscheinend erfolgreicher ist. Aber wem sage ich das? Auf Verständnis kann ich bei Ihnen ja doch nicht hoffen.«

Er sah Ting voller Verachtung an, wandte sich ab und fuhr mit dem Lift in das Nachtkasino. Kommissar Ting stülpte die Unterlippe vor.

»So ein feiner Pinkel!« knurrte er. »Wie naß muß ihm die Hose sein, wenn er zugibt, versagt zu haben.«

Man muß Dr. Wang bewundern oder vielmehr sein Informationssystem. Er stand auf dem Flur zu Dr. Merkers Privatzimmer, als Merker in Begleitung von Ting völlig erschöpft den Lift verließ.

»Der übertrifft an Anhänglichkeit sogar eine Filzlaus!«

knurrte Ting böse. »Doktol Melkel, kein Kommentar! Oder besser: Sagen Sie ihm, sie hätten das Rätsel geknackt.«

»Ich lüge nicht!«

»Dann tu ich es! Wehe, wenn Sie dementieren!«

Dr. Wang schien im Kasino geschlafen zu haben; er war jedenfalls erstaunlich munter. Er kam Merker mit ausgebreiteten Armen entgegen, sein Gesicht glänzte vor Freude.

»Mein lieber Freund!« rief er geradezu begeistert. »Ich habe Sie vermißt! Seitdem ich vor dieser Krankheit kapitulieren mußte, habe ich mit Ihnen gezittert. Wo waren Sie in den vergangenen Tagen? Ich habe mehrmals angerufen ...« Er drückte Merker die Hand und sah ihn dann betroffen an. »Sie sehen wie zerstört aus! So wirkt kein Sieger ...«

»Er ist einer«, sagte Ting trocken.

Dr. Wang zog die Schultern hoch. »Wie soll ich das verstehen?«

»Diese Nacht hat uns einen großen Schritt weitergebracht. Doktol Melkel hat die richtige Spur. Er hat im Hirn Rückstände gefunden.«

»Nicht möglich!« Dr. Wang schlug die Hände zusammen. »Sie sind ein Genie, mein lieber Freund.«

»Nein, ich falle um vor Müdigkeit. Darf ich jetzt zwei Stunden schlafen?« Dr. Merker schloß seine Zimmertür auf. Aber Ting öffnete sie und trat zuerst ein. Als erstes stellte er das Radio laut. Dr. Wang starrte ihn verständnislos an.

»Muß das sein, Mr. Ting?«

»Ich bin ein Musiknarr! Ich vermisse die Musik sehr, seitdem man mein Haus in die Luft gesprengt hat. Wissen Sie, Dr. Wang, ich hatte zweitausend klassische Platten, darunter seltene Aufnahmen von Toscanini und Stokowski. Kennen Sie Toscanini?«

»Nein!« Dr. Wang wirkte wieder wie ein spuckendes Lama. »Kennen Sie Hick?«

»Ja, wenn ich den Schluckauf habe ...«

»Er meint den Frauenarzt Hick, der bei einer Extremlage des Fötus die Hicksche Wendung eingeführt hat.« Dr. Merker warf sich auf sein Bett und schloß die Augen. »Es wäre hervorragend, wenn ihr mich jetzt alle allein ließet.«

»Bewilligt!« Ting grinstc. »Aber Sie bekommen eine Wache vor die Türe. Sie sind mir zu wertvoll, um geklaut zu werden.« Und ganz laut fügte er hinzu: »Jetzt, wo Sie wissen, wie man die Täterinnen umgebracht hat ...«

Er drängte Dr. Wang aus dem Zimmer, schloß die Tür, blieb aber bei Dr. Merker. Er legte den Zeigefinger auf den Mund und beugte sich über ihn. Merker blinzelte ihn schon halb schlafend an.

»Was ist? Wieder Mikrofone im Zimmer?«

»Man weiß nie. Sie waren drei Tage nicht da! Bleiben Sie jetzt hier?«

»Das wird sich entscheiden, wenn ich etwas geschlafen habe.«

»Was soll ich Yang sagen, wenn sie anruft?«

»Ich komme zurück, sagen Sie ihr das.«

»Zurück? Wohin?«

»Erwarten Sie darauf eine Antwort, Ting?«

»Ja! Sie haben kein Privatleben mehr. Das müssen Sie einsehen. Ich habe Sie jetzt wieder unter meinen Augen, und da kommen Sie auch nicht wieder weg! Noch einmal lasse ich Sie nicht ziehen!«

»Eine neue Form von Gefangenschaft?«

»Nein! Sie sind mein Faustpfand gegen das internationale Verbrechertum, das wir hier in Hongkong entdeckt haben! Übrigens, als ich ins Zimmer kam, lag ein Brief auf dem Boden. Unter der Tür durchgeschoben.«

»Machen Sie ihn auf, Sie neugieriger Quäler.«

Ting hob den Brief auf und wog ihn in der Hand. »Schweres Büttenpapier. Wären Sie Engländer, würde ich jetzt wetten, wer der Absender ist. Engländer wetten so gern.«

»Machen Sie auf.«

Ting schlitzte das Kuvert mit dem kleinen Finger auf und zog eine Karte heraus. »Aha!« sagte er laut. »Mr. James McLindlay und Miß Betty Harpers geben sich die Ehre ... Ein Lampionfest im Schloß. Smoking oder altchinesisches Kostüm. Das wird ein ganz großer Renner. Da wird alles zusammenkommen, was in Hongkong die Milliarden hin und her schiebt. Sagen Sie zu, Flitz?«

»Nein. Ich habe keine Zeit.«

»Für so ein Fest sollte man immer Zeit haben! Wen man da alles trifft...«

»Ich habe kein Interesse daran.«

»Aber ich! Ich möchte, daß Sie sich dort ausstellen lassen... denn das wird es sein! Man will Sie sehen. Gehen Sie hin.«

»Ich überlege es mir.« Dr. Merker schloß die Augen. Das wäre eine Möglichkeit, Ting zu entkommen, dachte er. Ins Schloß kommen seine Beamten nicht hinein. Da hat James seine eigene Leibwache... und seine Tiger. Betty wird mir helfen, ungesehen das Fest zu verlassen und mich in die Stadt bringen. Dort übernimmt mich Yang. Wie das klingt... übernimmt. Aber anders kann man es nicht nennen. Was wohl Dr. Mei jetzt macht?

»Ting, lassen Sie mich allein!« sagte er mit unsicherer Stimme. »Gönnen Sie mir ein bißchen Schlaf...«

Ting nickte, legte wieder den Finger auf den Mund, schaltete das Radio aus und verließ das Zimmer. Vor die Tür postierte er zwei Kriminalbeamte. An Kummer gewöhnt, trugen sie schußsichere Nylonwesten.

Dr. Mei hatte sich damit abgefunden, daß er den nächsten Tag wieder allein praktizieren mußte. Yang hatte ihm mitgeteilt, Fritz müsse im Queen Elizabeth Hospital bleiben. Ein neuer Fall, wie bei Mei-tien, sei eingeliefert worden.

Dr. Mei regte sich darüber so auf, daß er kaum zurückzuhalten war, auch an Land zu gehen. »Ich muß die Tote sehen!« sagte er. »Alle sagen, sie sei eine Unbekannte. Vielleicht kenne ich sie? Ich kenne alle, die aus Yau Ma Tei kommen. Wenn es nun ein Mädchen von uns ist? Yang, ich würde sie sofort erkennen!«

»Fritz kümmert sich nur um die Obduktion.«

»Das ist ein Fehler, ein großer Fehler! Die Polizei kann weiterkommen, wenn man die Tote kennt.«

»Bisher waren es lauter Unbekannte, Dr. Mei.«

»Es hat mich ja auch keiner gefragt. Ich habe nicht gewußt,

was da an Land passierte. Keiner hat etwas erzählt. Ich weiß nur, wie viele Menschen von den Dschunken verschwunden sind. Yang, ich sollte an Land gehen!«

»Tun Sie es nicht, Dr. Mei. Gefährden Sie nicht unsere ganze Stadt. Vielleicht kann Fritz Fotos mitbringen.«

»Das wäre gut, das wäre sehr gut, Yang.«

»Ich will versuchen, Fritz zu erreichen.«

Es stellte sich als unmöglich heraus, Dr. Merker im Queen Elizabeth Hospital zu sprechen. Er wurde abgeschirmt wie ein Staatspräsident, zumal Yang ihren Namen nicht nennen wollte. Erst als Ting Tse-tung sich einschaltete – das war gegen Mittag, und Merker saß wieder vor seinen Mikroskopen –, gab sie sich zu erkennen. Ting atmete hörbar auf.

»Auf Sie warte ich, Yang.«

»Das hört sich unangenehm an.«

»Ich muß Flitz hierbehalten. Er ist jetzt so wertvoll wie die englische Königskrone.«

»Und ich brauche Fritz bei mir.«

»Ich weiß, daß all meine Phantasie nicht ausreicht, die Wonnen Ihres Bettes zu beschreiben. Aber hier geht es um Staatsinteressen.«

»Bei mir auch!« Yangs Stimme klang geschäftlich kühl. »Mr. Ting, ich hätte es unter Umständen in der Hand, das Inkognito Ihrer Mörderinnen zu lüften. Vielleicht – ich sage ganz vorsichtig ›vielleicht‹ – gibt es einen Mann, der einige von ihnen kennt.«

Es war eine Nachricht, die Ting auf den nächsten Stuhl zwang. »Ich sitze«, sagte er heiser vor Erregung. »Yang, Sie haben mir die Beine weggeschlagen. Wo ist der Mann?«

»Das weiß nur ich.«

»Ich lasse Sie sofort festnehmen.«

»Dann erfahren Sie es nie. Der Mann redet nur, wenn ich ihm zunicke.«

»Warum meldet er sich erst jetzt?«

»Weil er bisher keine Ahnung von den Vorfällen hatte. Die Polizei war ja sehr schweigsam.«

»Wir wollen auf jeden Fall eine Panik verhindern, Yang.« Ting holte tief Luft. »Der Mann ist kein Bluff von Ihnen?«

»Ein Vater, der auf so bestialische Weise seine Tochter verloren hat, ist kein Bluff.«

»Was sagen Sie da, Yang?« stöhnte Ting. »Es gibt einen Vater? Mein Herz beginnt zu zittern! Wir tappen seit nun zwei Jahren im dunkeln . . . und es gibt einen Vater . . .«

»Der Tod seiner Tochter ist der Polizei nicht bekannt.«

»Ich habe es geahnt!« schrie Ting. »Es gibt eine Dunkelziffer! Wo hat das Mädchen gemordet?«

»Es wollte. Aber es gelang nicht. Sie wollte den eigenen Vater umbringen. Als das mißlang, legte sie sich hin und starb an Leberzersetzung. Mit einem Lächeln . . .«

»Yang, treiben Sie mich nicht zum Wahnsinn!« Ting spürte tatsächlich, wie ein Zittern durch seinen Körper lief. »Ich muß den Mann sofort sprechen.«

»Fritz wird ihn sprechen, Mr. Ting.« Yangs Stimme klang sachlich. »Sie lassen Fritz wieder zu mir – und Sie erhalten Nachricht.«

»Das ist Erpressung, Yang!«

»Ich liebe Fritz. Er soll noch weiterleben.«

»Eine hundsgemeine Erpressung, Yang! Es gibt noch andere Wege.«

»Nicht zu dem Vater, der vielleicht Namen nennen kann.«

»Was verlangen Sie, Sie Satansweib?« sagte Ting ergeben.

»Ich lasse Fritz heute abend abholen. Wenn die Polizei ihn überwacht, erreichen Sie gar nichts. Sparen Sie sich Spitzel, Boote oder Hubschrauber . . . sie führen zu nichts. Und geben Sie Fritz Fotos aller unbekannten Mörderinnen mit. Sie haben doch Fotos von ihnen?«

»Ich bitte Sie! Das fragen Sie die Polizei. Jede Menge habe ich. Ich gebe Flitz drei Alben voll mit. Das war das einzige, was wir gründlich konnten: fotografieren.«

Ting atmete wieder ein paarmal tief durch. »Wann und wie wollen Sie Flitz abholen?«

»Ich rufe Sie noch einmal an.«

»Flitz hat für morgen abend eine Einladung zu McLindlay.«

»Ich weiß. Ich habe auch eine bekommen. Ich soll dort singen.«

»Und Sie gehen hin?«

»Ich habe ein Engagement. McLindlay bietet für meinen Auftritt 50 000 American-Dollars. Soll ich mir die entgehen lassen?«

»Dann werden Sie morgen mit Flitz kommen?«

»Nein, Flitz bleibt bei mir zu Hause. Mr. Ting, keine Sorge: Dort ist er so sicher wie die britische Krone im Tower!«

»Was bleibt mir anderes übrig, Yang«, sagte Ting ergeben. »Aber ich halte es nicht für gut, wenn Flitz der Einladung fernbleibt.«

»Und wenn Fritz an dem Abend etwas geschieht?«

»Nicht bei McLindlay! Die größten Gauner haben immer die weißeste Weste. Es wird keiner wagen, McLindlay so ins Gerede zu bringen. Dazu ist er zu mächtig in Hongkong! Überlegen Sie es sich, Yang. Ich gebe Flitz heute abend für Sie frei! Mit drei Fotoalben . . .«

Das Gespräch war damit beendet. Ting legte auf und merkte erst jetzt, daß er durchnäßt war von Schweiß.

Bevor Ting Tse-tung sein Wort hielt und Dr. Merker zurück zu Yang fahren ließ, startete er noch eine Aktion, von der Merker keine Ahnung hatte.

Ganz zufällig war ein Polizeifotograf dabei, als Ting beim Abschied seinen Freund Fritz umarmte, an sich drückte und auf beide Wangen küßte. Merker fand nichts Außergewöhnliches dabei. Ting hatte öfter solche Aufwallungen von Herzlichkeit, und heute wollte er dadurch seinen Dank für all die Mühe ausdrücken, die Merker gehabt hatte. Einen auswertbaren Erfolg hatte er immer noch nicht. Er glaubte auch nicht mehr daran.

Ting ließ die Bilder sofort entwickeln, vergrößern und an alle Hongkonger Zeitungen verschicken. Die Morgenausgaben brachten denn auch das Foto mit der Unterschrift:

»Der Leiter der Mordkommission von Kowloon, Kommissar Ting Tse-tung, bedankt sich bei dem deutschen Arzt und Forscher Dr. Fritz Merker für dessen unschätzbare Dienste bei der Aufklärung einiger rätselhafter Fälle in unserer Stadt.«

Mehr nicht. Das war alles. Kein Wort, daß Dr. Merker der Einbruch in das große Geheimnis gelungen war... aber jeder, den es anging, konnte es daraus lesen. »Unschätzbare Dienste bei der Aufklärung« konnte man auf jede mögliche Weise interpretieren.

Merker hatte keine Ahnung von dieser Aktion. Auf Umwegen und einer spurenverwischenden Kreuz-und-quer-Fahrt von zwei Stunden erreichte er wieder die Dschunke von Dr. Mei, die nun seine Dschunke war.

An Deck das gewohnte Bild: Eine große Schar von Kranken, die sich für ein Nachtlager einrichteten. Rundherum die Sampans mit den Verwandten, die Essen und Decken brachten, ein ohrenbetäubendes Geschnatter und Geschrei. Dazwischen, aus dem Inneren des dicken, alten Schiffes, Grammophonmusik und Paukenschläge: Dr. Mei gönnte sich zum Tagesabschluß die Fünfte Sinfonie von Tschaikowski.

Merker kletterte an Bord, die Kranken verneigten sich tief und gaben eine Gasse zur Treppe frei. Unter Deck tobte mit voller Lautstärke ein Orchester, und die Paukeneinsätze donnerten wie Gewitter.

Dr. Mei saß schwitzend, aber glücklich hinter seinen Pauken und winkte Merker mit den Schlegeln zu, als dieser die Tür aufstieß. Erstaunlicherweise roch es nicht nach Alkohol, sondern nach frischer Farbe.

Mei rasselte einen Paukenwirbel herunter und stellte dann die Schallplatte ab.

»Tschaikowski, das ist mit das Höchste der Gefühle! Man spürt ihn an allen Faserenden der Nerven.«

»Es ist ein Wunder, daß dir das Trommelfell nicht platzt«, sagte Merker. »Es gibt Phonstärken, die krank machen.«

»So vieles ist wundersam an mir.« Dr. Mei zeigte auf die Segeltuchtasche, die Merker in der rechten Hand trug. »Sind das die Bilder?«

»Ja.« Er stellte die Tasche auf einen niedrigen Tisch. »Was hast du den ganzen Tag getan?«

»Der Schüler examiniert den Meister!« Dr. Mei breitete

seine dicken Arme weit aus. »Ich habe neunundsiebzig Patienten untersucht und behandelt! Dort liegen die Eintragungen. Fünf Patienten waren so arm, daß sie nichts bringen konnten . . . ich habe sie angestellt, die Dschunke zu renovieren. Drei Räume sind frisch gestrichen. Einer weiß, der andere hellblau, der dritte rosa. Die Farbtöpfe waren innerhalb einer halben Stunde da, als ich an Deck sagte: ›Wer mir Gutes tun will, bringt mir Farbe für innen. Morgen für außen!‹ Husch – husch – wie die Mäuslein sprangen sie weg und kamen wieder mit Farben und Pinseln! Morgen streichen wir die Wände der Praxis und behandeln an Deck im Aufbau.«

»Wo ist Yang?« fragte Dr. Merker.

»Im ›Drachen von Canton‹. Sie verdient Geld.« Dr. Mei verließ seinen Sitz hinter den Pauken und kam um die Paukenkessel herum. »Ich habe vor dem Tschaikowski-Konzert auch noch eine vorläufige Bedarfsliste für eine Apotheke gemacht. Die brauchst du nur vorzulegen, aber man wird dich nach einer Bankgarantie fragen, ehe man dich bedient.« Mei rieb sich die Hände. »Ich bin dabei, Sachbezahlungen umzubiegen in Dollar. Ich habe ihnen erklärt: Diese Dschunke hier wird ein Hospitalschiff, aber nur, wenn alle mithelfen! Ihr seid alle Kommunisten, habe ich gesagt. Nun zeigt mal, was ihr darunter versteht. Sie haben geglotzt, und dann griffen ihre Weiber in den Sampans untern Rock und holten die Dollars heraus. Nach grober Übersicht haben wir heute 48 Dollar eingenommen. Für den Anfang ermutigend.« Mei stellte sich in Positur. »Nun sag nicht, ich hätte den Tag vertrödelt! So vielseitig war ich seit Jahren nicht!«

»Und getrunken?«

»Eine halbe Flasche Gin . . . für die Verdauung.«

Merker lachte und gab Mei einen Klaps gegen die fetten Wangen. Dann wurde er wieder ernst. Er öffnete die Segeltuchtasche und holte die drei in Kunstleder gebundenen Fotoalben heraus, die ihm Ting mitgegeben hatte. Mei ergriff einen Enterhaken, zog damit die von der Decke baumelnde Glühbirne heran und klemmte die Stange zwischen eine Stuhllehne.

»Wenn ich eine erkenne«, sagte er rauh, »ist eine Flasche Whisky fällig!«

»Mei, wir waren uns einig . . .«

»Zur Beruhigung, Fritz! Wenn ich mich aufrege, muß ich mich dämpfen!«

»Mit Alkohol!«

»Jeder hat seine eigene Methode!«

»Das Album beginnt mit einem Fall, der vor drei Jahren passierte«, sagte Dr. Merker.

Dr. Mei hob beide Hände. »Zwei Jahre nach dem Tod von Mei-tien! Vorher ist nichts?«

»Nein!«

»Wir haben eine Polizei mit Glasaugen!«

»Es ist vorher nie ein öffentlicher Mord unter diesen Umständen geschehen, Mei. Die Polizei kann nur untersuchen, was ihr bekannt ist. Auch Mei-tien war ihr nicht bekannt. Was du mit ihr erlebt hast . . . welcher Vater meldet das der Polizei?!«

»Ein Wasserchinese schon gar nicht!« Dr. Mei scharrte unruhig mit den Füßen. Er trug jetzt Schuhe und nicht mehr die zerrissenen Pantoffeln. »Schlag auf, Fritz. Vor drei Jahren verschwanden neun Menschen aus Yau Ma Tei, alles junge Menschen . . .«

Merker öffnete das erste Album. Die Fotos hätten von einer Werbeagentur für Modefirmen sein können. Sie zeigten eine schöne lächelnde Frau in elegantem Abendkleid, schulterfrei, mit langen schwarzen Haaren und im Haar eine rote Orchidee. Sie trug dezenten Schmuck und machte ganz den Eindruck, als sei sie sich ihrer Schönheit bewußt und es bereite ihr Freude, vor der Kamera zu posieren.

Unter jedem Bild, behördlich korrekt, die Nummer der Aufnahme, das Datum, die Uhrzeit. Name: Unbekannt.

»Eine chinesische Lady!« sagte Dr. Mei gepreßt. »Erregend schön . . .«

»Und bei diesem Foto gewissermaßen schon tot!« Dr. Merker blätterte drei Seiten um. »Hier – eine Woche später!«

Die schöne Dame lag in einem weißen Bett. Sie hatte noch nichts von ihrer Ausstrahlung verloren, ihr Lächeln bezauberte noch immer den, der nicht wußte, daß dieses Lächeln eine Maske war. Deutlich zeigte dagegen das Farbfoto die Verschiebung der Hautfarbe ... sie schimmerte gelb. Der Leberzerfall war fortgeschritten.

Unter diesen Bildern wieder der knappe Polizeibericht mit den Daten und der Bemerkung: Die Täterin schweigt weiter und lächelt.

Damals, vor drei Jahren, beim ersten Fall dieser Art, empfand es auch die Polizei noch als ungeheuerlich und bemerkenswert für das Protokoll, daß eine Mörderin immerzu lächelte.

Zehn Tage später: Die schöne Frau im Koma. Die Haut braungelb. Das Gesicht eingefallen. Aber um die Lippen noch immer das Lächeln.

Dreizehnter Tag: Exitus. Und Lächeln ...

»Dieses Lächeln hat mich fast wahnsinnig gemacht«, sagte Dr. Mei heiser. »Mei-tien sah mich an, schweigend, mit glänzenden Augen, und ich wußte: Sie will dich töten! Irgendein Drang in ihr befahl: Töte deinen Vater! Und sie lächelte dabei.«

Mei schüttelte den Kopf. »Diese Lady kenne ich nicht.«

Der nächste Fall. Nicht anders. Bilder, die sich bis auf kleine Abweichungen glichen. Dieses Mädchen lebte noch drei Wochen, schweigend, aß und trank, solange sie es noch konnte, benahm sich höflich und rücksichtsvoll – und starb dann ebenso still.

Dr. Mei blätterte die Seiten um und schüttelte den Kopf. »Unbekannt, Fritz.«

»Nummer drei: Vor genau zwei Jahren. Bei ihr ging es sehr schnell. Innerhalb von fünf Tagen war sie tot.«

»Nicht bekannt«, sagte Dr. Mei schwer und starrte auf das lächelnde Gesicht der Mörderin.

»Jetzt kommt ein Album mit anderen Mordtaten, die auch von Unbekannten begangen wurden, die aber keinerlei Symptome der rätselhaften Krankheit zeigten. Ting gab mir die Fotos mit, weil hier auch Männer beteiligt sind und weil sieben der neun Täter hinter Zuchthausmauern ermordet wurden ... erwürgt, erstochen, erstickt ... *diese* Täter kamen nie heraus! Nur einer entging der Serie – er hängte sich selbst am Zellenfenster auf.«

»Sieben und eins macht acht. Was ist mit dem neunten?«

»Er konnte ausbrechen und ist seitdem verschwunden.«

»Ich möchte nicht Mr. Ting sein«, sagte Dr. Mei leise. »Solch eine Serie kann einen zum Wahnsinn treiben.«

»Ting glaubt, mit diesen neun Tätern eine Brücke zu den lächelnden Mörderinnen schlagen zu können. Alle Morde dieser Männer waren ebenso sinnlos wie die der Mädchen. Keine Motive, die Opfer unbekannte Männer, meistens Ausländer, nur zwei Chinesen darunter. Von keinem der Täter ein Wort, keine Identität, und keiner älter als etwa 25 Jahre! Bei einem hat Ting unter Einsatz seiner Karriere und mit Wissen aller Folgen die altchinesische Verhörmethode angewandt ... in einem schalldichten Keller. Was kam dabei heraus? Der Bursche hat immer wieder gebrüllt, bis ihm die Lunge fast herauskam: ›Was habe ich denn getan? Ich weiß von nichts! Ich habe doch keinen getötet! Nein!‹ Sonst nichts. Da hat Ting aufgegeben.«

»Ich glaube dem Mann«, sagte Dr. Mei leise. »Sie wußten alle nicht, was sie getan haben!« Er zog das Album an sich heran und schlug es auf. »Gehen wir sie durch ...«

Beim dritten Täter lehnte Dr. Mei sich weit zurück, schloß die Augen und legte die Hände flach über seine Stirn. »Loo Fei-tung«, sagte er. »War mit Mei-tien auf der Schule, wurde heroinsüchtig und verschwand eines Tages. Seine Mutter ist voriges Jahr gestorben, sein Vater lebt noch auf der Dschunke. Seine Schwester fährt einen Gemüsesampan und beliefert die vornehmen Wohnboote.«

»Mein Gott, wir haben eine Spur ...«, stammelte Dr. Merker. »Wir haben endlich eine Spur! Ting hat mit seiner Ahnung recht behalten!«

Von jetzt ab hielten sie sich nicht mehr lange bei den einzelnen Fotos auf. Sie blätterten sie schnell durch. Im dritten Album war es die vierte Mörderin, bei der Dr. Mei den Kopf nach hinten warf und die Augen mit den Händen bedeckte. »Li Han-hing. Ihre Eltern ertranken bei dem großen Taifun am 2. August 1979. Es war der Wirbelsturm ›Hope‹. Meterhohe Wellen rissen die Schiffe weg, Sampans und Dschunken wurden in die Luft geschleudert. Es war die Hölle. Kurz danach war Li verschwunden. Um so etwas kümmert sich hier niemand. Wird an Land gegangen sein und eine Hure werden, denkt man. Für die Wasserchinesen ist das Land verflucht.« Dr. Mei nickte ein paarmal. »Ja, es ist Li! Ich erkenne sie wieder. Sie wollte Tänzerin werden auf einem der Ausflugsschiffe.«

»Und ist eine Mörderin geworden ... und ein Opfer der Unterwelt von Kowloon oder Hongkong. Sie lebte noch neun Tage nach dem Mord. Tod wie üblich. Mei, wir müssen es sofort Ting sagen!«

»Nein!« antwortete Dr. Mei hart.

»Nicht? Mei, das ist unsere Pflicht!«

»Meine Pflicht ist es, Mei-tiens Tod zu rächen. Kann das die Polizei? Was wird sie mit unseren Hinweisen machen? Sie tappt dumm und blind herum und zerstört alles mit ihrer sogenannten Routinearbeit. Der Gegner aber lacht und geht in Deckung! Fritz, wir haben andere Methoden ...«

»Ting verlangt eine Antwort.«

»Hier ist sie: Ich habe keinen erkannt!«

»Das kannst du nicht machen, Mei!« rief Dr. Merker betroffen.

»Wer will mich zu einer Aussage bringen? Ich bleibe dabei: Nichts! Wir aber werden handeln.«

»Das ist doch Irrsinn, Mei! Was können wir denn erreichen? Ein alter, ständig betrunkener Arzt und ein Ausländer, der von Hongkong gerade ein paar Straßen kennt!«

»Das ist unser Trumpf, Fritz! Was niemand weiß: Ganz Yau Ma Tei steht hinter uns. Das ist eine Macht, mein Junge! Geh raus auf Deck, blick dich um! Was du siehst, die Tausende von Dschunken, sind unsere Verbündeten. Sind Zehntausende von Ohren und Augen und Nasen, die für uns hören, sehen und riechen. Was ist dagegen die Polizei, was ist dein Mr. Ting?! Der Polizei werden sie keinen Ton sagen, aber mir. Und nun auch dir, Fritz. Ihrem neuen Dschunkendoktor! Wenn du die Polizei in die Wasserstadt rufst, wird dich keiner mehr anblicken.« Dr. Mei nickte mehrmals und schlug das letzte Album zu. »Man vergißt das immer wieder: Wir haben hier unsere eigenen Gesetze.«

»Jetzt brauche *ich* einen Drink!« Dr. Merker erhob sich und steckte die Alben in die Segeltuchtasche zurück. »Wo ist der Whisky?«

»Die erste vernünftige Frage seit Stunden. Es stehen zwei Flaschen im Ordinationsschreibtisch ...«

»Mei!«

»Für medizinische Zwecke, Fritz!« rief Dr. Mei und warf die dicken Arme hoch in die Luft. »Zur Desinfektion bei Injektionen ... ich habe keinen reinen Alkohol mehr. Ist das eine Qual! Wenn ich die Arschbacken damit eingerieben habe, möchte ich sie am liebsten wieder ablecken ... so köstlich duftet das!«

Merker ging hinüber ins Behandlungszimmer, fand die Flaschen und tat es Dr. Mei gleich: Er setzte eine an die Lippen und tat einen langen Zug. Der Whisky brannte höllisch in der Kehle, aber er tat auch wohl. Manchmal kann man verstehen, warum einer Alkoholiker wird, dachte Merker. Er gaukelt einen Ausweg vor, und der Verzweifelte greift nach ihm ...

Wenig später kam Dr. Mei ihm nach und blieb in der Tür stehen. Er zeigte auf die Flasche.

»Darf ich auch einen?«

»Ja – aber keine bayerische Maß ...«

Mei goß das Dreifache von Dr. Merkers Portion in sich hinein und rülpste anschließend wonnevoll. Dann sagte er:

»Wir nehmen uns jetzt einen Sampan und fahren zu Liang Tschang-mao.«

»Zu wem?«

»Liang Tschang-mao heißt Liang Langes Haar.«

»Eine Frau?«

»Ein Mädchen. Verkauft Blumen am Quai und in den Hafenkneipen. Mit zwölf hat sie angefangen, jetzt ist sie neunzehn. Sieben Jahre ... da hört man viel! Das Gehör ist ihr Leben – Liang ist von Geburt an blind. Übrigens liebt sie Smetana. Eine verrückte Welt, nicht wahr? Immer wenn ich ›Die Moldau‹ spiele, lasse ich sie rufen. Dann hockt sie hier, hört andächtig zu und ist selig vor Glück. Sie hat ein eigenes kleines Wohnboot. Fahren wir mal hin . . .«

Dr. Merker nickte ergeben. Obwohl ihm nicht klar war, was ein kleines blindes Blumenmädchen hier helfen konnte.

Liang Tschang-mao bewohnte einen umgebauten Sampan, dessen Wohnteil so niedrig war, daß man ihn nur auf den Knien rutschend betreten konnte. Sie schlief schon, wie eine Katze zusammengerollt, auf einem Lager aus Flechtmatten und einem Kissen aus Gänsedaunen. Aber sie schrak sofort hoch, als Dr. Meis Sampan an ihrem Boot anlegte und Mei hinüberkletterte. Ihr feines Gehör nahm jedes Geräusch auf. Außerdem begann Tim, ihr kleiner Hund, in dem alle Hunderassen Hongkongs vereinigt schienen, dumpf, tief und verhalten zu knurren . . . wiederum ein Zeichen, daß es kein Fremder war, der auf ihr Boot übergestiegen war.

Sie kroch von ihrem Lager, rutschte in eine Ecke des nur anderthalb Meter hohen hölzernen Raumes und wartete. Sie hatte keine Feinde, jeder in Yau Ma Tei half ihr. Vor neun Jahren waren ihre Eltern mit einem kleinen Sampan angeblich zum Fischen hinausgefahren, in eine der Buchten der Stonecutters Insel – und nie wiedergekommen. Nachbarn versorgten das blinde Kind, nahmen es mit auf den Blumenmarkt. Es lernte, die Blumensorten zu ertasten und zu riechen, es lernte Zahlen und Rechnen, und mit zwölf Jahren wurde es von anderen Sampans in Schlepp genommen und zum Quai gezogen, baute dort aus alten Kisten einen Stand auf und verkaufte Blumen.

Später zog die kleine, zierliche Liang Tschang-mao ihre Kreise weiter. Sie hängte sich einen großen Flechtkorb um und lief von Kneipe zu Kneipe, von Nachtbars zu Sexclubs, von Nightclubs zu intimen Massagesalons. Da sie blind war, also nichts sehen und damit nichts verraten konnte, bekam sie überall Einlaß und verkaufte gut ihre Rosen und Chrysanthemen, ihre Orchideenrispen und ihre bunten Gestecke. Woran niemand dachte: Sie hörte alles. Sie hörte so vieles in den Jahren, was das Herz jedes Polizisten in Freudenzuckungen versetzt hätte, sie hörte von Millionengeschäften und großen

Schuftereien, von Verschwörungen und Geschäftsvernichtungen, von Transaktionen und internationalen Betrügereien, von Rauschgiftwegen und Mädchenhandel, sie hörte den ganzen Schmutz, zu dem Menschen fähig sind ... und schwieg.

Die Stimmen, die all diese Gemeinheiten wiedergaben, und von denen sie einige immer wieder hörte, manchmal in genau bestimmten Abständen, gehörten ihren besten Kunden. Und sie traf sie immer in den gleichen Lokalen ... in Edelbordellen, in geheimen Spielhöllen, in Bars und Clubs. Viele waren Stammgäste, andere traf sie an anderen Stellen wieder. Aber sie erkannte jede Stimme und wußte, wie sich der Mann oder die Frau benehmen würden, ohne Rücksicht auf sie – sie war ja blind und sah nichts.

Sie kannte jedes Kichern und Lachen, Stöhnen und Seufzen; wußte, daß dieser Mann bei der Liebe unflätige Sätze schrie und ein anderer sich auspeitschen ließ; daß es einen gab, der mit Herr General angeredet werden wollte und vor dem fünf Mädchen im Kreis herummarschierten, bis er eine nach der anderen aufs Bett warf; und daß da eine Frau war, die ihren Liebhaber mit Himbeersahne bestrich und dann ableckte. Bei allen wurde sie ihre Blumen los ... einem schmächtigen, verhungert aussehenden Mädchen kauft man in solchen Situationen gern eine Rose oder eine Orchidee ab. Auch die Besitzer der Lokale waren zufrieden. Sie kassierten von Liang zehn Prozent des Erlöses. Ob blind oder nicht ... Geschäfte schlägt man nicht aus! Dafür führt man die blinde Kleine ja auch in die Zimmer und in die geheimsten Hinterräume, wo die Dollars locker sitzen.

Jetzt, mit neunzehn Jahren, wußte Liang mehr, als Sehende jemals erfahren hätten. Sie hatte ihre festen Kunden, sie kannte genau ihre Eigenheiten, die Zeiten ihrer Besuche in den Bordellen oder Clubs, ihre Lieblingsblumen, sie roch, welche Parfüms sie bevorzugten und welche Worte sie immer wieder sagten, fügte sie zu ihren Charakteristiken. Fast konnte sie sich die Menschen nach den Stimmen vorstellen, obgleich sie ja gar nicht wußte, wie ein Mensch aussah. Sie hatte da eigene Studien getrieben, hatte die Menschen abgetastet wie die Gegenstände.

Zuerst sich selbst, über Jahre hinweg, und hatte dabei entdeckt, daß Menschen sich verändern, daß sie größer werden. Dann hatte sie die lieben Nachbarn abgetastet und begriffen, daß es zwei Geschlechter gibt, und Dr. Mei hatte ihr erklärt, wie das so mit der Fortpflanzung ist, wie ein Körper auf Reize reagiert, daß das Wachsen etwa mit 18 Jahren aufhört, daß es verschieden große Menschen gibt, lange dürre und kleine dicke, wozu er selbst gehörte, und Liang hatte das alles abgetastet und sich ein eigenes Bild von den Menschen gemacht.

Sie hatte sich erzählen und beschreiben lassen, wie ihre Umwelt aussah, was Wasser und was Erde ist, was eine Dschunke, was eine Rikscha, was ein Haus, was ein Auto, was ein Motorschiff. Jetzt, mit neunzehn, hatte sie längst ihre Welt begriffen und stellte sie sich schön und bunt vor, denn auch bunt hatte man ihr erklärt, da um sie herum und in ihr alles dunkel war. Nie aber begriff sie, wie in einer so schönen Welt so böse Menschen leben konnten, mit Stimmen, die sie oft entsetzten.

Liang Tschang-mao blickte mit ihren leeren Augen zur Tür. Zwei Männer sind es, hörte sie. Der Geruch von Whisky wehte ihr entgegen. Den kannte sie genau, und sie lächelte in die Dunkelheit hinein.

»Oh, der ehrwürdige Dr. Mei«, sagte sie. »Sie kommen in mein elendes Boot, hoher Herr?«

»Das ist es, was wir brauchen!« sagte Mei zu Dr. Merker. »Sie hat noch nichts gehört, aber alles gerochen. Sie ist wie ein Tier ... für Tiere stinken wir Menschen ja erbärmlich!« Und auf Wasser-Chinesisch sagte er: »Ja, ich bin es, Liang. Ich bringe noch einen Arzt mit, einen Deutschen. Ich komme zu dir, damit du uns hilfst.« Er kam auf den Knien in den niedrigen Aufbau. Dr. Merker folgte ihm. »Hast du keine Lampe?«

»Wozu brauche ich eine Lampe, ehrwürdiger Herr?«

»Das stimmt.« Dr. Mei blickte in die Dunkelheit zu der Ecke, aus der Liangs kindliche Stimme drang.

»Ich kann helfen?« fragte sie.

»Ja. Erinnerst du dich noch an Loo Fei-tung?«

»Loo?« Liang dachte kurz nach. »O ja, Dr. Mei. Er war ein

Freund von Mei-tien. Seine Schwester verkauft Gemüse und Obst. Loo Fei-tung war plötzlich weg.«

»Das stimmt. Du hast nichts von ihm gehört?«

»Nichts.«

»Und Li Han-hing?«

»Oh, sie ist tot.«

»Woher weißt du das?«

»Ich habe gehört, wie ein Stammgast von Mrs. Yo gesagt hat: Herr Tschao ist sehr zufrieden mit Lis Tod. Sie starb ganz nach Plan . . .«

Dr. Mei seufzte und lehnte sich gegen Dr. Merker. »Wir haben es, Fritz«, sagte er mit zitternder Stimme. »Wir haben einen direkten Weg zur Rache.«

11

Am Morgen erschienen die Zeitungen von Hongkong und Kowloon mit dem Bild von Ting und Dr. Merker in herzlicher Umarmung und mit dem unklaren, aber zu allerlei Spekulationen anreizenden Text.

Einige Redaktionen hatten mehr wissen wollen, vor allem, um welche Hilfe es sich handelt. Ting Tse-tung blieb hart. »Kein Kommentar«, sagte er abweisend. »Es genügt vollauf, was wir da bekanntgegeben haben. Seid froh, daß überhaupt diese Information herausgekommen ist.«

»Wie kann ein deutscher Arzt der Kowlooner Polizei helfen?«

»Das ist etwas für Ihre Phantasie.« Ting legte auf.

Das Foto wurde kaum beachtet. Millionen Leser überflogen es und blätterten weiter. Eine lokale Angelegenheit, nichts Sensationelles.

Der ehrenwerte Herr Tschao dachte da anders. Vor ihm lagen neun Zeitungen mit dem gleichen Bild und dem gleichen Text. Vier von den neun Chefredakteuren oder Herausgebern waren ihm verpflichtet. Er rief sie der Reihe nach an und verlangte genaue Informationen. Und überall hörte er die gleiche Antwort: Ting Tse-tung verweigert weitere Auskünfte. Auch sein Mittelsmann im Gouvernement wußte nichts, seine Spitzel im Queen Elizabeth Hospital konnten nur erzählen, daß Dr. Merker fast 48 Stunden lang die Speziallabors unter Polizeiaufsicht blockiert hatte. Was hinter den Türen geschehen war – keine Ahnung.

»Man muß es feststellen«, sagte Herr Tschao streng. »Wofür bezahle ich Sie? Nichts auf dieser Welt hat keine Lücke ... suchen Sie diese Lücke! Wenn Tings Gesicht wie ein feuriger Drache glänzt, hat das seinen Grund! Ich will von Ihnen etwas erfahren – dazu sind Sie da!«

Auch Dr. Wang An-tse las die Zeitungen. Er war noch immer tief beleidigt von der Behandlung, die ihm Ting hatte zuteil werden lassen. Mit Dr. Merker hatte er auch am nächsten Tag nicht sprechen können, die Polizei ließ keinen an ihn heran. Nun dieses Umarmungsbild ... es konnte nichts anderes bedeuten, als daß Dr. Merker einen großen Schritt vorwärtsgekommen war. Seine Hirnuntersuchungen mußten erfolgreich gewesen sein. Das bedeutete, daß er – Dr. Wang An-tse, der Spezialist – von einem Deutschen blamiert worden war.

Betroffen, mit gerunzelter Stirn, las Dr. Wang immer wieder den Text unter dem Foto. Seine verletzte Ehre fühlte sich wie ein heißer Schmerz in seiner Brust an. Er mußte Dr. Merker treffen! Aber Merker war nicht mehr greifbar ... er hatte irgendwann, ungesehen, das Hospital verlassen und war wieder untergetaucht.

Wo lebte er? Wer half ihm? Was tat er?

Auch James McLindlay betrachtete mit Interesse das Foto seines Freundes Fritz und zeigte es Betty Harpers beim gemeinsamen Frühstück auf der Marmorterrasse am Pool. Betty köpfte gerade ein Ei und sagte anerkennend:

»Ich wußte immer, daß Fritz ein Genie ist. Daß er so schnell Erfolg hat, ist eine Sensation. Wo ist das Salz, Schatz?«

McLindlay reichte ihr einen Streuer aus einer wertvollen Elfenbeinschnitzerei und faltete die Zeitung zusammen. »Er ist ja morgen bei uns beim Lampionball. Ich werde ihn fragen. Wenn er mir ausweicht, überlasse ich ihn dir.«

»Wie weit darf ich gehen?« fragte sie nüchtern und löffelte ihr Ei. In ihrem durchsichtigen fliederfarbenen Negligé sah sie hinreißend aus. McLindlay betrachtete sie mit zusammengezogenen Augenbrauen. Ich liebe sie, das ist merkwürdig, dachte er. Ich habe sie mir als Spielzeug zugelegt, und jetzt hänge ich an ihr. Das ist ein völlig fremdes Gefühl, sie in den Armen von Fritz Merker zu sehen.

»Ich teile nicht!« sagte er hart.

»Warum interessieren dich eigentlich Merkers Forschungen? Sie haben mit Seide, Banken, Aktien, Schiffen und Öl nichts zu tun.«

»Das überblickst du nicht, mein Liebling«, sagte McLindlay fast väterlich. »Wenn Fritz irgendeine medizinische Entdeckung gemacht hat, vielleicht ein Gegenmittel gegen irgendeine Krankheit, dann könnte man das industriell auswerten. Warum soll ich in Hongkong nicht auch einen pharmazeutischen Konzern aufbauen? Man kann mit *einem* Mittel Millionen machen. Denk nur an Aspirin oder Penicillin oder das synthetische Insulin! Es gibt Medikamente, die das Leben von Millionen bestimmen.«

»Hast du nicht Geld genug?« fragte sie und biß in einen Cracker.

»Hat man je genug? Für mich ist Reichtum eine Droge.« McLindlay blickte über seinen weiten Park und über das riesige Panorama von Kowloon und der Inselwelt im Meer. »Und Neues, Großes reizt mich immer wieder ...«

»Du glaubst, daß Fritz morgen kommt?«

»Er hat zugesagt, Liebling. Sei nett zu ihm. Laß ihn ruhig mal dranfassen ...« Er lachte kurz und trocken. »Das nimmt mir nichts weg!«

»Um so mehr Zeit hast du für Yang. Du hast sie doch eingeladen ...«

»Sie wird singen. Sie ist nicht Gast – sie tritt bei mir auf!«

»Hast du es noch immer nicht aufgegeben, sie auf dein seidenes Rundbett tragen zu wollen?«

»Eifersüchtig?«

»Nein. Mitleid! Du machst dich zum Clown, mein Schatz. Sie wird dir wieder mit dem Bambusfächer ins Gesicht schlagen. Was ist an dieser Frau anders als bei allen Frauen?«

»Das verstehst du nicht!« sagte McLindlay abweisend. Er stand auf und steckte die Zeitung in die Hosentasche. »Es geht hier nicht mehr ums Bett ...«

»Ich weiß.« Betty Harpers goß sich neuen Tee ein. »Sie ist bisher der einzige Mensch, der zu dir nein gesagt hat. In deiner Umgebung gibt es kein Nein ... und wenn es einer ausspricht, dann nur du!«

»So ist es!« sagte McLindlay, beugte sich über Betty, küßte ihren Nacken und streichelte kurz ihre Brust. »Guten Morgen.«

Er ging.

Bevor Dr. Merker am nächsten Morgen die Praxis wieder eröffnete und sich auf einen anstrengenden Tag einrichtete, kam Dr. Mei aus seinem verwahrlosten Zimmer, zog seinen alten, weißen, endlich wieder gewaschenen Arztkittel an und setzte sich auf den Rand der Untersuchungsliege.

»Es wird sich nicht vermeiden lassen«, sagte er und kratzte sich den dicken, runden Schädel. »Heute abend gehe ich in einen Puff!«

Diese Mitteilung ließ Dr. Merker zusammenzucken. Er starrte Dr. Mei entgeistert an. Der alte Arzt grinste breit.

»Deine Gesundung macht ja Riesenfortschritte«, sagte Merker sarkastisch.

»Die exklusive Hure heißt Madame Yo.«

»Den Namen habe ich schon mal gehört.« Merker setzte sich hinter den Schreibtisch, öffnete den Karteikasten und legte neue Karteikarten zurecht. Da Yang nicht gekommen war, mußte er auch die Schreibarbeit übernehmen.

»Richtig. Von Liang! Das sollte deinen Verdacht zerstören, daß ich als Potenzprotz bei Madame Yo auftauche und sie erschrecke. – Liang hat bei Madame Yo vielleicht den Mörder von Li Han-hing gehört. Ich sehe mir den Puff einmal an.«

»Du willst an Land gehen? Allein?«

»Ich nehme mir eine unsichtbare Leibwache mit.« Dr. Mei rieb sich die dicken Hände. »Wenn ich drüben ans Ufer steige, wartet schon eine halbe Kompanie Freunde auf mich. Außerdem will ich in der Apotheke des Ocean Terminal einkaufen und die Apotheker wahnsinnig machen. Ich habe bis jetzt 980 Dollar zusammen.«

»Und wieviel brauchst du?«

»Für die Erstausstattung mindestens 3000 Dollar.«

»Fünfhundert bekommst du von mir.«

»Den Rest wird Yang bringen. Lobet alle Gott! Der Betrieb beginnt vernünftig zu werden!«

»Mir gefällt nicht, daß du heute abend an Land gehst«, sagte Dr. Merker nachdenklich.

»Mir auch nicht. Aber es muß sein.«

»Dein Alleingang wird eine Katastrophe werden.«

»Aha! Bin ich ein Idiot?«

»Ja.«

»Man dankt!« Beleidigt zog sich Dr. Mei zum Instrumentenschrank zurück und setzte sich auf einen kleinen Stuhl. Unter seiner Fülle verschwand er völlig. »Und warum, wenn ich darum bitten darf?«

»Was willst du bei Madame Yo sagen, warum du in ein Bordell kommst, aber nicht aufs Bett willst?!«

»Ich gehe doch nicht mit aufs Zimmer«, sagte Mei, tief verletzt. »Ich bleibe an der Bar hocken und beobachte Liang, die Blumen verkauft. Sie erkennt jeden an der Stimme, und sie wird mir ein Zeichen geben, wenn eine interessante Stimme darunter ist. Den Burschen sehe ich mir an. Liang ist blind und damit für alle gefahrlos, ich bin dick und besoffen und ebenso harmlos. Das ist unsere Tarnkappe.«

»Und wenn nun heute keiner der Erwarteten da ist?«

»Was macht das? Ich werde mich zum Stammgast bei Madame Yo entwickeln. Der harmlose alte Fettkloß mit dem langen Schluck! Außerdem wird Liang sofort vom Quai anrufen, wenn sie eine bekannte Stimme entdeckt hat. Auch das habe ich bereits organisiert.«

»Ich sehe, der alte Dr. Mei kommt wieder . . .«

»Nie mehr. Der neue Dschunkendoktor heißt Merker. Das kann allerdings kein Chinese aussprechen. Sie werden dir bestimmt einen anderen Namen geben. Ich schlage vor: Wei Kang-teh.«

»Was heißt das?« fragte Merker mißtrauisch.

»Herr Wei, die militärische Tugend . . .«

»Paßt nicht. Ich bin gegen Uniformen allergisch.«

»Dieser Name ist eine große Ehre. Wei . . . das ist eine Dynastie unter den Namen. Und Kang-teh ist mit das höchste, was ein Mann sein kann!« Dr. Mei seufzte. »Ich selbst werde nur noch eine Spinne sein, die ihre Netze auslegt. Fangen wir an?«

»Ja.« Dr. Merker setzte sich wieder hinter seinen Tisch. Mei ging zur Treppe, wo die Kranken geduldig in Dreierreihen warteten.

Er steckte die Finger in den Mund und ließ einen schrillen Pfiff los. Die Patienten setzten sich in Bewegung, die Menschenschlange schob sich die Treppe nach unten in den Behandlungsraum.

»Der neue Doktor heißt Wei Kang-teh!« schrie Dr. Mei über die Köpfe hinweg. »Damit gehört er jetzt ganz zu uns.«

Der Lampionball bei James McLindlay wurde als das gesellschaftliche Ereignis der Saison betrachtet. Man kannte die Feste von McLindlay, sie waren berühmt wegen ihres Essens, ihrer Show-Überraschungen und wegen der Ansammlung schöner Frauen, die man in einer solchen Fülle sonst nie zu sehen bekommt. Wer einen Ball bei McLindlay besuchte, mußte glauben, daß es auf der Erde nur wunderhübsche Menschen gibt.

Der einzige, der diesen Eindruck störte, war der Tigerwärter. In weißer Uniform stand er am Eingang des Schlosses, der dem Himmelstor von Peking glich, und nahm mit seinen Handhaken aus Edelstahl die Büttenkarten der Einladungen ab.

Es war ein kleines Beispiel von McLindlays schwarzem Humor. Eine Märchenwelt und ein handloser Diener.

Seit einer Stunde fuhren die Gäste vor, im Cadillac, im Bentley, im Jaguar, im Mercedes und im Rolls-Royce. Ferrari und Maserati fehlten auch nicht. Der einzige, der aus dem Rahmen fiel, war der Seidenblumenfabrikant und Feuerwerkskörperexporteur Tsching Hao-jih: er fuhr in einem Monteverdi-Geländewagen vor. Der sah im Vergleich mit einem Rolls-Royce sehr ärmlich aus, aber jeder in Hongkong wußte, daß der Wagen rundherum schußsicher war. Ein Luxuspanzer. Der Preis dieser rollenden Festung war kaum zu schätzen. Es wurde behauptet, daß vorn und hinten sogar je ein Maschinengewehr eingebaut sei, die auf Knopfdruck herausfuhren und ein mörderisches Streufeuer verschossen.

Selbstverständlich war außerhalb von McLindlays Schloß die Polizei aufgefahren und fotografierte mit Infrarotkameras jeden Wagen, der durch das Tor auf die Privatstraße rollte. Kommissar Ting saß in einem geschlossenen Jeep und blickte mißvergnügt in die Gegend. Er hatte dreimal versucht, McLindlay klarzumachen, daß bei einem Aufmarsch von so vielen Milliarden Vermögen die Sicherheit der Gäste nicht gewährleistet sei, wenn die Polizei ausgeschlossen bleibe.

McLindlay hatte kühl geantwortet: »Lieber Mr. Ting, ich habe meine eigene Art der Sicherheit. Sorgen Sie sich nicht, bei mir passiert nichts! Für mich bedeutet die Anwesenheit der Polizei auf meinem Grund ganz im Gegenteil einen Unsicherheitsfaktor.«

Ting schluckte das, nannte innerlich McLindlay ein Brechmittel und postierte seine Polizei an der Auffahrt. Auf jeden Fall wollte er Dr. Merker abfangen, bevor er das Schloß betrat. Er hatte von ihm noch nichts wieder gehört, wußte nicht, woher er kommen würde und wer ihn begleitete. Yang oder Betty Harpers? Seine Polizeispitzel am Hafen von Yau Ma Tei meldeten keine Beobachtungen, im Hospital war er nicht. Wo konnte sich Dr. Merker aufhalten, wo hatte er seinen neuen Smoking her, was verbarg sich hinter dieser Geheimnistuerei? Fragen, die Ting sehr beschäftigten, und nicht nur ihn. Auch James McLindlay war unruhig. Der Chauffeur, den er mit dem Rolls-Royce zum Queen Elizabeth Hospital geschickt hatte, kam allein zurück. Mr. Merker war nicht auffindbar, den ganzen Tag nicht. Außerdem liege ein Kündigungsschreiben bei der Verwaltung vor, das erzählte voll Unverständnis ein chinesischer Pfleger, den der Chauffeur kannte.

McLindlay nahm Betty beiseite, die die Gäste in der tennisplatzgroßen Prunkhalle begrüßte. Dort spielte zur Einstimmung diskret ein Streichorchester Wiener Weisen. Auch wenn das überhaupt nicht zu dem chinesischen Interieur paßte, man empfand es als wohltuend.

»Fritz ist nicht da!« sagte McLindlay leise. »War gar nicht im Hospital. Huang ist ohne ihn zurückgekommen.«

»Er hat die Einladung bekommen und zugesagt.« Betty nickte einem älteren Ehepaar zu. Die Frau trug ihren Schmuck, als laufe sie Reklame für einen Juwelier. Wo sie Haut zeigte, funkelten die Brillanten und Smaragde.

»Wußtest du, daß Fritz seine Stelle gekündigt hat?«

»Nein! Wieso gekündigt?«

»Fristlos. Er arbeitet nicht mehr im Queen Elizabeth ...«

»Wo denn?«

»Genau das möchte ich wissen! Wo kann ein Arzt wie Fritz noch arbeiten?«

»Wir werden alle Hospitäler abfragen. Wenn er es uns nicht selbst sagt.«

»Das wirst du übernehmen, Schatz?«

»Natürlich.« Sie sah ihn aus den Augenwinkeln an und lächelte dabei einem neuen Gastehepaar zu. »Bis an den Rand des Bettes . . . Ist deine Yang schon eingetroffen?«

Er gab keine Antwort, wandte sich ab und mischte sich unter die Gäste.

Nach einer Stunde Warten ahnte McLindlay, daß Dr. Merker nicht kommen würde. Auch Ting draußen auf der Straße wurde unruhig. Merker hatte zwar nicht versprochen zu kommen, vielleicht, hatte er gesagt, aber Ting hatte die Hoffnung gehabt, das Vielleicht könne auch ein Ja werden. Diese Hoffnung schmolz von Minute zu Minute dahin.

Am aufreibendsten war die Ungewißheit: Wo hielt sich Dr. Merker auf? Wo in dieser Riesenstadt, in diesem Labyrinth der Straßen, Gassen, Hügel und Buchten, der Schiffe, Dschunken und 235 Inseln versteckte er sich? Und warum versteckte er sich?

Mit der Vorfahrt von Yang Lan-hua in einem weißen Cadillac endete Tings letzte Hoffnung. Yang war allein, eingehüllt in einen bodenlangen weißen Nerz, das Haar hochgesteckt und voller Lotosblüten . . . ein Wesen aus dem Märchenreich.

»Scheiße!« sagte Ting laut in seinem Jeep. »Jetzt können wir an die Bäume gehen und pissen wie ausgesetzte Hunde.«

Er ließ drei Polizeiwagen mit zusammen fünfzehn Mann am Schloß von McLindlay zurück und fuhr ins Hauptquartier. Auch dort lag keine Nachricht von Dr. Merker, aber das wußte Merker nicht. Er hatte Dr. Mei, als dieser an Land gerudert wurde, um den Puff von Madame Yo zu besichtigen, eine Nachricht für Ting mitgegeben. Aber Mei hielt es für klüger, sie zu unterschlagen. Erst als Mei in Kowloons größter Apotheke seine lange Liste abgekauft und die Apotheker zur Raserei gebracht hatte, weil er noch die Preise von vor sechs Jahren im Kopf hatte und die Apotheke einen Gangsterladen nannte, rief er bei der Polizei an.

»Er kommt nicht!« sagte Mei, als Ting an den Apparat kam. Ting atmete tief durch. Er wußte sofort, wer nicht kam.

»Wer sind Sie?« fragte er reichlich dumm. Dr. Mei lachte kurz.

»Ich sage es ja: Es müßte Staubsauger für Polizeihirne geben! Erwarten Sie eine Antwort, Mr. Ting?«

»Ich brauche Flitz!« schrie Ting.

»Ich auch! Bemühen Sie sich nicht, ich rufe von einer Telefonzelle an!«

»Flitz muß sofort zu McLindlay.«

»Da muß ich widersprechen. Yang ist da ...«

»Was haben Sie mit Yang zu tun?«

»Kennen Sie das Rätsel von den drei Drachen?«

»Nein! Mann, es geht um ...«

»Der erste Drache rülpst, der zweite Drache furzt, der dritte Drache pinkelt. Was haben alle drei gemeinsam?«

»Machen Sie mich nicht wahnsinnig!« brüllte Ting.

»Eine gute Verdauung!« Dr. Mei lachte. »Hätten Sie das erraten, Ting?«

Er legte auf und war mit seinem Anruf sehr zufrieden. Er verließ die Telefonzelle, tätschelte Liang, die draußen mit ihrem großen Blumenkorb wartete, die Wange und sagte: »Und nun, mein Töchterchen, gehen wir zu Madame Yo. Beten wir, daß du eine Stimme von damals wiedererkennst.«

Er blickte sich um und lächelte. Mindestens zwölf bekannte Figuren lungerten in der Umgebung herum. Seine Leibgarde von den Dschunken aus Yau Ma Tei.

Im Schloß von McLindlay hatte mittlerweile der Ball begonnen. Das große Tanzorchester auf der Terrasse spielte auf. Unzählige bunte Lampions schwankten im leichten, warmen Meerwind. Geschmeide glitzerte, die weißen Smokings leuchteten. Das kalte und das warme Büfett wurden geöffnet. Vierzehn Köche servierten hinter den riesigen Tafeln. Dreißig Diener in weißer Livree kümmerten sich um die Getränke.

Etwas abseits standen McLindlay und Tsching Hao-jih zusammen. Der König der Seidenblumen und der Feuerwerkskörper, dessen Reichtum so unbekannt war wie der von McLindlay, nippte an einem Cocktail aus Rum und Passionsfrucht. Tsching war mittelgroß und dick, und wenn er sprach, legte er meistens die Fingerspitzen gegeneinander, was den Eindruck erweckte, er bete vor sich hin.

»Merker ist nicht gekommen«, sagte McLindlay. »Ich verstehe das nicht.«

»Sie waren so sicher, weil er zugesagt hatte.« Tsching drehte das Cocktailglas zwischen den Fingern. »Vielleicht beschäftigen ihn seine Forschungen zu sehr?«

McLindlay sah Tsching aus den Augenwinkeln böse an. »Es ist da vieles rätselhaft, um ein mildes Wort zu gebrauchen! Merker hat fristlos beim Queen Elizabeth Hospital gekündigt und ist einfach weg. Wohin, weiß keiner! Über die Ergebnisse seiner Forschungen, das höre ich gerade, ist nichts bekannt geworden, aber sie müssen gravierend sein! Sie müssen so sensationell sein, daß er mit seinem Wissen zunächst untergetaucht ist – ich nehme an, im Einverständnis mit der Polizei –, um sich in keiner Weise zu gefährden. Trotzdem hatte er für das Fest zugesagt. Was mich beunruhigt, ist, daß man höheren Orts anscheinend auch mein Haus als einen Unsicherheitsfaktor für Dr. Merker ansieht ... Ich weiß nicht, wie man zu dieser Annahme kommt! Auf jeden Fall muß dieses Mißtrauen ausgeräumt werden! Merkers Verhalten belastet mich sehr.«

Er nickte dem betretenen Tsching zu und mischte sich wieder unter die Gäste. Auf der Terrasse hatte sich das Showorchester aufgebaut... das dritte Orchester, das engagiert war. Eine Art Bühnenbild aus bemalten Kulissen, Versatzstücken, Seidentüchern und Bäumen und Pflanzen in Kübeln begrenzte den hinteren Teil der Terrasse. Es stellte eine chinesische Ideallandschaft dar: Einen stillen See mit Schwänen und Flugenten, ein sanftes Gebirge, viele blühende Bäume und einen heiligen Ahnenschrein.

Der große Auftritt von Yang Lan-hua stand bevor.

McLindlay schob sich durch die Menge der Gäste, verließ die Terrasse und klopfte an den kleinen Salon, der Yang als Garderobe diente. Ohne eine Antwort abzuwarten, trat er ein.

Yang saß vor einem großen Spiegel, in einem prachtvollen altchinesischen Kostüm voller Goldstickereien und Perlen, weiß geschminkt, Augen und Mund überbetont nachgezogen mit schwarzen und roten Strichen. Eine Maske aus Porzellan – zeitlos, fünftausend Jahre alt, in nie verblühender, ergreifender Schönheit. Das ewige China.

McLindlay lehnte sich an die Tür und blickte Yang stumm an. Nach einer Minute Schweigen sagte Yang nüchtern:

»Das kann eine angeregte Unterhaltung werden.«

»Du weißt, was ich dir sagen will.« McLindlays Stimme war rauh vor Erregung. »Aber alle Worte sind wertlos. Du bist von nichtirdischer Schönheit.«

»Was soll das?« Ihre Kühle war provozierend.

»Ich lege dir alles zu Füßen, was du willst.«

»Ich brauche nichts. Das einzige, was ich schon habe, kannst du mir nie bieten: Freiheit! Du hast nur Geld!«

»Damit gehört dir die Welt!«

»Ich will die Welt nicht. Ich will nur echte Liebe und Glück.«

»Auch das lege ich dir zu Füßen.«

»Du begreifst auch heute nicht, daß man das nicht kaufen kann.« Yang schüttelte den Kopf. »Mr. McLindlay, heimlicher König von Kowloon . . . ich weiß wieder, was Liebe ist.«

McLindlays Brauen schoben sich zusammen. Sein Blick wurde hart.

»Du . . . du hast einen neuen Geliebten?«

»Ja.«

»Wen?«

»Einer, der nicht von einem halbfertigen Hochhaus fallen kann, McLindlay! Vielleicht kann man ihn erschießen, erwürgen, ertränken, aufhängen, erstechen . . . aber man wird nicht an ihn herankommen. Sein Name?« Yang bog den Kopf nach hinten und lachte kurz. »Ich werde ihn nicht nennen, und wenn man mich auf einen Grill legt!« Es klopfte zweimal an die Tür. Yang erhob sich. Ihr Anblick war atemberaubend. »Mein Auftritt! Ich muß gehen . . .«

»Ich werde deinen Liebhaber finden!« sagte McLindlay gepreßt. »Und ich werde dir beweisen, welch armselige Seelen diese Männer sind. Du sollst sehen, was du ihnen wert bist – eine Million, zwei Millionen, drei Millionen Dollar . . . Bei irgendeiner Zahl werden sie sich sagen: Dort ist eine Frau . . . hier sind fünf Millionen Dollar und ein sorgenfreies Leben bis zum Schluß! Yang, es gibt keinen Mann, der dich so liebt wie ich!«

»Friß deine Millionen auf, James McLindlay!« sagte Yang grob. »Der Mann, den ich liebe, ist mit keiner Summe zu kaufen!«

Sie ging zur Tür, schob McLindlay zur Seite und verließ den Salon. Die Musik des Orchesters schlug ihr entgegen . . . ihre Kennmelodie, die man zum drittenmal spielte, weil sie zu spät kam.

Kurz hinter ihr verließ auch McLindlay das Zimmer. Er hörte sich Yangs Auftritt nicht an, diese zauberhafte Verbindung von altchinesischer Oper und modernem Song. Er ging in sein Arbeitszimmer und griff zum Telefon.

»Ich will wissen, wer der neue Liebhaber von Yang Lan-hua ist!« sagte er mit vor Wut verzerrter Stimme. »Ich verlange schnellste Information, sonst holt euch alle der Teufel! Wozu seid ihr eigentlich da?! Und dann fangt ihn ein und bringt ihn zu mir. Ja, hierher! Diesen Mann will ich mir persönlich gönnen! Wenn ich nicht in kürzester Zeit etwas von euch weiß, beginnt das große Aufräumen! Alles um mich herum schläft . . . aber wehe, wenn ich euch wachrütteln muß! Meine Geduld war zu lang und zu groß – das ändert sich jetzt!«

Er warf den Hörer zurück, starrte auf ein echtes Ölgemälde von Cézanne und mußte ein paarmal tief atmen, um den inneren Druck abzubauen. Dann ging er zur Bar – in jedem Zimmer befand sich solch eine Trinkecke –, goß sich einen großen Wodka ein, mischte ihn mit ein wenig Tomatensaft und kippte das Getränk hinunter.

Seine Wut war ungeheuerlich. Sein Zorn auf das nicht funktionierende Informationssystem seines »Reiches« gebar strenge Strafen. Am unerträglichsten aber waren sein angekratzter Stolz und seine Würde als Mann. Daß es jemanden gab, der das in den Armen hielt, wonach er sich seit zwei Jahren verzehrte, war geradezu zerstörerisch für seine Seele.

Er schrak zusammen, als sich die Tür öffnete. Tsching Hao-jih kam herein und legte die Hand aufs Herz.

»Ich suchte Sie, James. Betty meinte, Sie könnten hier sein. Sie hat Sie hier hereingehen sehen. Ist Ihnen nicht gut? Sie sehen bleich aus! Der Magen?«

»Das Herz, Tsching ...«

»Noch schlechter. Soll ich Ihren Arzt rufen? Er sitzt auf der Terrasse und glotzt Yang an, als wolle er Kannibale werden und sie fressen.«

»Yang hat einen neuen Geliebten, und ich weiß davon nichts!«

Tschings Gesicht wurde steinern. »Das ist unbegreiflich«, sagte er stockend.

»Es ist so vieles unbegreiflich geworden in den letzten Tagen!« schrie McLindlay. »Ich bin von Nichtskönnern umgeben, von Großmäulern und Feiglingen! Aber das wird sich ändern, das wird sich sehr schnell ändern!«

»Ich werde Ihnen helfen, James«, sagte Tsching Hao-jih fast feierlich. »Yang ist doch kein Problem. Mit einer Chinesin kann am besten ein Chinese sprechen ...«

»Wenn sie auch nur einen Kratzer von einem Millimeter bekommt, können Sie auf den Mond flüchten, Tsching!«

»Ich werde sehr höflich sein!« sagte Tsching und lächelte. »Ich weiß einmalige Schönheit zu schätzen!«

In diesem Augenblick hörten sie einen Schuß. Erstarrt sah McLindlay den dicken Chinesen an. Sekunden später riß Betty die Tür zum Arbeitszimmer auf. Sie warf beide Arme hoch.

»Auf Yang ist geschossen worden!« schrie sie hell.

»Ist ... ist sie ...«, stammelte McLindlay und hielt sich an der Tischkante fest.

»Aber nein!« Betty lachte grell und hysterisch. »Sie machte beim Singen gerade einen Schritt zur Seite. Tot ist der Gitarrist hinter ihr ...«

»Es hilft nichts, nun muß die Polizei her!« sagte Tsching und goß für McLindlay ein neues Glas Wodka ein. »So ein verfluchter Irrsinn: Wer schießt denn auf Yang?«

McLindlay nahm das Glas, stürzte den Wodka hinunter und rannte dann aus dem Zimmer auf die Terrasse. Die

Masse der Gäste umringte den Toten auf dem Podium, einige Damen hingen in Gartensesseln und rochen an parfümierten Tüchern, um nicht in Ohnmacht zu fallen. Die uniformierten Diener servierten geistesgegenwärtig neuen Champagner. Yang kniete neben dem toten Gitarristen und hielt dessen Kopf umklammert.

Als McLindlay durch die Menge gebrochen war und vor ihr stand, sah sie zu ihm auf und sagte leise: »Nein . . . der war es nicht!«

Es war ein Satz, der wie Feuer in ihm zu brennen begann. Tsching legte ihm die Hand auf die Schulter.

»Die Polizei ist benachrichtigt«, sagte er. »Wie geht es weiter?«

»Werft alle raus!« sagte McLindlay grob. »Alle! Das Fest ist beendet. Sie sollen gehen, diese hohlen Fratzen! Raus mit ihnen!«

Kommissar Ting traf ein, als der Abmarsch der Gäste die Zufahrtsstraße fast verstopfte. Er brachte die ganze Mordkommission mit in der Absicht, nun endlich sich im geheimnisvollen Schloß von McLindlay genau umsehen zu können. So eine Gelegenheit kam nicht wieder.

Mit einer tiefen Verneigung wurde er von dem handlosen Tigerwärter am Tor empfangen. Die Edelstahlhaken auf den Stümpfen glitzerten in dem hundertfachen Licht, das von allen Seiten leuchtete.

»Der Herr erwartet Sie!« sagte der Diener. »Er heißt Sie willkommen.«

Wenn man davon ausgeht, daß der Tod des Gitarristen für Ting eine aussichtsreiche Situation schuf, so muß gesagt werden, daß Dr. Meis Alleingang an Land kein solcher Erfolg beschieden war.

Nachdem er seine zwei Kartons voll Medikamente am Quai in einem Sampan abgeladen hatte, folgte er Liang zu dem Bordell der Madame Yo. Es war ein gutgeführtes Haus, kultiviert eingerichtet, nicht prunkvoll, aber auch nicht durchschnittlich. Es bewies, daß Madame Geschmack besaß und daß ihre Kunden der Gesellschaftsklasse angehörten, die Wert auf eine diskret luxuriöse Umgebung legte.

Dr. Mei lächelte breit, als er an einem Tisch in der Bar Platz nahm und ein Mädchen mit bloßem Oberkörper und einer Busenfestigkeit, die auf eine Silikonunterspritzung hindeutete, nicht nur die Getränkekarte servierte, sondern auch ein Fotoalbum mit wirklich hübschen, nackten und sehenswerten Gespielinnen. Mei klappte das Album zu, dachte dabei an die drei anderen Alben, die er mit Merker durchgesehen hatte, und bestellte einen Ingwerschnaps.

Die Bar war gut besucht, ausschließlich von Chinesen der gehobenen Klasse, von denen sich viele kannten, wie Freunde sprachen und dann einzeln nach hinten verschwanden, wo man über eine teppichbelegte Treppe die oberen Räume erreichen konnte. Die ebenfalls kultiviert ausgestatteten, für alle Arten von Sex und Perversitäten eingerichteten, schalldichten Zimmer mit den versteckten Alarmanlagen, falls ein Gast sich allzusehr aufregen sollte und für die Mädchen gefährlich wurde. Dafür hockten zwei Muskelberge hinter der Bartheke, ehemalige Boxer, die auch die Aufgabe hatten, fremde, unbekannte, neue Kunden zu beobachten.

Dr. Mei war bei seinem Eintritt von den fachmännischen Augen gleich als harmlos eingestuft worden, was noch verstärkt wurde, als er das Mädchenalbum zuklappte, ohne seine Bestellung aufzugeben. Ein alter, geiler Knacker, der nur mal herumgucken will, dachte man. Bevor er stirbt, will er noch sagen können: Haha, ich war auch in einem Puff! So etwas gehört zwar nicht in ein Lokal wie von Madame Yo, aber lassen wir dem Alten das Vergnügen, in der Hose noch ein Zukken zu spüren.

Liang Tschang-mao ging unterdessen mit ihrem umgeschnallten Blumenkorb durch die Bar, tastete sich ungehindert nach oben zu den Zimmern und verschwand aus Meis Blicken. Der Ingwerschnaps kam, und Dr. Mei sah das halbnackte Serviermädchen entsetzt an.

»Bin ich ein Floh?« fragte er laut.

»Ich weiß nicht, ob Sie beißen«, antwortete der stramme Busen keck.

»Mit diesem Tropfen von Schnaps treffe ich gerade mit Mühe meinen Geschmacksnerv! Ab Longdrinkglas wird's erst gemütlich.«

»Ingwerschnaps in Longdrinkgläsern?« Das barbusige Brustwunder starrte Dr. Mei entgeistert an. »Ich ... ich will's bestellen, Sir ...«

Hinter der Bar war man sich nun vollkommen einig: der Alte hat einen kleinen Schaden an Hirn und Leber. Soll er sich doof saufen – aber nur gegen Vorkasse! Man weiß ja nie ... Für ihn muß das ein ganz großes Erlebnis sein, vor allem Nelly mit ihren knallharten Quellen. Ab hundert Dollar Verzehr darf er sogar dranpacken, falls ihn nachher nicht der Schlag trifft!

Dr. Mei bekam sein Wasserglas voll Ingwerschnaps, und die beiden Riesen hinter der Bar, die Barmädchen, Nelly, andere Serviererinnen, ein paar Gäste und Madame Yo, die wie auf einer Art Thron saß und alles überblickte, sahen mit Staunen, wie der dicke Alte das Glas ansetzte und wegschluckte. Jetzt fällt er auf den Teppich! Jetzt bleibt ihm der Atem weg! Blau wird er werden im Gesicht. Ein Gast, von Beruf Arzt, rutschte vom Barhocker und hielt sich bereit.

Mit einem breiten, zufriedenen Lächeln setzte Mei das Glas ab, stieß diskret auf, streckte die Beine aus und winkte mit dem leeren Glas. Noch einen!

Die Diskretion des Hauses verbot es, zu applaudieren. Nelly starrte verwirrt zur Theke. Dort hatte man bereits die Flasche aus dem Eiskühler genommen und schüttete neu ein. Der Arzt schob sich wieder auf den Barhocker. Seinen Nachbarn begann er etwas zu erklären. Du Arschloch, dachte Dr. Mei zufrieden, jetzt hältst du einen Vortrag über das Stadium der Leberzirrhose, bei der Alkohol nur noch in großen Mengen wirkt. Sehe ich wie eine Zirrhose aus?! Ihr werdet euch noch wundern.

Nelly brachte das zweite Glas, stellte es ab und blieb neben ihm stehen. Dr. Mei blickte auf ihre Brustwarzen, die grellrot lackiert waren, und schüttelte den Kopf.

»Sei lieb und trag deine Klöße woanders hin«, sagte er. »Davon habe ich sechzehn Jahre lang genug gehabt ... vom Saufen nie!«

Mit besonderer Freude sah er, daß sich Madame Yo von ihrem Thron begab und zu ihm herüberkam. Sie war für eine Chinesin sehr groß, besaß noch eine gute Figur und kam mit wiegenden Hüften auf ihn zu. Das sollte nicht anregen, sondern es war der Gang, den sie sich ab dem vierzehnten Lebensjahr angewöhnt hatte, als sie begann, drüben in Victoria auf Hongkong den Touristen asiatische Liebeskunst vorzuzaubern. Nun war sie Chef eines hochgerühmten Betriebes, aber der Gang war geblieben. Sie setzte sich Dr. Mei gegenüber und scheuchte die verwirrte Nelly weg zur Bar.

»Auch reife Äpfel heben nicht meinen Appetit!« sagte Mei fröhlich. »Ich will nur ein Schnäpschen trinken. Oder muß man hier unbedingt zum Hüpfer werden?«

»Zumindest ist es ungewöhnlich, Sir!« Yos Stimme war dunkel und wohltönend. »Aber wenn Sie Wert darauf legen, sollen Sie nicht gestört werden.«

»Ich bitte darum.« Mei hob sein Glas, aber dieses Mal trank er es nur halb leer. »Ich habe lange gesucht, bis ich Ihr freundliches Haus fand. Hier kann man sich wohl fühlen und still genießen.«

»Es gibt einige ältere Herren, denen ich Pat empfehle. Pat ist gerade siebzehn. Sie kann Wunder wirken auf den Organismus. Möchten Sie Pat sehen?«

»Wozu?« Dr. Mei verneigte sich im Sitzen in Richtung Yo. »Ich bin Alkoholiker, Madame. Und über siebzig. Da nützt auch ein siebzehnjähriger Hintern nichts mehr. Bitte, lassen Sie mich still trinken. Ich finde es so schön bei Ihnen.«

Madame Yo verneigte sich ebenfalls, kreuzte die Hände über ihren Brüsten und kehrte dann zurück zu ihrem Thron. Die Reihe der Gäste an der Bar und an den Tischen hatte sich gelichtet. Madames Mädchen waren wirklich fleißig.

Auch Liang kam aus der oberen Etage zurück. Sie hatte gut verkauft, der Blumenkorb war fast leer. Sie kam an Dr. Mei vorbei, schüttelte ganz leicht den Kopf und verließ die Bar.

Na gut, warten wir, dachte Dr. Mei. Noch ist es früh. Der große Puffbetrieb beginnt ab 23 Uhr und endet gegen 3 Uhr früh. Die dann hereinkommenden Nachzügler gehören nicht zu denen, die Liang erkennen soll.

Er blieb sitzen, trank noch drei Gläser Schnaps, wurde in Ruhe gelassen, während die Gäste kamen und gingen, und Mei rechnete aus, daß solch ein Geschäft eine Goldgrube sein müsse, denn bezahlt wurde bei Madame am Thron.

Noch viermal erschien Liang mit neuen Blumen, und jedesmal schüttelte sie den Kopf. Es wäre auch zuviel Glück gewesen, gleich am ersten Tag eine Spur zu finden.

Um 3 Uhr früh erhob sich Mei, zahlte bei Nelly seine Zeche und tippte auf ihren Superbusen.

»Bei soviel Kunststoff wirst du es mal schwer haben, ein Kind zu stillen!« sagte er.

Er ließ eine völlig verwirrte Nelly zurück, die sogar vergaß, sich für das hohe Trinkgeld zu bedanken. Die Boxer hinter der Bar grinsten breit und blöd.

Er hat draufgetippt! Der Alte ist gar nicht so ohne! Der kommt schon noch. Beim nächsten Mal soll ihm Nelly einheizen. Diese geilen Greise sind nachher die Schlimmsten!

Madame Yo winkte von ihrem Thron.

»Seht nach, wo er hingeht!« sagte sie herrisch. »Was für einen Wagen er fährt. Los . . .«

Einer der Boxer trabte los, aber Dr. Mei war bereits wie weggezaubert verschwunden. Nur Liang, das blinde Blumenmädchen, trippelte über die dunkle Straße.

Als der Himmel streifig wurde und der neue Tag über die Hügel kroch, war Dr. Mei wieder zu Hause. Dr. Merker wachte auf, weil Mei gegen die Paukenkessel stieß und laut »Scheiße« brüllte. Merker sprang auf und ging ins Nebenzimmer. Mei hockte mit glasigen Augen auf einem Hocker und schälte sich aus seinem Anzug.

»Hast du was entdeckt?« fragte Merker und half Mei aus dem Jackett.

»Einen fabelhaften Ingwerschnaps!«

»Das habe ich mir gedacht! Und sonst?!«

»Eine Reihe imponierender Brüste.«

»Leg dich hin und schlaf dich aus!« sagte Dr. Merker mißmutig. »Ich mache mir Sorgen um Yang. Sie ist nach dem Fest bei McLindlay nicht, wie verabredet, zu uns gekommen. Wenn sie bis Mittag nicht da ist, gehe ich an Land.«

12

James McLindlay empfing Ting Tse-tung in der großen Eingangshalle. Er lief nervös hin und her und sog an einer langen, extra für ihn hergestellten Zigarette aus süßlichen Orienttabaken. Die letzten Gäste verabschiedeten sich eilig. McLindlay schien sie gar nicht mehr zu bemerken. Betty Harpers übernahm es, sie hinauszubegleiten.

»Mir ist das unbegreiflich!« sagte McLindlay, nachdem er Ting begrüßt hatte. »Völlig unbegreiflich! Man schießt auf Yang! Das ergibt doch gar keinen Sinn! Ausgerechnet Yang! Wie kann man eine solche Frau töten wollen? Das ist doch Irrsinn!«

»Ein großer Fehler ist es jedenfalls, alle gehen zu lassen«, sagte Ting und blickte den Gästen nach.

»Ich möchte keinen mehr von denen sehen!« knirschte McLindlay.

»Und wenn darunter der Schütze ist?«

»Oh!« McLindlay starrte Ting betroffen an. »Daran habe ich überhaupt nicht gedacht. Ich wollte nur allein sein! Mein Gott, das stimmt ja! Dieser Saukerl kann ja unter ihnen sein! Was nun? Ich habe selbstverständlich alles so gelassen, wie es nach dem Schuß war. Der Tote liegt noch am selben Platz, nichts ist verändert worden . . .«

»Nur der Mörder dürfte auf und davon sein!« sagte Ting trocken. »Na ja, mal sehen, was die Polizei da noch tun kann.«

»Bitte, kommen Sie mit.«

Die riesige Terrasse mit dem märchenhaftesten Blick über Hongkong war geräumt. Fünf Diener in ihrer weißen Uniform bildeten eine Absperrkette, hinter der Yang noch immer neben dem Toten kniete. Die anderen Mitglieder der Tanzkapelle hatten sich in den Hintergrund des Bühnenbildes zurückgezogen und hockten eng beieinander wie Tiere in einem Gewitter.

Ting und der Polizeiarzt betraten den abgesperrten Raum. McLindlay blieb hinter seinen Dienern.

»Da haben wir ja noch mal Glück gehabt«, sagte Ting und legte Yang die Hand auf die Schulter. »Ein Glück auch, daß ihr Chansonsänger immer hin und her hampelt. Bei einer Opernsängerin hätte der Schuß wahrscheinlich getroffen.« Er beugte sich über den Toten, auf dessen Brust sich ein kleiner roter Fleck gebildet hatte. Sonst war von Blut nichts zu sehen. »Wie ist das gewesen, Yang?«

»Ich habe nichts gehört und gesehen. Die Verstärker um mich herum ... da geht jedes Geräusch unter. Plötzlich fiel Jimmy um und war tot. Da erst begriff ich, daß geschossen worden war. Das ist alles.«

»Keine andere Wahrnehmung, Yang? Eine erhobene Hand unter den Gästen?«

»Ich singe fast immer mit geschlossenen Augen ...«

»Das würde ich für die Zukunft ändern.« Ting wartete, bis der Polizeiarzt den Toten oberflächlich untersucht hatte. Das Einschußloch war klein und blutete kaum.

»Ein glatter Herzschuß«, sagte der Arzt, noch neben dem Gitarristen kniend. »Kleines Kaliber, so eine Art Damenpistole. Kein Ausschuß, also Steckschuß. Vermutlich hat der Schütze einen großen Abstand zum Ziel gehabt. Die Durchschlagskraft solch kleiner Pistolen ist nicht groß. Sie sind typische Nahkampfwaffen. Es muß sich hier also um einen guten Schützen gehandelt haben, der aus dieser Entfernung so präzise traf.«

Ting zog Yang vom Boden hoch und ging dann sehr ernst hinüber zu McLindlay.

»Die Sache wird interessant, Sir«, sagte er. »Eine Damenpistole. Das haben wir jetzt schon mehrfach gehabt. Nur blieb die Täterin hinterher ruhig stehen und lächelte. Es ist das erstemal, daß sie flüchtete.«

»Ich ... ich verstehe Sie nicht ...«, stotterte McLindlay verwirrt.

»Ist Ihnen unter Ihren Gästen eine Dame aufgefallen, die unentwegt lächelte und die in ihren Bewegungen puppenhaft, aufgezogen wirkte?«

»Ich habe nur zufrieden lächelnde Gäste«, sagte McLindlay schroff. »Und ich beobachte ihre Gangart nicht. Was soll das alles?«

»Sie kennen alle ihre Gäste?«

»Das ist eine reichlich dumme Frage, Mr. Ting! Wer hier hereinkommt, ist genau sechsmal kontrolliert. Die Einladungskarten werden durchleuchtet, weil in das Papier ein geheimes Wasserzeichen eingezogen ist. Sie sind fälschungssicher. Jeder meiner Gäste ist über jeden Zweifel erhaben.«

»Und trotzdem wird bei Ihnen gemordet . . .«

»Ich kann das einfach nicht begreifen.«

Es dauerte eine halbe Stunde, bis Ting nach den Zeugenaussagen sich in etwa ein Bild machen konnte, wie die Tat geschehen war. Er konnte sogar die Schußrichtung festlegen und ging zu der Stelle, wo der Täter vermutlich gestanden hatte. Ein Platz an der Balustrade, hinter den Gästen, die auf Yangs Gesang gelauscht hatten. Der Polizeiarzt hatte recht. Es mußte ein guter Schütze sein, um mit einer so kleinen Waffe auf diese Entfernung zu treffen.

»Ich denke, Ihre Gäste werden beim Eintritt auch durchleuchtet?« sagte Ting.

»Sie kommen durch einen Radarbogen ins Haus, der alle Metallteile anzeigt.« McLindlay sagte es mißmutig. Ihm war es gar nicht recht, seine Schutzmaßnahmen verraten zu müssen.

»Und trotzdem ist eine Pistole ins Haus gelangt!« Ting lächelte schwach. »Entweder hat Ihre Anlage Mucken, oder Ihre Wächter haben ab und zu geschlafen . . . oder aber die Pistole war schon in Ihrem Haus! Was gefällt Ihnen am besten?«

»Nichts!«

»Sie haben keine Waffen im Haus?«

»Ein ganzes Arsenal! Sogar Maschinengewehre und zwei Granatwerfer.« McLindlay grinste kurz, als er Tings verwunderten Blick sah. »Mit Sondergenehmigung des Gouverneurs, Mr. Ting. Ein Mann wie ich kann nicht so leben wie andere Menschen. Leider! Erfolg lockt sofort die menschlichen Hyänen an. Ich bin in der Lage, aus meiner Dienerschaft innerhalb weniger Minuten eine schlagkräftige Truppe zu machen.«

»Das ist mir bekannt«, sagte Ting trocken. »Und da sollte sich keine kleine Damenpistole finden lassen?«

»Meines Wissens nicht.«

»Tja, wenn man alles wüßte, Sir!« Ting sah zu, wie man den Toten zur genauen Obduktion ins gerichtsmedizinische Institut abtransportierte. »Was hat denn Doktol Melkel zu dem Anschlag gesagt?«

»Dr. Merker war gar nicht hier, obwohl er zugesagt hatte.«

»Ach! Er hatte zugesagt!« Ting nagte an der Unterlippe. »Das beunruhigt Sie nicht, Sir?«

»Sehr sogar! Ich habe keine Erklärung . . .«

Wir alle nicht, dachte Ting verbissen. Ich möchte meinen Kopf wetten, daß Yang mehr weiß. Aber sie wird nicht sprechen. Sie hat eine unangreifbare Position: Sie ist das verfehlte Opfer!

Es war völlig sinnlos, dieses Schloß nach einer kleinen Damenpistole zu durchsuchen. Außerdem war anzunehmen, daß der Täter sie mitgenommen hatte, als McLindlay seine Gäste quasi hinauswarf. Im Augenblick war nichts mehr zu tun. Man konnte nur abwarten, ob irgendwo eine neue Leberzersetzung auftauchte.

»Ich glaube, wir können gehen«, sagte Ting.

McLindlay sah ihn entgeistert an. »Ist das alles? Mehr kann die Polizei nicht tun? Beschämend!«

»Sie hätten die Gäste hierbehalten sollen! Dann sähe die Lage anders aus.«

»Ich war völlig kopflos! Mr. Ting, schieben Sie jetzt nicht alles auf mich ab. Als man schrie: Man hat auf Yang geschossen . . . es gibt für meinen damaligen Zustand keine Worte! Es war, als fiele der Himmel ein. Wer denkt da noch kriminalistisch? Selbst als man sagte, Yang sei nichts geschehen, war ich wie gelähmt! Was nun, Mr. Ting?«

»Warten wir es ab, Sir. Polizeiarbeit ist Puzzlearbeit.« Ting wandte sich an Yang. Sie stand abseits in den Kulissen. »Ich nehme Sie mit, Yang. Müssen Sie sich noch umziehen?«

»Ja.«

»Miß Yang bringe ich zurück«, sagte McLindlay.

»Bedauere, Sir. Das Ziel des Anschlages gehört heute der Polizei.«

»Ich habe einen gepanzerten Wagen.«

»Gewiß, aber für die Ermittlungen brauche ich Miß Yang noch.« Er verbeugte sich vor McLindlay, faßte Yang unter und ging mit ihr in den kleinen Salon, der als Künstlergarderobe diente. Dort flüsterte er ihr zu: »Machen Sie schnell, Yang. Sie müssen hier weg!«

»Ich muß mich ganz umziehen, Ting.«

»Ich drehe mich zur Wand, bis Sie ›fertig‹ sagen.«

Nach einer halben Stunde – das Abschminken dauerte so lange – kamen sie aus dem Salon heraus. McLindlay saß in der Riesenhalle in einem Sessel und trank Wodka mit Lemon. Als er Yang sah, sprang er auf.

»Wir müssen uns morgen sehen«, sagte er. »Bitte, schlagen Sie es nicht ab.«

Sie lächelte spöttisch und hob die schmalen Schultern. »Das bestimmt der Herr Kommissar.«

»Er hat Sie doch nicht verhaftet, Yang?!« McLindlay starrte Ting wütend an. »Das wäre ja der Gipfel! Ich zahle jede Kaution, Mr. Ting! Jede! Mein Gott, wohin verirrt sich die Polizei?«

»Ich werde Sie anrufen, wenn ich kann«, sagte Yang und warf ihren herrlichen weißen Nerzmantel um die Schultern. »Es war ein schöner Abend, Sir. Das vereinbarte Honorar schicken Sie bitte an Mr. Tsching.«

Sie nickte McLindlay zu und verließ das Haus. Ting folgte ihr. Die noch verbliebenen Beamten der Mordkommission warteten draußen vor dem Eingang.

McLindlay blickte ihnen nach und wußte, daß Yang nie anrufen würde. Er schlug die Fäuste gegeneinander, und sein Gesicht wurde kantig, als Betty in die Halle kam.

»Hast du nicht eine kleine Pistole?« fragte er rauh.

»Ja. Sie liegt oben im Schlafzimmer.« Betty Harpers schüttelte den Kopf. »Du kannst daran riechen – aus ihr ist nicht geschossen worden. Ich habe mich schon darum gekümmert.«

Sie wartete, bis Yang und Ting in einen geschlossenen Polizei-Jeep gestiegen waren. »Wenn du einen Augenblick gedacht hast, ich sei es gewesen . . . mein Schatz, soviel Dummheit darfst du von mir nicht erwarten. Obwohl ich mich gefreut hätte, wenn Yang getroffen worden wäre!«

McLindlay ließ sie stehen und stampfte in sein Arbeitszimmer.

Im Jeep, sie fuhren die Hügelstraße hinunter nach Kowloon, blickte Ting kurz zur Seite. Yangs unbeschreibliches Gesicht war wie kühles Porzellan.

»Wo ist Doktol Melkel?« fragte er. »Yang, er war nicht bei McLindlay.«

»Ich weiß es, Ting.«

»Ich mache mir Sorgen.«

»Er ist bei mir.«

»Gut. Aber da kann er auf Dauer nicht bleiben!«

»Warum nicht?«

»Wollen Sie ihn heiraten?«

»Ich liebe ihn.«

»Er hat große Aufgaben zu erfüllen.«

»Das weiß ich. Er ist dabei, sie zu erfüllen.«

»Yang . . . *ich* brauche ihn! Warum blockieren Sie ihn?«

»Ich habe Angst um ihn. Eine Frau, die liebt, hat immer Angst.«

»Darüber reden wir noch. Wohin darf ich Sie bringen?«

»Zu Tsching in den ›Drachen von Canton‹.«

Ting Tse-tung nickte. Und von dort wird sie verschwinden, und keinem ist es bisher gelungen, ihren Weg zu entdecken, dachte er. Wie ohnmächtig sind wir in dieser schönen, verteufelten Stadt. In dieser verfluchten Stadt, die uns alle aufgefressen hat.

Die Sprechstunde an diesem Vormittag war eine Qual. Es dürfte eigentlich nicht sein, aber Dr. Merker war auch nur ein Mensch: die Patienten wurden in Eiluntersuchungen durchgeschleust. Merker konnte sich einfach nicht konzentrieren. Ihn peinigte die Frage, warum Yang nach der Nacht bei

McLindlay noch nicht zurückgekommen war. Es gab dafür keine Erklärung. Auch Dr. Mei hatte keine zu bieten.

Seine Erklärung, daß man solch eine Feier ja bis in den frühen Morgen ausdehnen könne und Yang einfach nicht weggekommen sei, wirkte lahm. Sie wußten beide, daß Yang nur ihren Auftritt in der Show absolvieren wollte, um dann sofort wieder McLindlays Haus zu verlassen. Vor allem wollte sie Ting Tse-tung nicht in die Hände laufen, der wie ein Wolf vor dem Schloß lauern würde, um sie nach Merker zu befragen.

Gegen Mittag wurde Dr. Merker so unruhig, daß Dr. Mei sagte: »Wir hören mit der Sprechstunde auf. Einen Husten diagnostizierst du schon als Darmsausen. Trink einen Kognak und geh an die frische Luft! Eins darfst du auf keinen Fall: an Land gehen!«

»Genau das werde ich!«

»Es wird dich niemand hinüberrudern.«

»Zum Teufel, dann schwimme ich!«

»Es hat hier schon Haie gegeben . . . bei dem vielen Abfall! Außerdem wird dich sofort jeder rausfischen, wenn du knapp zwei Meter geschwommen bist. Die Patienten lassen doch ihren Dschunkendoktor nicht ins Wasser fallen!«

»Es ist unmöglich bei dem Gedanken, Yang könne etwas zugestoßen sein, ruhig zu bleiben!« schrie Dr. Merker.

»Daran wirst du dich gewöhnen müssen, Fritz.«

»An was?«

»Daß Yangs Uhr anders läuft als deine. Sie ist eine Orchidee, die man pflegen muß, aber sie ist auch wie ein freigeborenes Tier, das man nicht einsperren kann.«

»Ist es wenigstens erlaubt, zu ihrer Wohndschunke zu rudern?«

»Nur, wenn sie es zuläßt.«

Dr. Merker mußte kapitulieren. Er saß später oben an Deck hinter den verrotteten Aufbauten und starrte über die Dschunkenstadt. Die wartenden Patienten hatten sich zum Mittagessen eingerichtet. Sie kochten über Gasfeuern ihren Reis oder ihre Nudelsuppe, ihre Frauen oder Kinder brachten geschnetzeltes Hühnerfleisch, Obst und Gemüse. Alles war eine große Familie, alles fühlte sich trotz der Krankheiten wohl im Blickfeld des neuen Doktors Wei Kang-teh, der zwar eine Langnase war, aber der jetzt zu ihnen gehörte.

Plötzlich war Yang an Bord. Merker hatte sie nicht kommen sehen, sie stand hinter ihm, umarmte und küßte ihn. Sein Herz schlug wild, er schlang die Arme um sie und preßte sie an sich.

»Endlich!« sagte er mit unsicherer Stimme. »Endlich! Wo warst du so lange ...«

»Bei Ting Tse-tung.«

»Hat er dich erwischt?«

»Während der Show wurde neben mir der Gitarrist erschossen.« Dr. Merker fuhr entsetzt auf. »Du lieber Himmel! Man hätte auch dich treffen können!«

»So war's wohl geplant. Der Schuß galt mir. Ich drehte mich beim Singen nur gerade weg, und es traf den unschuldigen Jungen.«

Dr. Merker lief zur Treppe und brüllte hinunter:

»Mei! Mei! Auf Yang ist geschossen worden! Mei!«

»Welch ein Geschrei!« Dr. Mei wuchtete sich die Treppe herauf. Er roch nach Alkohol. »Sie hat's mir schon erzählt! Darauf mußte ich einen trinken, ich bitte nachträglich um Genehmigung, aber Schrecken kann man nur mit einem guten Schluck neutralisieren. Ich habe da eine besondere chemische Reaktion in mir ...«

»Mein Gott, laß die dummen Reden!« schrie Merker. »Man hat auf Yang geschossen! So weit ist man schon!«

»So weit war man schon immer! Das Postkarten-Hongkong ist nur für die Touristen. Ein Anzug in 24 Stunden, eine Syphilis in drei Minuten ... das sind Hobby-Attraktionen. Den Kampf der Ratten sieht niemand, der im Mandarin oder im Peninsula wohnt.«

»Wer hat ein Interesse daran, daß Yang ...«

»Genau das hat Ting auch gefragt. Es gibt keine Antwort.« Yang setzte sich neben Dr. Merker in den Schatten der Aufbauten. »Nur eine Erklärung wäre logisch, aber sie scheidet aus: Mein Tod sollte dich vernichten, Fritz! Aber es weiß ja keiner, daß du bei mir bist!«

»Nur Ting weiß es«, sagte Dr. Mei nachdenklich.

»Das ist ja absurd!« sagte Dr. Merker heiser.

»O Himmel, nicht Ting!« Mei hob beide Arme hoch in die Luft. »Aber auch bei der Polizei lauschen überall Ohren ... und auch Polizisten sind nur Menschen und damit käuflich! Es kommt immer auf die Summe an. Wenn amerikanische Senatoren Verbindung zur Mafia haben, warum nicht ein unterbezahlter, armer chinesischer Polizist?! Es könnte möglich sein, daß jemand weiß oder ahnt, wo du bist! Dann ist es natürlich, daß man zuerst Yang bedroht.«

»Natürlich!« Dr. Merker legte den Arm um Yangs Schulter. »Wir werden sofort Hongkong verlassen und nach Hamburg gehen.«

»Nein!« sagte Yang fest.

»Man kann Ratten nicht bekämpfen, indem man wegläuft!« sagte Dr. Mei ernst. »Wir wissen jedenfalls jetzt, wie ernst die Lage ist! Darauf können wir uns einstellen.«

»Du darfst nicht mehr an Land, Liebling«, sagte Yang.

»Genau das versuche ich ihm beizubringen!« rief Dr. Mei. »Der sicherste Platz auf der Welt ist für ihn hier in der Dschunkenstadt unter seinen Patienten.«

»Und gerade hier gibt es genug arme Teufel, die für tausend Dollar alles tun ... auch mich umbringen!«

»Nicht ihren Doktor, Fritz!«

»Darauf möchte ich kein Haus bauen.«

»Du wirst nie allein sein. Immer werden zahllose Augen dich beschützen. Was hätte der Täter von seinen tausend Dollar, wenn man ihn sofort an einen Mast bindet und ihm die Haut abzieht?!«

»Ling wird heute deine Sachen aus dem Hospital holen«, sagte Yang. »Er ist der einzige, dem es gelingen wird, keine Spuren zu hinterlassen.«

»Du wirst ein Wasserchinese werden, da ist nichts mehr zu ändern.« Dr. Mei grinste breit. »Ein Teil meines ruhigen Sterbens ist gesichert ... ich habe einen Erben. Den zweiten Teil suche ich mir noch im Puff von Madame Yo zusammen: den Mörder meiner Tochter und der vielen Mädchen mit dem lächelnden Gesicht. Üben wir uns in der erfolgreichsten Tugend Asiens: Warten!«

Der Butler Ling gab sich keine Mühe, seinen Auftrag zu verbergen.

Er erschien in einem kleinen Auto vor dem Queen Elizabeth Hospital, meldete sich an der Pforte und verlangte, beim Verwaltungschef des Hospitals vorgelassen zu werden. Das hätte man ihm sofort verweigert, wenn er nicht hinzugesetzt hätte: »Ich komme von Mr. Dr. Merker.«

Er wurde sofort weitergereicht, kam in ein elegant ausgestattetes Verwaltungszimmer und stand einem Herrn im grauen Anzug gegenüber, der ihn kritisch musterte.

»Sie bringen von Dr. Merker eine Nachricht?« fragte der Verwaltungschef, als sich Ling stumm verneigte.

»Nein. Ich soll seine Koffer abholen.«

»So einfach geht das nicht!«

»Warum nicht? Das Kündigungsschreiben liegt doch vor.«

»Ich glaube nicht, daß Ihnen gegenüber Erklärungen abgegeben werden können«, sagte der Engländer steif und deutlich verletzend. Ein Chinese ... ein Lakai ... man läßt sich doch nicht seine Würde nehmen! »Wir haben mit Dr. Merker über seine Kündigung zu reden!«

»Herr Dr. Merker nicht.«

»Sind Sie ermächtigt, so etwas zu sagen?« fragte der Engländer kalt. »Ich nehme Erklärungen nur von Dr. Merker selbst entgegen.«

»Bitte.«

Ling zog einen Brief aus der Tasche und übergab ihn dem Verwaltungsdirektor. Es war eine Vollmacht für Ling, in Dr. Merkers Namen zu handeln. Der Engländer las den Brief und warf ihn auf den Schreibtisch.

»Wer sagt mir, daß die Unterschrift echt ist?« fragte er beleidigend.

»Sie können Schriftvergleiche anstellen.«

»Wollen Sie mir sagen, was ich zu tun habe?« Der Engländer reckte sich. »Ich erkenne die Kündigung ohne Diskussion über die Gründe nicht an.«

»Das ist Ihre Sache, Sir.« Ling blieb ruhig und höflich. »Ich soll nur die Koffer abholen.«

»Verweigert!« rief der Engländer geradezu empört.

»Ich nehme es zur Kenntnis. Ich werde mit der Polizei wiederkommen.«

»*Was* wollen Sie?« schrie der Direktor.

»Dr. Merker verlangt sein persönliches Eigentum, mehr nicht. Das kann man ihm nicht verweigern. Oder hat er Schulden? Mir wurde gesagt, das Hospital hätte Schulden bei ihm. Das letzte Monatsgehalt . . .«

»Ich betrachte es als unmöglich, weiter mit Ihnen zu reden!« Der Engländer winkte, als verjage er einen Moskito. »Holen Sie die Koffer! Das Gehalt bleibt gesperrt, solange der Vertragsbruch im Raum steht!«

Ling verbeugte sich wieder höflich und hörte beim Hinausgehen, wie der Direktor die Anweisung gab, die Koffer Dr. Merkers bereitzustellen. Er hörte nicht mehr, wie der Direktor den Hörer hinwarf, auf die geschlossene Tür starrte und hochmütig sagte: »Eine Schande, daß England die Kolonien freigibt. Diese Chinesen sollte man über die Grenze nach Rotchina jagen. Eine arrogante Bande . . .«

Über Dr. Merker zerbrach er sich weiter den Kopf. Wie konnte sich ein so fähiger Arzt von einem schlitzäugigen Weibsstück so einfangen lassen, daß er alles hinwarf? Eine andere Erklärung gab es für ihn nicht.

Ling wandte sich an den Pförtner, um zu erfragen, wie er an Dr. Merkers Koffer komme. Niemand kümmerte sich um ihn, und auch der Pförtner sagte nur: Zweite Etage, Zimmer 210 im Ärztehaus. Den Weg mußte sich Ling selbst suchen.

Die Koffer standen gepackt im Zimmer, daneben die Geräte, die Merker gehörten: ein Kofferradio, ein Plattenspieler, ein tragbares Fernsehgerät, zwei Spiegelreflexkameras mit Elektronenblitz, ein Foto in einem Silberrahmen, das seine Mutter und seinen Vater zeigte.

Ling löste das Foto aus dem Rahmen. Er nahm nur die Koffer und das Bild mit . . . alles andere ließ er zurück. Auf der Dschunke der großen Herrin war alles vorhanden, das war das eine. Zum zweiten wußte man nie, ob in den Geräten nicht wieder kleine Sender versteckt worden waren.

Unten vor dem Hospital verfrachtete er die Koffer in seinen kleinen Wagen und lächelte still vor sich hin. Zwei Beamte in Zivil, die wie Touristen aussahen, mit umgehängter Kamera und einem Stadtplan von Kowloon deutlich in der Hand, konnten ihn nicht täuschen. Auch den anderen Beobachter erkannte er . . . einen schmächtigen Chinesen, der mit einem spitzen Stock das Papier auf dem Rasen vor dem Hospital aufsammelte.

Als Ling anfuhr, sah er im Rückspiegel, wie der fleißige Gartenarbeiter seinen Picker hinwarf und davonrannte. Auch die beiden »Touristen« hatten es eilig, ein geparktes Auto zu besteigen.

Um ihnen allen ein bißchen Abwechslung zu bereiten, fuhr Ling in Richtung der New Territories davon, raste die Tai Po Road hinauf, bog in die Ching Cheung Road ab und schleuderte wahnwitzig in den Straßenring hinein, der rund um das riesige Lai Chi Kok Hospital, den Park und das Frauengefängnis führt. Er war so kühn, die Einfahrt des Hospitals zu benutzen, fuhr hinten wieder hinaus, folgte einem Parkweg, erreichte die breite Lai Chi Kok Road und brauste zur Chinesenstadt von Mong Kok zurück. Im Rückspiegel sah er, daß niemand ihm mehr folgte. Zufrieden verschwand er im Gewirr der Gassen, um Yau Ma Tei anzusteuern. Dort verschwand er in einer Garage, deren Tor sich elektronisch öffnete und schloß.

Die beiden Beamten von Ting Tse-tung hielten verwirrt vor dem Lai Chi Kok Hospital, stiegen aus und gingen zur Aufnahme. Dort saß in der weiten Halle eine Menge Wartender. Hinter einer langen Theke regelten sieben Mädchen, drei Männer und ein dicker Oberbeamter die Anmeldungen. Tings Beamte zeigten ihre Polizeimarken. Das verschaffte ihnen zwar Einlaß, brachte sie aber sonst nicht weiter. Sie durchkämmten das gesamte Klinikgelände, aber der kleine Wagen war nicht da. Der Verfolgte war ihnen entwischt. Noch vom Hospital aus riefen sie Kommissar Ting an.

»Wenn ihr zurückkommt, kriecht auf dem Bauch!« brüllte Ting. »Wieso arbeitet der Sender in Melkels Kofferradio nicht?«

»Es ist alles still, Sir. Das letzte, was wir in unserem Empfänger hörten, war das Zuschlagen der Zimmertür.«

»Weil er das Radio stehengelassen hat, ihr Pflaumen!« schrie Ting außer sich. »Schon da hättet ihr Alarm geben müssen! Oh, ihr Himmel, welch eine Qual, mit Hirnlosen arbeiten zu müssen!«

Das gleiche Problem beschäftigte andere Aufpasser, die alles mithörten, was in Dr. Merkers Zimmer passierte. Sie hatten den Sender raffiniert in einer der Kameras versteckt, in der begründeten Annahme, daß ein Mann manches liegen läßt, aber selten seinen Fotoapparat. In dem Keller, wo man alles auf Tonband aufnahm, kam denn auch sofort Verwirrung auf, als nach dem Zuklappen der Tür kein Ton mehr zu hören war.

Nur reagierte man hier schneller. Einer der Männer hetzte die Treppe hinauf, schwang sich auf ein Motorrad und raste zum Queen Elizabeth Hospital. Er kam ein paar Minuten zu spät. Ling war schon unterwegs nach Lai Chi Kok.

Im Gegensatz zu den beiden Polizeibeamten folgte er nicht der Richtung, die ihm der aufgeregte chinesische Papierpicker angab. Er drehte um, fuhr zurück und meldete knapp: »Der Mann ist verschwunden.«

»Macht nichts«, antwortete eine Stimme. »Wir erwarten ihn im Hafen. Jetzt will er nur Spuren verwischen.«

»Er kann die Koffer auch in einem Haus abgeben.«

»Habt ihr ein Foto gemacht?«

»Ja, mit der Polaroid.«

»Klar?«

»Sehr klare, gute Aufnahme.«

»Kommt alle zum Hafen!« sagte die Stimme. »Ich glaube nicht, daß Dr. Merker sich in einem Haus verkriecht.«

»Er könnte sogar unter einem anderen Namen im Mandarin drüben wohnen. Oder im Hilton. Keiner wird ihn erkennen. Er kann überall wohnen, in hundert Hotels und Pensionen.«

»Wir können warten!« sagte die Stimme selbstgefällig. »Wen wir in Hongkong treffen wollen, den treffen wir.«

Bis zur Dunkelheit blieb Ling in seinem Versteck. Aber er war nicht untätig. Er vernähte Merkers Koffer in Sackleinen, auf dem Electronic Ltd. stand, lud die im Aussehen völlig veränderte Fracht auf einen leichten Handwagen und wartete auf das Ende des Tages.

In dem Gewühl der Händler und Einkäufer, dem Gewimmel von Marktschreiern, Gauklern, Wahrsagern, Würfelspielern, Straßensängern und Bauchladenverkäufern schob Ling später seinen Handkarren völlig unauffällig zum Hafen. Er erreichte den Quai, setzte sich neben seinen Karren auf die Erde und beobachtete seine Umgebung. Irgendwo unter den Hunderten Sampans am Ufer war auch sein Boot, aber Ling hütete sich, es jetzt schon zu beladen.

Wie viele Chinesen am Quai kaufte er an einer der vielen offenen Garküchen ein Stück Hühnerfleisch, einen Teller mit gemischtem Gemüse, kehrte zu seinem Karren zurück, rührte mit den Wegwerfstäbchen in dem Essen und beobachtete weiter das laute Leben um sich herum. Touristengruppen erschienen in Bussen, wurden ausgeladen und fotografierten mit Blitzlicht das bunte Treiben am Hafen und in den Gassen. Eine kleine Armee von Straßenhändlern belagerte die Gruppen und bot alles an ... von Elfenbeinschnitzereien, von denen die wenigsten echtes Elfenbein waren, sondern gemahlenes Kuhhorn, das mit Kunststoff in Formen gegossen war, bis zu feinsten Seidenstoffen und bemaltem Porzellan.

Auch Liang Tschang-mao, das blinde Blumenmädchen, stand mit seinen Körben am Quai und hielt ihre Blumen hoch. Etwas abseits stand Dr. Mei und bereitete sich auf einen neuen Besuch im Puff von Madame Yo vor. Er war gerade an Land gekommen und wartete den ersten Andrang der Touristen ab, um dann später Liang ein Zeichen zu geben.

Ling hatte ein feines Gefühl für Gefahr, fast einen Instinkt wie ein Tier. Er spürte: Irgendwo in dem Menschengewühl ist jemand, der dich beobachtet. Er schleicht um dich herum. Sie haben deine Spur.

Er aß in aller Ruhe seinen Teller leer, einen gewachsten Pappteller, den er hinterher in eine der vielen Abfalltonnen warf, die überall herumstanden, spannte sich dann wieder vor seinen Handwagen und zog mit ihm vom Quai weg in eine der engen Gassen. Ihm folgte ein langer, dürrer Chinese mit einem breiten Flechthut, wie ihn viele Landarbeiter tragen. Er war mit einem der blauen Kittelanzüge bekleidet, wie Millionen Chinesen sie besitzen.

Ling hielt an einer dunklen Toreinfahrt, ließ den Karren stehen und drückte sich in den tiefen Schatten. Der Verfolger spazierte vorbei, drehte um, kam zurück und sah sich um. Dann trat auch er in die Toreinfahrt und war somit von der Straße aus nicht mehr zu sehen.

Wortlos ließ Ling sich gegen den Mann fallen und stieß ihm gleichzeitig einen beidseitig scharfen Krummdolch in den Bauch. Der Verfolger keuchte, aber zum Schreien kam er nicht mehr. Ling preßte ihm die Hand auf den Mund, stieß noch einmal zu, in das Herz, und ließ den Toten dann gegen die Hauswand fallen.

Ohne Hast kehrte Ling zu seinem Karren zurück, zog ihn weiter die Gasse hinauf, bog in eine Quergasse ab und kehrte gemütlich zum Hafen zurück. Dort ging er an den Quai, warf die in Säcke gehüllten Koffer Dr. Merkers hinab in seinen Sampan und hockte sich dann wieder auf das Pflaster.

Nach einer halben Stunde endlich kletterte er hinab ins Boot, löste den Strick und ruderte davon. Es folgte ihm niemand, der ihm verdächtig schien. Nach wenigen Minuten war Ling im Gewimmel der Sampans verschwunden, zwischen den Hunderten Booten, die Tag und Nacht in Yau Ma Tei unterwegs waren.

Ting Tse-tung traf wenig später am Hafen ein. Der Tote in der Toreinfahrt war erst jetzt als Toter erkannt worden. Bisher hatten alle, die ihn sahen, geglaubt, er schlafe dort, wie Tausende seiner Art. Erst ein Kind sah das Blut unter ihm weglaufen und schrie. Aber auch das war in dieser Gegend kein Grund, sich aufzuregen. Ein Händler übernahm die Wache, bis er die Polizei hörte, dann lief auch er weg und mischte sich unter die Menge.

Die geplagte Mordkommission von Kowloon und auch Ting Tse-tung brachten diesen Toten in keinen Zusammenhang mit Dr. Merker. Wie sollten sie auch? Es war ein Mord, wie man ihn in der Chinesenstadt gewöhnt ist. Nach Motiven brauchte man gar nicht erst zu suchen, man fand sie doch nicht. Als unbekannter Toter landete er in der Anatomie und diente jungen Studenten als chirurgisches Übungsobjekt.

»Man hat uns alle ganz schön in den Arsch getreten!« sagte Ting spät in der Nacht, als ihm klar war, daß der Koffertransport und damit eine Spur zu Dr. Merker verpatzt worden war. »Ich rechne jetzt nur noch mit der Anständigkeit von Dr. Melkel. Er wird einen Freund wie mich nicht im Stich lassen...«

In dem stark geschminkten Gesicht von Madame Yo regte sich nichts, als Dr. Mei wieder ihr Etablissement betrat und an seinem Tisch Platz nahm. Dieses Mal betreute ihn die ebenso vollbusige, mit Silikon unterspritzte Meling, die ihm in Unkenntnis ebenfalls das Fotoalbum servierte und ihren Oberkörper einladend über den Tisch hängte.

»Fangen wir diesmal mit Rum an!« sagte Dr. Mei und schob das Album zur Seite. »Mixt mir einen schönen Longdrink mit viel Bacardi, der mich erfrischt.«

Meling starrte ihn entgeistert an, nahm ihren Busen weg und trippelte hinüber zum Thron von Madame Yo. Dort erfuhr sie, daß der alte Knacker ein harmloser Säufer sei, der den Tick habe, ausgerechnet in einem Haus wie diesem sich vollaufen zu lassen. Die Mädchen konnten auf ihren Zimmern bleiben. Dem Alten schien die Atmosphäre des Lokals zu genügen, um sich innerlich zu befriedigen.

Bald darauf erschien wie immer Liang Tschang-mao mit ihrem umgeschnallten Blumenkorb und ging trotz ihrer Blindheit mit erstaunlicher Sicherheit durch die Tischreihen und dann hinauf in die Zimmer. Bevor sie die Treppe betreten durfte, zählte Madame Yo die Blumensträuße im Korb... wegen der zehn Prozent Beteiligung.

Du verfluchte Hurenhexe, dachte Dr. Mei und trank sein Glas halb leer. Wie soll man dir das Fell gerben?! An einer Blinden noch verdienen!

Er winkte Meling, bestellte das zweite Glas und beobachtete mit Genuß, wie andere Kunden sich mit dem Fotoalbum beschäftigten und – nach anstrengender Wahl und öfterem Hin-und-her-Blättern ihre Mädchenbestellung aufgaben. Ab und zu ließ ein Kunde auch das ausgewählte Hürchen herunterkommen ... das waren die ganz Vorsichtigen, die selbst einem Farbfoto mißtrauten und vorher sehen wollten, wofür sie gute Dollars hinblättern sollten. Dann erschienen die Mädchen auf der Treppe, drehten sich nach allen Seiten und stellten sich dar, so, als gäbe es noch einen Sklavenmarkt. Etwas anderes war es ja auch nicht ... eine Sklavin auf Zeit.

Erstaunlicherweise, das hatte Mei schon am ersten Abend festgestellt, waren die Kunden von Madame Yo ausnahmslos Chinesen. Nicht ein Europäer kam in das Haus, es schien nicht in den »Informationen« aufgeführt zu sein, die man als Tourist in jedem Hotel und von jedem Taxifahrer bekommt. Madame Yos Haus war reserviert für die reichen Chinesen, die ihre Mädchen à la carte aussuchten wie eine raffiniert zusammengestellte Speisenfolge. Ein Diner l'amour ... auch hier konnte man von asiatischer Lebensart etwas lernen.

Dr. Mei wartete, bis Liang zurückkam, die zehn Prozent bei Madame Yo abgeliefert hatte und an seinem Tisch vorbeitrippelte. Er räusperte sich, und Ling schüttelte wieder leicht den Kopf.

Gegen zwei Uhr morgens, Mei war nach dem »zarten Zeug« wieder bei Whisky gelandet, kam ein zweiter Gästeschub. Die Bar und das Restaurant waren gefüllt, die Tür wurde geschlossen. Ein Gast bei Madame Yo hat ein Anrecht auf individuelle Bedienung. Hier gab es keine Fließbandarbeit, sondern eine echte Betreuung.

Als Liang diesmal aus dem Zimmer zurückkam, nickte sie leicht. Durch Dr. Mei fuhr es wie ein elektrischer Strom. Er zahlte, wartete noch fünf Minuten und stand dann auf der Straße. Liang wartete auf ihn am Hafen. Sie saß neben ihrem Blumenstand und füllte den Tragkorb auf.

Mei holte deutlich eine Dollarnote heraus, betrachtete die Blumen und beugte sich über sie, um an ihnen zu riechen.

»Du hast einen erkannt?« flüsterte er.

»Ich weiß es nicht. Ich bin nicht ganz sicher.«

»In welchem Zimmer?«

»In Zimmer 11. Er ließ sich gerade von Canny streicheln und erzählte dabei von seinen Sorgen beim Transport von hauchdünnen Papierfächern. Er kaufte mir einen Strauß Rosen ab und sagte dabei: ›Wenn du nicht blind wärst, könntest du mitmachen!‹ Das war es. So etwas habe ich schon mal gehört, von dieser Stimme. Und die erzählte damals von dem ›Hauch des Himmels‹.«

»Rauschgift!« sagte Dr. Mei heiser.

»Ja. Aber ich kann mich in der Stimme irren! Ich weiß es nicht genau. Canny streichelte so gut . . . sie war etwas außer Atem, die Stimme . . .«

»Wie könnte er aussehen, Liang? Wie stellst du ihn dir vor?«

»Mittelgroß, kräftig. Er muß etwas älter sein, aber nicht zu alt. Er sagte auch zu Canny: ›Ist dir aufgefallen, daß ich links eine weiße Strähne bekomme? Soll ich sie färben lassen? Sehe ich dadurch älter aus?‹ Und Canny antwortete: ›Laß sie ruhig. Ich mag solche Männer. Sie sind wie reife Früchte.‹«

»Links eine weiße Strähne!« Dr. Mei schüttelte den Kopf, als habe er keine ihm zusagende Blume gefunden und steckte die Dollarnote wieder ein. Doch dabei flüsterte er: »Das war eine wertvolle Information, Liang. Sehr wertvoll. Ich gehe jetzt nochmals zu Yos Puff zurück. Wünsch mir Glück, daß ich die weiße Strähne erkenne.«

Dr. Mei hatte große Mühe, wieder bei Madame Yo eingelassen zu werden. Aber sein Protest half. Er bezog wieder seinen Platz in der Ecke, winkte der thronenden Madame Yo vertraut zu und wartete dann vor einer Flasche Whisky.

Ein Mann mit einer weißen Strähne, der vom »Hauch des Himmels« sprach . . . war das der Anfang eines Weges?

13

Dr. Merker erfuhr nie, auf welch tödliche Weise seine Koffer vom Queen Elizabeth Hospital zu ihm gekommen waren. Ling lieferte sie mit einer tiefen Verbeugung ab, sprach ein paar Worte in einem chinesischen Dialekt zu Yang Lan-hua, eine Mitteilung, die sie mit unbewegtem Gesicht entgegennahm, und erklärte dann auf englisch, warum es unmöglich gewesen sei, die elektrischen Geräte mitzunehmen. Dr. Merker wurde sehr nachdenklich.

»Wenn es möglich ist, Minisender in meine Geräte einzubauen, dann muß im Hospital jemand mit unseren unbekannten Gegnern zusammenarbeiten«, sagte er.

»Oder es ist jemand, der ungehindert zu dir kommen kann.« Yang gab Ling einen Wink. Unter tiefen Verneigungen verließ er das Zimmer.

»Ich habe nie Besuch im Zimmer empfangen. Mit Ausnahme von Kommissar Ting Tse-tung.«

»Da haben wir schon einen!«

»Das ist lächerlich.«

»Natürlich. Denk ganz scharf nach: Wer war noch bei dir im Zimmer?«

»Der Chefarzt! Der Erste und Zweite Oberarzt . . . alles Engländer. Sie scheiden aus.«

»Warum?«

»Yang, du glaubst doch wohl nicht, daß . . .«

»Warum nicht?« Sie setzte sich auf einen der eingenähten Koffer und schloß die Augen bis auf einen Schlitz. »Sei nicht so hochmütig, Liebling, und behaupte, ein Weißer sei nicht bestechlich! Bei der tödlichen Aktion, die hier durchgezogen wird, spielt Geld keine Rolle. Geld ist sogar das Unwichtigste . . . aber nicht bei denen, die die Kleinarbeit leisten. Stell dir vor, man bietet dem Zweiten Oberarzt bare 10 000 Dollar für einen einzigen Dienst: In deinem Radio einen Sender unterzubringen. Ist das nicht einfach verdientes

Geld? Auch ein Arzt kann 10 000 Dollar nebenbei gut gebrauchen.«

»Das ist absurd. Ich kenne meine Kollegen im Hospital zu gut.«

»Auch du kannst einem Menschen ins Gesicht sehen ... nicht hinter die Stirn! Wer war noch bei dir?«

»Niemand.«

»Nicht eine Frau?«

»Nein!«

»Eine Krankenschwester ...«

»Die hatten natürlich immer Gelegenheit, ins Zimmer zu kommen.«

»Aha! Und es waren Chinesinnen?«

»Meistenteils.«

»Siehst du, wie groß der Kreis jetzt schon ist? Denk weiter nach, Schatz.«

»Zweimal war Dr. Wang An-tse bei mir zu Besuch.«

»Auch ein Chinese.«

»Wang kommt auf keinen Fall in Betracht. Er hat für die Polizei viele Obduktionen gemacht, er ist ein guter Arzt, ein ehrgeiziger Wissenschaftler, er hat mir am Anfang viel geholfen ... nur suchte er am verkehrten Ende. Künstlerpech! Wang scheidet aus!«

»Du darfst jedenfalls nie wieder an Land!« sagte Yang. »Nicht offiziell und nicht eher, als bis wir unsere Gegner erkannt haben und uns vor ihnen schützen können.«

»Das gilt auch für dich!« sagte Dr. Merker hart. »Auch du bleibst jetzt auf der Dschunke.«

Sie lächelte unergründlich, nickte leicht, ging dann zu dem Lager mit den Seidenkissen und der Seidendecke und zog sich aus. »Morgen ist wieder ein schwerer Tag. Wir sollten schlafen.«

»Ich mache mir Sorgen um Mei Ta-kung.«

»Nicht nötig, mein Schatz.« Sie lag in betörender Nacktheit in den Kissen und dehnte und reckte sich wie eine Katze. »Mei ist am sichersten. Ihn kennt an Land niemand. Und im Bordell von Madame Yo herrscht eine strenge Ordnung. Dort können Mörder verkehren, aber gemordet wird woanders, nicht bei Madame! Schon bei den Alten Chinesen war das Hurenhaus so sicher wie der Tempel. In dieser Tradition lebt Madame Yo und genießt ihr hohes Ansehen.«

»Ich habe Angst, daß Mei nach einigen Gläsern aus der Rolle fällt.«

»Nicht dort, Fritz.« Sie winkte ihm, und als er ans Bett trat, hielt sie seine Hand fest und küßte sie. »Mei sucht Rache für seine Tochter. Das ist eine heilige Aufgabe, die er nicht in Whisky ertränkt! Komm, ich bin so müde, und ich will dich fühlen . . .«

Es war eine kurze Nacht, aber sie schliefen, ineinander verschlungen, so fest, daß sie Dr. Meis Rückkehr nicht hörten und auch nicht den gedämpften kurzen Paukenwirbel, mit dem er seinen ersten Erfolg feierte.

In den nächsten drei Wochen wurden auf Transportsampans Holzbalken, Bretter, Bleche, Spanplatten, Leim, Farbe, sanitäre Installationen, Kupferrohre und eine Menge anderes Baumaterial zu Dr. Meis Dschunke gefahren. Ein kleines Heer von Arbeitern riß die alten Aufbauten ab und schuf nach Dr. Merkers Plänen ein völlig neues Oberdeck mit einem großen, hellen Untersuchungszimmer, einem Operationsraum, einem Bestrahlungszimmer, einem Büro und zehn Kabinen zur Einzelbehandlung, wobei unter Deck die »Sprechstunde« weiterging und die Schlange der wartenden Kranken nie abriß, die jetzt statt Lebensmittel und Alkohol gute harte Dollars mitbrachten, damit »ihr« Dschunkenkrankenhaus weiter wuchs.

Währenddessen raufte sich an Land Ting Tse-tung die Haare. Mit dem Abtransport der Koffer war die letzte Spur von Dr. Merker ausgelöscht worden. Wenn er sich nicht selbst wieder meldete, gab es keine Möglichkeit, ihn in dem Millionengewühl von Hongkong jemals zu finden.

Auch Yang, die als einzige wußte, wo er sich aufhielt, fiel als Verbindungsperson aus: Yang Lan-hua, der Star des »Drachen von Canton«, hatte ihren Vertrag gekündigt. Das war eine Katastrophe für den Nightclub. Herr Tsching jammerte fürchterlich, als Ting bei ihm erschien, verkündete, er müsse wohl seinen Club schließen, denn für Yang gäbe es in der ganzen chinesischen Welt keinen Ersatz, was Ting bestätigte, und man könne sie auch nicht überreden, denn keiner wisse, wo sie wohne. Die einen sagten, sie lebe bei den Boat People; die anderen behaupteten, sie hätten Yang im Park einer großen Villa in den Bergen von Beacon Hill gesehen.

Ting ließ sofort Beacon Hill absuchen, aber natürlich wohnte Yang nicht dort. Sie war nie dort gesehen worden. Die Patrouillenboote, die in Yau Ma Tei herumfuhren und das ganze westliche Seegebiet vor Kowloon kontrollierten, meldeten auch nur Mißerfolge. Sie hatten Hunderte der Wasserchinesen befragt, sie hatten sogar Bestechungsgelder angeboten. Doch die Ärmsten der Armen, von denen Ting behauptete, für einen Dollar brächten sie jeden um, hatten kein Interesse an Geld. Für Ting war das ein Zeichen.

»Sie lebt auf dem Wasser!« sagte er. »Und Flitz ist bei ihr! Es ist eine Katastrophe! Wir waren so nahe am Ziel, die Gegenseite wurde nervös . . . nun schläft alles wieder ein. Und einmal wird die unheimliche Krankheit über uns alle herfallen und uns vernichten! Bei allen Himmeln, wir dürfen dieses Chaos doch nicht mit offenen Augen und ohne Gegenwehr auf uns zukommen lassen!«

In einem irrte Ting: Die Gegenseite war durchaus nicht schläfrig geworden und hatte sich mit Dr. Merkers Verschwinden zufrieden gegeben. Sie sah es genau anders. Sie argwöhnte, daß Merkers Untertauchen nur dazu diente, ihn außer Gefahr forschen zu lassen. Das aber bedeutete für sie höchsten Alarm!

Findet Dr. Merker!

Herr Tschào befahl es bei einer der heimlichen Zusammenkünfte ohne Umschweife. Der »Innere Kreis« hatte sich wieder getroffen. Sehr bedrückt saßen alle im Lagerraum einer angesehenen Elektrofirma in Victoria, durften wegen der Feuersgefahr nicht rauchen und hörten mit gesenkten Häuptern die harten Worte ihres unsichtbaren Herrschers an.

»Jedem von euch sollte ich die Seidene Schnur schicken!« sagte die Stimme aus dem Lautsprecher kalt. »Wie darf soviel

Dummheit weiterleben? Wir haben ein Heer von Informanten und wissen nichts! Wo hat es das schon einmal gegeben? Mit so viel Unfähigkeit wollen wir die Welt erobern? Ein einziger Mann steht uns im Weg, und wir kommen nicht weiter. Ist das nicht beschämend?«

»Ich möchte daran erinnern«, wagte der medizinische Sachverständige einen Einwurf, »daß es Ihr Befehl war, Herr Tschao, Dr. Merker leben zu lassen. Wir hatten oft die Gelegenheit, ihn ...«

»Ich brauche sein Wissen, nicht seinen Körper!« schrie Herr Tschao böse. »Wenn er ein Gegenmittel gefunden hat, müssen wir umdenken! Darum geht es! Unsere Aktionen müssen sicher sein, unangreifbar, vernichtend. Nur das garantiert den Erfolg.«

»Wir vermuten, daß Dr. Merker bei Yang ist«, sagte einer der bedrückten Männer.

»Wieso?« Tschaos Stimme war verwundert. »Was hat Yang damit zu tun?«

»Warum wurde auf sie geschossen?«

»Das ist unsere zweite Aufgabe! Niemand weiß, wer das Attentat auf sie verübt hat.«

»Ich war gestern im ›Drachen von Canton‹«, sagte einer der elegant gekleideten Herren in Richtung des Lautsprechers an der Decke. »Ich wollte Yang hören und sehen. Sie tritt nicht mehr auf. Sie hat gekündigt. Sie ist verschwunden.«

»Sofort nachprüfen!« schrie die Stimme von Herrn Tschao.

»Ich habe es bereits getan. Yangs Verschwinden fällt zusammen mit dem Untertauchen von Dr. Merker. Nur vierundzwanzig Stunden liegen dazwischen. Das dürfte kein Zufall sein.«

»Woher kennt Dr. Merker denn Yang?«

»Sie haben sich bei Mr. McLindlay kennengelernt.«

»Das wäre, wenn es stimmt, allerdings alarmierend!« Herr Tschao schien nachzudenken. Das Schweigen war bedrükkend und ließ die Herzen schneller schlagen. Dann war plötzlich die Stimme wieder da. »Ich werde das nachprüfen lassen. Gibt es da einen Zusammenhang, haben wir große Hoffnung, Dr. Merker wiederzusehen. Eine Frau wie Yang kann in

Hongkong nicht verschwinden. Wir werden sie suchen lassen, das ist kein Problem.«

Ein wenig erleichtert verließen eine Stunde später, wie immer einzeln, die Herren das Lagerhaus der Elektrofirma. Die Seidene Schnur, das Todesurteil, war noch einmal an ihnen vorübergegangen. Aber sie spürten, wie nahe sie am Rande der Dunkelheit lebten. Zu flüchten hatte keinen Sinn. Vor einem Herrn Tschao flüchtet man nicht, sein Arm ist überall. Daß es Dr. Merker gelungen war, sich unsichtbar zu machen, war geradezu rätselhaft. Er mußte Helfer haben, die gefährlicher waren als er selbst ...

Voller drängender Gedanken war auch McLindlay. Ihn beschäftigten gleich zwei Rätsel: Wo war sein Freund Dr. Merker, und wer hatte auf Yang geschossen? Eine dritte Frage marterte ihn heimlich: Wer war der neue Liebhaber von Yang? Wer hatte es gewagt, sie ihm wegzunehmen? Wer war der Stärkere, der ihm seinen Liebestraum zerstört hatte? Yang Lan-hua, die Orchideenblüte – sie zu besitzen war sein einziger Wunsch, der unerfüllt geblieben war, ihm, der sich alle Wünsche mit einem Fingerschnalzen erfüllen konnte. Und da gab es plötzlich einen Unbekannten, der bei Yang mächtiger war als er!

Ting Tse-tung hatte nichts mehr ermitteln können. Aus Bettys Chromrevolver war nicht geschossen worden. Was Ting nur verblüffte war die Feststellung, daß die lächelnden Mörder mit genau solchem Revolver ihre rätselhaften Taten verübt hatten. Solche Damenwaffen gab es natürlich zu Tausenden in Hongkong, gedacht zur Nahverteidigung; aber man konnte auch, wenn man ein guter Schütze war, aus einiger Entfernung damit töten, wie bei McLindlays Fest bewiesen worden war.

Noch zweimal ließ Ting sich bei McLindlay melden und von Betty den Hergang des Anschlages erzählen. Der Täter hatte den Augenblick gut gewählt, alles starrte auf Yang, keiner blickte zurück, und über die Köpfe hinweg erfolgte der Schuß.

»Das macht mich stutzig«, sagte Ting und überlas noch einmal alle Notizen, die er sich gemacht hatte. »Über die Köpfe hinweg ... Das bedeutet, daß der Schütze erhöht gestanden haben muß. Etwa auf der Balustrade, oder auf einem Stuhl, oder sogar auf einem Balkon. Der Schußkanal führt auch schräg von oben nach unten. Aber wenn jemand auf einem Stuhl steht oder auf der Balustrade – das fällt doch auf! Auf jeden Fall dem bedienenden Personal! Während alle Gäste auf Yang fixiert waren, liefen sie ja mit den Getränken herum. Sie müssen den Schützen gesehen haben!«

Sie hatten es nicht! Ting verhörte die gesamte Dienerschaft. Nein, niemand hatte auf einem Stuhl oder auf der Balustrade gestanden. Natürlich hätte man das sofort bemerkt!

»Als der Schuß fiel, kam ich gerade aus dem Zwinger zurück!« sagte der Tigerwärter mit den Eisenhaken-Händen. »Es stand niemand erhöht. Ich hätte es vom Park aus sehen müssen.«

»Das stimmt.« Ting Tse-tung seufzte und sagte dann etwas, was McLindlay innerlich aus der Fassung brachte. »Jedenfalls hat Yang eine wahnsinnige Angst. Sie hat im ›Drachen von Canton‹ gekündigt und ist seitdem verschwunden.«

»Sie ist verschwunden?« wiederholte McLindlay mit mühsam beherrschter Stimme. Seine Mundwinkel zitterten.

»Ja. Spurlos.«

»Und die Polizei tut nichts?!«

»Die Polizei, Sir, ist dabei, alles zu durchforschen. Ich habe alle Leute im Einsatz. Wissen Sie, wo Yang sich aufhalten könnte?«

»Ich? Nein! Wieso ich?!«

»Sie kennen doch Yangs Wohnung.«

»Keine Ahnung. Ich kenne nur ihre Adresse ›Drachen von Canton‹.«

»Die können wir streichen, Sir. Dahin kommt sie nie mehr zurück.«

»Ja, um Gottes willen – da muß doch etwas geschehen!« McLindlays Stimme war rauh geworden. Ting sah ihn aufmerksam an. »Erst schießt man auf sie, jetzt verschwindet sie . . .«

»Das letztere ist eine private Entscheidung, vermute ich. Das geht die Polizei nichts an. Wenn wir Yang suchen, dann nur wegen Dr. Merker.«

»Was hat mein Freund Fritz mit Yang zu tun?« fragte McLindlay steif.

Es war Ting eine wahre Freude, jetzt einen Satz auszusprechen, der in Lindlay eine Explosion auslösen mußte: »Aber Sir, welche Frage? Wir alle wissen doch, daß Yang und Dr. Merker befreundet sind ... um es galant auszudrücken.«

Mit keiner Regung zeigte McLindlay, daß er getroffen war. »Sie ... Sie wissen das?« fragte er hohl.

»Ab und zu ist auch die Polizei gut informiert!« lächelte Ting. »Leider war Flitz nicht auf Ihrem Fest, Sir. Vielleicht wäre sonst manches anders verlaufen. Tja, nun sind sie beide verschwunden. Das gefällt mir gar nicht. Es gibt so viele Probleme, die sie hinterlassen ... und sie ziehen sich einfach zurück und turteln an unbekanntem Ort. Das betrachte ich als unfair. Gerade jetzt, wo wir wichtige neue Erkenntnisse gewonnen haben durch Doktol Melkels Entdeckungen ...«

McLindlay wartete nicht einmal, bis Ting sein Grundstück verlassen hatte. Kaum saß Ting in seinem Polizeijeep, rannte McLindlay ans Telefon. Er zitterte am ganzen Körper, mußte sich setzen und schloß die Augen, als sich endlich der gewählte Teilnehmer meldete.

»Dr. Merker ist der neue Liebhaber von Yang«, sagte er heiser.

»Sie waren schneller, James. Ich wollte Sie am Abend besuchen und Ihnen die neue Erkenntnis überbringen. Was nun?«

»Warum fragen Sie?« McLindlays Stimme klang wie zerstört. »Auch wenn es Dr. Merker ist, ich kann es nicht ertragen! Sie wissen, was Sie zu tun haben.«

»Wenn wir wüßten, wo Dr. Merker ist ...«

»Das ist Ihre Aufgabe!« McLindlay atmete tief auf und seufzte laut. Wie gefoltert warf er den Kopf weit in den Nakken. »Sorgen Sie dafür, daß es bei beiden schnell und schmerzlos geht ...«

Dr. Mei wurde Stammgast im Etablissement von Madame Yo. Es war schon selbstverständlich, daß der kleine, dicke, alte Mann so gegen 22 Uhr erschien, seinen Platz in der Ecke einnahm und seine Flasche Whisky hingestellt bekam. Die Mädchen mit den bloßen Brüsten behandelten ihn bald wie ihren Großvater, setzten sich in stillen Minuten an seinen Tisch und plauderten mit ihm, erzählten ihr Lebensschicksal und ab und zu auch, was so alles im Bordell passierte. Genau das wollte Dr. Mei hören. Er lächelte weise, verbreitete Glück und Wohlwollen und regte sogar Madame Yo an, an seinen Tisch zu kommen und sich mit ihm zu unterhalten. Das war nun eine ganz große Auszeichnung, die Mei zu würdigen wußte, zumal Madame Yo und Mei eine gemeinsame Leidenschaft hatten, die Madame nur geschickt vertuschen konnte: Auch Madame Yo trank für ihr Leben gern.

Den Mann mit der weißen Strähne hatte Dr. Mei sofort erkannt, als er die Treppe herunterkam, begleitet von seiner Favoritin Canny, einer fröhlichen, drallen Chinesin, die über ihre Nacktheit nur einen dünnen Seidenmantel geworfen hatte und den Mann sogar mit einem Kuß verabschiedete, was bei Huren eine höchst seltene Auszeichnung ist.

Dr. Mei erwähnte das so nebenbei bei Madame Yo, die sehr darüber erstaunt war, daß der alte Säufer anscheinend doch etwas Erfahrung aus einem Bordell mitbrachte.

»Ein guter, angenehmer Kunde«, sagte sie und trank ein Gemisch aus Gin, Orangensaft und Curaçao blue, das sie rätselhafterweise »Mondschein« nannte, als wäre es klares Wasser. »Canny liebt ihn. Warum soll sie nicht küssen? Solange sie nicht ihren Dienst vernachlässigt ...«

»Ich bewundere Sie, Yo!« sagte Mei begeistert.

»Warum?«

»Sie saufen wie ein Seemann bei drei Monaten Flaute! Da komme ja selbst ich kaum noch mit!«

»Wie alt sind Sie, Mei?«

»Zu alt fürs Bett, Yo. Schon zweiundsiebzig!«

»Hoha! Ich bin Fünfundsechzig und noch munter wie ein Delphin, wenn mir einer gefällt. Ich hatte einen Kunden hier, der war dreiundachtzig und beschäftigte immer zwei meiner Mädchen. Ein Bolzen, sage ich Ihnen! Was sind da Ihre Zweiundsiebzig?! Sollen wir das mal nachprüfen, Mei?«

Dr. Mei betrachtete Madame Yo, stellte sie sich ausgezogen

vor und schauderte innerlich. Man muß Opfer bringen, dachte er, aber nicht sich opfern. Das ist ein großer Unterschied.

»Knacken Sie eine taube Nuß, Madame«, sagte er säuerlich. »Was haben Sie dann? Nur Ärger. Wir unterhalten uns so gut... warum sollen wir auch noch übereinander liegen und auf ein Wunder warten? Meine Braut ist die Flasche. Ich will ihr nicht untreu werden.«

Madame Yo sah das nicht ein, aber sie widersprach nicht. Immerhin war man nach diesem Gespräch so vertraut miteinander, als habe man tatsächlich zusammen im Bett gelegen, und genau das hatte Mei erreichen wollen. Er war in die Intimsphäre des Bordells eingedrungen.

Nach vierzehn Tagen kannte er die meisten Stammkunden mit Namen, wußte ihre Besuchszeiten, ihren Beruf, erfuhr von ihrem Privatleben, und es war sogar üblich geworden, daß man einander grüßte, weil der alte dicke Mann an dem Tisch in der Ecke sozusagen schon zur Einrichtung gehörte. Wenn Dr. Mei mal zwei Tage mit seinem Besuch aussetzte, fragte man sogar besorgt, ob er krank sei. Und auch Madame Yo wurde dann unsicher... Mei war der einzige, von dem sie nichts wußte. Keine Adresse, keinen Beruf, keinen Lebenslauf – absolut nichts. Geld mußte er haben, denn was er so wegsoff, bezahlte er immer gleich in bar. Und den Mädchen steckte er oft zwei Dollar zwischen die üppigen Brüste.

Ein paarmal versuchte Madame Yo, ihn auszufragen. Da wurde Mei verschlossen, sagte: »Ich gehöre zu den Menschen, die einfach da sind, die leben, die die Erde bevölkern und die unwichtig sind. Was soll man da viel erzählen? Oder bin ich hier unangenehm aufgefallen?«

Madame Yo beeilte sich dann immer, das Thema zu wechseln.

Anstrengend war dieser Bordellbesuch dennoch für Dr. Mei. In seinem Alter sind so viele Aufgaben schwer zu tragen: Am Tage Arzt mit einer nie abreißenden Patientenschlange, Bauleiter bei den neuen Deckaufbauten, Geldsammler und Redner zu den Verwandten der Kranken, denen er die neue Planung des Dschunkenhospitals erklärte und um reichliche Spenden bat; zwischendurch seine Paukenkonzerte und der immerwährende Streit mit Dr. Merker um eine Flasche Whisky, die er als aufbauende und stärkende Medizin bezeichnete. Und dann in der Nacht das geduldige Tischhokken im Bordell und das Warten auf den Mann oder die Männer, die Mei-tien getötet hatten.

Da die in allen Handwerken beschlagenen Patienten wie ein Heer Ameisen arbeiteten, wuchs der neue Aufbau der Dschunke schneller, als Dr. Merker es veranschlagt hatte. Schon nach einer Woche stand das neue Hospital im Rohbau, und bereits jetzt zeigte es sich, daß hier Einmaliges entstehen würde: die erste schwimmende Klinik von Yau Ma Tei. Zwar im Vergleich mit den Krankenhäusern an Land eine primitive, nur mit dem Allernotwendigsten ausgerüstete Krankenstation, aber für die Wasserchinesen so etwas wie eine Garantie, ein paar Jahre länger leben zu können.

Ein kleines Wunder im Lebenschaos: Eine »Langnase« wird unser Dschunkendoktor. Wie heißt er? Wei Kang-teh. Die militärische Tugend. Man muß ihm sehr achtungsvoll gegenübertreten. Er hat unser Leben in seinen gesegneten Händen. Der Himmel umarme und schütze ihn.

Nach drei Wochen war der neue Aufbau soweit, daß man die Sprechstunde oben abhalten konnte. Die Handwerker zogen in den Bauch der Dschunke, rissen die alten Wände heraus, flickten die hölzernen Spanten und den ganzen Bootskörper von innen und außen, zogen neue Wände, schufen eine Reihe Krankenzimmer, einen Verbandraum, ein Wachzimmer, legten Leitungen für Licht und Bordtelefon, bauten eine Teeküche und ein Schwesternzimmer. Es war eine Wonne, zu sehen, wie aus dem verfaulten Schiff ein richtiges schwimmendes Hospital wurde, sauber, hygienisch, modern ausgestattet, soweit es die Mittel zuließen.

Nur mit Dr. Mei gab es einen riesigen Krach. Im Überschwang der Erneuerung hatten die Handwerker zwei Heiligtümer abgerissen: die Wände zu Meis »Konzertzimmer« mit den Pauken und zu seinem Schlafraum fielen unter den einreißenden Haken und Äxten. Dabei kam zutage, daß sich hinter Dr. Meis Bett eine Doppelwand befand, und in dem

Zwischenraum stand, einer Batterie gleich, eine Reihe Whiskyflaschen. Man brauchte nur ein Brett zu lösen und kam gemütlich an die Flaschen. Man konnte dabei sogar liegen bleiben.

»Du solltest dich schämen!« sagte Dr. Merker trocken, als er das Versteck besichtigt hatte. »Ein so alter Mann, und so kindisch!«

»Es hat niemand meine Wände einzureißen!« schrie Mei. »Einen Winkel, der ihr gehört, hat sogar eine Ratte! Aber ich, ein intelligenter Mensch, habe nichts mehr! Ich bin zum Dreckkorn auf meiner Dschunke geworden!«

»*Meine* Dschunke!« sagte Dr. Merker und grinste verhalten. »Mei, ich wollte sie nicht haben. Aber jetzt habe ich sie, und nun wird nach meinen Plänen umgebaut!«

»Und wo sollen meine Pauken hin?« schrie Mei. »Man kann alles mit mir machen, man kann mich sogar entmannen . . . aber meine Pauken gebe ich nicht her!«

»Du kannst nicht zwischen den Krankenzimmern deinen Höllenlärm machen!«

»Höllenlärm! Meine Pauken! Was wäre Beethoven ohne Pauken? Wo bliebe Bruckner ohne die Paukenwirbel?! Himmel, ist das ein Banause! Ich verlange, daß ein Raum gebaut wird, in dem ich jeden Abend meine klassische Musikstunde abhalten kann!«

»Nicht unter Deck, Mei! Da werden die stationären Kranken liegen.«

»Meine Paukensoli waren schon immer Medizin! Frag sie doch! Frag sie: Wer will, daß Dr. Mei nicht mehr die Pauken schlägt? Kein Finger wird sich heben! Aber frag mal: Wer ist durch die Pauken schon gesund geworden? Die Arme werden hochfliegen! So ist das!«

Dr. Mei griff zum Mittel der Demonstration. Er ließ die Pauken an Deck tragen, und während die Innenarbeiten an den neuen Deckaufbauten weitergingen und Dr. Merker unten noch Sprechstunde hielt, legte Mei auf den Plattenspieler eine Tschaikowski-Sinfonie auf, drehte die Lautsprecher voll auf und hieb auf seine Pauken, daß ihm der Schweiß von der Stirn über das Gesicht floß. Die wartenden Patienten saßen in einem Kreis um ihn herum auf Deck und bewunderten ihn. Nach jedem Satz applaudierten sie heftig.

Hör dir das an, du großer Arzt Wei Kang-teh, dachte Dr. Mei. Nicht nur Pillen und Spritzen helfen ... auch das Herz und die Freude heilen! Ein fröhlicher Kranker ist nur noch ein halber Kranker ... das müßt ihr jungen Superhirne noch lernen! Und ihr müßt lernen, daß die Seele wichtiger ist als der Körper!

Dr. Merker kam an Deck, nachdem der letzte Kranke an diesem Tag untersucht worden war. Er hatte feste Zeiten eingeführt. Am Spätnachmittag kümmerte er sich um die kritischeren Fälle. Die Patienten wurden von ihren Verwandten oder Nachbarn auf Tragen an Bord gebracht. Später, wenn der Betrieb halbwegs normal lief, wollte Dr. Merker auch die Krankenbesuche auf den Dschunken einführen, getreu dem Muster eines deutschen Landarztes. Mei hielt das für Idiotie. »Wenn du zu den Kranken gehst, hast du gar keine Ruhe mehr. Laß sie wie bisher zu dir kommen, dann sind nur die an Deck, die wirklich einen Arzt brauchen ... oder sie fliegen über Bord! Aber wenn *du* kommst, dann rufen sie dich später auch schon, wenn sie nur einen festsitzenden Furz haben! Fritz, du bist bald der mächtigste Mann in der Dschunkenstadt, und mächtige Männer kommen nicht in die Hütten! Nicht in China. Vergiß, was du in Europa gelernt hast. Du bist Wei Kang-teh, sonst nichts mehr!«

Dr. Mei saß hinter seinen Pauken, schweißgebadet, aber glücklich. Tschaikowski nahm ihn immer sehr mit, nicht wegen der vielen Paukeneinsätze, sondern weil ihm die Musik ans Herz griff.

»Ich müßte öffentliche Konzerte geben«, sagte Mei, als er Merker kommen sah.

»Mit der Schallplatte?«

»Man hat schon andere Kuriositäten teuer verkauft! Wenn eine mit Fett beschmierte alte Kinderbadewanne 100 000 Dollar kosten soll, dann kann ich meine Paukensoli auch an den Mann bringen. Fritz, wir brauchen das Geld ... wir sind pleite!« Mei legte die Paukenschlegel zur Seite. »Was die Kranken bringen, sind kleine Beträge. Sie alle sind ja arm, abgesehen von ein paar Großschiebern und Halunken. Das Geld reicht gerade für den Bau. Woher wir die Einrichtung nehmen sollen, ist mir ein Rätsel. Die Betten, die Bettwäsche, die Stühle und Nachttische, die Schränke, die Waschbecken, die Badewannen, die Duschen . . . ich habe die Liste hier. Mir wird schwindlig! Und das alles ist nur unter Deck. Wo willst du das Geld herkriegen für die Einrichtung des neuen Untersuchungstraktes? Ich habe es ausgerechnet, Fritz: Wir brauchen für das Allernötigste runde 150 000 Dollar! Bis zum Jahre 2000 bringen das unsere Patienten nicht auf!«

»Ich habe darüber bereits mit Yang gesprochen.« Dr. Merker setzte sich vor die Pauken auf eine Gemüsekiste. »Yang will helfen.«

»Wir können das Mädchen nicht auch noch pleite machen. Es genügt, wenn wir zwei bis zum Kinn im Wasser stehen!«

»Sie sagt, sie könne das Geld beschaffen.«

»Ohne im ›Drachen von Canton‹ aufzutreten? Ohne Gastspiele? Und ohne die Gefahr, doch noch erschossen zu werden?«

»Ich habe da einen anderen Gedanken, über den ich noch nicht gesprochen habe: Ich kann zu James McLindlay gehen und ihn um 200 000 Dollar anpumpen. Für James sind 200 000 Dollar eine Lappalie, er merkt sie auf seinen Konten gar nicht.«

»Das ist schlecht«, sagte Mei nachdenklich.

»Warum?«

»Bei McLindlay wurde auf Yang geschossen.«

»Weil es eine gute Gelegenheit war. McLindlay hat doch damit nichts zu tun. Mit ihm kann man reden, er betrachtet sich als meinen Freund.«

»Mir gefällt das nicht.« Dr. Mei blickte über das trübe, ölige Wasser der Dschunkenstadt. »Ich habe keine Erklärung dafür . . . ich fühle es nur. In mir sträubt sich etwas.«

»Du kennst James nicht.«

»Nein. Aber ich habe genug gehört. Der gesamte Seidenexport läuft über ihn! Wie auch die Firmen heißen, in allen sitzt dieser McLindlay drin. Aber ich spüre eine ganz tiefe Abneigung.«

»Wir wären alle Sorgen los, Mei, wenn James mitmacht! Ein Hospitalschiff – diese Perle fehlt ihm noch in seiner Krone. Man sollte wirklich mit ihm reden.«

»Frag Yang.« Dr. Mei stützte seinen dicken Kopf in beide Hände. »Sie hat die Witterung eines Raubtieres. Ihr Instinkt ist unbezahlbar. Wenn sie ja sagt, dann versuch es, Fritz . . .«

An diesem Abend wurde nicht mehr darüber gesprochen. Dr. Mei ließ sich wieder an Land rudern, um bei Madame Yo seinen Warteposten zu beziehen und Beichtvater bei den Huren zu spielen, die jetzt mit all ihren kleinen und großen Sorgen zu ihm, dem gütigen Alten, kamen und immer einen guten Rat erhielten. Das alte China war nicht tot. Selbst in einem Hurenhaus achtet man die weisen Worte eines alten Mannes, so wie es Tradition ist seit Jahrtausenden.

Dr. Merker und Yang fuhren mit einem kleinen Motorboot zu Yangs prunkvoller Dschunke. Nachdem man auf der Doktor-Dschunke alle Wände herausgerissen hatte, waren sie heimatlos geworden und wohnten auf dem Prachtschiff. Für Yang war es wie eine Probe auf die Zukunft: Am Tage auf dem Hospitalschiff, am Abend auf ihrer Dschunke . . . das war der Rhythmus, wie sie ihn sich vorstellte.

Butler Ling empfing sie jedesmal mit großer Feierlichkeit. Der Tisch im Salon war gedeckt, die Köche brachten die besten Speisen aus ihrer Zauberküche, Räucherstäbchen hielten jeden anderen Duft von draußen ab, vor allem den fauligen Geruch von brackigem Wasser und toten Fischen. Und Ling erklärte Dr. Merker jedesmal mit der Würde eines Staatsschauspielers, was auf den Tisch kam: Kantonesische Küche, Peking-Küche, Shanghai-Küche, Szetchuan-Chiuchow-Hakka-Küche. Oder das sechsgängige Yam Cha-Essen, die Wonne jedes Chinesen. Klößchen gefüllt mit Krabben, Rindfleisch in Austernsoße, Huhn in chinesischem Wein, Gemüse mit Krebsfleisch, geschmorter Aal mit Bambussprossen, gedämpfte Krebse, Entensuppe mit Zitronen, in Salz gebackene Hühnerleber, Mehlkloß gefüllt mit gedämpftem Huhn . . . Ling kündigte die Speisen an, als rufe er Fürstennamen auf. Und es war wahrhaft fürstlich, was da aufgetragen wurde und wie es schmeckte. Dazu tranken sie einen leichten chinesischen Wein, goldgelb in der Farbe, würzig, aber ungefährlich, jedenfalls diese Marke.

Wenn Dr. Mei am Essen teilnahm, kam es regelmäßig zu Protesten. Mei verschlang unheimliche Mengen, und dann verlangte er zur »Verteilung« einen doppelten Reisschnaps. Yang verweigerte ihn, solange sie konnte, weil Mei nach einem Glas des scharfen Getränkes immer einen gewaltigen Rülpser losließ und sich darüber freute. »Er wirkt!« rief er dann glücklich. »Hört ihr, er räumt auf! Das ist der Kanonenschuß, der eine geregelte Verdauung freigibt! Ein Schafskopf, der so etwas Herrliches unterdrückt. Gesundheit muß man demonstrieren! Das ist ein wichtiges psychologisches Moment!«

An diesem Abend nun aß Dr. Mei nicht mit Yang und Dr. Merker. Er hatte keinen Hunger. Der Geldmangel bedrückte ihn. Da kann ein Mensch wie Mei nichts mehr essen, sondern nur noch trinken. Er zog sich um, nahm als Grundlage zwei Gläser Gin und ließ sich wie immer von einem jungen Patienten an Land rudern.

Liang Tschang-mao, das kleine blinde Blumenmädchen, hatte den ersten Rundgang hinter sich. Sie wartete nervös und ungeduldig am Quai und wäre Dr. Mei fast um den Hals gefallen.

»Ich glaube, ich habe ihn!« flüsterte sie. »Ich glaube es ... Es ist der Mann, der damals die Befehle gegeben hat. Der Mann, den man Herrn Tschao nennt, der mir einen ganzen Korb Rosen abgekauft und dann die Schenkel gestreichelt hat. Es ist seine Stimme.«

»Wo?« stotterte Dr. Mei. Die Erregung ließ seinen dicken Körper zittern. »Wo ist er, Liang? Bei Yo?«

»Nein. In der Bar ›Die sieben Glückseligkeiten‹. Er hat dort eine Versammlung mit anderen Männern. Ich habe seine Stimme gehört. Sie sagte gerade: ›Ich bin nur von Hohlköpfen umgeben, die nicht wert sind, daß sie auf einem atmenden Körper sitzen! Was habt ihr bisher erreicht? Nichts! Dabei kennen wir die Stadt wie unsere Handfläche!‹ – Dann muß er mich gesehen haben, sagte: ›Später! Führt die Kleine raus! Kauft ihr alle Blumen, die sie bei sich hat, ab!‹ Und dann zog man mich weg auf die Straße, nahm mir die Blumen weg und bezahlte sie fast doppelt. ›Geh woanders hin‹, sagte Mr. Chang, der Besitzer der Bar. ›Für heute ist hier Schluß!‹ Da bin ich sofort zum Hafen gelaufen und habe auf Sie gewartet, Mr. Mei.«

»Das ist eine Nachricht, die mich fünfzig Jahre jünger macht!« stammelte Dr. Mei. Er spürte, wie sein ganzer massiger Körper bebte. »Der Himmel beschütze dich, Liang. Wie kann der Mann aussehen?«

»Dick und ...«

»Stimmt. Du hast ihn mir schon beschrieben! Er heißt Tschao?«

»Alle nennen ihn so.«

»Wenn ich jetzt eine Kerze hätte, würde ich sie Buddha weihen!« sagte Dr. Mei tief atmend. »Aber ich habe nur ein kleines Fläschchen Brandy bei mir. Das opfere ich Buddha.«

Er holte die Taschenflasche hervor, setzte sie an den Mund, trank sie leer und schleuderte sie gegen eine Hauswand. Mit einem hellen Knall zerbarst sie. Liang hob erschrocken den schmalen Kopf.

»Was war das, Herr Mei?«

»Der Startschuß. Jetzt laufe ich los! Die ›Sieben Glückseligkeiten‹! Liang, bete für mich ...«

Er lief vom Quai weg, hinüber zu der Häuserzeile der Kneipen und Bars und bog in die dritte Quergasse ein, die Cheung Shui Street. Die Lichtreklamen zuckten. Eine von ihnen verkündete, daß hier ›Die sieben Glückseligkeiten‹ zu Hause seien.

Dr. Mei blieb vor dem Eingang stehen und faltete die Hände. Das Gedränge der Menschen in der engen Straße war beängstigend, laut und voll von hunderten Gerüchen.

Ein Abend, wie ihn die Chinesen liebten, ein Abend voller Leben ...

Ting Tse-tung wußte sich keinen Rat mehr. Mit dem Verschwinden von Yang hatte er die Hoffnung aufgegeben, in absehbarer Zeit wieder mit Dr. Merker zusammenzutreffen.

Das bedeutete für die Polizei eine schreckliche Niederlage, gerade zu einem Zeitpunkt, wo man zum erstenmal die Möglichkeit hatte, den unbekannten Gegner anzusprechen und ihm eine heiße Spur vorzugaukeln. Eine Spur, die er sogar glaubte!

Der Trick mit dem Klinomobil, in dem Dr. Merker die Leiche obduziert und alle notwendigen Präparate entnommen hatte, diese große Schau, an die der Polizeichef nur mit einem Fieberschauer dachte, hatte die Gegenseite verunsichert. Ting hatte gespürt, daß etwas Entscheidendes folgen mußte. Da fiel Dr. Merker aus und war so unfair, mit einer Frau unterzutauchen. Ting hatte lange daran zu kauen – für ihn war Dr. Merker ein Freund geworden; und von einem Freund enttäuscht zu werden tut weh.

Aber Ting Tse-tung heißt nicht umsonst »östlich des Sumpfes«. Durch Sümpfe hindurch zum Ziel, das ist eine Aufgabe, die nur der ermessen kann, der die Sümpfe fernöstlicher Kriminalität kennt. So gab Ting auch nicht auf, als Merker ausfiel, sondern er tat genau das Gegenteil: Er machte aus dem Verschwinden Merkers einen Trumpf für die Polizei.

Im Gegensatz zu dem, was er zu McLindlay gesagt hatte, ließ er ausstreuen: Dr. Merker braucht völlige Ruhe und Konzentration. Er ist an einen Ort gebracht worden, wo er unbehelligt forschen kann. Seine Arbeiten sind sensationell ...

Das hatte er zwar schon mehrmals gesagt, aber die tatsächliche lange Abwesenheit von Dr. Merker schien zu beweisen, daß sich im Untergrund große Dinge vorbereiteten. Herr Tschao – das wußte allerdings Ting nicht – wurde unruhig, McLindlay litt bis zum Exzeß an dem Wissen, daß Yangs neuer Geliebter sein Freund Dr. Merker war, deren beider Tod nun sein einziges Ziel war. Und wie ernst die Lage war, erkannte man daran, daß der Bote, der Merkers Koffer geholt hatte, seinen Verfolger niedergestochen hatte.

Es war also glaubhaft, daß Dr. Merker irgendwo in einem sicheren Versteck dem ›lächelnden Tod‹ auf der Spur war.

»Wir müssen ihn herauslocken!« sagte Herr Tschao bei einer neuen Besprechung. Die Zusammenkünfte folgten jetzt in schneller Folge, ein Beweis, wie nervös man geworden war. »Wir dürfen uns jetzt nicht verkriechen – im Gegenteil, wir müssen so aktiv werden, daß Dr. Merker wieder auftauchen muß, um an Präparate zu kommen. Was haben Sie zu bieten, meine Herren?«

»Wir halten vier Mädchen einsatzbereit, Herr Tschao.« Der »Organisator« verneigte sich gegen den Lautsprecher in der Ecke.

»Was sagt der Mediziner?«

»Wir können es steuern, wie wir wollen, Herr Tschao.«

»Ein Einsatz an vier verschiedenen Stellen zur gleichen Zeit?«

»Selbstverständlich.«

»Und dann haben wir wieder eine Umleitung wegen Rohrbruchs, und alles geht daneben!«

»Wir sind auf keine Zeitgleichheit angewiesen, Herr Tschao.« Der »Organisator« legte die Handflächen aneinander. »Ich halte es für wirksamer, wenn die vier Aktionen nicht zeitgleich, sondern versetzt stattfinden. Dieses Bild, diese Panik: Ting wird nacheinander zu vier gleichen Morden gerufen . . .«

»Sie sagen Mord!« Die Stimme von Herrn Tschao war tadelnd. »Ich höre diesen falschen Ausdruck nicht gern. Es ist ein Angriff! Wir führen Krieg für eine große Sache! Ihr Vorschlag dagegen ist gut. Vier Angriffe hintereinander in Halbstunden-Abständen. Das bringt die Polizei zur Verzweiflung – und Dr. Merker an die Oberfläche! Ich werde das überdenken. Sie bekommen alle noch genaue Informationen und Anweisungen. Auf jeden Fall möchte ich die vier Mädchen sehen. Wo kommen sie her?«

»Zwei aus den New Territories, eine aus Macao und eine aus Yau Ma Tei. Sie ist bereits vor einem Jahr als ertrunken gemeldet. Ihre Eltern sind weggezogen nach Taiwan. Der Vater arbeitet dort in einem Kamerawerk. Alles völlig sicher, Herr Tschao.«

»Bereiten Sie die Angriffe vor«, sagte Herr Tschao, hörbar versöhnt. »Der beste Angriffstag scheint mir der nächste Sonntag zu sein. Die Restaurants sind voll, es gibt viele ausländische Touristen. Bis zum Freitag bitte ich um eine Liste der Lokale, die am besten geeignet sind. Ich habe eine eigene Liste und werde sie mit Ihren vergleichen. Die Streuung muß groß sein, zwei in Kowloon, zwei in Hongkong-Victoria.«

»Für Victoria ist Ting Tse-tung nicht zuständig, Herr Tschao.«

»Das weiß ich. Aber die Sonderkommission wird unter seiner Leitung stehen. Es kommt mir ja gar nicht auf Mr. Ting an. Ich will nur Dr. Merker auftauchen sehen.«

»Wir werden ihn diesmal nicht mehr aus den Augen lassen!« sagte der Mediziner hart. »Ich verbürge mich dafür!«

»Das ist nicht nötig, mein Bester.« Herrn Tschaos Stimme klang wie ein Trompetensignal. »Es hat sich einiges geändert. Wo man Dr. Merker sieht, ist er sofort zu töten! Die Zeit der Schonung ist vorbei!«

14

Die Bar »Die sieben Glückseligkeiten« gehörte nicht zu den Lokalen, die ein Mensch gehobener Bildung kennen muß. Sie war eine der typischen Hafenbars mit einer Kundschaft, die vornehmlich aus Seeleuten, Hafenarbeitern, Händlern, kleinen Geschäftsleuten und abends aus neugierigen Touristen, die mit Bussen kamen, bestand. Für sie tanzten dann neun halbnackte Mädchen auf einer von unten beleuchteten gläsernen Tanzfläche, die auch wie ein Spiegel wirkte, und der Höhepunkt war jedesmal der letzte Tanz, wo die Mädchen ohne Schlüpfer auftraten. Vor allem japanische Reisegruppen waren von dieser Darbietung begeistert und marschierten anschließend geschlossen – es waren ja reine Männergesellschaften – in die »Häuser der Freude«, wo sie für 400 HK-Dollar im Durchschnitt eine Viertelstunde lang verwöhnt wurden. Ein Fließband des Sex.

Die Bar bestand aus einer riesigen Theke, einigen Nischen und einem Raum mit runden Tischen. Nur wenige Besucher kannten die Hinterräume; im Gegensatz zu Madame Yos Etablissement gab es keine »fröhlichen Zimmer«. »Die sieben Glückseligkeiten« war eine Kontakt-Bar, mehr aber noch ein Sauflokal, wo man die Heuer verflüssigen oder, auf Empfehlung, in einem der Hinterräume am Spieltisch verspielen konnte. Das war überhaupt die geheime Einnahmequelle der Bar: das Glücksspiel und der Umsatz von Opium und Heroin.

Dr. Mei fiel gar nicht auf, als er die »Sieben Glückseligkeiten« betrat, sich auf einen der Barhocker zwängte und ein Glas Whisky pur bestellte. »Nicht eines für einen Säugling, sondern für einen Riesen!« sagte er keck.

Der Barmann nickte desinteressiert, goß ein Wasserglas voll und schob es Mei hin. Er hatte tagtäglich mit Verrückten zu tun, da fiel Mei gar nicht besonders auf.

Nach einer Stunde ungefähr traten ein paar Herren aus

dem Hinterzimmer, die nicht in diese Umgebung paßten. Sie trugen Maßanzüge, sahen sehr vornehm aus und verließen einzeln, in Fünf-Minuten-Abständen, die Bar. Die Herren, die warten mußten, standen kurz an der Theke, tranken einen Fruchtsaft mit einem Spritzer Gin und fühlten sich sichtbar unwohl in dieser Umgebung.

Dr. Mei zog die Schultern hoch und beugte den Kopf tiefer über sein Glas. Nanu, dachte er, den dort hinten in dem grauen Seidenanzug, den kenne ich doch. Wie lange ist es her, daß wir uns begegnet sind. Zehn oder zwölf Jahre? Ein kluger Kopf, ein Mann mit Zukunft. Und jetzt kommt er aus dem Hinterzimmer der »Sieben Glückseligkeiten«, wo ein Herr Tschao seltsame Befehle erteilte.

Mei stützte den Kopf in die Hände, verbarg damit sein Gesicht und wartete ab. Der ihm bekannte Mann trank sein Glas leer und ging dann langsam hinaus. Er blickte nicht um sich und übersah so auch Dr. Mei, aber es war auch zweifelhaft, ob er ihn überhaupt wiedererkannt hätte. Sein Beruf brachte es mit sich, viele Gesichter zu sehen und wieder zu vergessen, und Mei hatte vor zwölf Jahren anders ausgesehen als heute, nicht so fett und nicht so vom Alkohol zerstört.

Einen Augenblick zögerte Mei, ob er dem Mann folgen sollte, aber dann sagte er sich, daß es wenig einbrachte, einem zu folgen, dem ein Herr Tschao Befehle gibt. Wichtiger war Herr Tschao selbst, der Mann, dessen Stimme die blinde Liang wiedererkannt hatte.

Mei brauchte nicht zu raten, wer Herr Tschao war. Barbesitzer Chang begleitete den hohen Gast selbst zur Tür und verabschiedete ihn mit vielen Verneigungen. Liangs Beschreibungen bestätigten sich: Herr Tschao war mittelgroß und ungeheuer dick, und es war verständlich, daß er bei der intensiven Bedienung in Madame Yos Etablissement außer Atem kam und schnaufte und keuchte und geradezu mit einem Infarkt spielte.

Dr. Mei bezahlte, rutschte von seinem Barhocker und verließ die Bar »Die sieben Glückseligkeiten«. Er sah noch, wie Herr Tschao in eine Rikscha kletterte und sich davonziehen ließ. Richtung Hafen. Richtung Madame Yo.

So schnell er konnte lief Mei hinterher. Das war in dem Gedränge der Gasse schwer, er mußte sich buchstäblich durch die Menschenmenge rudern. Als er den Hafenplatz erreichte, sah er mit Wohlgefallen, daß Herr Tschao tatsächlich zu Madame Yo gefahren wurde. Mei bremste seinen Lauf, blieb stehen, preßte die Hände auf das hämmernde Herz und schnaufte tief nach Luft. Zum erstenmal gestand er sich ein, daß sein Saufen ihn zum Herzkrüppel gemacht hatte, und daß sein Körper ihn dann verlassen würde, wenn er ihn am nötigsten brauchte.

Nach einigen Minuten der Ruhe, bei denen er an einem Laternenpfahl lehnte, weil seine Beine weich wurden, ging er weiter und kam auch an Liang vorbei, die hinter ihrem Blumenstand saß. Sie hob den Kopf, als sie Dr. Meis Schnaufen hörte. Sie besaß ein unglaublich feines und scharfes Gehör.

»Dieser Herr Tschao ist zu Madame Yo gegangen«, sagte Mei. Seine Stimme zitterte immer noch von dem schnellen Lauf. »Ich nehme wenigstens an, daß er es ist. Ein wahrer Kloß von Mensch! Wenn ich ihn ansehe, brauche ich mich nicht zu schämen. Er muß es sein . . .«

»Ich werde ihm Rosen verkaufen«, sagte Liang Tschangmao und griff nach ihrem Tragekorb. »Ich sage Ihnen, ob es der Mann ist, den Sie suchen, ehrwürdiger Herr Mei.«

»Das ist gut. Ich gehe schon voraus.«

Mei nahm eine kleine Orchidee aus dem Korb, steckte sie sich in das Revers und bummelte hinüber zu Madame Yo. Wie immer begrüßten ihn die barbusigen Mädchen, als käme ihr Vater. Madame Yo auf ihrem Thron im Hintergrund nickte ihm würdevoll zu, er bekam seine Flasche Whisky auf den Tisch gestellt, streckte die dicken Beine aus und bot das Bild eines zufriedenen alten Säufers.

Herr Tschao war schon oben. Was Mei nicht sehen konnte: Er war gerade dabei, sich seines Anzuges zu entledigen und in einen weiten Seidenmantel zu schlüpfen, der seine nackten Fleischmassen verbarg. Seine Favoritin war nicht da, sie hatte frei. Aber Madame Yo hatte ihm die temperamentvolle Nummer 19 empfohlen, die sich Lora nannte, auch wie ein Papagei zwitscherte, aber mit einem Körper gesegnet war, bei dessen

Anblick sich auf dem Nasenrücken von Herrn Tschao kleine Schweißperlen vor Begeisterung bildeten. Er ließ eine Flasche Champagner bringen, legte sich auf den breiten Diwan, griff zu einem Telefon, und während Lora mit großem Fleiß begann, ihn aufzumuntern, sprach er ein paar knappe Worte mit seinem Gesprächspartner.

»Es ist alles vorbereitet, wie Sie es anordneten!« sagte er und blähte die Nasenflügel, weil Loras Lippen weich und voll waren wie ein Samtkissen. »Am Sonntag läuft die Aktion. Wir hoffen, daß bis Mittwoch darauf alle Probleme gelöst sind. Wir alle freuen uns, daß es nun endlich weitergeht.«

Er legte auf, hob seinen Unterkörper Lora entgegen und keuchte zufrieden: »Ein Paradiesvogel bist du! Oh, ein Paradies ... Ich schenke dir tausend Dollar, mein Vöglein ...«

In seiner Ecke hatte Dr. Mei mittlerweile den Besuch von Madame Yo bekommen. Es war ein stiller Abend, die meisten Mädchen saßen oben in einem Gemeinschaftsraum, der gleichzeitig als Vorführraum der Körper diente, und stickten oder zogen kleine bunte Glasperlen zu phantasievollen Gürteln, Boleros oder Mützen auf. Auch das war ein Nebenverdienst von Madame Yo ... keiner der Touristen, die diese Perlenstickerei in dem riesigen Shopping Center »Ocean Terminal« von Kowloon kauften, ahnte, daß fleißige Hurenhände diese Kunstwerke während der Wartezeiten geschaffen hatten.

»Eine Orchidee im Knopfloch?« fragte Madame Yo. »Was ist los?«

»Ein Festtag, meine Liebe! Geburtstag!«

»Das wäre ein Grund zum Feiern.«

»Aber hier am Tisch – nicht oben im Bett! Ich will meine Wiedergeburt nicht mit einem Herzschlag beenden.«

»Was heißt Wiedergeburt?«

»Es kann sein, meine Liebe, daß ich heute ein neues Leben beginne. Noch ist es nicht sicher, aber ich ahne, daß ich mich umdrehen werde und ein neuer Mensch bin!«

»Soll das ein Rätsel sein? Himmel, du willst das Trinken aufgeben?«

»Vielleicht.«

»Und kommst dann nicht mehr zu mir?«

»Zu dir werde ich immer kommen, solange ich gehen kann. Schon aus Dankbarkeit.«

»Dankbarkeit? Wofür?« Madame Yo starrte ihn an, als spräche er schon im Delirium.

»Du hast einen großen Anteil an dem neuen Leben!« sagte Dr. Mei ernst. »Aber du wirst es nie begreifen.«

»Bestimmt nicht.«

»Sei darüber glücklich, Yo.« Er trank wieder und legte seine dicke Hand auf Yos verwelkte Finger. »Da kam vorhin ein Gast herein, bei dessen Anblick ich mir sagte: Brüderchen, schäm dich nicht! Du bist nicht der einzige Fettwanst in dieser Stadt. Es gibt noch Dickere! Sieh dir diesen Herrn Tschao an . . .«

»Wer ist Tschao?« fragte Madame Yo verblüfft. »Ich kenne keinen.«

»Das Monstrum, das vor mir hereinkam und, wie ich sehe, sofort nach oben gegangen ist. Das arme Mädchen!«

»Für Lora eine gute Aufgabe.« Madame Yo fächelte sich Luft in das vor Schminke starre Gesicht. »Aber er heißt nicht Tschao.«

»Ich könnte wetten . . .«

»Es ist Tsching Hao-jih.«

»Nein!« Das fast lähmende Erstaunen Dr. Meis war echt. Das kann nicht sein, dachte er. Hier muß Liang sich irren! Aber andererseits: Kam er nicht direkt von den »Sieben Glückseligkeiten«, wo er als Herr Tschao Befehle erteilt hatte? Auch dem Mann, den Mei vor zwölf Jahren kennengelernt hatte?

»Der große Tsching Hao-jih . . .« Meis Stimme war plötzlich rostig.

»Vergiß es. Meine Gäste haben sonst keine Namen.«

»Tsching ist doch einer der reichsten Männer Hongkongs . . .«

»Man sagt es.«

»Jeder kennt ihn!«

»Seinen Namen.« Madame Yo griff nach Meis Glas und nahm einen tiefen Schluck. »Vergiß ihn . . .«

»Tsching Hao-jih kontrolliert den gesamten Seidenblumen-Export und den Handel mit Feuerwerkskörpern!«

»Und liegt jetzt oben in meinem Haus und läßt sich von Lora bearbeiten. Ist das nicht eine Ehre für mich, Mei? Niemand in der Stadt hat solch eine exklusive Kundschaft. Niemand hat aber auch so schöne Mädchen wie ich. Das mußt du zugeben.«

»Das bestreitet keiner!« Dr. Mei starrte zu der Treppe, die nach oben führte. Der große Tsching! Ein Mann, der sein Geld nicht mehr zählen kann. Tsching ist Tschao ... wer aber ist Herr Tschao auf dieser Welt?

Liang Tschang-mao trippelte an ihnen vorbei. Sie hatte einen Korb mit Rosen umgehängt und ging, als sehe sie alles, mit rätselhafter Sicherheit durch das Lokal und die Treppe hinauf. Madame Yo, die ihr nachblickte, wurde unruhig. Es ging um zehn Prozent.

»Tsching wird ihr wieder den ganzen Korb abkaufen«, sagte sie. »Er ist großzügig. Ich warte immer darauf, daß er auch Liang mitkauft. Sich von einem blinden Mädchen lieben zu lassen, das hat er noch nicht verlangt. Aber einmal wird er es fordern ...«

»Und dann?«

»Liang ist ein armes Mädchen«, sagte Madame Yo kalt. »Für tausend Dollar hat man schon anderes verkauft.«

»Ich würde ihn hinterher umbringen!«

»Einen Tsching Hao-jih bringt man nicht um. Sein Reichtum ist sein Panzer. Solange er lebt, zahlt er. Was nützt ein toter Millionär? Da sieh, die zweite Flasche Champagner nach oben zu ihm. Den besten französischen. Er kann bis zu vier Flaschen trinken ... ist das kein Geschäft? Ich wünschte, ich hätte mehr Kunden wie Tsching.«

Dr. Mei nickte, grübelte über Herrn Tschao nach und erkannte plötzlich Zusammenhänge, die ihn frieren ließen. Er goß ein ganzes Glas Whisky in sich hinein, sah, wie Madame Yo die blinde Liang an der Treppe abfing, zehn Prozent kassierte – sie hatte tatsächlich den ganzen Korb Rosen verkauft – und starrte das Mädchen an, das langsam an seinem Tisch vorbeiging.

Es nickte. Es nickte sogar dreimal, um die Bedeutung zu unterstreichen.

Er ist es! Es ist die Stimme. Die Stimme, die den lächelnden Tod befahl. Die Stimme, hinter der das Grauen stand. Die anderen Stimmen gehörten denen, die befohlen wurden ... Diese Stimme hier war der Herrscher!

Die Stimme, die dem Mörder von Mei-tien gehörte.

Dr. Mei verkrampfte die Hände ineinander. Liang verließ das Lokal, Madame Yo telefonierte, neue Gäste kamen herein und bekamen das »Fleischalbum« vorgelegt. An der Bar warteten zwei Herren und diskutierten über Baumwolle, als seien sie an der Börse und nicht in einem Bordell.

Mei erhob sich, ging vor die Tür und blickte sich um. Auf Anhieb erkannte er neun junge, kräftige Männer, die herumlungerten und ihn bewachten. Es waren sicherlich noch mehr da als diese neun, er ahnte das, und es beruhigte ihn. Es würde schwierig sein, Herrn Tschao über die Quaimauer in ein Boot zu bringen.

Dr. Mei winkte, als sähe er auf dem Wasser einen bekannten Sampan. Sofort kamen sechs Männer auf ihn zu, die anderen blieben sichernd in der Umgebung. Sie bildeten einen Kreis um ihn, in dem Dr. Mei völlig verschwand. Alle überragten ihn um mehr als zwei Köpfe.

»Es muß schnell gehen«, sagte Dr. Mei heiser. »So schnell wie ein Schwalbenflug!«

»Sie haben eine gute Entdeckung gemacht, ehrwürdiger Herr Mei?« fragte einer der muskelbepackten Wasserchinesen.

»Es ist ein fetter Mensch, der bald aus dem Hurenhaus kommen wird! Man kann ihn nicht übersehen. Alle anderen Gäste sind schlank ... er ist außer mir der Dickste! Kommt er also aus dem Haus, muß es sehr schnell gehen! Am besten fragt ihr ihn: ›Sind Sie Herr Tschao?‹ Vielleicht sagt er ja, vielleicht gibt er keine Antwort. Aber in dieser Sekunde des Zögerns müßt ihr handeln. Es muß gelingen ... ein zweites Mal gibt es nicht! Und verletzt ihn nicht, ich muß noch lange mit ihm sprechen ...«

Dr. Mei kehrte in das Lokal zurück, setzte sich wieder an

seinen Tisch und trank weiter. Madame Yo kam erstaunt zu ihm.

»Wo warst du?« fragte sie. »Gehst einfach weg.«

»Ich mußte ein paar Atemzüge Meerluft nehmen. Mir wurde schlecht, Yo . . .«

»Du säufst zuviel! Mei, eines Tages wirst du umfallen und tot sein.«

»Wir alle sind nicht unsterblich, Yo.« Er streichelte ihre Hand und nickte ihr zu. »Ich verspreche dir, bald weniger zu trinken. Du wirst sehen, ich komme dort herein, setze mich an meinen Tisch und rufe: ›Ihr Süßen, eine Flasche Wasser!‹«

»Wie gut du Märchen erzählen kannst!« sagte Madame Yo. »Nur glaubt sie dir keiner.«

Tsching Hao-jih schien heute in bester Form zu sein. Über zwei Stunden hatte Lora zu tun, bis er zufrieden war, sich baden ließ und wieder in seinen Anzug stieg. Er besprühte sich mit einem süßlichen Parfüm, kämmte seine glatten Haare, tätschelte Lora noch einmal die Brust und kraulte sie zwischen den Beinen, legte tausend Dollar auf die Glasplatte des Tisches und zog vom linken kleinen Finger einen Ring mit einem schönen Smaragd ab. Er klemmte ihn zwischen Loras Brüste und grinste sie fröhlich an.

»Trag ihn mit Stolz!« sagte er dann. »Du warst hervorragend, Paradiesvogel! Ich komme am Freitag wieder und will, daß kein anderer Mann vor mir war! Dieser Tag gehört mir . . . am Wochenende wird Großes geschehen!«

Er ging hinaus, ließ die Tür offen und stieg die Treppe hinunter. Trotz seines Fettes war er beweglich und schnell, und keiner sah ihm die zwei Stunden mit Lora an. Ohne ihn zu beachten, ging er an Dr. Mei vorbei. Das süßliche Parfüm zog wie eine Wolke mit.

Dr. Mei senkte den Kopf, dachte an seine Tochter Mei-tien und faltete die Hände.

Laß es gelingen, betete er, und dann laß mich kein Herz mehr haben, keine Seele, kein Hirn, kein Gehör, kein Gefühl . . . laß mich nichts sein als Vergeltung.

Gott im Himmel, wieviel Namen du auch hast . . . blick weg! Sieh nicht hernieder auf Mei Ta-kung . . .

Tsching Hao-jih verließ das vornehme Bordell wie immer ohne einen Mann seiner Leibwache, ohne jeden Schutz. Zwei Ecken weiter wartete sein gepanzerter Cadillac, saß neben dem Chauffeur sein liebster Leibwächter, ein Scharfschütze aus der Mongolei, ein Mann mit Glatze und einem angedeuteten traditionellen Zopf. Das Auto war eine Festung. Neben den Scheinwerfern konnte auf Knopfdruck ein Maschinengewehr aus einer Klappe fahren und automatisch streuend schießen. Auch die Rückenlehne war aufklappbar und ein Schießstand mit aufklappbaren Panzerplatten.

Es war unmöglich, Tsching nach Gangstermanier im Wagen zu überraschen, zu erschießen oder zu entführen. Einmal hinter den Panzerscheiben, holte niemand mehr den Dikken heraus. Die einzige Schwachstelle war das Bordell von Madame Yo. Hier wollte Tsching völlig allein sein, hier ging er allein hin und kam allein zurück – vielleicht ein winziges Überbleibsel von Scham und Verklemmtheit, seine Umgebung nicht an diesem Besuch zu beteiligen, obwohl Chauffeur und Mongole natürlich genau wußten, wohin Herr Tsching ging.

Er vertraute darauf, daß die wenigen Meter bis zu seinem Cadillac auch sicher waren. Außerdem war er nicht allein, das bunte, laute Nachtleben am Hafen umgab ihn.

Und es wurde jetzt sein Feind.

Es war schon ungeheuerlich, daß ein Betrunkener, ein junger kräftiger Bursche ihm entgegenkam, nicht auswich, sondern ihn voll anrempelte. Obgleich Tsching Hao-jih mit seinen drei Zentnern Gewicht eine kompakte Masse war, die nicht so schnell wankte, erzeugte der Zusammenprall bei ihm doch ein Straucheln und Zurücktaumeln in einen Hauseingang, denn der Betrunkene hatte im Augenblick des Aufpralls beide Fäuste mit aller Wucht in Tschings Magengrube gestoßen. Ein lähmender Schlag . . . die Luft blieb weg, es gab keinen Atem für einen Schrei mehr, im Hirn dröhnte der Hieb wider, die Beine rutschten weg . . . helfende Hände fingen ihn auf, zerrten ihn ins Dunkel des Flures, und bevor Tsching noch Luft holen konnte, atmete er einen süßlichen Duft ein, der viel widerlicher war als sein Parfüm.

Chloroform, durchzuckte es ihn. Sie entführen mich! Hilfe! Hilfe! Aber der Schrei kam über einen Gedanken nicht hinaus. Nach drei Atemzügen brach Tsching Hao-jih zusammen, stürzte auf eine Treppe und blieb dort betäubt liegen.

Kaum zwanzig Minuten später schoben vier junge Männer eine Gemüsekarre über die Hafenplatte zum Quai. Sie transportierten einen schweren Sack, mußten ihn zu viert vom Wagen zerren und hievten ihn dann mit zwei dicken Tauen und mittels eines Brettes, das als Rutsche diente, in einen Sampan mit Körben voller gerösteter Krabben und Garnelen.

Sobald der Sack an Bord war, band man die Leinen los und ruderte das Boot hinaus in die Bucht von Yau Ma Tei. Außer Sichtweite des Quais band einer der Burschen den Sack auf und legte Tschings Kopf bloß. Immer, wenn Tsching tiefer Atem holte und die Augen öffnen wollte, hielt man ihm einen Wattebausch unter die Nase. Er fiel dann wieder in völlige Erschlaffung, aber die Narkose war so vorsichtig, daß er keinen Schaden nahm.

Dr. Mei wartete eine halbe Stunde, bis er aufstand und die Orchidee aus seinem Knopfloch nahm. Er steckte sie Madame Yo in das lackschwarze künstliche Haar und legte ihr die Hand auf die Schulter.

»Ich bin neu geboren!« sagte er. »Ich habe es dir vorausgesagt.«

»Neugeboren! Ich sehe einen alten fetten Mann!«

»Mit einer neuen Seele, Yo!«

»Und wie äußert sich die?«

»Furchtbar, Yo. Fürchterlich! Schrecklich! Ungeheuerlich! Aber davon wirst du nichts merken. Du nicht! Gib mir einen Kuß!«

»Was soll ich?« Madame Yo saß steif auf ihrem Sessel.

»Gib mir einen Kuß!«

»Bist du verrückt, Mei?«

»Verdammt! Ich will dich küssen! Es wird für mich der Eintritt in eine andere Welt sein . . .«

»Du hast zuviel gesoffen, Mei!«

»Wenn du wüßtest, wie nüchtern ich heute bin. So klar war ich in zwanzig Jahren nicht. Küß mich!«

»Du bist ein Irrer, Mei!« Madame Yo, einen Kopf größer als Mei, beugte sich herunter und drückte ihre welken, faltigen Lippen auf Meis Mund. Es war ein klebriger Kuß. Das Fett des Lippenstiftes lag dick auf der Haut. Es schmeckte wie Himbeeren.

Mei wischte sich über die Stirn, als Yo sich wieder von ihm abhob, und sah sie ernst an.

»Weißt du, was Rache ist?«

»Ja ... was kommt, wenn du dich über den Kuß lächerlich machst.«

»Glückliche Yo!« Dr. Mei ging zum Ausgang. »Du warst meine Kundry ...«

»Ist das eine Schweinerei?«

Mei schüttelte den Kopf und ging auf die Straße. Er sah drei der Wasserchinesen, die ihm von weitem zunickten, sie grinsten breit und rieben sich die Hände.

Gelungen! Tsching Hao-jih war auf dem Weg ohne Wiederkehr. Dr. Mei öffnete seinen Rock, riß sein Hemd auf und ließ den Meerwind über seine freie, dicke Brust wehen. Er kühlte. Doch Mei hatte das Gefühl, innerlich eine einzige lodernde Flamme zu sein.

Der Sampan mit Tsching in dem Jutesack fuhr nicht in die Dschunkenstadt von Yau Ma Tei hinein, sondern wurde von einem kleinen Motorboot in Schlepp genommen und aus dem Taifunschutzhafen hinausgezogen. Die Fahrt ging hinüber in Richtung der Stonecutters Insel, und hier, auf dem freien Wasser, lag träge eine der großen Fährdschunken, die vor allem die Chinesen von Kowloon nach Stonecutters oder dem Tsing Yi Island bringen. Der Kapitän war Koon Lung-tse. Er stand an Deck, als sein Beiboot den kleinen Sampan anschleppte, und ließ einen Kranhaken herunter, mit dem er den Sack an Bord kurbelte.

Dort schälte man Tsching aus der Jute, band ihm Hände und Füße und schleifte ihn in die offene hölzerne Halle, in der tagsüber Hunderte von Fährgästen über das Meer fuhren. Koon Lung-tse konnte nicht widerstehen, auch wenn es keinen Sinn ergab: Er trat Tsching mit aller Wucht in die Seite und war erfreut, daß der Dicke aufstöhnte. Er spürte es also ... die Narkose ließ nach.

Nach wenigen Minuten schlug Tsching die Augen auf. Sein Blick fiel auf Koon und erstarrte. Sein Mund klappte auf, ein Zittern lief durch seinen Körper. Koon beugte sich zu ihm hinunter. Ihre Augen waren so nahe beieinander, als wollten sie verschmelzen.

»So siehst du also aus«, sagte Koon dumpf. »An so etwas habe ich meine Tochter verloren ...«

Und plötzlich weinte er.

Tsching Hao-jih zog den Kopf tief zwischen die fetten Schultern und sah sich blitzschnell um. Ein Rattenblick war es ... wo ist ein Loch, wo ist ein Ausschlupf, wie entkomme ich aus dieser Halle? Aber was er mit einem Rundblick erkannte, war für ihn trostlos. Er lag auf Deck einer hohen und rundbäuchigen Dschunke, war an Händen und Füßen gefesselt, von mindestens zehn Männern umstanden, das Ufer war weit, ringsum freies Meer. Die einzige Hoffnung war noch das Reden, waren Verhandlungen, Angebote.

Übelkeit, die Nachwirkung der Chloroformbetäubung, würgte in seinem Magen. Er nahm den Kopf etwas zurück und sah Koon Lung-tse flehend an.

»Etwas Wasser, bitte ...« sagte er schwach.

»Verrecke!« antwortete Koon laut.

»Mir ist übel ...«

»Das wird das Geringste sein.«

Tsching schloß die Augen. Ganz ruhig, dachte er. Bleib ganz ruhig. Sie wollen nur Geld. Wie oft habe ich das befürchtet! Ich werde ihnen alles versprechen, sie werden ihre Millionen bekommen. Aber dann werden sie gnadenlos gejagt, nicht von der lahmen Polizei, sondern von meinen eigenen Kommandos. Nennt nur eure Summe ... ich sage zu allem ja.

»Hier liegt ein Irrtum vor«, sagte Tsching nach einigen tiefen Atemzügen. Die Übelkeit ließ in der frischen Seeluft nach. »Eine Verwechslung.«

»Wohl kaum!« Koon betrachtete die Fettmasse wie eine

ekelhafte Qualle. »Wenn der ehrwürdige Herr Mei dich anliefert, bist du der richtige.«

»Ich bin Tsching Hao-jih!« sagte Tsching laut.

Koon lachte und gab ihm noch einen Tritt in die Seite. »Der große Herr Tsching? Warum nicht gar ein Kaiser?«

»Ich *bin* Tsching!« sagte der Dicke.

»Der reiche Mann?«

»Ja!« Tsching hob den Kopf. »Ich behaupte ja: Hier hat es einen Irrtum gegeben!«

»Warten wir es ab!« Koon trat zurück. Der Name Tsching hatte einen magischen Klang. Es gab nur eine Handvoll Männer, die Hongkong heimlich regierten, und darunter war Tsching Hao-jih, der »Schöne Tag«. Unmöglich, daß Dr. Mei diesen Ehrwürdigen in einem Sack zur Dschunke bringen ließ.

Nach einer halben Stunde, in der Tsching versuchte, zu erklären, daß eine Million Dollar von allen Sorgen befreit und ein Versehen damit gut bezahlt ist, traf Dr. Mei bei Koon Lung-tse ein. Mühsam kletterte er an Bord, drückte Koon die Hand und fragte sofort:

»Wo ist er?«

»Dort!« Koon zeigte auf die Passagierhalle. »Er redet und redet, und er redet überzeugend. Er behauptet sogar, der große Tsching zu sein.«

»Das ist er!« antwortete Dr. Mei trocken.

Koon erstarrte. »Das . . . das wird gefährlich . . .« stotterte er. »Sie haben Tsching entführt . . . und ich dachte, er sei der heimliche Mörder unserer Kinder.«

»Du wirst dich wundern, Koon!« Dr. Mei zog seine Jacke aus. Ihm war glutheiß vor innerer Erregung. »Was wir auch hören, wir wollen gerecht sein!«

Tsching sah ihnen mit einer lauernden Bereitschaft entgegen, als sie die offene Holzhalle betraten. Hatte er den kleinen Dicken nicht schon einmal gesehen? Eine Erinnerung aus den Augenwinkeln . . . aber wo?

»Ich bin Dr. Mei«, sagte Mei Ta-kung und verbeugte sich höflich. »Mein Name sagt Ihnen nichts?«

»Nein!« Tsching schöpfte Hoffnung. Nun wird sich schnell der Irrtum aufklären. »Aber mein Name wird Ihnen . . .«

Mei winkte ab und schnitt damit Tschings Satz ab. »Ich kenne ihn. Sagt Ihnen Mei-tien etwas?«

»Nein.«

»Oder Loo Fei-tung?«

»Keine Ahnung.«

»Wie wäre es mit Li Han-hing?«

»Sie sprechen in Rätseln, Dr. Mei.«

»Noch! Die Sprache wird klarer, wenn ich Ihnen sage, daß Loo Fei-tung und Li Han-hing durch ein neuartiges Rauschgift, das als Gas eingenommen wird, den Willen paralysiert und nachher die Leber zerstört, zu Mördern umfunktioniert wurden. Und Mei-tien war meine Tochter, die auch an diesem Gift starb.«

Dr. Mei sah auf Tsching herunter. Drei Lampen beleuchteten dessen fettes Gesicht. »Auch Koon Lung-tse hatte eine Tochter, eine Freundin von Mei-tien. Sie verschwand wie Loo und Li! Noch ist sie nicht als Mörderin aufgetaucht . . . aber das kann ja noch kommen, nicht wahr? Sie züchten ja Ihre willenlosen Geschöpfe zunächst als Test für eine weltweit geplante Terrorwelle . . . Ist meine Sprache noch immer rätselhaft?«

»Sie sind verrückt!« sagte Tsching heiser. »Ich bin Tsching Hao-jih! Was nennen Sie da Namen, was faseln Sie von Mördern? Das ist Sache der Polizei. Ich kenne keinen . . .«

»Es ist jetzt ganz allein unsere Sache, Tsching«, sagte Mei ernst. »Begreifen Sie das bitte.« Er setzte sich vor Tsching auf die hölzerne Bank und griff in die Hosentasche, wo er seine Taschenflasche Whisky verwahrte. Nach einem großen Schluck und einem Rülpser schraubte er sie wieder zu. Und plötzlich, bei diesem Aufstoßen und dem Whiskytrinken wußte Tsching, wo er Dr. Mei schon einmal gesehen hatte . . . bei Yo im Bordell. Dort hatte der Alte irgendwo an einem Tisch gesessen und gerülpst, als Tsching an ihm vorbeikam. Ebenso plötzlich aber überkam Tsching auch die Erkenntnis, daß mit billigem Leugnen nichts mehr gewonnen war.

»Was wollen Sie?« fragte Tsching vorsichtig. »Dr. Mei, ich erkläre, daß ich nichts von dem verstehe, was Sie da sagen. Es bleibt ein Rätsel! Sie haben mich mit Gewalt auf diese

Dschunke bringen lassen, ich protestiere dagegen und verlange meine sofortige Rückkehr an Land! Man wird sowieso eine große Suchaktion einleiten, wenn ich beim Morgengrauen nicht zu meinem Auto zurückgekehrt bin ...«

Er schwieg abrupt. Das war ein Fehler, dachte er. Verdammt, das war falsch. Bis zum Morgengrauen ... das sind noch einige Stunden. Damit gebe ich ihnen viel Zeit in die Hand, in der sie sich sicher fühlen können. Er biß auf seine Lippen und starrte Dr. Mei böse an.

»Warum machen wir es uns so schwer?« sagte Mei ruhig. »Es mag sein, daß Herr Tsching ein anderer ist als der Mann, der Morde befiehlt und junge Menschen durch ein neues Rauschgift zu willenlosen Werkzeugen machen kann. Unterhalten wir uns also nicht mehr mit Herrn Tsching, sondern nur noch mit dem großen Herrn Tschao ...«

Tsching Hao-jih behielt Würde und Ruhe. Nichts zeigte an, daß er mit diesem Satz tödlich getroffen war. Wer hat mich verraten, dachte er nur. Wer will seinen Kopf aus der Schlinge ziehen? Wer glaubt da, sich retten zu können?

»Wo ist Herr Tschao?« fragte Tsching. Sein Erstaunen klang sogar echt.

»Wir sollten nicht so dumme Fragen stellen!« Dr. Mei war geradezu beleidigt. »Soll ich wiederholen, was heute in den ›Sieben Glückseligkeiten‹ besprochen worden ist? Und dann ging der große Herr Tschao weg und hinüber in den Puff von Madame Yo und wurde dort der mächtige, reiche Herr Tsching. Er hat gar nicht gesehen, wie der armselige Dr. Mei Ta-kung ihm folgte ... der Vater der schönen Mei-tien, die an dem Rauschgift des Herrn Tschao zugrunde ging, nachdem sie versucht hatte, ihren Vater zu töten.«

»Was ... was wollen Sie von mir?« fragte Tsching zögernd.

»Nicht viel ... Sühne.«

»Nennen Sie eine Summe.«

»Geld?« Dr. Mei beugte sich etwas vor. »Sie wollen mir meine Tochter abkaufen, Sie wollen ihren Tod bezahlen?«

»Ich fühle mich nicht schuldig! Wenn ich Ihnen trotzdem ...«

»Geld und Macht – das ist Ihre einzige Moral! Und diese

Macht sollte weltweit werden ... die Weltherrschaft mit einem Rauschgas. Tsching Hao-jih, der Mächtigste aller Zeiten! Und um das zu testen, erzieht man junge Menschen zu Mördern. Zu lächelnden Ungeheuern, die auch schon Getötete sind, wenn sie morden.«

»Das sind doch Fieberphantasien, Dr. Mei!«

»Ich habe die Beweise, Tsching oder Tschao ...«

»Wo sind sie?«

»Bei Dr. Fritz Merker ...«

»Wer ist denn das?« sagte Tsching frech, aber sein Herz begann krampfhaft zu zucken.

»Mein Freund.« Dr. Mei lächelte verbindlich. »Er wohnt und forscht bei mir. Seit Wochen ist er verschwunden ... er ist mein Gast!«

»Bluff!« sagte Tsching laut. »Ein ganz billiger Bluff! Sie werten für sich nur aus, was in den Zeitungen steht!«

»Sie werden morgen Dr. Merker sehen und sprechen.«

»Morgen?« Tschings Kopf fuhr vor. »Sie wollen mich hier wirklich festhalten?« schrie er.

»Hier nicht.« Dr. Mei nahm wieder einen Schluck aus der Taschenflasche. »Wir werden Sie zurück nach Yau Ma Tei bringen und dort ein Gericht zusammenrufen.«

»Sie sind ja wahnsinnig!« brüllte Tsching.

»Ich mißtraue den Gerichten an Land.« Dr. Mei schüttelte den Kopf. »Die Milliarden des Herrn Tsching können auch das Recht mit einer goldenen Mauer umgeben. Drohungen und Angst haben schon manches Richtergehirn umschattet. Halten wir es wie unsere Ahnen: Ein ganzes Dorf hält Gericht.«

»Fünf Millionen!« sagte Tsching heiser.

»Kein Reichtum der Welt kann diese Sühne abgelten.«

»Zehn Millionen!«

»Jedes Stückchen Haut, das ich Ihnen abziehen kann, ist mehr wert ...«

»Ich weiß von nichts!« brüllte Tsching. Die Angst war in ihm hochgekrochen und beherrschte ihn jetzt. »Dr. Mei, ich schwöre Ihnen: Ich weiß von nichts. Ich habe mit dem Gas nichts zu tun ...«

»Sehen Sie, das ist schon ein Fortschritt. Sie bestätigen, daß es ein Gas ist! Genau das hat Dr. Merker auch gefunden.«

»Ich habe niemanden getötet!«

»Die großen Mörder töten nie selbst – sie lassen töten! In dieser Hinsicht sind Sie bereits ein großer Politiker. Sie befehlen den Tod ... für das rein Handwerkliche gibt es Lakaien genug.«

»Dr. Mei ... ich bitte Sie, mir zu glauben: Ich handelte nur im Auftrag! Ich gebe mein Vermögen hin, wenn ich Ihnen beweisen darf ...«

»Ihr verdammtes Geld!« Dr. Mei winkte bitter ab. »Jeder Mord war Ihr Befehl. Ihre Stimme allein war die Macht! Was auch immer mit diesem teuflischen Gas geschah ... es war Ihr Wille! Wieviel hundert oder tausend junge Menschen haben Sie verseucht? Waren für Sie nur Versuchstiere, an denen man die Wirkung des neuen Giftes ausprobierte und die Dosierungen festlegte. *Sie* gaben die Anweisungen!«

»Nein! Ich habe nichts, gar nichts damit zu tun!« Tschings Augen weiteten sich. Koon Lung-tse brachte ein Gestell in die Halle und baute es vor ihm auf. Es war ein Doppelbalken mit massiven Scharnieren und Schlössern, in die man zwei Rundungen geschnitten hatte und in die genau ein Handgelenk hineinpaßte. Schloß man die Balken um die Handgelenke, lagen sie wie in einem Schraubstock. Die Hände waren vom Körper wie getrennt.

Mit diesem Gestell trug ein Mann einen eisernen Kessel mit glühenden Holzkohlen herein und stellte ihn neben Tsching. Dünne, zugespitzte Bambusstäbchen lagen in einer Lackschüssel.

Tschings fettes Gesicht schien zu zerfließen. Die Augen traten froschähnlich hervor.

»Ich entferne mich jetzt«, sagte Dr. Mei höflich und verbeugte sich. »Koon Lung-tse ist ein gramgebeugter Vater, dessen Tochter an Land verschwunden ist. Er wird Sie fragen, Tsching, wo sie hingegangen sein könnte. Koon ist ein Traditionalist und wird Sie nach alter Weise fragen ...«

»Mei! Das können Sie nicht tun!« brüllte Tsching. »Hören Sie mich an ...«

»Ihre Fingerspitzen werden nie mehr über den glatten warmen Körper von Lora streicheln. Tsching, Sie kennen die Prozedur. Sie ist noch verhältnismäßig harmlos gegenüber dem, was uns unsere Ahnen an Verhörmethoden hinterlassen haben.«

»Sie werden es nicht tun!« schrie Tsching. »Mei, Sie werden es nicht tun ... Das ist unmenschlich!«

»War Herr Tschao noch ein Mensch?«

»Ich hatte auch meine Befehle!« Tsching heulte auf. Drei Männer befreiten ihn von seinen Fesseln und schlossen die Balken so schnell über seinen Handgelenken, daß er keine Zeit zur Gegenwehr hatte. Das Kohlebecken wurde herangeschoben, das erste Bambusstäbchen wurde entzündet. Die Spitze des Spans zeigte auf den Daumen der linken Hand. Tsching lag auf den Knien und wimmerte.

»Ich nenne Namen ...« schrie er, als die Spitze des Bambus in seinen Daumen fuhr, in das empfindliche Fleisch unter dem Nagel. »Mei, ich flehe Sie an ... ich habe auch nur Befehle ausgeführt ...«

Das Stäbchen in der Fingerkuppe brannte langsam ab. Tschings massiger Körper schüttelte sich wie im Krampf, Schweiß rann an ihm herunter, als löse er sich in Wasser auf. Dr. Mei kniff die Flamme ab, bevor sie das Fleisch erreicht hatte. Tsching weinte laut und hatte den Kopf auf die Balken gelegt.

»Erzählen Sie, Tsching«, sagte Mei ruhig. »Ich bin kein Unmensch, und Sie sind ein Feigling ... auf dieser Ebene könnten wir uns treffen. Erzählen Sie ...«

Tsching weinte weiter, biß dann in das Holz des Balkens und hieb mit der Stirn dagegen, bis er sich die Haut aufgeschlagen hatte und Blut über sein Gesicht rann.

»Die ... die Gasinfektion, die gesamte Forschung des Rauschgiftes lag in medizinischen Händen«, sagte er tonlos. »Ich hatte damit nichts zu tun ... ich hatte nur die Einsätze vorzubereiten und alles zu koordinieren. Wer für die Morde vorbereitet wurde ... ich hatte keine Ahnung. Mich interessieren keine Namen, das war der medizinischen Sektion vorbehalten. Mir wurde nur gemeldet: Sie stehen bereit.«

Dr. Mei nickte. Jetzt sagte Tsching die Wahrheit. Er dachte an den Mann im grauen Seidenanzug, der aus dem Hinterzimmer der »Sieben Glückseligkeiten« gekommen war und den er wiedererkannt hatte. Vor zwölf Jahren war er eine große medizinische Hoffnung in Kowloon gewesen.

»Nennen Sie den Namen, Tsching. Wer ist der medizinische Experte Ihrer Organisation?« Dr. Mei tippte gegen Tschings Daumen. Der Gefolterte zuckte zusammen und schrie auf. »Wem untersteht wissenschaftlich das Experiment?«

»Dr. Wang An-tse . . .«

Mei atmete auf. Das war das eine, dachte er. Nun muß das Große kommen: Wer ist der Wahnsinnige, der an eine Herrschaft über die Welt glaubte, wenn es nicht Tsching selbst war?

»Und die anderen?« fragte Mei.

»Jeder hatte seinen bestimmten Aufgabenkreis. Sektion, nannten wir es. Die . . . die ganze Welt war in Sektionen aufgeteilt . . . später sollte der Hauptsitz der Weltregierung in Paris sein . . .«

»Ihr Irren!« sagte Dr. Mei erschüttert. »Oh, ihr Irren . . .«

Tsching weinte wieder. Mit seinen Tränen kamen auch die Namen . . . er nannte zwanzig Sektionsleiter, und Koon Lungtse schrieb sie mit. Dann schwieg er erschöpft und legte die blutige Stirn wieder auf den Balken.

»Das war es . . .« sagte er schwach. »Ich habe nicht gelogen. Auch ich hatte meine Aufträge. Ich habe nur weitergegeben, was man mir gesagt hat . . .«

»Und wer ist der große Wahnsinnige im Hintergrund?« fragte Dr. Mei. »Tsching, wenn Sie lügen, brennen Ihnen alle Finger weg . . .«

»Ich lüge nicht«, stammelte Tsching. »Mei, Sie können mich vierteilen, ich sage jetzt die Wahrheit . . .«

»Wer?«

Tsching holte tief Atem und sagte dann laut, es war fast ein Schrei:

»James McLindlay . . .«

Dr. Mei fiel auf die Bank, als habe man ihm die Beine weggeschlagen.

15

Die Idee, einmal geboren, setzte sich bei Dr. Merker fest. Es war unmöglich, sie ihm auszureden. Selbst Yang schaffte es nicht.

»Es geht ganz allein um unser Dschunkenhospital!« sagte er immer wieder. »Dafür bin ich bereit, mit dem Hut in der Hand herumzugehen! Warum soll ich nicht da anfangen, wo das Geld wirklich im Überfluß vorhanden ist?«

»Ich mag ihn nicht!« sagte Yang verschlossen. »Ich will auf keinen Fall, daß er weiß, wo wir leben.«

»Das ist auch nicht nötig.«

»Er wird dir doch keinen Cent geben, wenn er nicht weiß, wofür! Ein Dschunkenhospital, damit ist für ihn alles klar.«

»Warum sollen wir vor ihm Geheimnisse haben? Gerade vor ihm?«

»Man wollte mich in seinem Haus erschießen.«

»Aber doch nicht *er*!«

»Genügt es nicht, daß es in seiner Umgebung geschah? Was sagt Mei zu deinem Plan?«

»Wenig. Nur, wir haben kein Geld mehr! Und auch deine Dollars reichen nicht.«

»Ich werde mein Schiff verkaufen, Fritz.«

»Auf gar keinen Fall! Wo willst du leben?«

»Für uns reicht eine kleine Kammer an Deck deiner Hospitaldschunke. Wozu dieser ganze Luxus hier? Unser Luxus werden die armen Kranken sein, die du heilst. Werden die Menschen sein, die dank deiner Kunst weiterleben können. In drei Monaten werden die Arbeiter die Dschunke umgebaut haben. Muß alles denn sofort perfekt sein, alles vollkommen sein, wenn du dein schwimmendes Hospital eröffnest? Wie sagt ihr Christen? Gott erschuf die Welt in sechs Tagen ... denk einmal darüber nach. Warum erschuf er, der große Gott, die Welt nicht mit einem Fingerschnippen? Ich befehle: Welt, sei da! Nein, er brauchte eine ganze Woche harte Arbeit ...

als Gott! Und du als Mensch? Willst es so schnell schaffen? Sechs Tage Gottesarbeit – das sind für dich sechs Jahre, sechzig Jahre, wenn du so vermessen sein solltest, dich damit zu messen! Er in sechs Tagen die Welt ... du in sechs Jahren eine Dschunke als Hospital – das wäre schon ein kleines Wunder.«

»Wenn ich behandeln will, muß ich die nötigsten Geräte haben! Wenn ich operieren will, muß ich die Grundausstattung für einen OP haben! Was nutzt sonst das ganze Hospital?«

»Du hast mir mal von einem Mann erzählt, der Albert Schweitzer hieß. Wie hat er im Urwald angefangen?«

»Ich gebe mich geschlagen«, sagte Dr. Merker müde. »Aber ich habe dir auch gesagt, daß ich kein Albert Schweitzer bin. Ich bin ein durchschnittlicher, moderner Arzt, abhängig von Geräten wie EKG und Röntgen. Ich bin kein Rucksackmediziner ...«

»Du bist Wei Kang-teh, der Dschunkendoktor von Yau Ma Tei. Du wirst uns die erste eigene Hospitaldschunke schenken und den Wasserchinesen damit ein neues Stück eigener Freiheit geben. Und nach und nach wird dein Werk wachsen bis zu der Vollkommenheit, die du schon heute haben willst. Fritz, wir haben doch Zeit! Wie lang ist ein Jahr.«

»Verdammt kurz für einen Patienten, der etwa ein Empyem hat, das ich mangels Hilfsmittel nicht erkenne. Er überlebt das Jahr nämlich nicht!«

»Du bist nicht Gott!«

»Aber ich könnte ein Arzt sein, der mehr und besser hilft, wenn er nicht von dem verdammten Geld – verflucht noch mal – abhängig wäre. Nur zweihunderttausend Dollar, und ich hätte eine Klinik hier auf dem Wasser, die wirklich funktionsfähig wäre.«

»Und was ist sie jetzt?«

»Fünfzig Prozent Glaube an das Gesundwerden.«

»Soviel Prozent Überlebenschance hatten die Leute auf den Dschunken noch nie!« Yang faltete die Hände vor der Brust. »Wei Kang-teh, du wirst einmal in den Sagen der Wasserchinesen unsterblich sein ...«

Mit Yang war also nicht darüber zu diskutieren, doch die Idee ließ Merker trotzdem keine Ruhe mehr. Er nahm sich vor, alles noch einmal mit Dr. Mei durchzusprechen, wenn der am nächsten Morgen nach seiner nächtlichen Bordellwarterei wieder ansprechbar sein würde.

Am Morgen, als Merker zur Doktordschunke gefahren wurde, standen zwar wie immer die Patienten geduldig auf Deck und verneigten sich tief vor ihm, als er an Bord kletterte; aber Dr. Meis Lager war leer. Merker fragte die Kranken, die an Deck übernachtet hatten, um am Morgen gleich dranzukommen. Nein, Dr. Mei war nicht zurückgekommen. Er war gestern abend weggerudert worden ... mehr wußten sie nicht.

Jetzt ist er völlig versackt, dachte Dr. Merker wütend. Dieser Blödsinn mit der blinden Liang und ihrer Stimmenerkennung! Wir brechen das jetzt ab, mein lieber Mei ... das unkontrollierte Saufen hört auf!

An diesem Morgen rief der Chef der Kowlooner Polizei dringend nach Kommissar Ting Tse-tung. Da Ting nach der Sprengung seines Hauses im Präsidium schlief, war er schnell zur Stelle. Verwundert sah er vor dem Chef zwei sehr verstörte Männer sitzen: Einen chinesischen Chauffeur und einen stämmigen Mann, der wie ein Mongole aussah. Auch der Polizeichef war nicht ganz fröhlich. Mit sorgenvollem Gesicht sah er Ting entgegen.

»Ting, ich habe mich eingeschaltet, weil es geradezu ungeheuerlich ist«, sagte er. »Als mir Kommissar Tschou die beiden Männer beschrieb, habe ich sofort gesagt: Herauf zu mir, ich kümmere mich selbst darum. Wenn das zutrifft, was ich hier höre, ist das kein Fall für Tschou, sondern für Sie!« Der Chef holte tief Luft. »Tsching ist verschwunden!«

»Welcher Tsching?« fragte Ting verblüfft.

»Tsching Hao-jih!«

»Das wäre allerdings ein großer Brocken.« Ting sah die beiden zerknirschten Männer an. »Wann und wieso?«

»Das sind sein Chauffeur und sein Leibwächter.« Der Polizeichef lächelte gequält. »Hören Sie sich mal an, was die erzählen.«

Nach wenigen Minuten konnte sich Ting ein Bild machen: Tsching war, wie schon öfter, in das Bordell von Madame Yo gefahren, hatte seinen Wagen zwei Straßen weiter parken lassen, war aber nicht wie üblich nach zwei Stunden zurückgekommen, sondern überhaupt nicht. Chauffeur und Leibwächter hatten geduldig bis zum Morgen gewartet, zunächst Witze über Tsching und das Hürchen gemacht, das ihn so sehr beschäftigte. Aber sie wurden immer kleinlauter, je höher die Sonne stieg. Schließlich raffte sich der Mongole auf, marschierte zu Madame Yos Etablissement, klingelte Sturm, bis eine verschlafene Dame an ein Fenster kam, die ihn erst ordinär beschimpfte und ihm riet, sich selbst zu befriedigen, aber dann doch sehr munter wurde, als der Mongole nach Tsching Hao-jih schrie. Es stellte sich heraus, daß Herr Tsching schon vor Stunden gegangen war. Das war Anlaß genug, sofort zur Polizei zu fahren, denn das sei doch nicht normal.

»Das kann man wohl sagen!« meinte Ting Tse-tung. »War Herr Tsching nach solchen Besuchen betrunken?«

»Nie!« sagte der Mongole. »Er war nur besonders fröhlich.«

»Natürlich! Aber gestern muß eine Ausnahme gewesen sein. Vielleicht ist er mit einem Taxi . . .«

»Zu Hause ist er nicht. Wir haben angerufen.« Der Chauffeur schüttelte den Kopf. »Herr Tsching würde nie mit einem Taxi fahren. Nie! Es muß etwas Schreckliches passiert sein.«

»Bloß das nicht!« sagte der Polizeichef leise. »Ausgerechnet Tsching Hao-jih! Das stellt ganz Hongkong auf den Kopf!«

»Hier scheint sich in letzter Zeit einiges verändert zu haben«, sagte Ting nachdenklich. »Bei McLindlay wird auf Yang geschossen – etwas, was bisher undenkbar war –, und jetzt verschwindet Tsching, sein bester Freund und Geschäftspartner, spurlos aus einem Puff!«

»Sehen Sie da einen Zusammenhang?« fragte der Chef erschrocken.

»Ich werde es recherchieren, Sir.«

»Aber bitte mit Fingerspitzengefühl, Ting!«

»Ob ich damit weiterkomme . . .«

»Es handelt sich um die höchste Prominenz von Hongkong! Ihr Einfluß ist überall . . .«

»Der hört auf, wenn der Körper im Meer treibt«, sagte Ting trocken. »Ich sehe mich um.«

Madame Yo, die aus dem Bett geholt wurde, berief sich auf ihre weitbekannte Diskretion. Doch als Ting drohte, ihr Lokal zu schließen, sagte sie aus, daß Herr Tsching sehr lebendig und erfreut von den guten Diensten des Hauses gegen ein Uhr nachts gegangen sei. Mehr könne sie nicht wissen. Ihr Interesse höre an der Haustür auf.

Ting sah das ein und verließ das Bordell mit der Ahnung, daß der mächtige Tsching – falls er noch lebte – in großen Schwierigkeiten war. Sollte es eine Erpressung werden, würde man bald davon hören.

Ting irrte nicht: Tsching war in großen Schwierigkeiten.

Kapitän Koon Lung-tse hatte seinen Fährbetrieb eingestellt und dem Hafenamt von Kowloon telegrafisch gemeldet, daß er mit einem Maschinenschaden fest liege. Der Fahrplan müßte geändert werden. Da so etwas manchmal vorkam, wunderte sich niemand. Man überlud lediglich die anderen Fährdschunken und hoffte, daß sie das aushielten und nicht sanken. Das Meer spielte mit. Es war glatt, ruhig und friedlich.

Tsching Hao-jih hatte angesichts der angespitzten Bambusstäbchen und des glühenden Kohlebeckens noch viel zu erzählen gehabt. Dr. Mei und Koon hörten mit erstarrten Mienen zu, und je mehr Tsching berichtete und glaubte, damit seinen Kopf zu retten, um so mehr starb er.

»Wieviel Jungen und Mädchen habt ihr mit dem Rauschgas vergiftet?« fragte Mei.

»Ich weiß es nicht. Es können Hunderte sein.«

»Was geschah mit ihnen?«

»Sie starben alle an dem Leberleiden. Wir brauchen doch für unsere umfangreichen Untersuchungen viele Kontaktpersonen. So konnte im Laufe von vier Jahren das Gas so verbessert werden, daß es seine heute bekannte Wirkung bekam.«

»Wer hat die Unterlagen über das Gas?«

»Mr. McLindlay und der Chefchemiker. Ja, und Dr. Wang An-tse.«

»Er auch?«

»Er ist über alles unterrichtet und war immer als ärztlicher Ratgeber dabei.«

»Warum ist auf Yang geschossen worden?«

»McLindlay liebt sie wahnsinnig, aber sie lachte ihn nur aus. Er schwor, jeden umzubringen, den Yang lieben würde.«

»Den Bauingenieur . . .« sagte Mei hart.

»Ja. McLindlay ließ ihn vom Gerüst stoßen.«

»Und jetzt schießt er auf Yang selbst.«

»Nein.« Tsching grinste breit. »Das war Betty Harpers. Er weiß es noch nicht. Sie hat von einem kleinen Balkon über der Terrasse aus geschossen und war schnell wieder bei den Gästen, als die Panik voll ausbrach. Das habe ich herausgefunden.«

»Was wolltet ihr mit Dr. Merker?«

»McLindlay wollte ihn lebend, um zu erfahren, ob es wirklich ein Gegenmittel gegen das Gas gibt. Er wollte das auf zweierlei Art erreichen: Einmal als Freund, dem er sogar seine Betty opfert . . . einmal als Feind, der Dr. Merker kaltstellt und ihn zur Preisgabe des Geheimnisses zwingt.«

Tsching blickte auf die Bambusstäbchen. Das ist nur der erste Grad, dachte er. Es gibt viel wirksamere Fragemethoden. »Dr. Merker hätte unsere Fragen nicht ausgehalten und hätte geredet . . .«

»Das glaube ich sofort!« sagte Dr. Mei angewidert. »Weiß McLindlay, daß Yang und Dr. Merker ein Paar sind?«

»Jetzt ja. Das änderte plötzlich alles. Wir haben den Befehl bekommen, Dr. Merker und Yang, wo sie auch sind, sofort zu töten! McLindlay liebt sie eben über alles . . . auch über seinen Plan, mit dem Gas die Welt zu beherrschen. Aber mit Dr. Merkers und Yangs Tod hätte er die letzten Hemmungen verloren. Für Sonntag war eine Großaktion geplant.«

So ging es weiter . . . Stunde um Stunde. Tsching redete pausenlos in der Hoffnung, Ehrlichkeit sei jetzt sein Lebensbillett.

Am frühen Morgen fragte Dr. Mei:

»Herr Tsching, Sie stellen doch Feuerwerkskörper her?«

»Ja.«

»Ich habe gelesen, daß Sie eine Rakete konstruiert haben, die so groß ist wie eine militärische Rakete, dreitausend Meter hoch schießt und einen riesigen Goldregen ausspeit. Ein Supervergnügen! Stimmt das?«

»Es stimmt, Dr. Mei! Es ist der Typ RS 1212. Sie hat eine eigene elektrische Abschußrampe, aber sie ist noch nicht genehmigt zum Verkauf, weil man noch Versuche anstellen muß. Es dürfen keine Splitter zurückregnen. Wir haben sie jedoch so konstruiert, daß sie völlig zerplatzt und sich selbst pulverisiert. Das werden wir in zwei Monaten der Prüfkommission vorführen.«

»Das ist schade«, sagte Dr. Mei bedauernd. »Ich wollte nun, da alles geklärt ist, ein Freudenfeuerwerk veranstalten, das größte, das Hongkong je gesehen hat. Wir hätten dafür alle gespendet. Bleiben wir also bei dem normalen Feuerwerk. Schade.«

»Und wann lassen Sie mich zurück an Land?«

»Das bestimmt unser Volksgericht, Herr Tsching.«

»Ich habe Ihnen alles gesagt!« schrie Tsching. »Alles! Sie haben mir versprochen . . .«

»Ich habe Ihnen nichts versprochen«, sagte Dr. Mei kalt. »Ich sprach nur davon, daß wir auf die Bambusstäbchen verzichten, wenn Sie ehrlich sind. Das haben wir eingehalten. Sie werden nicht behelligt. Vor Gericht gestellt aber werden Sie.«

»Vor ein ordentliches Gericht!« jaulte Tsching auf.

»Mit bestochenen Richtern . . . Tsching, ich kenne Hongkong ebensogut wie Sie! Nein, besser! Gerechtigkeit hat viele Gesichter. Wir werden das zu Ihnen passende aussuchen.«

Vier Männer schleiften den heulenden, spuckenden, winselnden Tsching unter Deck. Koon hob die Nase und schnüffelte hinter ihm her. »Er hat sich in die Hosen geschissen!« sagte er angeekelt. »Er ist schlimmer als eine feige Ratte. Wie geht es weiter, Dr. Mei?«

»Fahrt mich ins Dorf«, sagte Mei plötzlich sehr müde und sehr alt. »Ich werde alles für den Prozeß vorbereiten.«

Die Mittagspause nutzte Dr. Merker zu einem Alleingang.

Yang war zu ihrer Wohndschunke gefahren, um sich ein neues Kleid zu holen. Beim Öffnen eines Furunkels, wobei sie den Arm des Patienten halten mußte, war sie mit Eiter und Blut bespritzt worden. Dr. Mei war noch an Land verschollen. So sah Dr. Merker die Gelegenheit als günstig an, sich an Land fahren zu lassen. Er betrat die erste Telefonzelle am Hafen und rief McLindlay an.

Es dauerte fast fünf Minuten, bis McLindlay ans Telefon kam. In dem Schloß zwischen den Hügeln war die Aufregung groß. Der Butler von Tsching hatte das Verschwinden seines Herrn bestätigt. Vor einer halben Stunde hatte Kommissar Ting mitgeteilt, daß die Polizei eine Entführung vermute und mit einer Erpressung rechne. McLindlay hatte sofort einen Krisenstab einberufen, der bei ihm im Arbeitszimmer tagte. Man wartete auf ein Zeichen der Erpresser. Mochte nun leider auch die Polizei alarmiert sein – eine idiotische Tat des Chauffeurs, wie McLindlay sagte –, den Fall Tsching regelte McLindlay allein ohne Beamte.

»Fritz!« schrie McLindlay. Es klang hocherfreut, aber es war in Wahrheit ein Aufschrei. »Hier ist James! Junge, wo steckst du? Warum tauchst du unter? Wo bist du jetzt?«

»Ich muß dich sprechen, James«, sagte Dr. Merker und glaubte an James' Freude. Er ist doch ein Freund, dachte er.

»Jederzeit! Komm her!«

»Ich habe ein Problem.«

»Ist schon gelöst!« James lachte hart. »Ausrutschen kann jeder.«

»Ich brauche Geld, James.«

»Meine Taschen sind für dich offen, Fritz! Wieviel?«

»Zweihunderttausend Dollar.«

»Wo gibt's denn so teure Weiber?«

»James, du denkst völlig falsch! Ich brauche das Geld für mich persönlich.«

»Für deine Forschungen?«

»Ja.«

McLindlay grinste breit und böse. Das ist eine höllische Komödie, dachte er. Ich finanziere den Mann, der mich zugrunde richten kann! Ich bezahle die Forschung gegen mich! Das ist pikant. Aber warum nicht? Wer wird davon profitieren? Ich! Gas und Gegenmittel in einer Hand, das ist vollkommene

Beherrschung der Möglichkeiten! Und wegen Yang sprechen wir uns noch. Ich werde dich eigenhändig erwürgen ...

»Komm her, Fritz!« sagte er fröhlich.

»Du leihst mir die Zweihunderttausend?«

»Welche Frage! Wenn du mehr brauchst ... sag es nur! Es gibt keine Probleme, wenn es um Geld geht.«

»Ich danke dir, James.« Dr. Merker legte auf. Er war erfüllt von einem unsagbaren Glücksgefühl. McLindlays Frage: »Wo bist du denn jetzt?« hörte er nicht mehr. Ich spreche das alles mit Dr. Mei durch und werde dann zu McLindlay fahren, dachte er. Jetzt sind wir alle Sorgen los. Wir werden ein Hospital haben, das mustergültig ist.

Er setzte sich in eine Hafenkneipe, trank ein Bier und war einfach glücklich. Zwei Stunden später war er wieder auf der Dschunke und traf Yang völlig aufgelöst an.

Sie fiel ihm mit einem Aufschrei um den Hals, weinte, umklammerte ihn, biß ihn in Hals und Schulter und sagte immer wieder:

»Tu das nie wieder, tu es nie wieder. Fahr nicht mehr allein an Land ... nie mehr allein ... versprich es mir ... bitte, bitte! Tu es nie wieder, Fritz, ich flehe dich an. Tausend Tode bin ich gestorben, als du nicht da warst ... Geh nie wieder allein an Land ... nie wieder ...«

Er nickte, küßte ihr die Tränen aus den Augen und glaubte, es sei besser, ihr zu verschweigen, daß James ihm 200 000 Dollar geben wolle. Ich werde sie damit überraschen, dachte er.

»Wo ... wo warst du?« fragte Yang und schluchzte noch immer.

»Im Hafen. Ein Bier trinken.«

Es war nicht einmal gelogen. Sie starrte ihn fassungslos an.

»So gern trinkst du Bier?«

»Ja.«

»Warum sagst du das nicht? Morgen werden genug Flaschen oder gar ein Faß an Bord sein. Du brauchst nicht mehr an Land, um Bier zu trinken. O Liebling, warum hast du das nie gesagt? Wegen eines Bieres jagst du mir solch einen Schrecken ein ...«

An diesem Nachmittag geschahen in Kowloon und Hongkong-Victoria merkwürdige und erschreckende Dinge, die Kommissar Ting, seine Beamten und ein sofort gebildetes Sonderdezernat voll beschäftigten.

James McLindlay, der nach der Sonderkonferenz mit seinem Krisenstab allein in seinem Arbeitszimmer saß und auf den ersten Anruf der Tsching-Entführer wartete, blickte erstaunt und wütend hoch, als die Tür aufgerissen wurde.

Von fremder Hand gestoßen taumelte der Tigerwärter mit den beiden Stahlhaken an den Handstümpfen ins Zimmer und brach vor dem Schreibtisch in die Knie. Unmittelbar hinter ihm sprangen die beiden mongolischen Tiger in den Raum, die Tür wurde zugeschlagen und verschlossen.

McLindlay saß wie gelähmt in seinem Sessel. Seine Haut wurde wachsbleich, die Augen quollen hervor. Die Tiger starrten ihn aus bernsteingelben Augen an, zogen die Lefzen hoch und ließen ein dumpfes Knurren hören. Sie nahmen den fremden, feindlichen Geruch auf und reagierten so, wie man es ihnen beigebracht hatte.

Mit einem mächtigen Satz sprangen sie über den Tisch und begruben James McLindlay unter sich. Ihre Tatzen zerrissen seinen Körper, bevor er schreien konnte. Schon der erste Hieb traf den Hals und die Schlagader und tötete ihn. Was dann folgte, ist nicht zu beschreiben ... von McLindlay blieben nur ein paar Fleischfetzen übrig, die Oberschenkelknochen, das Becken und das Schulterblatt.

Und während die Tiger James McLindlay zerrissen und auffraßen, lag ihr Wärter mit den Stahlkrallenhänden auf dem Teppich, das Gesicht nach unten und weinte. Ihn rührten sie nicht an ... er roch wie ein Tiger. Er gehörte zu ihrem Rudel ...

Fast zur gleichen Stunde taumelte auf dem Flur der Inneren Station des Kwong Wah Hospitals ein hohlwangiger, sichtbar schwerkranker Patient auf den Chefarzt Dr. Wang An-tse zu, der aus seinem Zimmer kam. Der Kranke fiel gegen Dr. Wang, stammelte eine Entschuldigung. Aber gleichzeitig rammte er dem Chefarzt einen gebogenen Dolch in den Leib und zog die Klinge nach oben. Mit einem leisen Stöhnen und aufgeschlitztem Bauch fiel Dr. Wang An-tse gegen die Flurwand, der Schwerkranke wurde sehr lebendig und rannte wie ein Wiesel davon. Als ein Krankenpfleger Dr. Wang fand und Alarm schlug, war er längst tot.

Etwas anderes erlebte der Chefchemiker von McLindlay. Als er die Toilette betrat, standen da zwei Mitarbeiter in weißen Kitteln, die er nicht kannte. Sie ergriffen ihn, zerrten ihn in eine Klo-Kabine und rissen seinen Mund auf. In den Rachen gossen sie ihm reine Schwefelsäure ... es war der grausamste Tod, den ein Mensch sterben kann.

In Victoria stürzten drei angesehene Männer aus den Fenstern ihrer Hochhäuser: ein Makler, ein Exporteur für optische Geräte und ein Hersteller von Silberbestecken und Haushaltsstahlwaren. Da die Fenster wegen der Höhe der Häuser nicht zu öffnen waren, waren die Männer durch die Scheiben geschleudert worden.

Ganz Merkwürdiges geschah mit einem angesehenen Juristen, einem Rechtsanwalt in Victoria. Er erstickte an den Seiten einer Kommentarsammlung für Strafrecht, die ihm jemand in den Hals gestoßen hatte. Er bot einen schrecklichen Anblick.

Kommissar Ting, der zuerst im Kwong Wah Hospital erschien, um den aufgeschlitzten Dr. Wang An-tse zu besichtigen, bekam rote Ohren und wässerige Augen, als nacheinander die Meldungen bei ihm einliefen. Zuletzt von McLindlay. Dort hatte man das Brüllen der Tiger im Arbeitszimmer gehört, es geöffnet und die wenigen Reste von McLindlay entdeckt. Betty Harpers, die oben in ihren Räumen war, hatte sich eingeschlossen und einen Schreikrampf bekommen.

»Da räumt einer auf!« sagte Ting erschüttert. Der letzte Anruf war anonym gewesen. Eine hohle Männerstimme hatte gesagt: »Es wird keine lächelnden Mörder mehr geben. Die Schuldigen sind der Gerechtigkeit überliefert. Die Gefahr für alle ist vorbei.« Als Ting ihn in ein Gespräch verwickeln wollte, hatte der Anrufer aufgelegt.

»Wer es auch ist: Mord bleibt Mord! Nur das Gesetz kann und darf richten! Wir werden jetzt die Aufgabe haben, *diese* Täter zu jagen!«

Aber das wurde Ting schwergemacht. Es gab keine Spuren, es gab nur das Motiv, und das war die Rache, die Vergeltung in der alten Form. Doch wer hatte ein Recht auf Vergeltung?

Und plötzlich überlief es Ting Tse-tung kalt. Er erinnerte sich an ein Gespräch mit Dr. Merker, in dem dieser gesagt hatte: »Es gibt einen Vater, dessen Tochter Opfer des lächelnden Todes war. Ich kenne ihn . . .« Und er hatte sich geweigert, den Namen zu nennen und war kurz darauf untergetaucht.

»Er ist der Schlüssel!« sagte Kommissar Ting bei der ersten Besprechung spät am Abend im Hauptquartier der Polizei. »Er weiß mehr, vielleicht weiß er alles! Es ist sinnlos, die einzelnen Täter zu suchen. Aber über ihn kommen wir an sie heran. Für uns gibt es jetzt nur noch eine Aufgabe: Jagt Doktol Melkel . . . Gnadenlos, Jungs! Jagt ihn! Er ist jetzt der Schlüssel, der uns diese Hölle aufschließt!«

Während Ting Tse-tung diesen Befehl herausgab, saß Dr. Mei mit Dr. Merker im ersten fertigen Zimmer des neuen Dschunkenaufbaues, es war das Vorzimmer zur Ordination, und trank Bier.

»Ich muß dir einen kleinen Bericht geben, Fritz«, sagte er langsam und schlürfte das Bier durch die Zähne. »Aber ich bitte dich schon vorher, nicht wie Dr. Merker aus Hamburg, sondern wie Wei Kang-teh aus Yau Ma Tei zu denken und zu fühlen . . .«

In der Nacht geschah einer der vielen hundert Einbrüche und Diebstähle, von denen in Hongkong schon niemand mehr spricht, weil es verschwendete Zeit ist, die Polizei zu benachrichtigen. Meist kommt sie gar nicht, denn wo soll man in diesem Dschungel aus Menschen, Gassen und Wohnhöhlen suchen?

Eingebrochen wurde im Entwicklungsgebäude der »Hongkong Pyrotechnic«, nachdem man den Nachtwächter mit einem Gummihammer niedergeschlagen hatte. Der Mann wurde nicht verletzt, sondern nur betäubt und litt lediglich für ein paar Stunden an einem brummenden Kopf. Gestohlen wurde eine Abschußvorrichtung und die neue Superrakete

Typ RS 1212 Goldregen. Da Herr Tsching noch immer nicht erreichbar war – in den Betrieben ahnte niemand, daß er entführt worden war, es hieß, er sei verreist – entschloß sich die Betriebsleitung, zunächst nichts zu sagen, sondern auf eigene Weise nachzuforschen. Der Verdacht lag nahe, daß die Konkurrenz die Rakete an sich gebracht hatte, um sie zu kopieren.

Es war nicht schwer, die Rakete und die Abschußvorrichtung auf einem gedeckten Sampan in die Schwimmende Stadt von Yau Ma Tei zu bringen. Dort montierte man sie zusammen, auf einer schnellen Dschunke mit Dieselmotoren, und fuhr dann hinaus auf das freie Meer zwischen der Lantau Insel und der Sha Chau Insel. Hier ankerte die Dschunke.

Zwischen Dr. Mei und Dr. Merker hatte es unterdessen eine dramatische Auseinandersetzung gegeben. Yang, nun immer in der Nähe Merkers, hatte dabei still und wortlos auf einem Hocker an der Wand gesessen, wie eine Porzellanpuppe, mit unbeweglichem Gesicht ... Asien in seiner schönsten und geheimnisvollen Form.

Dr. Mei berichtete zunächst ruhig über alle Ereignisse der letzten Tage und Wochen. Viel hatte Merker ja selbst erlebt; aber was in Madame Yos Bordell und später auf der Fährdschunke von Koon Lung-tse passiert war, erfüllte Merker mit Entsetzen. Völlig außer Fassung geriet er, als er die Wahrheit über James McLindlay erfuhr.

»James?! Unmöglich!« rief er und sprang auf. »Ich habe mit ihm telefoniert. Er wollte mir die zweihunderttausend Dollar geben. Er hat mich eingeladen ...«

»Um dich ungehindert umbringen zu können!«

»Ich glaube das nicht! James!« Dr. Merker schlug die Fäuste gegeneinander. »Er ist Milliardär! Geld bedeutet ihm doch nichts mehr! Was will er mit der Weltherrschaft? Das ist doch purer Blödsinn!«

»Er war irgendwie ein Irrer«, sagte Dr. Mei ruhig. »Zum Geld die unbeschränkte Macht über alle Menschen ... das war sein Traum. Nur Yang konnte er nicht bekommen. Daß sie dich liebt, bedeutet deinen Tod!«

»Das sind ja Phantastereien! Ich werde mit Ting zu ihm gehen ...«

»Zu spät.«

»Was heißt das?«

»James ist tot. Seine Tiger haben ihn zerrissen«, sagte Mei.

»Mein Gott! Und Dr. Wang Án-tse?«

»Er lief in ein Messer . . .«

»Mei!«

»Der Chefchemiker verschluckte sich an Schwefelsäure . . .«

Dr. Merker blieb starr an der Tür stehen. »Mei, was bist du für ein Mensch«, sagte er tonlos.

Dr. Mei hob beide Arme. »Ich weiß, was geschehen ist, aber ich habe es nicht angeordnet. Es ist die Gemeinschaft der Entrechteten, die sich Recht verschafft hat.«

»Auch das ist Mord!«

»Nach dem üblichen Gesetz – zugegeben. Aber hier in Yau Ma Tei lebt man nach eigenen Gesetzen. Das habe ich dir immer wieder gesagt. Nach Gesetzen, die so alt sind wie die Menschheit.«

»Und in dieser grausamen Welt soll ich nun leben?« Dr. Merker sah hinüber zu Yang. Sie hockte unbeweglich, wie versteinert an der Wand. »Das ist unmöglich!«

»Behandelst du die Gesetze oder die Kranken?« fragte Dr. Mei.

»Ich behandle Menschen, die nach unmenschlichen Gesetzen töten!« schrie Dr. Merker.

»Kümmert sich eine Knochentuberkulose oder eine Lymphogranulomatosis maligna um ein Gesetz? Ich habe dir gesagt: Du bist Wei Kang-teh und nicht mehr Dr. Merker aus Hamburg. Das hier ist deine Dschunke, wird dein schwimmendes Hospital, wird die Hoffnung von Tausenden von Kranken werden, jedes Jahr. Und du wirst hier auf der Dschunke Kinder haben von Yang Lan-hua, deiner Frau. Sie werden hier aufwachsen, auf Deck spielen, im Wasser schwimmen, echte Boat-People-Kinder. Und vielleicht hast du einen Sohn, der auch einmal Arzt wird und dein Werk weiterführt, und du kannst am Ende deiner Tage sagen: Ich habe Tausende gerettet, und Tausende werden noch gerettet werden . . . das war ein gutes Leben . . .«

»Was . . . was ist mit Tsching Hao-jih?« fragte Dr. Merker.

»Er steht vor Gericht.«

»Vor eurem Gericht?«

»Ja. Das einzige, das gerecht ist.«

»Das ist doch eine Farce!«

»Willst du es anhören? Ich fahre dich hin.«

»Nein! Aber ich fahre weg . . . an Land!« Dr. Merker zog seinen Arztkittel aus und warf ihn in eine Zimmerecke. »Ich gehe zu Ting Tse-tung! Er soll wissen, daß ich nichts damit zu tun habe.«

»Das weiß er schon. Trotzdem sucht er dich, um von dir die Namen der Rächer zu erpressen.«

»Mit anderen Worten: Ich stecke mittendrin! Ihr habt mich zum Mitschuldigen gemacht!«

»Zum Mitwisser.«

»Das ist genauso schrecklich! Yang!« Er drehte sich zu Yang um. Sie saß noch immer unbeweglich. »Kommst du mit?«

»Wohin?« fragte sie. Ihre Lippen bewegten sich kaum.

»Nach Deutschland!«

»Gibt es dort Kranke, für die ein Arzt Leben bedeutet?« fragte Dr. Mei.

»Genug! So viele wie hier!« schrie Dr. Merker. »Und keine Mörder!«

»Dann geh, Wei Kang-teh.« Dr. Mei faltete die Hände über dem dicken Bauch. »Aber dann werden wir dich anders nennen. Nicht mehr Militärische Tugend, sondern Siao-yueh. Das heißt Kleiner Mond.«

»Du kommst nicht mit?« fragte Dr. Merker laut. Yang schüttelte den Kopf.

»Mein Leben ist hier, Fritz.«

»Ich empfehle dir, dich heimlich nach Macao bringen zu lassen und von dort abzufliegen«, sagte Dr. Mei ruhig. »Ting wird den Flughafen Hongkong überwachen lassen. Ich werde Koon Lung-tse bitten, dich nach Macao zu schmuggeln. Er kennt jeden Trick.«

»Tu das!« sagte Dr. Merker grob. »Ich bin nicht dafür geschaffen, diese Luft hier zu atmen . . .«

Er ging hinaus, rannte an den wartenden Kranken vorbei

und verschwand im Inneren der Dschunke, wo die Wände von neun Krankenzimmern schon gezogen waren. Yang sah Dr. Mei aus halbgeschlossenen Augen an.

»Was nun, ehrwürdiger Vater?« fragte sie.

»Nichts. Er wird zurückkommen.«

»Das ist nicht sicher.«

»Wenn er dich liebt, kommt er zurück. Wenn er mit Koon nach Macao fährt, weine ihm keine Träne nach. Er hat dich dann nicht verdient.«

»Er denkt anders als wir, Mei, er *muß* als Europäer denken. Es sind zwei Welten ...«

»Du und er, ihr seid *eine* Welt. Wenn er das nicht spürt, hat er dich nie geliebt. Nicht dich, Yang, sondern nur deinen Körper. Darauf kannst du verzichten.«

»Und an meine Liebe denkst du nicht?«

»Du würdest mit ihm nach Hamburg gehen?«

»Ja.«

»Ich habe es gewußt.« Dr. Mei nickte mehrmals. »Aber wir dürfen ihm das nie sagen. Er gehört hierher, zu den Ärmsten der Armen ... er ist ihre Rettung! Ihr Dschunkendoktor, ihre Brücke zum Himmel. Verhalten wir uns ganz still. Er wird von selbst wiederkommen.«

Aber Dr. Merker kam an diesem Tag nicht mehr, und auch nicht in der Nacht. Dr. Mei und Yang behandelten die Patienten. Aber sie gingen nicht unter Deck, um mit Merker ein Wort zu sprechen oder ihm zu essen zu bringen. Ein paarmal setzte Yang an, aber Mei hielt sie fest.

»Nein!« sagte er. »Er soll von allein kommen.«

»Er wird Hunger haben ...«

»Jedes Tier, das hungrig ist, kommt aus seinem Bau. Auch er wird kommen.«

»Er hat Durst.«

»Er wird sich seine Quelle suchen. Du mußt warten können, Yang.«

»Aber er hat doch recht, Mei!«

»Nein! Er ist Wei Kang-teh. Und er muß lernen, wie Wei Kang-teh zu denken und zu fühlen. Wir müssen alle viel Geduld haben, Yang.«

Was unterdessen auf der Dschunke von Koon Lung-tse geschah, das erfuhren nur wenige. Ein Gericht, gebildet aus allen Schichten von Yau Ma Tei, verhandelte penibel, über neun Stunden lang. Befragte den jammernden und immer wieder weinenden Tsching Hao-jih, sah zu, wie er auf den Knien herumrutschte und um sein Leben flehte, und verurteilte ihn dann in der Abenddämmerung zum Tode. Ein Boot fuhr ihn hinaus auf das Meer zu der wartenden Dschunke.

Tsching brüllte auf, und er schrie und schrie und heulte wie ein Wolf, als man ihn auf seine Superrakete RS 1212 band, Arme und Beine um den Plastikkörper nach rückwärts gebogen, gekreuzigt auf einen schlanken Flugkörper, der ihn hoch in den Himmel tragen würde.

Tschings Stimme überschlug sich, er kreischte, bis er heiser wurde, dann flehte er wieder um sein Leben, bot Millionen und wußte doch, daß mit dem Einfall der Nacht, von Minute zu Minute sein Leben kürzer wurde. Als es vollends dunkel war, es war nun fast 11 Uhr nachts, schloß er die Augen und betete. Koon Lung-tse kontrollierte die elektrische Zündung und legte die Hand auf den kleinen Auslösegriff. Die Abschußrampe bewegte sich, die Rakete stellte sich senkrecht aufrecht, bis sie einen Winkel von fast neunzig Grad erreicht hatte. In einem steilen Bogen würde sie nach oben schießen.

Tsching Hao-jih weinte wieder. Was ein Mensch in diesen letzten Minuten empfindet, woran er denkt . . . wer weiß das? Vielleicht ist auch eine große Leere um ihn, ein Nichts, das vom Geheimnis des Danach ausgefüllt wird . . .

Koon Lung-tse blickte in den schwarzen Nachthimmel. Das Meer war leicht bewegt und ebenso schwarz wie die Nacht. Die anderen Chinesen, die ihn umstanden, nickten ihm ernst zu. Mit unbewegtem Gesicht zog Koon den Hebel herunter.

Auf der Abschußrampe schoß ein Feuerstrahl in die Dunkelheit. Dann raste die große Rakete mit einem langen Flammenschweif in den Himmel. Möglich, daß Tsching jetzt hell schrie, man hörte nichts mehr als das pfeifende Zischen des Treibsatzes.

Durch das ungewohnte Gewicht behindert, stieg die Rakete

nur einen Kilometer in die Luft. Dann zerplatzte sie mit einem dumpfen Knall. Ein herrlicher, noch nie gesehener, breiter Goldregen fiel herab, eine goldene Kaskade, die eine Minute lang das Meer erhellte, die Dschunke, die stummen Männer an Deck und die ferne Insel Sha Chau noch in eine fahle Dämmerung tauchte. Es war ein wundervoller Anblick ... Und mit den breiten goldblitzenden Phosphortrauben, die ins Meer sanken und verglühten, regnete auch der in kleine Teile zerfetzte Körper von Tsching Hao-jih aus dem Himmel in die See.

»Das war es«, sagte Koon Lung-tse hart und wandte sich ab. »Jetzt kann ich wieder schlafen, mein Töchterchen ...«

Er ließ den Motor anwerfen und fuhr zurück nach Yau Ma Tei, um dem ehrwürdigen Dr. Mei zu berichten, daß man nach dem Gesetz der Ahnen die Gerechtigkeit ausgeübt habe. Auch Dr. Mei würde vor dem Bild seiner Tochter Mei-tien Lotosblüten niederlegen und beten.

Dr. Mei saß in dieser Nacht an Deck der Dschunke zwischen den schlafenden Kranken. Er hörte auf diese weite Entfernung nicht die Explosion der Rakete, er sah nicht den zauberhaften Goldregen aus dem Himmel ins Meer fallen. Aber er blickte auf seine Uhr und wußte, daß es jetzt geschah. Da senkte er den Kopf, bat seinen Gott um Vergebung und dachte an seine Tochter, sein einziges Glück auf dieser Erde, das man ihm genommen hatte.

Dr. Merker blieb unten im Bauch der Dschunke. Er lag zwischen dem Baumaterial auf einem Tisch und schlief. Yang war leise zu ihm heruntergeschlichen, hockte neben dem Tisch auf der Erde, mit angezogenen Beinen, hatte den Kopf auf die Knie gelegt und sah ihn unentwegt an.

Ich liebe dich, dachte sie. Mein Leben ist dein Leben. Wei Kang-teh, befiehl, was werden soll. Ich folge dir.

Ich bleibe bei dir, auch im fernen, kalten, für mich feindlichen Hamburg. Du bist der Herr, Wei Kang-teh.

Ich liebe dich ...

Wer heute nach Kowloon kommt, durch die Wassergassen der Schwimmenden Stadt von Yau Ma Tei fährt und nach dem Dschunkendoktor fragt, wird vielleicht zu Dr. Wei Kang-teh geführt. Und staunen, daß ein Weißer mit Hamburger Zungenschlag ihn begrüßt. Noch erstaunlicher ist das Dschunkenhospital, das einzige auf der Welt.

Aber man muß schon sehr viel Glück haben, Dr. Merker zu finden. Meistens sehen einen die Bewohner von Yau Ma Tei mit unbeweglichem, unergründlichem Gesicht an und schweigen.

Nur ein geheimnisvolles Leuchten kommt in ihre Augen ... und das ist Antwort genug.

Was haben die weißen Langnasen nach dem Dschunkendoktor zu fragen ...?